# SIN
# COMPROMISO

# LISA GARDNER

# SIN COMPROMISO

Traducción de
Sandra Chaparro y Antonio Jiménez Morato

Título original: *Touch & Go*
Primera edición: septiembre de 2017

Printed in Spain – Impreso en España

ISBN: 978-84-9129-092-6
Depósito legal: B-14405-2017

Impreso en Liberdúplex, Sant Llorenç d´Hortons (Barcelona)

SL 9 0 9 2 6

Penguin
Random House
Grupo Editorial

# 1

E sto es lo que aprendí cuando tenía once años: el dolor tiene sabor. La pregunta es: ¿a qué te sabe a ti?

Esa noche mi dolor sabía a naranjas. Me senté frente a mi marido en el reservado de la esquina del restaurante Scampo, en Beacon Hill. Discretos camareros venían a rellenarnos en silencio las copas de champán. Dos veces a él. Tres veces a mí. Panes artesanos cubrían el mantel de lino blanco, junto a una selección de quesos mozzarella. Lo siguiente serían unos primorosos cuencos de tallarines cortados a mano coronados con guisantes tiernos, panceta crujiente y una salsa cremosa pero ligera. El plato favorito de Justin. Lo había descubierto en un viaje de negocios a Italia hacía veinte años y desde entonces lo pedía en todos los restaurantes italianos de categoría.

Alcé mi copa de champán. Le di un sorbo. La dejé en la mesa.

Frente a mí, Justin sonrió, y en las comisuras de los ojos se le formaron pequeñas arrugas. Su pelo castaño claro y corto empezaba a blanquear por las sienes, pero a él le sentaba bien. Tenía ese aspecto rudo de alguien a quien le gusta el aire libre que nunca pasaba de moda. Las mujeres se fijaban en él cuando entrábamos en un bar. Los hombres también lo hacían, curiosos por el recién llegado, un irrebatible macho alfa que combinaba las botas usadas del trabajo con camisas de doscientos dólares de Brooks Brothers, consiguiendo con ello que lucieran aún más.

—¿Vas a comer? —preguntó mi marido.

—Me estoy reservando para la pasta.

Volvió a sonreír, y pensé en playas de arena blanca, el aroma salado del aire del océano. Recordé el tacto de las suaves sábanas de algodón enrolladas en mis piernas desnudas mientras pasábamos la segunda mañana de nuestra luna de miel sin haber salido de nuestro bungaló privado. Justin me dio de comer con sus manos naranjas recién peladas mientras yo le lamía con delicadeza el pegajoso jugo de sus dedos con durezas.

Bebí otro sorbo de champán, reteniéndolo dentro de mi boca esta vez y concentrándome en sentir las burbujas.

Me pregunté si era más guapa que yo. Más excitante. Mejor en la cama. O quizá, tal como son esas cosas, nada de eso importaba. No entraba en la ecuación. Los hombres te engañan porque es lo que hacen los hombres. Si tu marido puede, lo hará.

Lo que quería decir que, a su modo, los últimos seis meses de mi matrimonio no habían sido nada personal.

Tomé otro sorbo, todavía bebiendo champán, todavía saboreando naranjas.

Justin se ventiló la selección de entrantes, bebió un poco de su propia copa y se puso a ordenar la cubertería distraídamente.

Mi marido había heredado la constructora de su padre, valorada en veinticinco millones de dólares, a los veintisiete años.

Algunos hijos se habrían sentido satisfechos con dejar que un negocio boyante se mantuviera igual. Pero no Justin. Cuando le conocí, a los treinta y cuatro, ya había doblado los beneficios hasta los cincuenta millones, y su meta era alcanzar los setenta y cinco en los siguientes dos años. Y no sentado en una oficina. Justin se enorgullecía de ser un experto en la mayoría de los oficios: fontanería, electricidad, pladur, cemento. Estaba al pie del cañón, pasando tiempo con sus hombres, mezclándose con los subcontratistas; el primero en llegar, el último en irse.

Al principio era una de las cosas que más me gustaban de él. Un hombre hecho y derecho. Se sentía igualmente cómodo en una elegante sala de juntas que echando unas canastas y disfrutaba llevándose su revólver favorito, un 357, al campo de tiro para animarlo.

Cuando estábamos empezando a salir me llevaba a su club de tiro. Me quedaba de pie, refugiada en el cálido abrazo de su cuerpo grande y fuerte mientras él me enseñaba cómo colocar las manos en la empuñadura de un relativamente pequeño 22, cómo apuntar, cómo acertar en la diana. Las primeras veces no daba una; el sonido de los disparos me asustaba, aun cuando llevaba puestos los protectores de oído. Mis balas terminaban en el suelo o, si tenía mucha suerte, rozaban la parte inferior de la hoja de papel que era el objetivo.

Una y otra vez Justin me corregía pacientemente; su voz, un murmullo contra mi nuca mientras se inclinaba y me ayudaba a afinar mi puntería.

Algunas veces ni llegábamos a casa. Acabábamos desnudos en el vestidor del campo de tiro, o en el asiento trasero de su todoterreno, todavía en el aparcamiento. Me hundía los dedos en las caderas, exigiéndome que le diera más, que fuera más rápido, y yo le obedecía, volviéndome loca por la pólvora y la lujuria y el poder absoluto.

Sal. Pólvora. Naranjas.

Justin se disculpó para ir al baño.

Cuando se fue, recoloqué la pasta en mi plato para que pareciera que había comido algo. Después abrí el bolso y, amparada por la mesa, saqué cuatro pastillas blancas. Me las tragué de una vez, seguidas de medio vaso de agua.

Luego cogí mi copa de champán y me preparé para el evento principal de la noche.

Justin condujo los cinco minutos hasta casa. Había comprado la mansión de Boston prácticamente el mismo día que confirmamos que estaba embarazada. De la consulta del médico a la agencia inmobiliaria. Me llevó a verla después de llegar a un acuerdo verbal, el cazador mostrando su trofeo. Supongo que me debería haber sentido ofendida por su arrogancia. En vez de eso, recorrí los cuatro pisos y medio de maravillosos suelos de madera, techos de tres metros e intrincadas molduras talladas a mano, y me quedé boquiabierta.

Así que esto era lo que te podías comprar con cinco millones de dólares. Habitaciones bañadas por la luz del sol y una preciosa azotea, sin contar con un vecindario entero de edificios de ladrillo rojo restaurados a la perfección, cobijados unos al lado de otros como amigos perdidos hace tiempo.

La mansión estaba en la arbolada calle Marlborough, a unas manzanas de la elegante calle Newbury, sin mencionar que solo nos distanciaba un paseo del Jardín Público. El tipo de barrio donde la gente pobre conducía un Saab, las niñeras hablaban con acento francés y las escuelas privadas tenían un proceso de selección que empezaba la primera semana de concepción del bebé.

Justin me dio carta blanca. Muebles, obras de arte, cortinas, alfombras. Antigüedades, sin antigüedades, con decorador de interiores, sin él. No le importaba. Que hiciera lo que tuviera que hacer, que gastara lo que tuviera que gastar, que sinplemente lo convirtiera en nuestro hogar.

Así que lo hice. Como esa escena de *Pretty Woman,* excepto que incluía a un montón de pintores y decoradores y anticuarios pregonando sus mercancías mientras yo aposentaba mi cuerpo de embarazada en diversos divanes y con un elegante gesto de la mano ordenaba un poco de esto y un poco de aquello. La verdad, me divertí mucho. Por fin podía aplicar al mundo real mi talento para las bellas artes. No solo podía crear joyas a partir de arcilla tratada con plata, sino que podía renovar una mansión de Boston.

Estábamos eufóricos en aquella época. Justin trabajaba en un gran proyecto hidroeléctrico. Venía y se iba en helicóptero, literalmente, y yo le enseñaba los progresos de nuestra casa mientras él me frotaba la espalda y me apartaba el pelo para besarme el cuello.

Después, Ashlyn. Y alegría, alegría, alegría. Feliz, feliz, feliz. Justin sonreía, sacaba fotos, le enseñaba su preciosa niña a cualquiera que entablara contacto visual. Todo su equipo se presentó en nuestra casa de Boston, dejando sus botas embarradas en el pulcro recibidor para que un puñado de exmarines y de antiguos SEAL, la unidad de fuerzas especiales de la Armada estadounidense, pudieran poner caras de adoración ante nuestra niña dormida en su cuarto forrado de rosa. Intercambiaron consejos acerca de cómo cambiarle los pañales y cuáles eran las mejores mantillas y después se pusieron a intentar enseñar a una recién nacida cómo eructar todas las letras del abecedario.

Justin les informó de que sus hijos nunca saldrían con ella. Aceptaron la noticia con buen humor y después pasaron a mirarme a mí con adoración. Les dije que podrían conseguir lo que quisieran siempre y cuando cambiaran pañales a las dos de la mañana. Esto provocó tantos comentarios insinuantes que Justin se llevó a su equipo fuera de la casa.

Pero él era feliz y yo era feliz y la vida era maravillosa.

Eso es el amor, ¿verdad? Ríes, lloras, compartes las tomas de medianoche y al final, meses después, terminas teniendo sexo con delicadeza y te das cuenta de que las cosas han cambiado ligeramente pero que en lo esencial sigue siendo fantástico. Justin me llenó de joyas y yo me apunté al preceptivo yoga mientras descubría tiendas obscenamente caras donde comprar ropa de bebé. Sí, mi marido pasaba mucho tiempo fuera de casa, pero yo nunca fui el tipo de mujer a la que le daba miedo estar sola. Tenía a mi hija y en poco tiempo también a Dina, que me ayudó para que pudiera volver a mi estudio de joyería, donde daba forma y vida y creaba y resplandecía.

Ahora, Justin redujo la velocidad del Range Rover y empezó la inútil búsqueda de aparcamiento en la calle. Nuestra casa incluía un garaje en el subsuelo, un lujo que ya por sí solo valía el impuesto de bienes inmuebles, pero por supuesto Justin me cedía el espacio a mí, dejándole a él el competitivo deporte de intentar aparcar en el centro de Boston.

Pasó una vez por delante de nuestra casa y mi mirada se dirigió automáticamente hacia la ventana de la tercera planta, la habitación de Ashlyn. Estaba a oscuras, lo que me sorprendió porque se suponía que esa tarde se iba a quedar en casa. A lo mejor simplemente no se había molestado en encender la luz y se conformaba con el brillo de su ordenador. Las quinceañeras se podían pasar horas así, me estaba dando cuenta. Auriculares puestos, ojos vidriosos, labios firmemente cerrados.

Justin encontró un hueco. Dio marcha atrás, un poco hacia delante y dejó el Range Rover perfectamente colocado. Salió del coche para abrirme la puerta y yo le dejé.

Los últimos segundos ya. Tenía las manos agarradas con tanta fuerza en el regazo que los nudillos se me estaban poniendo blancos. Intenté obligarme a respirar. Dentro. Fuera. Tan fácil como eso. Paso a paso, un momento detrás de otro.

¿Empezaría besándome en la boca? ¿A lo mejor en el sitio que había descubierto una vez, detrás de la oreja? O quizá simplemente nos desnudaríamos, nos meteríamos en la cama, nos lo quitaríamos de encima. Luces apagadas, ojos cerrados. Tal vez estaría pensando en ella todo el rato. Tal vez no debería importarme. Estaba conmigo. Había ganado. Había conservado a mi marido, el padre de mi hija.

La puerta se abrió. Mi marido de hacía dieciocho años se cernía sobre mí. Me tendió la mano. Y le seguí, saliendo del coche, andando por la acera, sin que ninguno de los dos pronunciara una sola palabra.


Justin se detuvo en la puerta de la entrada. Estaba a punto de marcar la contraseña en el teclado numérico cuando se quedó quieto, frunció el ceño y me miró de reojo.

—Ha desconectado el sistema —masculló—. Ha vuelto a dejar la puerta sin cerrar.

Miré el teclado numérico y vi lo que quería decir. Justin había instalado el sistema con sus propias manos; no tenía una cerradura mecánica sino electrónica. Si tecleabas el código correcto, el sistema desbloqueaba los pestillos y la puerta se abría. Sin contraseña, no entrabas.

El sistema nos había parecido una solución elegante al problema de una hija adolescente que se olvidaba de sus llaves a menudo. Pero para que funcionara tenía que estar conectado, lo que estaba resultando ser el siguiente reto de Ashlyn.

Justin giró el pomo y, como era de esperar, la puerta se abrió en silencio dando paso al recibidor a oscuras.

Esta vez fruncí yo el ceño.

—Por lo menos podría haber dejado una luz encendida.

Mis tacones hicieron bastante ruido al cruzar la entrada para encender la lámpara de araña. Al no apoyarme ya en el brazo de Justin, mis pasos eran más inseguros. Me pregunté si se había dado cuenta. Me pregunté si le importaba.

Llegué a los interruptores de la pared. Le di al primero. Nada. Lo intenté otra vez, subiéndolo y bajándolo. Nada.

—Justin... —comencé a decir, perpleja.

—Libby... —le oí a él a su vez.

Un ruido raro, como el de un arma de escaso calibre. Un zumbido. El cuerpo de Justin curvándose de pronto. Le observé, boquiabierta, mientras se ponía de puntillas, la espalda arqueada hacia atrás, a la vez que un gutural gruñido de dolor salía de sus mandíbulas apretadas.

Olía a carne quemada.

Entonces vi al hombre.

Grande. Más grande que mi marido, que medía uno ochenta y ocho, pesaba noventa kilos y trabajaba en la construcción. La inmensa figura vestida de negro nos acechaba desde el margen del recibidor, su mano agarrada a una pistola extraña de cañón cuadrado. Confeti verde, me fijé, casi de pasada. Pequeños pedazos de confeti verde, lloviendo sobre el suelo de madera de la entrada mientras mi marido hacía su danza macabra y el hombre sin rostro avanzaba otro paso.

Su dedo soltó el gatillo del arma y Justin dejó de arquearse, para pasar a combarse hacia delante. La respiración de mi marido se volvió irregular, justo antes de que el gigante volviera a apretar el gatillo. Cuatro, cinco, seis veces provocó que el cuerpo de Justin se convulsionara mientras yo estaba allí de pie, boquiabierta, con un brazo extendido como si eso fuera a hacer que la habitación dejara de dar vueltas.

Oí que mi marido decía algo, pero al principio no lo pude entender. Entonces lo comprendí. Esforzándose, jadeando, Justin me estaba ordenando que me escapara.

Di un paso. Lo suficientemente largo como para mirar suplicante la escalera a oscuras. Rezando para que mi hija estuviera a salvo en su habitación de la tercera planta, escuchando música con los cascos, ajena a lo que ocurría abajo.

Entonces el gigante se dio la vuelta hacia mí. Con un giro de muñeca, expulsó hacia fuera un cartucho cuadrado del extremo frontal de lo que en ese momento comprendí que debía de ser un táser, después se acercó y me plantó el cañón en la pierna. Apretó el gatillo.

El punto en el que rozaba mi muslo inmediatamente se incendió hasta cobrar una vida dolorosa e insoportable. Más carne quemada. Gritos. Probablemente los míos.

Era consciente de dos cosas: mi propio dolor y el blanco de los ojos de mi atacante. Máscara, entendí, a punto de desmayarme. Pasamontañas negro que ocultaba su boca, su nariz, su rostro. Hasta que ya no era un hombre, sino un monstruo sin cara y los ojos muy, muy blancos, salido directamente de mis pesadillas, y presentándose en mi casa.

Entonces Justin se tambaleó con torpeza hacia nosotros, sus brazos propinando golpes débiles en la espalda del gigante. La figura enmascarada miró por encima del hombro y con un movimiento como de kárate acertó a Justin en plena tráquea.

Mi marido dejó escapar un horrible sonido borboteando y cayó al suelo.

Mi pierna izquierda no pudo más. Yo también me derrumbé. Después me giré y vomité el champán.

Mi último pensamiento, a través del dolor y la carne quemada y el miedo y el terror: que no encuentre a Ashlyn. No le dejes encontrar a Ashlyn.

Pero entonces la oí. Su voz aguda. Aterrorizada.

—Papá. Mamá. ¡Papá!

En mi último segundo de consciencia, conseguí mover la cabeza. Vi dos figuras más, una a cada lado del cuerpo contorsionado de mi hija, mientras la bajaban por las escaleras.

Brevemente, nuestras miradas se encontraron.

Te quiero, intenté decir.

Pero las palabras no me salían.

La figura enmascarada levantó el táser de nuevo. Insertó un nuevo cartucho tranquilamente. Apuntó. Disparó.

Mi hija, de quince años, empezó a gritar.


El dolor tiene sabor.

La pregunta es: ¿a qué te sabe a ti?

# 2

Se despertó con el sonido de su teléfono. Esto le sorprendió por dos razones. Una, porque, en teoría, ya no tenía un trabajo en el que el móvil sonara de madrugada. Dos, porque eso significaba que se había quedado dormida, otra cosa que, en teoría, no había hecho durante meses.

Tessa Leoni estaba tumbada en el lado izquierdo de su cama mientras su móvil empezaba a sonar cada vez más alto, un repiqueteo de campanas. Se dio cuenta de que tenía la mano extendida. No en dirección a su teléfono, sino hacia el lado vacío de la cama. Como si, incluso dos años después de su muerte, todavía intentara alcanzar al marido que una vez durmió allí.

El teléfono sonó más alto, más desagradable. Se esforzó por alcanzar la mesilla de noche, descubriendo que el sueño real la dejaba más aturdida que el insomnio crónico.

Contestó justo cuando el último repique se estaba apagando. Reconoció la voz de su jefe, una tercera sorpresa, ya que rara vez era él quien iniciaba el contacto. Entonces desapareció su embotamiento y sus años de formación tomaron el mando. Asintió, hizo las preguntas que necesitaba, después colgó el teléfono y se puso la ropa.

Una última duda. ¿Con arma o sin ella? Ya no era una obligación, a diferencia de los días en los que había sido una agente de la policía estatal de Massachusetts, pero algunos días todavía le era útil en su nuevo trabajo. Repasó la poca información que su jefe le había transmitido —la situación, el tiempo que había transcurrido, el número de desconocidos implicados— y se decidió. La caja fuerte estaba en el fondo de su armario. Tecleó la contraseña a oscuras gracias a la costumbre, retiró la Glock y la metió en su funda de hombro.

Sábado, seis y veintiocho de la mañana, estaba preparada para marcharse.

Cogió su móvil, lo guardó en el bolsillo de su chaqueta y cruzó el pasillo para avisar a su ama de casa/niñera/vieja amiga.

La señora Ennis ya estaba despierta. Al igual que muchas mujeres mayores, tenía una capacidad casi sobrenatural para saber cuándo la iban a necesitar y normalmente se adelantaba. Ahora estaba sentada, con la lámpara de noche encendida y una libreta en las manos para las instrucciones de última hora. Dormía con un camisón largo de franela de tartán rojo y verde que Sophie le había regalado las últimas Navidades. Todo lo que hacía falta era una cofia blanca, y la señora Ennis habría tenido el mismo aspecto que la abuela de Caperucita Roja.

—Me han llamado —anunció Tessa, lo que era obvio.

—¿Qué le digo? —preguntó la señora Ennis. Se refería a Sophie, la hija de Tessa, de ocho años. Tras perder al único padre que jamás había conocido de manera violenta hacía dos años, a Sophie no le gustaba que su madre se alejara de ella. Era por el bien de Sophie, tanto como por el suyo, por lo que Tessa había dimitido de la policía estatal después de la muerte de Brian. Su hija necesitaba estabilidad, saber que por lo menos su madre volvería a casa por la noche. El nuevo trabajo de Tessa como investigadora corporativa normalmente le permitía hacer un horario de oficina. Pero claro, la llamada de esa mañana…

Tessa dudó.

—Por lo que me han contado, la situación es urgente —admitió—. Quiero decir, podrían pasar uno o dos días antes de que vuelva. Depende de lo que tenga que hacer para averiguar algo.

La señora Ennis asintió y no comentó nada.

—Dígale a Sophie que me envíe un mensaje de texto —concluyó Tessa al fin—. No sé si podré contestar si me llama, pero siempre puede mandarme un mensaje y le responderé.

Tessa asintió mientras decía las palabras, satisfecha con esa respuesta. Sophie necesitaba ser capaz de ponerse en contacto con su madre. Ya fuera con el roce de su mano, o apretando un botón, Sophie simplemente necesitaba saber, en todo momento, que su madre estaba allí.

Porque, una vez, Tessa no había estado, y dos años después ese tipo de heridas todavía dejaban una marca.

—Tiene gimnasia esta mañana —dijo la señora Ennis—. A lo mejor después puede invitar a una amiga. Eso la mantendrá ocupada.

—Gracias. Intentaré llamar antes de la cena, seguro que antes de que se acueste.

—No te preocupes por nosotras. —La voz de la señora Ennis se hizo un poco brusca. Llevaba cuidando a Sophie desde que había nacido, incluyendo los años que Tessa se había pasado patrullando en el turno de noche. No había nada que concerniera a la casa o a Sophie que la señora Ennis no pudiera manejar, y era consciente de ello—. Vete ya —añadió, haciendo un gesto hacia la puerta—. Estaremos bien.

—Gracias. —Tessa lo decía en serio.

—Cuídate.

—Siempre. —También lo decía en serio.

Tessa recorrió el oscuro pasillo. Sus pasos se hicieron más lentos de lo que le habría gustado, deteniéndose ante el cuarto de Sophie. Entrar y despertar a su hija dormida habría sido un acto de egoísmo. Así que se contentó con quedarse en el marco de la puerta abierta, mirando dentro de la habitación en penumbra hasta que pudo distinguir la cascada de pelo castaño oscuro de su hija sobre la almohada verde claro.

Tenía dos lamparitas de noche encendidas, dado que a Sophie ya no le gustaba la oscuridad. Entre sus manos sujetaba su juguete favorito, una muñeca de trapo llamada Gertrude con el pelo marrón y botones oscuros por ojos. Después de la muerte de Brian, Gertrude llevaba una tirita en el pecho. Porque le dolía el corazón, decía Sophie, y Tessa asentía con la cabeza para mostrar que la comprendía.

Sophie no era la única con cicatrices de lo que había pasado hacía dos años. Cada vez que Tessa traspasaba la puerta, ya fuera para ir al trabajo, para salir a correr o para bajar rápidamente al supermercado, sentía la separación de su hija como un dolor físico, un desgarro que no se curaba hasta que regresaba a casa. Y a veces todavía soñaba con nieve y sangre, con intentar detener la caída de su marido. Pero con la misma frecuencia soñaba que sostenía la pistola, todavía apretando el gatillo.

Tessa llegó al recibidor. Se detuvo en la cocina el tiempo suficiente como para garabatear una sencilla nota y dejarla en el sitio en el que su hija se sentaba. Escribió: «Te quiero. Volveré pronto a casa...».

Luego respiró hondo y salió por la puerta.

Tessa no había sido una de esas chicas que crecen soñando con ser policías. Su padre era el mecánico del barrio, un tipo de clase obrera mucho más interesado en su Jack Daniel's diario que en su única hija. Su madre era una figura borrosa que rara vez abandonaba su dormitorio. Había muerto joven, haciendo que Tessa lamentara la ausencia de un concepto más que la de una persona real.

Dejada a su suerte, Tessa había tomado el tipo de decisiones que la habían llevado a acabar sola, embarazada y desamparada. Y así, sin más, había crecido. Fracasar nunca le había parecido algo muy importante, pero ni en broma iba a fallar a su hija. Lo primero que tenía que hacer era encontrar una profesión adecuada para una madre soltera que apenas tenía la educación secundaria. Eso la había conducido a la academia de policía, donde se había pasado seis largos meses aprendiendo a disparar, a pelear y a diseñar estrategias. Se había sorprendido a sí misma cuando resultó que tenía talento para las tres cosas.

Y, además, le había encantado. El trabajo, el uniforme, el compañerismo. Durante cuatro años, había patrullado las carreteras de Massachusetts, apaciguando borrachos, deteniendo peleas y manejando casos de violencia de género. Durante cuatro años, había tenido un objetivo y se había sentido como si de verdad estuviera haciendo algo importante. Había sido feliz.

En ese entrenamiento confiaba ahora, mientras se dirigía al centro de Boston, buscando una plaza de aparcamiento mientras comenzaba el análisis de la escena del crimen. Los Denbe vivían en Back Bay, uno de los barrios más ricos de Boston, como cabría esperar del director de una empresa que valía cien millones de dólares. El vecindario estaba compuesto por elegantes filas de mansiones, lo suficientemente cerca las unas de las otras como para que alguien hubiera oído algo, pero tan caro como para que las paredes estuvieran recubiertas de un aislamiento especialmente diseñado para dar a la gente adinerada el sentimiento de estar en su propia isla desierta incluso en medio del caos de la vida urbana.

Vio que no había ambulancias ni una base de operaciones móvil, lo que tenía sentido, dado que la alarma había sido por un simple allanamiento de morada. Por otra parte, contó más de seis coches patrulla, además de varios vehículos policiales sin distintivos. Demasiada gente para un asalto. Por no mencionar la presencia de múltiples detectives... Claramente la policía estaba revisando la evaluación inicial de la situación.

Tessa recorrió la calle Marlborough hasta el callejón de atrás donde los afortunados residentes de Back Bay disponían de aparcamiento reservado, y los que tenían incluso más suerte, garajes privados. Encontró un espacio vacío y lo ocupó. Estaba prohibido, por supuesto, pero, dado que ahora podía ver más coches de detectives, se dijo que no era la primera investigadora que se aprovechaba. Cogió la placa que identificaba su vehículo como de Investigaciones Especiales y la colocó en el salpicadero de su Lexus. Seguramente le pondrían una multa por puro rencor, pero así era la vida.

Tessa salió del coche, se envolvió en su abrigo de lana de color chocolate, y se encontró vacilando de nuevo.

Su primer instinto fue deshacerse de su Glock. Dejarla en la guantera. Si la llevaba en ese sitio, delante de los detectives de Boston, solo provocaría comentarios.

Pero eso le hizo enfadarse. Primera norma de un policía: nunca dejes que te vean sudar.

Con la barbilla levantada, los hombros hacia atrás, Tessa deslizó su arma registrada legalmente en su funda y se puso en marcha.

El sol ya estaba saliendo, bañando la hilera de mansiones de ladrillo rojo y pintadas de color crema en un resplandor dorado. Ya de vuelta en la calle Marlborough, caminó hasta la residencia de los Denbe, admirando las fachadas todavía decoradas con tallos de maíz seco y otros adornos con motivos de la cosecha por Acción de Gracias. La mayoría de casas lucían pequeños jardines separados de la acera por negras rejas de hierro forjado. En esta época del año, lo que se veía quedaba reducido a pequeños setos, frondosos arbustos ligeramente más grandes y, en algunos casos, crisantemos muertos. Por lo menos la temperatura de ese día no era tan mala y el sol prometía algo de calor. Pero, poco a poco, el sol descendería más, los días se harían más cortos, el viento ganaría fuerza a medida que llegara diciembre y el frío de la mañana se haría casi doloroso.

Un joven agente uniformado estaba solo frente a la residencia de los Denbe. Trasladaba el peso de un pie a otro, tal vez para no quedarse frío, tal vez para mantenerse despierto. Estando tan cerca, en la acera frente a la majestuosa mansión con la fachada color crema y detalles en negro, no parecía que hubiera habido una tragedia. No habían extendido una cinta policial por los escalones de la entrada y no había una camilla de ambulancia esperando frente a la casa. El lugar estaba relativamente tranquilo, lo que le hizo preguntarse a Tessa qué era lo que la policía de Boston no quería que la gente supiera.

Según el jefe de Tessa, el ama de llaves de la familia Denbe había hecho la primera llamada a la policía poco después de las cinco y media de la mañana. Dijo que parecía que alguien había entrado en la casa, momento en el que un detective de Boston fue enviado al sitio. Lo que él encontró dentro sugería algo un poco más urgente que un robo rutinario, y eso había conducido a muchas más llamadas telefónicas, incluyendo una de la empresa de Justin Denbe al jefe de Tessa.

Turbio, había pensado Tessa durante la llamada inicial de su jefe. Ahora, al ver la puerta negra de nogal de la entrada, subió su valoración inicial a complicado. Muy complicado.

Se cuadró frente al agente, mostrando su placa de investigadora. Como era de esperar, él hizo un gesto de negación.

—Es una fiesta privada —le informó—. Solo la policía de Boston.

—Pero me han invitado —contestó Tessa—. La empresa de la familia, Construcciones Denbe. Especializada en proyectos de construcción de cientos de millones de dólares, entregados en mano por senadores estatales y la gente importante de Washington. Ya sabes, el tipo de gente a la que ni tú ni yo nos podemos permitir el lujo de cabrear.

El agente la fulminó con la mirada.

—¿Qué gente importante de Washington?

—El tipo de intermediarios políticos que le han concedido a Justin Denbe una invitación permanente a la toma de posesión presidencial que él quiera escoger. Ese tipo de gente. —En realidad, eso era exagerar un poco, pero resumía el espíritu.

El agente cambió el peso de su pie izquierdo a su pie derecho. No se creía mucho la historia de las conexiones políticas, pero, dado que la casa estaba en Back Bay, no lo descartaba del todo.

—Mira —prosiguió Tessa—. Esta familia, este barrio. Por Dios, todo esto nos sobrepasa. Y por eso la empresa de Denbe ha contratado a la mía. Una empresa privada para proteger sus intereses privados. No estoy diciendo que sea lo correcto, o que te tenga que gustar, pero ambos sabemos que en estos ambientes es como funciona el mundo.

Le estaba convenciendo, estaba segura de que le estaba convenciendo. Y por supuesto ese fue el momento en que apareció la sargento detective D.D. Warren.

La temperamental rubia salió por la puerta, se quitó los guantes de látex, se dio cuenta de la presencia de Tessa y sonrió burlonamente.

—Me contaron que te habías convertido en una poli de alquiler —declaró la detective de homicidios. Sus cortos rizos dorados reflejaron el sol de la mañana mientras descendía por los escalones. Conocida por su gusto por la moda, D.D. llevaba unos vaqueros azul oscuro, una camisa azul claro y una chaqueta de cuero color caramelo. Sus botas a juego eran de tacón y, aun así, sus pasos no vacilaron.

—Me contaron que habías sido madre.

—También me he casado. —La detective mostró un anillo azul brillante. Se detuvo junto al agente, que estaba mirando a su alrededor como si estuviera buscando una salida.

D.D. y Tessa se habían visto por última vez en una habitación de hospital hacía dos años. D.D. y su compañero de la policía estatal Bobby Dodge habían interrogado a Tessa sobre quién había disparado a su marido, el asesinato de otro agente estatal y dos muertes más. A Tessa no le habían gustado las preguntas de D.D. A D.D. no le habían gustado las respuestas de Tessa. Al parecer, el tiempo no había cambiado el concepto que tenían la una de la otra.

D.D. señaló con la barbilla hacia el prominente bulto bajo el abrigo abierto de Tessa.

—¿En serio te permiten llevar una pistola?

—Eso es lo que sucede cuando un tribunal absuelve a una persona de todos los cargos. Inocente a los ojos de la justicia y todo eso.

D.D. torció la mirada. Tampoco se había tragado esa historia hacía dos años.

—¿Por qué estás aquí? —preguntó bruscamente.

—Para quitarte el caso.

—No puedes.

Tessa no dijo nada; su silencio era la mejor muestra de poder.

—En serio —continuó D.D.—. No puedes quitármelo, porque no es mío.

—¿Qué? —Tessa no pudo evitarlo; no se esperaba eso, dado el estatus de D.D. como la superpolicía que mandaba en Boston.

D.D. señaló con la cabeza hacia la puerta de la mansión.

—El detective encargado es Neil Cap. Está dentro si quieres hablar con él.

Tessa tuvo que hacer memoria.

—Espera un momento. ¿El chaval pelirrojo? ¿El que se pasaba todo el tiempo en la oficina del forense? ¿Ese Neil?

—Le he enseñado bien —contestó D.D., modesta—. Y, para que conste, es cinco años mayor que tú, y no lleva muy bien lo de que le llamen chaval. Definitivamente, vas a necesitar ser más educada si quieres entrometerte en su caso.

—No lo necesito. Tengo el permiso de los propietarios para entrar.

Le tocaba a D.D. parecer sorprendida. Sus brillantes ojos azules se llenaron de perspicacia.

—¿La familia? ¿Has hablado con ellos? Porque a nosotros nos encantaría poder hacerlo. Ahora mismo, de hecho.

—No la familia. Resulta que, como muchos otros tipos ricos, Justin Denbe no es el dueño de su propia casa, sino su empresa.

La detective Warren siempre había sido una mujer inteligente.

—Mierda —replicó suspirando.

—A las seis de esta mañana —continuó Tessa—, Construcciones Denbe ha contratado a Investigaciones Northledge para manejar todos los asuntos relacionados con esta propiedad. Estoy autorizada a entrar en la casa, evaluar la escena del crimen y hacer un análisis por mi cuenta. Ahora, nos podemos quedar de pie esperando que el fax llegue a vuestras oficinas, o puedes dejarme trabajar. Como le estaba explicando a este buen agente, la familia Denbe tiene algunos contactos. Lo que implica que podrías dejarme entrar para que me pusiera al tajo. Te ahorrarás el tiempo y el esfuerzo de encontrar a alguien más a quien culpar.

D.D. no habló, solo meneó la cabeza. La detective estudió la entrada durante un segundo, tal vez tranquilizándose, pero lo más probable era que estuviera planeando el siguiente ataque.

—¿Cuánto serviste al final, Tessa? —preguntó D.D.—. ¿Cuatro, cinco años como agente de patrulla?

—Cuatro.

La detective veterana alzó la mirada. Su expresión no era burlona, sino sincera.

—No tienes la experiencia suficiente para este tipo de casos —declaró—. Nunca has procesado pruebas, no has analizado una escena del crimen que tenga cinco plantas, y mucho menos has asumido la responsabilidad de este tipo de situación. No estamos hablando de detener vehículos que superen el límite de velocidad ni de hacer controles de alcoholemia a los borrachos. Estamos hablando de una familia desaparecida con una hija adolescente.

Tessa mantuvo su rostro impasible.

—Ya lo sé.

—¿Cómo está Sophie? —preguntó la detective de Boston abruptamente.

—Bastante bien, gracias.

—Mi hijo se llama Jack.

—¿Qué edad tiene?

—Once meses.

Tessa tuvo que sonreír.

—¿A que lo quieres más de lo que jamás pensaste que podrías querer a alguien? ¿Hasta que te despiertas al día siguiente y te das cuenta de que todavía lo quieres más?

D.D. no apartó la mirada.

—Sí.

—Te lo dije.

—Me acuerdo, Tessa. ¿Y sabes qué? Todavía creo que te equivocaste. Hay líneas que no se deberían cruzar. Como policía, lo sabías mejor que nadie, y aun así disparaste contra una persona a sangre fría. Ya sea por amor o por odio, asesinar nunca está bien.

—Presuntamente —puntualizó Tessa con frialdad—. Presuntamente disparé contra una persona a sangre fría.

D.D. no parecía divertirse. Continuó, la voz ligeramente más sosegada.

—Pero… recuperaste a tu hija. Y ahora hay días, tal como me dijiste, en los que miro a mi hijo y… no sé. Si estuviera en peligro, si temiera por su vida… Bueno, digamos que sigo sin estar de acuerdo con lo que hiciste, pero tal vez te entiendo mejor.

Tessa permaneció impasible. En lo que se refería a disculpas, esto era lo más que iba a conseguir de D.D. Warren. Lo que ya hacía a Tessa ponerse en alerta ante lo que la detective de Boston haría a continuación.

Por supuesto.

—Mira, obviamente no puedo impedir que entres en la casa y lleves a cabo un análisis *por tu cuenta*, dado que *los propietarios* de la casa te han dado permiso —dijo D.D.—. Pero respeta lo que hemos hecho, ¿de acuerdo? Neil es un buen detective y está respaldado por un equipo experimentado. Aún más, ya hemos empezado con el procesamiento de pruebas, y, si ha pasado lo que pensamos que ha sucedido, el destino de esta familia depende de que consigamos trabajar juntos. Y pronto.

Tessa esperó un instante.

—No sueles utilizar tu voz agradable.

—Y tú no sueles ser estúpida.

—Tienes razón.

—¿Hay trato?

El sol ya estaba arriba. Calentando las aceras, iluminando la mansión color crema, casi llegando a la sólida puerta de nogal. Una calle tan hermosa, pensó Tessa, y un crimen tan horrible. Pero claro, ella sabía mejor que nadie que era imposible adivinar lo que ocurría realmente de puertas para adentro, incluso en una familia supuestamente feliz, incluso entre la élite adinerada de Boston.

Avanzó un paso.

—No tocaré tus pruebas.

—Ya te he dicho que…

—Solo quiero los ordenadores.

—¿Por qué?

—Te lo haré saber cuando los encuentre. Ahora vamos a ponernos en marcha. Como bien has dicho, el tiempo vuela. Felicidades por tu nueva familia, D.D.

La detective fue detrás de ella.

—Sí, bueno, felicidades por tu nuevo trabajo. Dime la verdad: ¿te estás forrando?

—Sí.

—Seguro que haces muchas horas.

—Vuelvo a casa para cenar todas las noches.

—Pero nos echas de menos, ¿verdad?

—Oh, solo la mayor parte del tiempo.

# 3

La furgoneta blanca se dirigía hacia el norte, siguiendo las carreteras principales, de Storrow Drive a la 93, luego a la 95 y más allá. Casi era la una de la madrugada y las autopistas eran lo mejor para ganar tiempo.

Nada de lo que hubiera que preocuparse. Solo una furgoneta blanca que conducía aproximadamente diez kilómetros por encima del límite de velocidad cruzando Massachusetts. El conductor vio dos coches patrulla de la policía estatal y presionó ligeramente los frenos como hubiera hecho cualquier otro, antes de reanudar la velocidad de crucero. Nada que pudiera llamar la atención.

A las tres de la madrugada, la furgoneta hizo su primera parada en un antiguo restaurante de carretera cerrado desde hacía años. Situado en medio de la nada, tenía un aparcamiento de tierra y parecía el tipo de sitio en el que un camionero puede aparcar para dormir un rato o regar los arbustos. Lo más importante, era el tipo de lugar en el que nadie se fijaba, porque nunca ocurría nada interesante.

El miembro más joven del equipo, un chaval al que llamaban Radar, fue enviado a hacer lo suyo. Abrió las puertas traseras de la furgoneta e inspeccionó su carga. La niña y la mujer permanecieron quietas. El hombre, por el contrario, estaba empezando a moverse. Abrió un ojo vidrioso, miró aturdido a Radar y luego se inclinó hacia delante, como si fuera a enfrentarse a ese enemigo más flaco y más joven. Obviamente todavía bajo los efectos del sedante, el hombre avanzó unos quince centímetros, cayó de bruces en la esterilla de goma y volvió a desmayarse. Radar se encogió de hombros, le tomó el pulso, luego abrió su maletín, retiró una jeringa ya preparada y la clavó en el brazo del hombre. Eso lo contendría un poco.

Radar comprobó las bridas de las muñecas y los tobillos de los tres, así como la cinta de embalar que les tapaba la boca.

Hasta ahí, todo bien. Recogió su equipo, fue a cerrar las puertas y se detuvo. No estaba seguro de por qué lo hizo. Tal vez porque era realmente bueno en su trabajo, poseía un sexto sentido que le había hecho ganarse el apodo en su primera misión, hacía ya tantos países, años, escuadrones. Por alguna razón dejó su maletín y, aunque Z le ladró desde el asiento del conductor que se diera prisa, él volvió a examinar a cada una de sus cargas.

Móviles, las llaves del coche, las carteras, navajas de bolsillo, iPods, iPads, cualquier cosa que una persona pudiera considerar útil había sido abandonada y pulcramente apilada en la isla de la cocina de la casa de Boston. Radar había pensado que era mucha precaución para unos civiles, pero Z había sido muy explícito en sus instrucciones. El hombre, se les había dicho, tenía algunas habilidades. No como las suyas, por supuesto, pero sí podía «apañárselas». Subestimar era de idiotas, así que no lo hicieron.

Y aun así… Radar empezó con la chica. Ella gimió ligeramente cuando le cacheó el torso, y Radar se sonrojó, sintiéndose como un pervertido por toquetear a una menor, especialmente a una chica joven y bonita. Cada cosa en su sitio, se recordó, la compartimentación lo era todo en su campo profesional. A continuación, la mujer. Todavía se sentía incómodo, sucio por dentro, pero se consoló con la idea de que era mejor para las mujeres que se encargara él en vez de Mick. Como si estuviera oyendo sus pensamientos, el enorme rubio se giró en el asiento trasero, hasta que pudo quedarse mirando a Radar con sus inquietantes ojos azules. Los ojos de Mick todavía estaban hinchados y enrojecidos, y definitivamente seguía enfadado por eso.

—¿Qué cojones...? —gritó Mick—. ¿Estás asegurándote o metiéndoles mano?

—Algo va mal —murmuró Radar.

—¿Qué pasa? —preguntó Z, el gigante, al instante poniéndose en alerta desde el asiento del conductor. Ya estaba abriendo la puerta y saliendo por ella.

—No lo sé —murmuró de nuevo Radar, moviendo las manos, palpando, buscando—. Eso es lo que estoy tratando de averiguar.

Mick se calló. Radar sabía que al rubio no siempre le caía bien, pero habían estado juntos el tiempo suficiente como para que Mick supiera que era mejor no discutir con la intuición de Radar. Si Radar sospechaba algo, es que algo había. La pregunta era el qué.

Z ya estaba en la parte de atrás. Se movía rápido para ser un tipo grande, y, como todavía seguía vestido completamente de negro, hizo una aparición inquietante en esa noche sin luna.

—¿Qué? —preguntó.

Y, volviendo a examinar al marido, Radar lo descubrió. En menos de seis horas habían cometido su primer error, y les iba a salir caro. Se quedó quieto, sopesando las opciones cuando, de repente, Z se puso en marcha.

Antes de que Radar pudiera parpadear, apareció un cuchillo en las manos del gigante. Dio un paso adelante, y Radar se quitó de en medio, apartando la mirada por instinto.

Una cuchillada, tres cortes. Ni más ni menos, y Z había acabado. Inspeccionó su trabajo, gruñó de satisfacción y se alejó, dejando a Radar, el último en la cadena de mando, que se deshiciera de los restos.

Ya a solas, con la respiración entrecortada, Radar se encargó de ello. Feliz de haber tenido la previsión de escoger un restaurante abandonado. Aún más contento por el cobijo que le proporcionaba la noche, que le impedía incluso a él tener que ver lo que debía hacer.

Una vez que se hubo deshecho de los residuos, recogió su maletín del suelo de la furgoneta. Compartimentación, se recordó. Lo más importante de su trabajo. Cerró las puertas traseras, negándose a echar un segundo vistazo.

Treinta segundos después, estaba de vuelta, sentado incómodamente junto a Mick.

Reanudaron su camino en la oscuridad de la noche. Una furgoneta blanca, dirigiéndose hacia el norte.

# 4

Tessa entró en la casa de los Denbe con una mezcla de temor y curiosidad. Nerviosismo por inspeccionar una escena del crimen que podría o no involucrar a una cría. Curiosidad por recorrer el interior de una mansión multimillonaria de Boston. Las casas restauradas en esta zona de la ciudad eran legendarias, y, a primera vista, la residencia de los Denbe no la decepcionó. Tessa se fijó en los maravillosos suelos de madera meticulosamente pulidos, los techos de tres metros, las gruesas e intrincadas molduras y los suficientes muebles de madera tallados a mano como para mantener a un equipo de carpinteros ocupados durante todo un año.

Como la mayoría de las mansiones de Boston, la casa era estrecha pero profunda. Un *hall* abierto de dos pisos con una enorme lámpara de araña de cristal soplado —de Venecia, supuso— preparaba el escenario para unas imponentes escaleras y un gran salón con una hermosa chimenea antigua restaurada a la izquierda. Saliendo de la sala y dirigiéndose hacia la parte trasera de la casa, vio el comienzo de lo que supuso que sería una cocina último modelo, con sus encimeras de granito, electrodomésticos caros y armarios hechos a medida.

No era una casa muy recargada, pensó Tessa. Ni ultramoderna. Colores neutros enfatizados puntualmente por pinceladas inesperadas de color. Algo de arte contemporáneo, mezclado con muebles obviamente antiguos. Un hogar destinado a impresionar, pero no a abrumar, donde uno podría recibir a sus colegas empresarios y a los niños del barrio con igual éxito.

Lo que hacía que la escena del vestíbulo fuera aún más perturbadora.

Vómito. Un charco grande, acuoso, a metro y medio de la puerta, en la pared de la derecha. Confeti. De un verde brillante, un millón de trocitos, cada uno de los cuales llevaría el número de serie del táser que se había utilizado para descargar el cartucho. Se limpiaba fatal, Tessa lo sabía por propia experiencia, pues había pasado tiempo en la academia tanto disparando táseres como siendo alcanzada por ellos, y todavía tenía las marcas de quemaduras en su cadera y tobillo para demostrarlo.

Se habían colocado carteles amarillos de identificación de pruebas por la escena, señalando el confeti y el vómito, así como algunas marcas negras en la pared, probablemente del zapato de alguien. Tessa se agachó para examinar primero el confeti y después las marcas más de cerca. El confeti probablemente no les serviría de nada. Por un lado, el objetivo de que hubiera un número de serie en los papeles era poder rastrear un incidente con el táser en cuestión, igual que una bala podía ser emparejada con un arma específica a través de las estrías que se producían al disparar. En Massachusetts, sin embargo, los táseres estaban prohibidos para su uso civil. Quienquiera que hubiera usado este probablemente lo había comprado en el mercado negro y había falsificado los papeles.

Las marcas negras le interesaban más. Lo que había no era suficiente para averiguar la marca y el modelo de zapato. Suponía, sin embargo, que era una suela de una deportiva o de una bota. ¿De Justin Denbe? ¿De quien le había atacado? Ya tenía su propia lista de preguntas, así como una creciente sensación de temor.

Durante un momento, Tessa no pudo evitarlo. Estaba de pie en su propia cocina, acababa de terminar su turno, el cinturón de servicio ajustado alrededor de su cintura, la gorra calada hasta las cejas, rozando la Sig Sauer, sacándola lentamente de su funda, haciéndola oscilar en el espacio entre ella y su marido... «¿A quién quieres?».

—La casa tiene un sistema de seguridad último modelo —anunció D.D. con tono seco—. Según el ama de llaves, no estaba activado cuando ella llegó a las cinco y media de la mañana. No utiliza la puerta principal, sino que entra por el garaje trasero en el nivel inferior. Dado que Justin Denbe es un fanático de la seguridad, el procedimiento operativo estándar implica teclear un código clave para alzar la puerta exterior del garaje y luego un segundo código para desbloquear la puerta interior que conduce desde el garaje al sótano. La puerta del garaje estaba bajada y cerrada; la puerta interior, sin embargo, estaba abierta. Entonces, subió y vio la isla de la cocina.

D.D. se dirigió a la zona principal de la casa avanzando hacia la izquierda pegada a la pared, evitando el charco de vómito y el montón de confeti del táser. Tessa siguió los pasos de D.D., con mucho cuidado de no dejar su propio rastro mientras se encaminaban hacia la cocina.

Su propia casa aquella mañana había sido una modesta vivienda de trescientos mil dólares en un barrio de clase media de Boston. Y, sin embargo, lo que había sucedido en su cocina, frente a lo que había sucedido en ese enorme vestíbulo...

Violencia, la que hacía a todas las personas iguales. No le importaba nada el dinero, la clase, en qué trabajabas. Un día, simplemente, te encontraba.

La cocina, enorme, se extendía hasta la parte posterior de la casa. También estaba meticulosamente limpia y sorprendentemente vacía. Tessa dirigió una mirada rápida a D.D. Fuera, había contado por lo menos media docena de coches de detectives. Pero, dentro de la casa, Tessa había visto hasta entonces a D.D., a D.D., y solo a D.D.

Después Tessa se corrigió a sí misma. Había visto a una sola detective en el *primer piso* de la casa. Lo que significaba —levantó la mirada automáticamente al techo— que, si lo del vestíbulo era malo, arriba, suponía, tenía que ser mucho peor para exigir la atención de al menos cinco detectives más de Boston.

—Mira —le señaló D.D.

Una gran isla en el centro de la cocina. Por lo menos de dos metros y medio de largo, recubierta de granito verde dorado con vetas grises más oscuras que fluían como el agua. En ese momento, una colección desordenada de artículos, todos apilados directamente en el medio, echaba a perder la pulida superficie.

Tessa se acercó lentamente, buscando en el bolsillo de su abrigo un par de guantes de látex.

Un bolso, observó. De caro cuero marrón, parecía italiano. Un teléfono móvil. Un iPod. La cartera del hombre. Otro teléfono móvil, dos llaves de coche, una de un Range Rover, otra con el logotipo de Mercedes-Benz. Dos iPads. Una navaja suiza de bolsillo roja, bien plegada. Por último, un brillo de labios del color del algodón de azúcar rosa, un fajo de billetes y dos chicles, todavía envueltos en papel de aluminio.

El bolso probablemente pertenecía a la mujer. La cartera, la navaja de bolsillo, por lo menos uno de los teléfonos serían del marido, mientras que las dos llaves eran del coche de ella y del coche de él. El resto suponía que pertenecía a Ashlyn. Reproductor de música, tableta, teléfono móvil, brillo de labios, dinero en efectivo, chicles. Más o menos todo lo que necesitaba una adolescente de hoy en día.

Tessa estaba contemplando el contenido de los bolsillos/carteras de una familia, diligentemente recogido y apilado como una ofrenda en un altar en medio de la isla de la cocina.

Miró de nuevo a D.D.; encontró a la detective observándola.

—¿Dos móviles? —preguntó Tessa.

—Tres. El tercero está dentro del bolso, pertenece a Libby. Nos hemos puesto en contacto con la compañía telefónica; van a enviarnos por fax el registro de las anteriores cuarenta y ocho horas, incluyendo llamadas, textos y mensajes. Un esquema preliminar: no hay llamadas por parte de ningún miembro de la familia después de las diez de la noche de ayer. Ashlyn, la hija adolescente, tiene varios mensajes de texto de amigos tratando de contactar con ella con crecientes niveles de urgencia, pero no tuvieron respuesta. El último mensaje de texto enviado por Ashlyn fue aproximadamente a las nueve cuarenta y ocho de la noche. El último mensaje de texto que recibió fue poco después de la medianoche, el cuarto que le enviaba su mejor amiga, Lindsay Edmiston, exigiendo una respuesta inmediata.

—Así que el que lo hace coge a la familia por sorpresa —dijo Tessa, imaginándose la escena—. Por eso no hay llamadas interrumpidas o mensajes pidiendo ayuda. El agresor utiliza un táser para someterlos, de ahí el confeti en el vestíbulo. Luego los inmoviliza y les quita sus pertenencias.

—Menudo robo —declaró D.D., con voz desafiante.

—No es un robo —se mostró de acuerdo Tessa—. Tienes razón. Los teléfonos, el bolso, la cartera. Eso sería lo primero que se habrían llevado, no lo que habrían dejado.

Tessa se preguntó si la familia había estado consciente durante esa fase. Era lo más probable. Que te alcanzara un táser era intensamente doloroso, pero solo te incapacitaba durante un rato. En el momento en que se aprieta el gatillo, una corriente eléctrica atraviesa el cuerpo de la víctima, incendiando cada nervio hasta que se hace insoportable. En el momento en el que se suelta, sin embargo, la corriente cesa y el dolor se desvanece, dejando a la víctima temblando, pero de pie.

La mayoría de los agentes de policía preferían los táseres al espray de pimienta por esa misma razón. El espray de pimienta reducía al sujeto a un bulto sollozante y lleno de mocos, al que el agente tenía que ayudar a meterse en la parte de atrás del coche patrulla con más o menos torpeza. Los táseres, por el contrario, generalmente suponían dos o tres ráfagas rápidas de carga eléctrica, y llegados a ese punto la mayoría de los delincuentes se metían ellos mismos en el coche patrulla, cualquier cosa antes de que les dispararan con uno otra vez.

O sea que muy probablemente la familia estaba consciente. Atados, sometidos, mientras que el agresor saqueaba sus bolsillos y examinaba sus pertenencias para, a continuación, colocar todo perfectamente en la isla de la cocina. Los padres, por lo menos, debían de haberse dado cuenta de todas las implicaciones.

Que eso no era un robo.

Que, por tanto, era algo más personal. Algo peor.

—Puesto que se te está dando bien lo de mirar, pero no tocar —dijo D.D.—, voy a contarte un secreto.

Tessa esperó. D.D. señaló a la pila.

—Debajo de todos esos productos de electrónica, hemos encontrado las joyas de la familia. El anillo de compromiso, las alianzas, pendientes de diamantes, aretes de oro, dos collares y un Rolex. Lo que calculo, tirando por lo bajo, como mínimo unos cien mil en artículos fáciles de empeñar.

—Mierda —no pudo evitar exclamar Tessa.

—Sí. Menudo robo.

—Está bien. Háblame del sistema de seguridad.

—Controlado electrónicamente. La empresa de Denbe ha construido unas cuantas prisiones, e incorporó un sistema en su propia casa muy similar al que utilizan para las celdas de las cárceles. Todas las puertas tienen varios cerrojos de acero, que son controlados por un panel principal. Tecleas un código, el sistema automáticamente bloquea todos los accesos de entrada y salida. Tecleas un segundo código y el sistema se desactiva, desbloqueándolo todo. Supongo que hay otros códigos, para especificar el desbloqueo simplemente de la puerta interior A o de la puerta exterior B, pero, teniendo en cuenta que este sistema probablemente cuesta más que toda mi casa, no puedo decir que sea una experta. Por supuesto, las ventanas y las puertas están también conectadas con el sistema, que de forma automática se pone en contacto con la empresa de seguridad mientras suena una alarma por si alguien intenta abrir manualmente una puerta.

—¿Y el sistema estaba desactivado cuando llegó el ama de llaves a las cinco y media?

—Exacto. Lo que es muy raro. Justin Denbe exige que la casa esté conectada en todo momento, tanto si hay alguien dentro como si no.

—Primera lección acerca de vivir en la ciudad —comentó Tessa inexpresivamente. Siguió con la conjetura más lógica—. ¿Quién conoce los códigos?

—La familia, el ama de llaves y la empresa de seguridad.

—¿Con qué frecuencia se cambian los códigos?

—Una vez al mes.

—¿Puede ser anulado a mano? ¿Cables cortados, ese tipo de cosas?

—Según la empresa de seguridad, cualquier tipo de manipulación haría saltar la alarma. Y está reforzado…, dos sistemas paralelos, tanto de fibra óptica como de cable. A ver, yo no lo entiendo todo, pero Justin Denbe sabe de lo suyo, y lo aplicó en su propia casa. Se puede contactar con la empresa de seguridad si hay una emergencia, por ejemplo en caso de incendio, pero nos han informado de que no hubo llamadas. Quienquiera que entrara, lo hizo bien.

Tessa se giró para mirar a la detective.

—Dijiste que el ama de llaves entraba por el garaje. ¿Y la familia?

—Cuando van a pie, utilizan la puerta de entrada, tal como hemos hecho nosotras. Cuando Libby conduce, entra por el garaje de la planta de abajo en el que aparca su coche. Pero, según el ama de llaves, Justin y Libby tenían planeado salir a cenar esa noche. Y en ese tipo de situaciones el que conducía era él.

—¿Pero no aparca en el garaje?

—No, solo hay una plaza, que cortésmente, supongo, le ha cedido a ella. También tienen una plaza de aparcamiento reservada en la calle de atrás, pero la utiliza el ama de llaves. Creo que sus ausencias son tan largas que la mayor parte del tiempo deja su coche en el garaje de la empresa y utiliza una limusina para todo lo demás. Para unos pocos días a la semana que está en casa, se arriesga aparcando en la calle, al igual que el resto de nosotros, los plebeyos. —D.D. puso los ojos en blanco.

—¿Y la chica, Ashlyn? ¿Dónde estaba?

—Sus padres habían salido. Así que se quedó en casa.

Tessa lo asimiló.

—Así que la hija ya está en casa. Sus padres vuelven. Entran por la puerta principal… El agresor ya está dentro. Tiende una emboscada a Justin y a Libby en el vestíbulo.

—¿Agresor o agresores?

—Agresores. Una persona sola no puede someter a una familia entera con un táser. Y Justin trabaja con las manos, ¿verdad? Muy activo, me dijo mi jefe. Un tipo grande, musculoso.

—Un tipo grande —convino D.D.—. Muy en forma.

—Así que agresores. Por lo menos uno o dos en la entrada. Sorprendiendo a los padres. Lo que nos deja a la chica.

—Si fueras una secuestradora, ¿a por quién irías primero? ¿A por los padres o a por la hija?

—A por la hija —dijo Tessa sin dudar—. En el momento en que te apoderas de la hija, controlas a los padres.

—Exacto. Y ahí fue donde nuestros chicos casi cometen su primer error. La habitación de la hija está en el tercer piso. Vamos, sígueme.

# 5

Mi padre murió el mismo fin de semana de mi undécimo cumpleaños. Hasta hoy mismo, cuando pienso en él, puedo saborear la tarta hecha en casa con un preparado para repostería, coronada con crema de mantequilla y pepitas de colores. Puedo oler la cera derritiéndose en las velas de cumpleaños, dos números uno dominando codo con codo la no muy regular tarta redonda. Oigo música, «Cumpleaños feliz», para ser exactos. Una canción que nunca he cantado a mi propia familia y que nunca les cantaré.

Un accidente de moto, eso fue todo. Mi padre no llevaba casco.

Darwinismo, murmuraba mi madre, pero sus ojos azules siempre estaban ojerosos, su expresión profundamente triste. Esa fue mi primera experiencia de que se puede odiar a un hombre y al mismo tiempo echarlo terriblemente de menos.

La pérdida de un padre no es la mejor opción económica. Hasta ese momento, el trabajo de mi padre como electricista y el trabajo a tiempo parcial de mi madre en la tintorería de la esquina nos había mantenido sólidamente dentro de la clase trabajadora. Un pequeño y bonito apartamento en una zona de clase obrera de Boston. Un coche de segunda mano para mi madre, una moto de fin de semana para mi padre. Comprábamos nuestra ropa en J.C. Penney, o, si mi madre se sentía caprichosa, en T.J. Maxx. Nunca me preocupé por que me faltara comida en la mesa, o un techo sobre la cabeza. Mis amigos del barrio también eran de clase trabajadora y, si yo no tenía mucho, al menos tenía lo mismo que ellos.

Por desgracia, el estilo de vida de la clase trabajadora en general hace que las casas dispongan de unos ingresos suficientes solo para cubrir las facturas mensuales, no para financiar lujos tales como ahorrar o, lo que hubiera estado aún mejor, un seguro de vida.

Después de la muerte de mi padre, mi madre y yo perdimos el setenta por ciento de los ingresos de la familia. La Seguridad Social nos dio alguna ayuda, pero no lo suficiente como para cerrar esa brecha. Mi madre pasó de un trabajo a tiempo parcial a trabajar a tiempo completo. Cuando no fue suficiente, comenzó a ofrecer servicios de limpieza por su cuenta. Yo iba con ella, dos noches a la semana, además de los fines de semana, perfeccionando mis dotes para pasar la aspiradora, quitar el polvo y lavar los platos mientras nos ganábamos una comida más en la mesa.

Adiós, bonito y pequeño apartamento. Hola, piso de un dormitorio subvencionado en un edificio enorme y sin alma, donde los disparos eran habituales todas las noches y las cucarachas superaban en número a los humanos en una proporción de mil a uno. Los viernes por la noche, mi madre encendía la estufa de gas y yo me quedaba al lado con el bote de Raid. Nos cargábamos dos o tres docenas de cucarachas de una vez, y después veíamos *Seinfeld* en un pequeño televisor en blanco y negro para celebrarlo.

Una buena época en el nuevo orden mundial.

Tuve suerte. Mi madre no dejó de luchar. Nunca cedió a la desesperación, al menos no delante de mí, aunque las casas de protección oficial tienen paredes muy finas y muchas noches me desperté con el sonido de sus sollozos. Dolor. Agotamiento. Estrés. Lo cierto es que tenía derecho a sentirlos, y por la mañana nunca le hablé de ello. Simplemente me levantaba y continuaba con la tarea de sobrevivir.

Descubrí el arte en el instituto. Tuve una gran maestra, la señora Scribner, que llevaba faldas campesinas de colores vivos e innumerables pulseras de plata y oro, como si una gitana se hubiera perdido en el centro de Boston. Los estudiantes se burlaban de ella. Pero en el momento en que entrabas en su clase, no podías evitar que te transportara. Había cubierto las paredes blancas con los nenúfares de Monet, los girasoles de Van Gogh, las gotas salpicadas de Pollock y los relojes derretidos de Dalí. Color, flores, formas, patrones. Las clases sucias y las taquillas rotas y los techos con goteras de un instituto público con recortes de financiación se desvanecían. Su clase se convirtió en nuestro refugio, y, guiados por su entusiasmo, intentamos encontrar la belleza en una existencia que para la mayoría de nosotros era dura y, para muchos, trágicamente corta.

Cuando le dije a mi madre que quería estudiar arte en la universidad, pensé que le iba a dar algo. Bellas artes, ¿qué tipo de licenciatura era bellas artes? Por el amor de Dios, por lo menos podría estudiar algo práctico como contabilidad, y que así algún día pudiera conseguir un trabajo de verdad y ganar suficiente dinero como para que las dos saliéramos de ese infierno. O, si era absolutamente necesario algo creativo, ¿por qué no la carrera de *marketing*? Pero por lo menos podría estudiar algo útil que me cualificara para hacer algo más que preguntar: «¿Van a querer también patatas fritas?».

La señora Scribner fue quien la convenció. No con el argumento de que yo tenía talento, o que valía la pena perseguir los sueños, sino al mencionar que había becas disponibles para los jóvenes de los barrios desfavorecidos. En ese momento, el dinero gratis abrió el camino hacia el corazón de mi madre. Así que estudié y pinté y esculpí, explorando diferentes medios artísticos, hasta que un día leí acerca de la arcilla tratada con plata y me di cuenta de que podía combinar la escultura con el diseño de joyas y tener lo mejor de ambos mundos. A mi madre incluso le pareció bien, porque la joyería era tangible, algo que se podía vender, incluso a algunos de los clientes para los que limpiaba si se diera el caso.

Llegué a la universidad justo cuando a mi madre le diagnosticaron cáncer de pulmón. Darwinismo, murmuraba, mientras contemplaba con nostalgia su paquete de cigarrillos. Tenía varias opciones, pero ninguna en la que se empeñara mucho. Honestamente, pienso que todavía echaba de menos a mi padre. Creo que, siete años después, solo quería volver a verlo.

La enterré en mi segundo curso. Y así, sin más, tenía veinte años y estaba sola en el mundo, armada con una beca de la universidad y una desesperada necesidad de crear, de encontrar un poco de belleza en un mundo que era tan sombrío.

Me las apañé. Mis padres me habían criado bien. Cuando conocí a Justin, se maravilló ante mi resiliencia innata y mi vulnerabilidad interna. Trabajé duro, pero acepté su ayuda. Nunca cuestioné su deseo de trabajar cien horas a la semana, siempre y cuando él nunca cuestionara mi necesidad de estar a solas en mi estudio, rodeada de mi preciosa arcilla tratada con metal. Nunca esperé que me salvaran, ya sabes, no fui buscando a mi príncipe azul ni creí que, una vez que le conociera, viviría feliz para siempre y nunca querría nada más.

Y con todo… Me enamoré. Completa y apasionadamente. Y si este chico guapo, fuerte y muy trabajador me quería dar la luna, ¿quién era yo para discutir?

Teníamos estabilidad, me decía. Teníamos amor, respeto mutuo y un montón de lujuria. Que fue seguido poco después por la mansión de Boston, los coches, la ropa, por no hablar de un estilo de vida que sobrepasaba mis sueños más salvajes.

Luego tuvimos a Ashlyn.

Y si una vez me había enamorado de mi marido, me enamoré aún más de mi hija. Era como si toda mi vida me hubiese estado preparando para ese momento, mi mejor obra, mi mayor logro, este paquetito de preciosa vida.

Aquella primera noche, mientras dormía recostada sobre mi pecho, le acaricié solemnemente la mejilla rechoncha y le prometí el mundo. Nunca le faltaría de nada: comida, ropa, seguridad, certeza. No iba a vivir siendo perseguida por el sabor de la tarta de cumpleaños o el olor de la cera derretida. No iba a dormirse con los ruidos de los disparos ni a despertarse con el sonido de su madre llorando.

Para ella los cielos serían luminosos, el horizonte ilimitado, las estrellas estarían siempre al alcance. Sus padres vivirían para siempre. Todas sus necesidades estarían cubiertas.

Esto y más le prometí a mi querida niña.

En aquellos días en los que mi marido y yo todavía estábamos enamorados y yo estaba convencida de que, juntos, podríamos hacer frente a cualquier cosa.

# 6

La base de la escalera se iba curvando, pero, una vez en el segundo piso, daba paso a un estilo en zigzag más tradicional. D.D. no se detuvo allí, sino que continuó subiendo hasta el tercero.

Tessa seguía sin ver a ningún otro detective, tan solo un puñado de carteles amarillos de identificación de pruebas, la mayoría de los cuales parecían señalar las marcas negras de zapato. De los atacantes, estaba cada vez más dispuesta a apostar. Una buena ama de llaves lo habría limpiado antes, y una buena esposa hubiera exigido que un calzado tan desconsiderado se dejara en el recibidor.

—Tienen un ascensor —dijo D.D.

—¿De verdad?

—Sí. Sube desde el garaje del sótano hasta la azotea. ¿Ves esas puertas dobles de madera tan bonitas en cada rellano? El ascensor está escondido tras ellas. El panel se desliza hacia la derecha, se pulsa el botón y ya está. Apuesto a que la mujer lo utiliza cada vez que vuelve a casa de su clase de yoga.

Tessa no dijo nada. Al parecer, ser el dueño de una empresa de construcción que valía cien millones de dólares tenía sus ventajas.

—Y también hay en el sótano —continuó D.D.— una bodega, un armero empotrado y el cuarto de la niñera. La bodega y el armero están cerrados y parece que no los forzaron. El cuarto de la niñera no estaba cerrado con llave, pero tampoco parece que hayan estado allí.

—¿Tienen una niñera?

—Ya no. Pero probablemente la tenían cuando Ashlyn era pequeña. Ahora solo emplean al ama de llaves, Dina Johnson, y ella no reside aquí.

—Es una casa muy grande para tres personas —observó Tessa—. ¿Qué tenemos, unos seiscientos metros cuadrados por cada miembro de la familia? ¿Cómo logran coincidir?

D.D. se encogió de hombros.

—Muchas familias parecen preferirlo así.

—Sophie todavía se mete en mi cama la mitad del tiempo —se oyó decir Tessa.

—¿De verdad? Ojalá Jack se durmiera. Al parecer, no planea hacerlo hasta los cinco años.

—No te preocupes. Cuando esté en preescolar estará agotado. Los niños se persiguen unos a otros durante todo el día y, en cuanto te quieres dar cuenta, a las siete de la tarde ya están dormidos.

—Estupendo. Solo me quedan dos años.

—Suponiendo que solo vayas a tener un hijo.

—Ja, ya he hecho bastante reproduciéndome a los cuarenta. Por lo que a mí respecta, la fábrica de bebés está cerrada. Tú eres joven; ten otro hijo y ya te lo pediré prestado.

Llegaron al tercer piso; la escalera las condujo a un amplio rellano generosamente lleno de puertas. Tessa vio inmediatamente media docena de carteles de identificación de pruebas, y un detective desgarbado y pelirrojo apoyado en la pared y observando la escena.

—Neil —le llamó D.D.—. Te he traído una invitada.

Neil alzó la vista y parpadeó. Tessa todavía creía que el pelirrojo parecía tener aproximadamente dieciséis años, pero entonces él entrecerró los ojos y Tessa pudo ver las patas de gallo que adornaban las comisuras de sus ojos azules.

—¿Qué?

Tessa dio un paso y le tendió la mano.

—Tessa Leoni. Investigaciones Northledge. Los dueños de la casa, Construcciones Denbe, me han contratado para llevar a cabo una evaluación independiente de la situación.

—¿Los propietarios? Construcciones Denbe... Espera. ¿Tessa Leoni? ¿La misma Tessa Leoni?

Habían pasado solo dos años, y dada la atención que le habían prestado los medios de comunicación... Tessa esperó pacientemente.

Neil se volvió hacia D.D.

—¿La has dejado entrar? ¿Sin preguntarme? Si yo hubiera hecho eso cuando estabas al frente, me habrías despellejado vivo con un cuchillo oxidado y luego habrías ido a por un salero.

—Le hice prometer que no tocaría nada —dijo D.D. con suavidad.

—Solo quiero los ordenadores —intervino Tessa—. Y ni siquiera voy a llevármelos. Solo tengo que comprobar algo primero. Puedes mirarme mientras lo hago. Pero —lanzó una mirada a D.D. solo para divertirse— me tenéis que prometer que no tocaréis nada.

Neil puso mala cara a ambas.

—¡En esta investigación el tiempo es importante!

—Sí.

—Por no hablar de que la escena del crimen es muy compleja.

—¿Cuántos agresores crees que hubo? —le preguntó Tessa.

—Como mínimo dos. El del táser. Y el de las botas. Espera. No tengo por qué compartir mi información contigo.

—Cierto, pero Construcciones Denbe apreciará que cooperes, y eso a su vez te ayudará después, cuando sin duda necesites información de ellos.

Neil frunció el ceño otra vez y después los labios, considerándolo. Tessa no estaba tocando nada, y necesitarían la ayuda de la empresa de Justin, dado que las peticiones para ver las cuentas de la empresa y los archivos de recursos humanos eran lo primero en la lista de todo buen detective.

—Creo que fueron tres o cuatro —dijo Neil, con más amabilidad—. Pero no sé exactamente por qué. Eso es lo que estaba haciendo ahora. Mirando las paredes y esperando a que hablaran.

Tessa lo entendió. El trabajo policial muy a menudo consistía en eso. Y, a veces, las paredes hablaban, por lo menos a la manera forense.

Señaló hacia una serie de carteles de identificación de pruebas que parecían estar marcando un rastro de gotas de agua.

—¿Qué se ha derramado?

—Orina. —Neil señaló hacia una puerta al final del pasillo—. El baño de la hija. Parece que la sorprendieron ahí mismo. A lo mejor hicieron algún ruido, no lo sé. Pero estaba haciendo pis, porque también hay orina en el retrete, aunque no papel higiénico.

¿Seguro que no era de uno de los tipos? —preguntó D.D.

—Bueno, no soy idiota, lo he mandado analizar para asegurarnos. —Neil arrastraba las palabras, claramente aún molesto con su mentora—. Pero el escenario más lógico es este: Ashlyn Denbe estaba haciendo pis. Hicieron ruido. Se asustó. Se sobresaltó. Algo así. En todo caso, no perdió el tiempo en limpiarse, sino que agarró un espray de laca y lanzó un contraataque.

—¿En serio? —Tessa estaba intrigada—. ¿Puedo verlo?

—Mira, no toques nada.

Tessa supuso que eso era un sí. Recorrió el pasillo, D.D. iba ahora tras ella. Pasó por delante de una puerta doble que parecía conducir a la habitación principal, después otra puerta que llevaba a un estudio, actualmente ocupado por otro detective que ya estaba sentado frente al ordenador que le interesaba a ella. El siguiente, a la izquierda, era un dormitorio obviamente femenino, las paredes de color rosa brillante cubiertas de carteles de estrellas de rock, mientras que el suelo, con una gruesa alfombra, estaba cubierto de ropa. Tres detectives estaban allí, probablemente los que se necesitaban para determinar qué elementos eran pruebas y qué otros eran parte del desorden cotidiano de una adolescente.

Llegó al cuarto de baño. Siguiendo con la decoración del resto de la casa, era lujoso, con dos lavabos, revestido de azulejos italianos, una ducha a ras de suelo y un montón de dispositivos cromados que Tessa había visto una vez en un anuncio de televisión. Si la memoria no le fallaba, los dispositivos de la ducha por sí solos costaban casi tanto como un coche.

Si Tessa estaba impresionada, a Ashlyn Denbe, al parecer, no podría haberle importado menos. En vez de deleitarse con la encimera de granito veteado en oro, la había sepultado bajo montones de productos cosméticos imprescindibles. Gomas del pelo, cepillos, lociones, espráis, kits de maquillaje, remedios para el acné. Lo que fuera, Ashlyn Denbe lo tenía todo apilado a lo largo de su encimera con doble lavabo. Finalmente la encimera daba paso a la taza del váter, cuya parte posterior estaba igual de desordenada.

Tessa se quedó mirando la taza, volvió a examinar la encimera, luego se giró y contempló la puerta abierta.

—¿Luces encendidas o apagadas? —preguntó a Neil.

—¿Técnicamente?

—Vale —dijo, sin saber lo que podría significar «técnicamente».

—Técnicamente —repitió él con brusquedad—, parece que los intrusos anularon los circuitos en el panel eléctrico principal, lo que implica que en toda la planta baja no había luz. No obstante, encontramos un interruptor de luz subido en el vestíbulo; supongo que es de cuando los padres entraron en la casa. Ya sabes, entras y enciendes la luz.

Tessa se puso a pensarlo. Tenía sentido. En primer lugar, que uno de los Denbe intentara encender una luz. En segundo lugar, que si los intrusos eran lo suficientemente inteligentes como para anular un sistema de seguridad de última generación y estaban armados con táseres, por supuesto que habían apagado las luces.

—¿Y aquí arriba?

—Las luces todavía funcionaban. Tal vez se dieron cuenta de que la chica estaba en esta planta y que si la dejaban completamente a oscuras podría asustarse. Llamar a su padre o algo.

—Tiene lógica. O sea que, en este piso, ¿la luz del pasillo estaba encendida o apagada?

—Encendida.

—¿Y la luz del baño?

—Apagada.

—¿Queréis una opinión femenina? —se ofreció Tessa—. Ashlyn no había cerrado la puerta del baño. Estaba sola, sus padres habían salido, ¿verdad? Ashlyn ya estaba preparada para pasar la noche. Probablemente no estaba dormida, dado que estamos hablando de las diez de un viernes. Pero llevaba ropa cómoda y estaba encerrada en su habitación. Le entran ganas de hacer pis. Se viene aquí y se sienta a hacer sus cosas. Aparece el secuestrador. Eso fue lo que la asustó. Ella está sentada, orinando en la oscuridad, mira hacia allí y hay un tipo de pie en la puerta.

—Eso podría ser —murmuró D.D.

—Agarró la laca del borde de la encimera —continuó Tessa—. ¿Veis este hueco? Apuesto a que estaba aquí mismo. Ashlyn lo cogió, se levantó y comenzó a rociarle. El secuestrador, un hombre adulto que probablemente no esperaba resistencia por parte de una cría, se lo traga entero. Se tambalea, y ella echa a correr.

Neil la examinó, moviendo la cabeza, pensativo.

—Corrió hacia la habitación principal —murmuró.

Tessa sintió un nudo en la garganta, no pudo evitar un suspiro. Quince años, muerta de miedo, la chica había ido automáticamente a por sus padres. Olvidando por un momento que no estaban en casa, que no podían ayudarla, que no podían, de hecho, hacer nada por salvarla.

Siguió a Neil para salir del baño y fueron por el pasillo hasta el dormitorio principal. Si la habitación de la chica era como un campo de refugiados, la suite principal, con tonos suaves de beis cremoso y chocolate intenso, era un oasis de calma. Una cama enorme con un cabecero forrado en cuero. Unos cortinones de techo a suelo y una *chaise longue* perfectamente situada enfrente de la chimenea, enmarcada con una repisa de mármol italiano.

El enorme escritorio en la esquina izquierda sugería las primeras señales de una pelea. Habían tirado al suelo la mullida silla de ejecutivo, las ruedas ahora apuntaban a las paredes.

Una pesada lámpara de escritorio dorada se había caído al suelo. Tessa pudo ver que habían abierto un cajón y habían buscado algo en él.

—Abrecartas —dijo Neil—. La chica tuvo reflejos, hay que reconocerlo. Cogió el abrecartas de bronce y fue hacia él.

—¿Sangre?

—No que hayamos encontrado, pero fue suficiente para desembarazarse de nuevo de él. Después se dirigió a su habitación.

Volvieron por el pasillo que habían recorrido antes, tres personas sombrías. No había gotas de orina que condujeran a la habitación de la chica, lo que explicaba cómo había sabido Neil que Ashlyn se había dirigido hacia el dormitorio principal en primer lugar. En ese momento, con la ropa de nuevo en su sitio, la vejiga vacía, la chica había pasado del pánico inicial a una estrategia de defensa.

Tessa se detuvo en el pasillo, pensando en eso.

—¿Por qué fue a su cuarto? ¿Por qué no bajó por las escaleras?

—Cuando pueda hablar con ella, le preguntaré —dijo Neil—. Por ahora, lo que creo es que fue a por su teléfono.

Tessa asintió.

—Por supuesto, es el sustento de cualquier adolescente. Su primer instinto fueron sus padres. El segundo fue llamar a una amiga. En caso de duda, un mensaje de texto.

La habitación de la chica era un desastre. Tras inspeccionarla más detenidamente, Tessa pudo ver que la ropa no estaba simplemente tirada por el suelo, sino que había sido arrojada por toda la estancia. Libros, otra lámpara de mesa, un reloj despertador.

El intruso debía de haber estado cerca, tal vez justo detrás de ella, persiguiéndola por la habitación y al parecer alrededor de la cama mientras ella le lanzaba varias cosas con la esperanza de hacerlo tropezar, mientras se abría paso para coger su teléfono móvil.

Al otro lado de la cama deshecha, Tessa vio el abrecartas de bronce opaco, con un mango de cristal. Es bonito, pensó. Algo comprado para que luciera encima de un escritorio, no necesariamente para desgarrar la yugular de un agresor.

—Ella consiguió llegar hasta aquí —murmuró Tessa. Luego añadió el resto de la historia. Una lámpara rota, un ordenador portátil con la pantalla agrietada, una bola de nieve destrozada—. Dios mío, sí que presentó batalla.

—Pues no creo que ganara —comentó Neil.

—Y no quiero ni pensar en lo que ha podido haberle costado —añadió D.D. en voz más baja.

La hoja del abrecartas estaba limpia. Ashlyn había conseguido un arma, pero no logró contraatacar.

—Creo que fueron necesarias dos personas —dijo Neil—. El primer secuestrador tuvo que gritar para que el segundo subiera a ayudarle. Creo que era el secuestrador número dos el que tenía unos zapatos con la suela negra, porque no hay marcas en el baño ni en el dormitorio principal. Solo en la escalera. Lo que implica que el segundo secuestrador dejó las huellas mientras corría por las escaleras hacia el dormitorio.

Tessa asintió. Las marcas de los zapatos no valían mucho como prueba, pero, si lo encajabas todo, la teoría tenía sentido.

—Bueno, mientras mi estimada colega —Neil lanzó una mirada a D.D., que estaba radiante de orgullo ante su mejor alumno— estaba dejando entrar en esta casa a una investigadora privada, yo estaba llamando a Scampo, que es donde el ama de llaves dijo que los Denbe fueron a cenar. Miraremos los vídeos de seguridad, pero el aparcacoches del hotel Liberty se acuerda de haber ido a buscar el coche de Justin Denbe alrededor de las diez. Al parecer los Denbe van mucho a ese sitio, por no mencionar que Justin da buenas propinas, por lo que son muy conocidos por el personal. Teniendo en cuenta los cinco minutos de trayecto, eso sitúa a los Denbe entrando en su casa alrededor de las diez y cuarto, más o menos.

—Uno de los primeros mensajes de texto sin responder en el teléfono de Ashlyn aparece a las diez y trece minutos —añadió D.D.

—Sí —estuvo de acuerdo Neil—. Creo que los secuestradores ya estaban en la casa en ese momento. Por lo menos, dos de ellos estaban persiguiendo a Ashlyn en la planta de arriba. Lo que quiere decir que al menos uno más tenía que estar junto a la puerta, esperando a la feliz pareja. Entran y dispara con el táser a Justin Denbe, encargándose del peligro más evidente primero. Abatiendo al marido, la mujer no debería suponer un problema.

—¿Fue él quien vomitó? —preguntó Tessa con el ceño fruncido.

—No, fue la mujer.

—¿Y lo sabes por…?

—Una vez más, según el camarero de Scampo, el marido comió. La mujer, por el contrario, lo que hizo fue beber. No andaba muy recta para cuando se fueron. El charco de vómito, no sé si te has dado cuenta…

—Es líquido. Lo que encaja con una mujer que se ha bebido la cena, en lugar de comérsela —completó Tessa.

—Y ahí lo tenéis —resumió Neil—. Al marido le dieron con un táser, la mujer se puso a vomitar, y la adolescente se resistió con todas sus fuerzas, lo que requirió no uno, sino dos secuestradores para sacarla de su habitación.

—Así que por lo menos fueron tres.

—Yo no atacaría a Justin Denbe con un solo hombre en el vestíbulo —dijo D.D.

—Está bien, pues cuatro —concedió Tessa—. Entonces, ¿por qué creéis que secuestraron a la familia?

Tanto Neil como D.D. la miraron sin decir una palabra.

—Construcciones Denbe no ha recibido una petición de rescate, ni ha habido ningún tipo de contacto por parte de los secuestradores —añadió.

D.D. arqueó una ceja, y luego bajó la mirada, la expresión más apagada. Sin embargo, ella y Neil siguieron sin decir nada.

Tessa sabía lo que estaban pensando. Quizá no tenía la misma experiencia que ellos trabajando en homicidios, pero sí ocho semanas de entrenamiento intensivo en criminología, cortesía de Investigaciones Northledge. Dada su clientela de élite, la formación incluía dos días de introducción al secuestro, que cubría situaciones tanto en el extranjero como nacionales. Esta era la primera regla en esos casos: los secuestradores intentarían establecer contacto inmediatamente. Su motivación no tenía nada que ver con tranquilizar a la familia o con agilizar el manejo de la situación por parte de las fuerzas de la ley. Lo más importante era que los casos de secuestro tenían una logística complicada. Lo primero era secuestrar a las víctimas. Lo segundo, el transporte y el ocultamiento de dichas víctimas. En tercer lugar, la atención continua y los alimentos que se requerían mientras los secuestradores esperaban a que se cumplieran sus exigencias.

Básicamente, cuanto más tiempo los retuvieran, más se complicaba la cosa. Lo que significaba un mayor riesgo de ser descubiertos, tanto para los secuestradores como para las víctimas, quizá incluso la muerte de alguna de ellas, fastidiando así el proceso de prueba de vida y la posibilidad de exigir más dinero. Dado que esta situación implicaba el secuestro de una familia entera, la logística se complicaba bastante. Dos adultos y una adolescente que son secuestrados, transportados, retenidos.

Si se trataba de un secuestro para ganar dinero, los secuestradores deberían estar deseando entablar contacto. Quizá a través de una nota, cuidadosamente colocada delante del altar de las posesiones personales de los Denbe. O con una llamada al número de teléfono de Construcciones Denbe. O llamando directamente a la casa, para hablar con los detectives que sin duda ya estarían trabajando allí.

Excepto —Tessa miró su reloj— que ya eran casi las once y doce de la mañana. Lo que implicaba que la familia Denbe había sido secuestrada hacía más de doce horas.

Y, sin embargo, todavía no se habían puesto en contacto con ellos.

—Creo —dijo Tessa en voz baja— que debería echar un vistazo al ordenador de la familia.

# 7

Los tres hombres de la furgoneta blança dormían. El gigante reclinó el asiento delantero, el otro gigante reclinó el asiento del copiloto, y el chaval se tumbó en la parte de atrás, con la bolsa de lona negra sirviéndole de almohada improvisada. No era lo más cómodo del mundo, pero todos ellos habían dormido en sitios peores. En zanjas de tierras lejanas, tan quietos como cadáveres, con los brazos cruzados sobre el pecho, mientras el sol caliente del desierto batía contra sus párpados cerrados. Bajo grandes hojas verdes, acurrucados con la cabeza descansando sobre las rodillas, mientras la lluvia caía entre el follaje de la selva y golpeaba sin cesar contra las alas de sus sombreros. En las grandes bodegas de carga de los aviones militares, sentados muy rectos, con los arneses de hombro clavándose en sus cuellos mientras las turbulencias hacían que sus cabezas exhaustas se balancearan arriba y abajo, arriba y abajo, arriba y abajo, y aun así nadie abría un ojo.

Eran hombres que habían sido entrenados para dormir cuando se les ordenaba y despertarse cuando se les exigía. La misión era lo primero. Las comodidades lo segundo.

Lo que hacía que este breve respiro fuera un lujo inesperado. Z lo había decidido. Llevaban despiertos las últimas treinta y seis horas, entre la preparación, el tiempo de viaje y la operación en curso. Por definición, esas horas habían sido muy largas y con sucesos importantes que requerían la oscuridad de la noche.

Ahora, habiendo concluido con éxito la fase inicial de las operaciones, habían cubierto el ochenta por ciento del camino de vuelta hacia el objetivo, cumpliendo lo previsto, sintiéndose cómodos consigo mismos, con su progreso y sus metas. La luz del día no era un problema para ellos. Llegados a ese punto, habían viajado tan al norte que estaban más cerca de la frontera de Canadá que de Massachusetts. Habían pasado por montañas tan altas y bosques tan silvestres que tenían más probabilidades de ser descubiertos por un osó que por un ser humano. Teniendo en cuenta que tan al norte los osos ya estaban hibernando, básicamente tenían un riesgo mínimo de encontrarse con cualquier forma de vida.

Z consideró si hacer que uno de los otros, Mick o, más probablemente, Radar, se quedara de guardia vigilando la carga. Sin embargo, los rehenes, recién drogados, todavía no se habían ni movido. Lo que era una suerte. Todas las misiones acarreaban inevitablemente unas normas y una de las primeras normas de este encargo había sido minimizar los daños físicos a la mujer y a la chica, especialmente durante el transporte.

Una vez que llegaran a su destino, recibirían nuevas instrucciones con respecto a la siguiente fase de operaciones.

Momento en el cual la carga podría convertirse o no en blanco legítimo.

Lo que fuera. No era cosa suya analizar los porqués.

Aceptaban un trabajo. Lo ejecutaban con los más altos estándares de rendimiento. Entonces, al menos en este caso, se les pagaría tal puñetera suma de dinero que Radar, personalmente, planeaba no volver a trabajar nunca. Playas de arena blanca, bebidas dulces a base de ron y mujeres de grandes pechos. Ese era su futuro cercano. Joder, tal vez incluso se casaría con una de las mujeres tetonas. Tendría un par de hijos y se asentaría en el paraíso. Pescar todo el día y follar con su bella mujer toda la noche. Le parecía un buen plan.

Así que cuando aparcaron la furgoneta en un antiguo *camping,* donde quedó oculta gracias al follaje perenne de los árboles, Radar administró una nueva ronda de sedantes. En aras de las siestas, la pesca y las mujeres de grandes pechos de todo el mundo, les había dado una dosis extragrande.

Radar había empezado a organizar sus cosas, planeando mentalmente dormir tres horas, cuando su sensor interno comenzó una vez más a pitar. La mujer. Algo que tenía que ver con la mujer.

La examinó de cerca. Notó que su rostro había perdido algo de color y estaba cubierto de una leve capa de sudor. No tenía los ojos abiertos. De hecho, sus párpados parecían cerrados con fuerza, contrayéndose incluso, y su respiración se aceleraba.

No tenía muy buen aspecto. Quizá a causa del sedante, aunque era bastante suave. Le tomó el pulso, escuchó su corazón y comprobó su temperatura. Nada. Solo parecía... enferma. ¿Mareada? ¿Resfriada? ¿En estado de shock?

Tal vez estuviera soñando, pensó. A juzgar por su ritmo cardiaco, no era un sueño agradable.

Pero eso no era problema suyo.

Radar terminó de guardar las cosas en su bolsa, se subió a la parte trasera de la furgoneta y en cuestión de minutos quedó fuera de combate.

Tres hombres en una furgoneta blanca, dormidos.

Entonces el primer hombre abrió los ojos, se enderezó en el asiento, encendió el motor y volvió a conducir por el sinuoso camino de la montaña.

Las once de la mañana del sábado y una furgoneta blanca se dirigía hacia el norte.

# 8

En los últimos seis meses, desde Aquel Día, me había dado por evitar el sueño. Hubo una fase, quizá en el segundo o el tercer mes, donde empecé a tener fobia a las noches. Si me quedaba despierta y permanecía con los ojos abiertos y el cuerpo en movimiento, de alguna manera podía mantener el mañana a raya. Porque no quería que llegara el mañana. El mañana me daba demasiado miedo. Una fecha límite sin concretar, en la que tendría que tomar decisiones importantes acerca de mi matrimonio, mi familia, mi futuro. Y, quizá, el mañana era demasiado triste. El mañana era la soledad y los apartamentos de protección oficial y las cucarachas de los viernes por la noche y todas las lecciones que había aprendido en la infancia y que tantas ganas tenía de dejar atrás.

Así que durante un tiempo no pude dormir. Paseaba por la casa. Pasaba la mano por las encimeras de granito en la cocina, recordando el día en que Justin me acompañó a la cantera, donde estuvimos mirando pieza tras pieza de piedra natural. En el mismo preciso instante, los dos habíamos señalado esta y luego nos habíamos reído como niños, aturdidos por descubrir que compartíamos el mismo color favorito, o la mascota, o el equipo.

Desde la cocina, bajaba a la bodega, que albergaba botellas que había buscado y comprado para impresionar a Justin, a sus socios, incluso a sus empleados. Te sorprendería la cantidad de albañiles, fontaneros y trabajadores de la construcción en general que saben de vinos. Cuando le va bien, todo el mundo cultiva sus gustos, así que hasta incluso el transportista con la roña más resistente puede apreciar un equilibrado *pinot noir* de Oregón o un tinto español más robusto.

En aquel periodo, Justin estaba durmiendo en el apartamento en el sótano. El cuarto de la niñera, lo llamaba la gente, aunque nunca habíamos tenido una niñera, pues preferimos criar a nuestra hija nosotros mismos. La puerta estaba en el lado opuesto del rellano que llevaba a la bodega. Durante mis vagabundeos nocturnos, me situaba frente a ella, resguardada por la oscuridad de un sótano sin ventanas. Ponía la mano sobre la cálida madera y me preguntaba si él estaba al otro lado, si realmente estaba dormido. Quizá había vuelto con ella. O tal vez, un pensamiento tan doloroso que rayaba en lo mareante, la había traído aquí.

No abría la puerta. Nunca llamaba, nunca intenté asomarme. Solamente me quedaba allí, pensando que había habido un tiempo en nuestro matrimonio en que con eso hubiera sido suficiente. Mi sola presencia le habría hablado, le habría atraído como una fuerza magnética, hasta que hubiera abierto la puerta de golpe, me hubiera abrazado y besado con avidez.

Esto es lo que dieciocho años de matrimonio le hacen a una pareja. Minimizan los campos polares, silencian las leyes de la atracción. Hasta que, noche tras noche, yo podía permanecer en un pasillo oscuro a apenas dos metros de mi marido, y él ni se daba cuenta.

Inevitablemente, volvía a subir al piso de arriba, y me quedaba fuera del cuarto de mi hija. Otra vez sin llamar, sin entrar, sin perturbar un espacio privado en el que yo ya no era bienvenida. En vez de eso, me sentaba en el suelo del pasillo, reposaba la cabeza contra la pared y me imaginaba la estantería blanca que estaba al otro lado. De memoria, catalogaba por sistema cada cosa que se había colocado ahí. Su caja de música con una bailarina de la primera vez que la llevamos a ver *El cascanueces.* Una pila desordenada de sus libros infantiles más apreciados, *La leyenda del helecho rojo, La casa de la pradera, Una arruga en el tiempo,* colocados al azar sobre sus más cuidados libros de tapa dura, como la serie de Harry Potter y la saga de Crepúsculo.

Había atravesado una fase de locura por los caballos, lo que explicaba el rebaño de caballos Breyer ahora relegados a la esquina trasera del estante más bajo. Al igual que su madre, tenía buen ojo para la belleza y el impulso de crear, de ahí las colecciones aleatorias de pulidas conchas marinas, rocas pintadas a mano y vidrios de mar artísticamente unidos, a las que todavía añadía algún ejemplar cada vez que íbamos a nuestra segunda casa en Cape Cod.

Coronaban la parte superior de la cómoda dos muñecas de porcelana de época, una que le había traído Justin de París, y otra que ella y yo habíamos encontrado juntas en una tienda de antigüedades. Las dos habían costado mucho dinero y hubo una vez en que ambas habían constituido su tesoro más preciado. Ahora, sus ojos azules sin vida, sus tirabuzones brillantes y sus vestidos de encaje servían como un joyero improvisado para montones de pulseras de cuentas y un revoltijo de largos collares de oro casi olvidados. Más pilas de diademas forradas de seda y horquillas decorativas para el pelo adornaban sus pies.

A veces, cuando entraba en el caos de la habitación de mi hija, quería arrojar una cerilla. La política de tierra quemada y todo eso. Otras veces quería sacar una foto, dibujar un mapa, inmortalizar de algún modo esa compleja telaraña de sueños de un bebé, obsesiones de una niña y deseos de una adolescente.

En la oscuridad de la noche, sin embargo, simplemente me sentaba y nombraba cada uno de esos preciados elementos una y otra vez. Se convirtió en mi rosario. Una manera de intentar convencerme a mí misma de que los últimos dieciocho años habían tenido algún valor, alguna utilidad. Que había amado y que había sido amada. Que no había sido todo una mentira.

En cuanto al resto de los días, los meses, las semanas que se desplegaban ante mí…, traté de decirme a mí misma que no me había convertido en el cliché de la mujer de mediana edad, abandonada por su marido infiel, marginada por su hija adolescente, hasta que ya era una mera sombra de su propia vida, sin identidad ni objetivos propios.

Yo era fuerte. Independiente. Una artista, por el amor de Dios.

Entonces me levantaba y me dirigía al patio de la azotea. Donde permanecía envuelta por las tenues luces de las farolas, mis brazos estrechando firmemente mi cuerpo para conservar el calor, acercándome al borde un paso tras otro…

Nunca logré quedarme despierta toda la noche.

Lo más que aguanté fue probablemente hasta las cinco y media de la mañana. Entonces, me encontraba acurrucada una vez más sobre nuestra cama, en nuestra habitación. Y contemplaba el amanecer, el mañana alcanzándome después de todo. Hasta que cerraba los ojos y sucumbía a un futuro que iba a suceder tanto si yo quería como si no.

Fue durante el segundo mes de privación voluntaria del sueño cuando abrí el botiquín y me encontré mirando un frasco de analgésicos. Se los habían recetado a Justin, cuando se lesionó la espalda el año anterior. No le había gustado la Vicodina. No podía permitirse el lujo de sentirse abotargado en el trabajo. Además, como él mismo había dicho sin cortarse, el estreñimiento era lo peor.

Resultó que caminar toda la noche no iba a mantener el futuro a raya.

Pero la pastilla adecuada puede limar los bordes, robarle el brillo al mismo sol. Hasta que no tienes que preocuparte de si tu marido está durmiendo en el sótano, ni de si tu hija adolescente se ha encerrado en una cápsula del tiempo al final del pasillo, o de si esta casa es demasiado grande y esta cama es demasiado grande y toda tu vida es demasiado solitaria.

La pastilla prometía calmar el dolor.

Y, durante un tiempo al menos, funcionó.

# 9

Al entrar en el despacho de la tercera planta, Tessa reconoció inmediatamente al detective sentado frente al ordenador como el último miembro del equipo de D.D. Un hombre mayor, corpulento; recordaba que tenía cuatro hijos. Phil, eso era. Había estado en su casa, también, Aquel Día. Pero claro, había estado la mayor parte de la policía de Boston y de los policías del estado de Massachusetts.

Al parecer también la recordaba, porque en el momento en el que la vio su rostro adoptó la expresión perfectamente neutra de un detective experimentado que hervía de rabia por dentro.

Tessa pensó que los dos podían jugar a ese juego.

—Me toca a mí —anunció cortante, dirigiéndose hacia el ordenador.

Él no respondió, y volvió su atención a Neil y D.D.

—Está bien —confirmó Neil, el agente a cargo del caso—. Los dueños de la casa, Construcciones Denbe, la han contratado para evaluar la situación.

Tessa pudo ver que Phil entendía todos los matices de esa frase sin fisuras, porque una vena empezó a palpitarle en la frente. Si Construcciones Denbe eran los dueños de la casa, entonces, en teoría, Construcciones Denbe eran los propietarios del contenido de la casa, incluyendo el ordenador en el que este buen detective de Boston había estado hurgando sin permiso.

—¿Han puesto una denuncia de persona desaparecida? —preguntó Phil a Tessa, con tono seco.

—Basándome en lo que he visto aquí, estoy segura de que será lo siguiente que haga la empresa.

Otro dilema. Para que la policía se involucrara en el caso de una persona desaparecida, una tercera persona tenía primero que presentar una denuncia. Incluso entonces, el margen era que la familia no hubiera sido vista en al menos veinticuatro horas.

Es decir, en ese momento, sin denuncia, sin que hubieran pasado veinticuatro horas, el equipo de D.D. podía haber respondido a una llamada, pero todavía no estaba a cargo de un caso.

—¿Algún contacto…? —preguntó Phil de nuevo, con la voz menos segura, más interrogante.

—No de parte de la familia.

—¿Y de los secuestradores?

—No.

Un espasmo de la vena en su frente. Al igual que Neil y D.D., Phil entendía que la falta de contacto no era algo bueno. En los casos de secuestro en los que pedían rescate normalmente se mantenía vivas a las víctimas. Mientras que en un secuestro sin exigencias financieras…

—¿Algo interesante en el ordenador? —Tessa hizo un gesto a Phil, que todavía estaba sentado frente al teclado.

—He estado buscando en el historial de internet. A la familia le gustaba Facebook, las noticias de la Fox y todo lo relacionado con el hogar y el jardín. Supongo que los iPads nos darán algo más personal. Aquí no hay suficiente actividad para una familia de tres personas. Doy por sentado que cada uno hacía lo suyo en sus propios dispositivos.

Y suponía bien, pensó Tessa. Hizo un gesto hacia el teclado.

—¿Puedo?

De mala gana, Phil se hizo a un lado. Tessa buscó en el bolsillo del interior de su abrigo y sacó una libreta. En ella había escrito el nombre y el fabricante. Empezó a curiosear los iconos del ordenador hasta encontrar el programa deseado.

—Justin Denbe tiene un juguete nuevo —explicó mientras hacía doble clic en el icono—. Su equipo se lo dio en otoño, en parte como una broma, pero a él le encanta. Al parecer, todos los sitios en los que trabaja —cárceles, hospitales, plantas hidroeléctricas— son bastante grandes. Y Justin, al ser el dueño y el director, tiene por supuesto la respuesta a todas las preguntas. Es decir, sus chicos pasan bastante tiempo buscándole. A menudo están en zonas rurales con muy poca cobertura, y resulta muy difícil localizarle por teléfono cuando no le tienen ahí físicamente. Así que —se detuvo un momento, leyendo las direcciones que acababan de aparecer en la pantalla— sus chicos le compraron un abrigo.

—¿Un abrigo? —preguntó D.D. con el ceño fruncido.

Neil, sin embargo, ya iba un paso por delante.

—Un chaquetón con GPS. Le compraron uno de esos chaquetones chulos tipo no-te-pierdas-en-el-bosque.

—Exacto. Tampoco fue barato, unos mil dólares. Así que al parecer es un chaquetón precioso y a Justin le encanta. Lo lleva a todos lados. Y con suerte también se lo llevó a cenar ayer por la noche.

—Scampo es un buen restaurante —comentó D.D.

—Es azul marino con detalles de cuero color tostado. Podía llevarlo a Scampo. Hombre, por lo que me han contado, llevaba sus botas de trabajo a todas partes. ¿Por qué no un chaquetón bonito?

Se quedaron en silencio y observaron a Tessa manejar el teclado.

—El dispositivo GPS del chaquetón está integrado en el forro de la espalda —explicó—. Hay un hueco para sacarlo, ya que la batería dura solo unas quince horas y después tiene que recargarse.

—¿Hay que activarlo? —preguntó D.D.—. ¿O siempre está encendido?

—Este dispositivo en particular debe ser activado. Por lo que estoy leyendo aquí, puede ocurrir de dos maneras. El usuario lo activa manualmente al comienzo de su caminata o, por ejemplo, de su día en el lugar de trabajo. O puede ser activado por control remoto utilizando este software, que también se puede instalar en un teléfono móvil. Qué locura —murmuró Tessa para sí misma, mientras sus dedos volaban sobre el teclado—. Convierte cualquier teléfono en un perro de búsqueda digital. Encuentra a Justin Denbe.

Un mapa se acababa de abrir en la pantalla del ordenador. Lo examinó con cuidado. No vio nada.

—¿Está activado? —dijo D.D. con voz impaciente mientras se movía para ponerse detrás de Tessa, mirando fijamente a la pantalla.

—Nada en todo el territorio de Estados Unidos. Así que voy a dar por sentado que Justin no lo ha encendido.

Neil la miró.

—Hazlo tú. Localízalo.

—Pensé que nunca me lo ibas a pedir.

Desplazó el ratón a un botón verde en la esquina inferior derecha del menú. «Activar», decía. Como una bomba. O una granada de mano. O la clave para salvar la vida de una familia desaparecida.

Hizo clic en el icono. El mapa se transformó, centrándose en la parte derecha hasta que dejó de mostrar todo Estados Unidos en la pantalla del ordenador para poner el foco solo en la costa este. Allí al norte, de repente comenzó a palpitar un punto rojo.

—Joder

Frente a ella, escuchó un leve pitido. Alzó la vista para ver a Phil poniendo el temporizador en su reloj.

—Quince horas —dijo—. Lo que dura la batería, ¿recuerdas?

—Sí.

—Dale al zoom, dale al zoom, dale al zoom. —D.D. golpeó a Tessa en el hombro para que se diera prisa. Dado que Tessa estaba más cerca que D.D., y ya podía distinguir lo que los de Boston no podían aún ver, le dio al zoom.

La costa este se convirtió en Nueva Inglaterra. Massachusetts se amplió delante de sus ojos. Después, New Hampshire. Hasta que justo allí, más allá de la frontera, sin ninguna duda cruzando los límites estatales hasta el centro de New Hampshire, el dispositivo GPS del lujoso chaquetón de Justin Denbe parpadeó.

Tessa se apartó del ordenador y se giró para mirar a D.D.

—Suponiendo que Justin Denbe haya sido secuestrado mientras llevaba su abrigo, ya no está en el estado de Massachusetts...

—Yo tenía razón desde el principio —se quejó D.D.

—El caso no es vuestro —se mostró de acuerdo Tessa.

Neil lo resumió más sucintamente.

—Malditos federales.

Los detectives de Boston no guardaron sus juguetes y se fueron a casa.

La jurisdicción era una distinción legal. Básicamente, las leyes federales conllevaban penas más severas que las del estado, es decir, la oficina del fiscal de Estados Unidos tenía más poder que el condado de Suffolk a la hora de llevar a juicio a los presuntos secuestradores.

Dado que lo que quería todo el mundo era que los criminales se enfrentaran al mayor tiempo posible entre rejas, el fiscal del condado de Suffolk llamaría a la oficina del fiscal de Estados Unidos, en el distrito de Massachusetts, y les informaría de un crimen que muy probablemente había cruzado las fronteras estatales. El fiscal de Estados Unidos se pondría en contacto con su agencia de investigación, el FBI. En ese momento, los agentes del FBI de la oficina local de Boston se dirigirían hacia la casa de los Denbe, a la que llegarían en diez minutos si decidían conducir, o veinte si elegían caminar.

Los agentes del FBI no querrían que los detectives de Boston guardaran sus juguetes y se fueran a casa. En vez de eso, lo que harían sería solicitar con amabilidad pero con firmeza que todas las pruebas recogidas —las muestras de orina, el vómito, el confeti del táser, las marcas de los zapatos— fueran trasladadas del laboratorio del departamento de policía de Boston al laboratorio federal. A continuación, formarían un grupo de trabajo multijurisdiccional, donde, muy convenientemente para ellos, se convertirían en el cerebro de la operación, mientras que la policía de Boston haría todo el trabajo.

Neil masculló, D.D. y Phil suspiraron con resignación. Tessa se mostró indiferente. Su trabajo consistía en localizar a la familia Denbe. Trabajaría con los compañeros que se le asignaran, aunque ya suponía que a la policía de Boston se le daba mejor compartir la información que a los federales. Y teniendo en cuenta el famoso carácter de D.D., no era poco.

Tessa se alejó del ordenador. Echó un último vistazo a la escena del crimen de la planta de arriba, mientras D.D. supervisaba los últimos avances de sus agentes, Phil se centraba en sus contactos locales y Neil hacía unas últimas llamadas. Mientras estaban distraídos, cabía la posibilidad de que Tessa volviera a entrar en la cocina, encendiera los tres teléfonos móviles de la familia y apuntara los contactos que aparecieran en sus listas de favoritos. Podía solicitarlo por los canales correspondientes, por supuesto, pero así era más rápido.

Entonces el equipo de Boston reapareció y se reunió alrededor del montón de posesiones de la familia, comenzando a resumir lo que se sabía. Para ser su primer caso, había que reconocerle el mérito. La investigación de Neil hasta ahora había sido rápida pero completa.

En el escrutinio inicial del barrio no se había visto a ningún miembro de la familia Denbe. Las llamadas a familiares, amigos y conocidos no habían dado resultado. Lo mismo con las empresas locales, los hospitales de la zona y los establecimientos cercanos.

El vehículo de Justin Denbe había sido encontrado a cuatro manzanas, vacío. El Mercedes de Libby Denbe todavía estaba aparcado en el garaje, vacío. Todo el dinero en efectivo, las tarjetas de crédito y de débito parecían estar apilados en la encimera de la cocina. De acuerdo con su banco, no se había producido ningún movimiento en ninguna de las cuentas de la familia desde las cuatro de la tarde del viernes, cuando se habían retirado doscientos cincuenta dólares de un cajero en Copley Square (les tenían que enviar el vídeo del banco). Asimismo, ningún miembro de la familia había llamado por teléfono o enviado un mensaje desde las diez de la noche del viernes (les tenían que enviar los faxes de la compañía de teléfono).

En ese momento, los tres miembros de la familia Denbe parecían haber desaparecido durante las últimas catorce horas. La única pista: el chaquetón de Justin Denbe, que ahora estaba transmitiendo una señal de GPS desde los bosques de New Hampshire.

En un movimiento agresivo que sorprendió a Tessa, Neil Cap sacó su teléfono, cogió un mapa de New Hampshire y trasladó las coordenadas GPS del chaquetón desaparecido a la oficina local de las fuerzas del orden más cercana.

Entonces, sin esperar a que el FBI le diera el beneplácito, Neil hizo la que probablemente sería su última llamada como investigador principal de Boston: se puso en contacto con el departamento del sheriff de New Hampshire y les pidió que rastrearan la señal del chaquetón. Una orden rápida y eficiente para conseguir la mayor cantidad de información en el menor tiempo posible. El FBI lo odiaría inmediatamente por robarles la idea.

Tessa entendió que esa era su señal para irse.

Por lo que podía suponer, ya había visto lo que tenía que ver. Boston tenía el control de la escena del crimen donde la familia Denbe solía vivir. Otros policías locales, demasiado al norte para que ella les ayudara, se ocuparían de investigar dónde podrían estar ahora mismo. Lo que la dejaba con una pregunta importante: ¿quién querría secuestrar o hacer daño a la familia Denbe para empezar?

Decidió que era hora de averiguar más cosas acerca de su nuevo cliente, Construcciones Denbe.

# 10

Wyatt Foster era un policía que quería ser carpintero. O tal vez un carpintero que quería ser policía. Nunca lo había llegado a averiguar, lo cual era una suerte. En esta época de constantes recortes, el sueldo por proteger y servir a los buenos ciudadanos de la región de North Country, en New Hampshire, hacía necesario tener dos trabajos, tanto en su caso como en el de la mayoría de sus compañeros. Algunos eran árbitros. Otros ponían copas los fines de semana. Y luego estaba él.

Esa hermosa mañana de sábado, con el sol brillando y el aire fresco de finales de otoño, estaba contemplando unas cuantas tablas de pino, rescatadas de la granja de más de cien años de su vecino, tratando de esbozar mentalmente el diseño para una estantería rústica. O tal vez una mesa de cocina con bancada. O una vinoteca. La gente pagaba su buen dinero por un armario para guardar los vinos. Qué demonios, a él tampoco le importaría tener uno.

Ya había tomado una decisión y estaba cogiendo la primera tabla cuando le sonó el busca.

Cuarenta y pocos, con el pelo rapado que antes había sido castaño oscuro, pero que actualmente presentaba una buena cantidad de canas, Wyatt había servido en el departamento del sheriff del condado durante los últimos veinte años. Primero como ayudante, luego como detective, ahora como sargento a cargo de la unidad de detectives. Lo mejor de ser un sargento era el horario. De lunes a viernes, de ocho de la mañana a cuatro de la tarde. Un turno de lo más normal para una profesión no conocida por su regularidad.

Por supuesto, como cualquier funcionario del condado, estaba de guardia un par de noches a la semana. Y sí, pasaban cosas, incluso en los bosques de New Hampshire, quizá especialmente en los bosques de New Hampshire. Drogas, alcohol, violencia de género, algunos casos interesantes de fraude cuando un empleado buscaba nuevas formas de financiar su adicción a las drogas o sus problemas con el alcohol. Últimamente, la tasa de homicidios había ido ascendiendo, lo que no era bueno. Un asesinato con un hacha. Un empleado descontento que se había llevado una ballesta a su antiguo lugar de trabajo, en una empresa de arena y grava. Unos cuantos casos de homicidio por atropello, incluyendo una mujer de ochenta años que juró que había atropellado por accidente a su marido, de ochenta y cinco. Las tres veces. Resultó que la había estado engañando con su vecina de setenta. Zorra, había declarado la mujer, lo que sonó más como *sosa*, porque antes de pasar por encima de su marido con el coche tres veces, «por accidente», no se había molestado en ponerse la dentadura postiza.

Ciertamente, su trabajo nunca resultaba aburrido, algo que Wyatt apreciaba. Un hombre de naturaleza tranquila, le gustaba un buen rompecabezas, seguido de una solución justa. Y, aunque pareciera una locura, le gustaba la gente. Interrogarles, investigarles, arrestarles, la gente nunca le dejaba de fascinar. Le apetecía ir al trabajo, al igual que le apetecía volver a casa. Preparar un caso, construir una vinoteca. Cada uno de los proyectos era atrayente a su manera y cualquiera de ellos, en un buen día, daba resultados tangibles.

Wyatt comprobó su busca, suspiró un poco y se volvió a meter en su cabaña para mirar el móvil. Una familia desaparecida en Boston. Un chaquetón con GPS incorporado que emitía una señal a sesenta y cinco kilómetros en dirección sur. Conocía esa zona. Muchos árboles, poca gente.

Wyatt hizo algunas preguntas y después se puso a hacer una lista de las cosas que necesitaba.

Nada de vinoteca. En vez de eso, se preparó para reunir a su equipo e ir a ver qué encontraban en el bosque.


En el primer día de Wyatt como policía del condado, el sheriff le había informado de cómo estaba la situación: básicamente, había dos New Hampshires. Estaba el New Hampshire al sur de Concord, y estaba el New Hampshire al norte de Concord. El New Hampshire al sur de Concord funcionaba como un barrio de las afueras de Boston. Las casas eran edificios de los años cincuenta para la clase trabajadora, o mansiones de los noventa para los ejecutivos ricos de la ciudad. Ese New Hampshire, al ser un área geográfica reducida pero con exceso de población, tenía derecho a un cuerpo de policía donde hubiera varios agentes trabajando en cada turno, con refuerzos a no más de un par de minutos de distancia, y cada departamento contaba con su propia colección de modernas herramientas forenses para poder proveerles de la mejor investigación criminal.

Y después estaba el New Hampshire al norte de Concord. Donde el tercio restante de la población del estado se desperdigaba a lo largo de los dos tercios restantes del terreno del estado. Donde los pueblos eran demasiado pequeños como para justificar tener su propia comisaría, e incluso los que la tenían solo podían permitirse un agente por turno, patrullando grandes extensiones de carreteras rurales, bosques y lagos completamente solo. Si pedías refuerzos, fácilmente podían estar de treinta a sesenta minutos de distancia. Y que Dios te ayudara si tenías una investigación compleja que requiriera instrumentos forenses; lo más probable es que tuvieras que pedírselos prestados a otro departamento, tal vez incluso a dos o tres, tan solo para poder realizar tu trabajo.

El New Hampshire al sur de Concord tenía agentes locales. Mientras que el New Hampshire al norte de Concord era básicamente el salvaje oeste. Los policías de ciudad iban en grupo y podían pasarse toda su vida laboral sin tener que sacar la pistola. Los policías del salvaje oeste manejaban tiroteos ellos solos, y tenían que batirse en retirada al menos un par de veces al año. Qué demonios, si Wyatt llevaba trabajando tan solo cuatro horas cuando tuvo que sacar su arma por primera vez. Le llamaron por una pelea doméstica. Salió de su coche patrulla justo a tiempo para que le atacara un loco drogado que empuñaba un cuchillo. Wyatt le había dado una primera patada en el estómago al tipo, tan sorprendido por el repentino ataque que en realidad se olvidó por un momento de que era policía y tenía un cinturón de servicio a su disposición con un táser y un espray de pimienta, y, oh, sí, una Sig Sauer P229.357 semiautomática.

El Tipo Flipado se recobró, y ese era el problema con los pirados drogados, no sentían el dolor. Esta vez Wyatt se había recuperado lo suficiente como para sacar la pistola. Llegados a ese punto, el Tipo Flipado, mirando el cañón de un arma cargada, recuperó la sobriedad en un tiempo récord y dejó caer el cuchillo.

Para cuando por fin llegaron los refuerzos —solo treinta minutos más tarde— Wyatt tenía a su primer drogadicto esposado en el asiento trasero del coche, además de otro que había intentado escapar desde la parte de atrás de la casa. También había tomado declaración a la dueña de la casa, la madre del tipo drogado, que juró que no quería volver a ver a ninguno de sus hijos, ya que eran unos mierdecillas que no valían para nada y que le debían veinte dólares, o una bolsa de marihuana, lo que pudieran conseguir primero.

Definitivamente, no había momentos aburridos en los bosques de New Hampshire.

Ser el ayudante del sheriff era algo más que sacar rápido la pistola, por supuesto. Los agentes del condado estaban autorizados a redactar sus propias órdenes de registro e incluso sus órdenes de busca y captura, una necesidad logística dado que el juzgado más próximo podría estar a ochenta kilómetros de distancia, lo que implicaba que si un detective tardaba dos horas en ir y volver de allí, el sospechoso ya se habría marchado de la ciudad o habría cubierto sus huellas. Los ayudantes novatos se quedaban fascinados ante este ejemplo sin precedentes del poder que podía llegar a tener un policía. Después, inevitablemente, les venían encima todas las consecuencias que conllevaba, dado que, para redactar documentos legales, cada uno de ellos tenía que convertirse casi en un abogado. Porque, sí, podían escribir lo que les diera la gana, y registrar la propiedad en cuestión o arrestar al sospechoso, pero en algún momento un juez revisaría la orden y, si no estaba cumplimentada como era debido, no la consideraría válida, dejando al detective sin nadie a quien culpar sino a sí mismo.

Wyatt alternaba la lectura de revistas de Derecho con la de publicaciones especializadas en trabajos en madera.

La distinción definitiva de los departamentos del sheriff era que tenían jurisdicción en todo el estado. Incluso la policía del estado de New Hampshire tenía que pedir permiso para patrullar la ciudad y las carreteras del condado. Pero no un sheriff. Wyatt podía conducir por cualquier lugar del estado, actuando como todo un policía mientras presumía de su entendimiento de la jerga legal. Por supuesto, la mayoría de su parte del estado estaba poblada por osos y alces a los que no les importaba nada, pero a un hombre le gustaba sentirse superior en algunas cosas. Tenía un poder considerable, su comprensión de la ley era envidiable y vasto su dominio.

Le ayudaba a conciliar el sueño por la noche. Suponiendo que el busca no le sonara.

Wyatt se dirigió a la oficina del sheriff del condado. Normalmente, trabajaría desde su coche patrulla, especialmente en un asunto que justificaba cierta urgencia. Pero el GPS del vehículo solo podía llevarlo hasta la carretera más cercana. Teniendo en cuenta la teoría del secuestro, lo más probable era que lo que estaban buscando estuviera más lejos, posiblemente en lo más profundo del bosque. Por eso quería el GPS de mano, a dos de sus compañeros detectives y por lo menos un par de agentes uniformados.

Dentro, tres chicos y una chica ya estaban preparados y listos para marchar.

Les informó de la situación, una familia de Boston, desaparecida desde las diez de la noche del día anterior, signos de violencia en el hogar, la única pista por ahora el GPS del chaquetón del marido, al que le quedaban aproximadamente unas trece horas de batería.

Wyatt tecleó las coordenadas del GPS en el ordenador principal primero, y se reunieron alrededor del monitor para verlas. Los buenos detectives apreciaban el poder rastrear por internet tanto como cualquier asesino en serie, y con unos cuantos clics del ratón, Wyatt fue capaz de conseguir imágenes por satélite de las coordenadas de destino. Hizo zoom en instantáneas de un camino rural y después un aparcamiento de tierra que rodeaba un edificio en ruinas más pequeño, rodeado por la espesura del bosque. Las coordenadas exactas parecían ser un lugar un poco más allá del aparcamiento, en un claro del bosque.

—Creo que es el antiguo restaurante de Stanley —dijo Wyatt.

Gina, una de sus nuevas ayudantes, asintió con fuerza.

—Sí, señor. Pasé por allí hace apenas un par de días. Está clausurado.

—No es un mal lugar para ocultar rehenes —comentó Jeff. Cuarenta y cinco años, padre de dos hijos, era uno de los mejores detectives del condado, con un talento especial para desentrañar delitos financieros—. Cerca de una carretera para facilitar el acceso, pero aislado al mismo tiempo. Estoy bastante seguro de que no hay muchas otras personas ni casas por allí.

—¿La señal de GPS no debería estar emitiendo desde el edificio? —preguntó Gina. A Wyatt le gustaba que le discutiera. Era difícil para cualquier agente novato, pero sobre todo para una chica, decir lo que pensaba. Estaba claro que Gina podía apañárselas por sí misma.

—El rango es más o menos unos treinta metros —dijo Jeff—. Así que podría estar dentro del edificio.

Gina asintió, enganchando los pulgares en su cinturón de servicio al aceptar la respuesta.

—Bueno, pues esto es lo que hay —habló Wyatt—. Tenemos tres posibilidades. Que nos encontremos un chaquetón. Que nos encontremos el chaquetón y a uno o a todos los miembros de la familia desaparecida, tanto vivos como muertos. O que nos encontremos el chaquetón, a la familia y a sus secuestradores. Pueden ser hasta cuatro secuestradores, y esos van a estar vivos. Así que, si incluimos los tres miembros de la familia, pueden llegar a ser siete personas en el sitio, con solo cinco de nosotros para acercarnos, controlarlos y detenerlos. Hablemos de la estrategia.

Miró a Kevin, el segundo de a bordo, que todavía tenía que hablar. Kevin había hecho algunos cursos sobre violencia en el lugar de trabajo y negociaciones en la toma de rehenes. Lo llamaban el Cerebro, no solo porque era delgado y con aspecto de empollón, sino porque realmente le gustaba estudiar. Las nuevas resoluciones judiciales, las nuevas técnicas forenses, los nuevos informes de criminología, solo había que preguntarle a Kevin. También se sabía todas las estadísticas de hockey de cualquier jugador en cualquier equipo de cualquier año. Y no, la mayoría de las veces no podía conseguir una cita para el viernes por la noche.

—Código uno —sugirió—. Nos acercamos silenciosamente, vemos cómo va la cosa. Si los secuestradores están por allí, no queremos asustarlos.

—¿Así que cinco coches patrulla en el aparcamiento no va a ser lo mejor? —preguntó Wyatt con una sonrisa burlona.

—Podemos llevar solo dos coches —dijo Jeff—. Cabemos todos.

—No nos va a dar tanta ventaja —señaló Gina—. Incluso si son dos coches, llegando al mismo tiempo a un aparcamiento vacío…

—Uno de los coches puede aparcar, el otro debería seguir conduciendo en dirección sur —Kevin cambió la estrategia—. Una vez que esté fuera de la vista, el coche puede pararse y los agentes regresar a pie. Eso nos da un coche que aparca por azar; quizá el conductor necesita estirar las piernas, consultar el mapa, ese tipo de cosas. Gina debería estar en el coche que se detiene. Así parecería una pareja que para en vez de unos polis acudiendo a un posible lugar de los hechos. Por lo menos hasta que sepamos algo más.

A Wyatt le cuadraba. Uno por uno, se mostraron de acuerdo.

—¿Chalecos antibala? —volvió a comprobar.

Era un buen equipo. Estaban preparados. Mejor aún, les apetecía salir y hacer algo bueno.

Wyatt cogió el GPS de mano. Lo enchufaron y metieron las coordenadas.

Y así, sin más, estuvieron listos para irse.


Wyatt se había casado una vez. Stacey Kupeski. Una chica guapa. Una gran risa. Eso era lo que al principio le había llamado la atención. Literalmente, a través de un bar lleno de gente, había oído esa risa y había sabido al instante que debía oírla más veces. Habían salido seis meses y después se habían casado. Ella tenía una tienda de ropa de marca especializada en adornados cinturones country y camisetas con lentejuelas y un montón de cosas brillantes que las mujeres parecían pensar que necesitaban para sus salidas nocturnas. Como era venta al por menor, Stacey trabajaba los festivos y los fines de semana, lo que parecía encajar bien con el trabajo de Wyatt, teniendo en cuenta que la actividad delictiva, inevitablemente, se incrementaba los días de fiesta, por no hablar de las perezosas tardes de domingo.

Pero ese fue el problema. Ella trabajaba y él trabajaba, sus caminos se cruzaban básicamente el lunes por la noche, cuando ella quería salir a «hacer algo» y a él lo que le apetecía era barnizar una plancha de madera y ver cómo se secaba. Lo intentaron durante dieciocho meses. Entonces ella empezó a salir y «hacer algo» con el marido de una de sus mejores clientas. La esposa se volvió loca y destrozó la tienda de Stacey, mientras el marido conseguía que le pusieran una orden de alejamiento y Wyatt conseguía un divorcio. Resultó que solo le gustaba el drama en el trabajo, no en su vida personal.

Además, se dio cuenta de que no estaba realmente enfadado con Stacey, lo que no le pareció una buena señal. Si tu mujer se acostaba con algún otro, probablemente debería importarte. Por lo menos él y Stacey todavía eran amigos. En gran parte, porque a Wyatt seguía sin importarle.

Su único pesar: le habría gustado tener hijos. No con Stacey. Oh, no, eso hubiera sido un desastre. Pero esa idea abstracta, dos coma dos hijos pero sin exmujer, le habría encantado. Niño, niña, daba igual. Alguien a quien construirle una casa en un árbol y lanzar una pelota y simplemente estar juntos. Tal vez una pequeña versión de sí mismo a la que pudiera enseñar una o dos cosas antes de que, inevitablemente, se convirtiera en una versión adolescente de sí mismo y declarara apasionadamente: «¡No me entiendes!». Pero incluso eso le apetecía. Sería un rito de iniciación. La forma en la que se suponía que se movía el mundo.

Ya no iba a pasar a su edad, suponía, por lo que jugaba con los hijos de sus amigos, ayudándoles a construir relojes y joyeros, y una vez incluso el cofre de un pirata. Las actividades de un sábado por la tarde. Hacía que los pequeños se enorgullecieran de haber hecho algo con sus propias manos, y a él le hacía sentir como si tuviera algo que valía la pena compartir además de su talento para la investigación.

Por esa época su madre estaba tratando de conseguir que adoptara un perro. Tal vez uno de rescate, ya anciano. Se le daban bien ese tipo de cosas, le decía, lo que daba a entender que su estilo de vida actual estaba muy cerca del de un monje.

En algún momento, muy pronto, volvería al mundo de las citas. Pero primero quería construir esa vinoteca. Y hoy iba a rescatar a una familia de Boston desaparecida.

Habían llegado al antiguo restaurante. Gina y él se habían ofrecido para ir en el primer coche. No era la operación más encubierta del mundo, dado que incluso un coche patrulla sin identificativos apestaba a policía y, además, los dos iban de uniforme. Por lo menos se habían quitado las gorras, consiguiendo parecer civiles de hombros para arriba, mientras Wyatt iba frenando el coche y señalando con los intermitentes su intención de parar.

No había señales de ningún vehículo delante del restaurante. Tal y como Gina había dicho, estaba abandonado. Se dirigió hacia la izquierda, lejos del parpadeo del GPS, ya que no quería acercarse demasiado rápido. Sobre todo quería mirar la parte de atrás del edificio.

Todavía sin señales de un coche. Ni una puerta abierta. Ni una ventana rota.

Giró con tranquilidad, como si fuera a dar la vuelta y ahora se preparara para regresar a la carretera.

Gina tenía el rastreador de mano en el regazo. Estaba mirando hacia abajo.

—Hacia el norte, a cinco metros —murmuró.

Wyatt miró hacia el norte. Vio muchos árboles, rodeados de un denso follaje. También vio huellas dobles de neumáticos, recientes, con los surcos más pronunciados, acercándose al borde del bosque. Unas segundas huellas, ligeramente paralelas a las primeras, les mostraron dónde había dado la vuelta el vehículo para dirigirse de nuevo a la carretera.

—Mierda —murmuró.

Gina lo miró.

—El vehículo estuvo aquí. Parece que se adentró en el bosque, y después se volvió a ir. —No le contó el resto de sus pensamientos. «Como si fueran a deshacerse de algo. Quizá solo el chaquetón, pero lo más probable es que fuera un cuerpo envuelto en él».

Gina cogió su gorra. Se la caló sin decir una palabra, mientras él trasteaba con la radio y transmitía su estado al coche de refuerzo. Le contestó Kevin; llegarían a pie en cinco minutos.

Suficiente, pensó Wyatt. Aquí ya había acabado todo. No lo decía solo por lo que podía ver, las huellas y todo eso, sino por lo que sentía. Habían abandonado la propiedad. Claro y simple.

Gina y él salieron del coche juntos, deteniéndose un momento tras las puertas abiertas para cubrirse por si acaso. No se movió nada ni hubo disparos, ni sospechosos que salieran de repente del edificio clausurado para atacarles, entonces continuaron.

Wyatt tenía una cámara digital. Gina todavía seguía con el GPS.

—Mira hacia el suelo —le indicó—. Evita pisar las marcas, huellas de pisadas o cualquier otra señal de que haya habido una pelea. Los federales van a venir por aquí más adelante, y no quiero que nos echen la bronca.

Ella asintió.

Gina estaba intentando mantener la sangre fría y la expresión neutra, pero él podía notar el ligero temblor de su mano mientras sostenía el rastreador GPS frente a ella. No por miedo, suponía, aunque a lo mejor sí. Pero, en cualquier caso, era por la adrenalina. Él también la sentía fluir por su torrente sanguíneo, el ritmo cardiaco levemente acelerado al enfrentarse a esa familiar sensación ante lo desconocido. Algo y/o alguien se cernía sobre ellos.

Se acercaron juntos, él primero, Gina dos pasos más atrás, un poco escondida tras él, porque facilitarles un objetivo ya era bastante malo; facilitarles dos habría sido de estúpidos.

Soplaba el viento, haciendo que los arbustos se estremecieran y los árboles oscilaran. A pleno día, el sol brillaba. Un pájaro por aquí, otro por allá. El ruido de un coche, a setenta por hora por la carretera rural, sobrepasándoles.

—Cinco metros —murmuró Gina.

Él llevó la mano derecha hacia el arma enfundada, preparándose tanto como le era posible.

—Tres metros.

Y entonces Wyatt ya no la necesitó. Lo estaba viendo, claro como el agua. Un bulto oscuro en un punto de escasa vegetación. No era un cuerpo, gracias a Dios, sino una gran tira de tela, enrollada y lanzada hacia un arbusto famélico.

Bajó la mano. Se acercó más rápidamente, ya con el ceño fruncido. Gina también había visto la tela azul. Apagó el GPS de mano y llamó por la radio para contárselo a los demás.

Luego ambos se detuvieron delante del trozo de tela, que colgaba de unas ramas a la altura de la cintura.

—No parece mucho —dijo Gina—. Ni siquiera está la prenda entera.

Wyatt se puso los guantes y luego desenredó con cuidado la tela ligera, sosteniéndola frente a ellos. Un tacto agradable, pensó. Uno de esos tejidos de alta tecnología diseñados para mantenerte calentito y seco y, aun así, salir bien en las fotos que te hicieras en la cumbre de la montaña. Seguro que costaba una buena pasta, supuso, justo lo que te esperarías de un bostoniano rico.

Lo palpó con los guantes hasta que encontró algo largo y plano en la parte inferior de la tira, el dispositivo GPS. Pasó los dedos por los bordes irregulares y deshilachados.

—Los secuestradores se dieron cuenta —dijo después de un minuto, mirando a su alrededor. Kevin, Jeff y el otro ayudante ya habían llegado, atravesando el aparcamiento para acercarse a ellos—. Quizá Justin Denbe confesó, o los secuestradores lo descubrieron al examinarle de cerca, pero el caso es que se dieron cuenta de que el chaquetón tenía un GPS, así que lo cortaron, parece que con una hoja de sierra, y lo tiraron aquí.

—¿Por qué cortarlo? —preguntó Gina con el ceño fruncido—. ¿Por qué no se deshicieron directamente del chaquetón?

Wyatt tuvo que pensárselo. Entonces se le ocurrió.

—Denbe estaba atado. Sobre todo, sus manos. Lo que quiere decir que, para quitarle el chaquetón, primero habrían tenido que soltárselas. Me han dicho que es un tipo grande. Fuerte. Probablemente, los secuestradores no quisieron correr el riesgo. Era más fácil, más rápido, retirar solo el dispositivo y tirarlo.

No pudo evitarlo. Le dio la vuelta a la tela, buscando manchas de sangre. Un cuchillo de caza. No por nada, tal vez porque era de New Hampshire, pero se imaginaba un cuchillo de caza. Clavado en la tela azul, desgarrándola. Rápido, debió de ser así como lo hicieron. Dos cortes hacia abajo, uno a lo ancho. Zas, zas, zas.

Pero ni rastro de sangre en la tela que había quedado. Rápido y con control. Con disciplina.

Los secuestradores se habían dado cuenta de su error, pero no habían entrado en pánico. Simplemente habían optado por la evasión. Rápido, disciplinado e inteligente.

Tuvo un mal presentimiento. Volvió a concentrarse en las huellas de los neumáticos. No eran anchas, como las de los todoterrenos tuneados que algunos tipos conducían por ahí, tampoco con los profundos surcos de los neumáticos específicos para la nieve que la gente que se estaba preparando para el invierno ponía en sus camionetas, sino unas huellas muy normales. Como de coche, excepto que creían que había tres o cuatro secuestradores más una familia de tres… Una furgoneta. Tenía que ser eso, si querían transportar a siete personas.

Así que una furgoneta, bajo el amparo de la noche, aparcando, cortando un chaquetón y tirando el trozo con el dispositivo GPS en unos arbustos. Pero ¿por qué habían parado allí? ¿Porque ya sabían lo del GPS? Parecía poco probable que Justin Denbe les hubiera dado esa información. El chaquetón era la mejor oportunidad de que su familia fuera rescatada. Así que quizá no tenía que ver con la prenda; eso había sido después. Los secuestradores se estaban tomando un descanso. Alguien tenía que orinar. O necesitaban dormir. O tan solo orientarse, comprobar el GPS o un mapa. No había mucha actividad en esta zona en ningún momento del día, y mucho menos a primera hora de la mañana. Un buen lugar para detenerse, volver a examinar a la familia, mirar en sus bolsillos. Un interrogatorio. Un traspaso.

Eso le intrigaba. Miró a Kevin.

—Solo veo un juego de neumáticos. ¿Y tú?

El detective caminó unos pasos y se tomó su tiempo.

—Solo un juego —se mostró de acuerdo.

—¿No hay pisadas?

Lo volvieron a repasar. Los demás se habían alejado, buscando entre los arbustos. Tal vez el chaquetón no era lo único que habían tirado. Y aunque el chaquetón había sido abandonado a la orilla del bosque, a plena vista, eso no significaba que no hubiera otros descubrimientos que hacer adentrándose entre la vegetación.

—A lo mejor alguna —respondió Kevin por fin, agachado—. El suelo parece estar pisoteado en este punto entre las huellas de los neumáticos. Como si alguien hubiera andado por aquí.

—Estoy pensando en una furgoneta, para que quepan los siete —comentó Wyatt.

—Tiene sentido. Entra, aparca al lado del bosque, sale por lo menos un hombre, se dirige a la parte trasera. Se entretiene un poco. Pero no puedo distinguir unos patrones de huella individuales. El suelo está demasiado duro.

—Uno o varios se dirigen a la parte de atrás —dijo Wyatt, siguiendo esa línea de pensamiento—. Abren las puertas. Supongo que para comprobar que los rehenes están bien y que siguen maniatados y tumbados en el suelo.

Kevin se encogió de hombros. En ese momento, no podían estar seguros de nada.

—Descubren el GPS en el chaquetón —continuó Wyatt—. Le rajan el abrigo y arrojan el dispositivo en el bosque. Y luego continúan su camino.

Kevin se puso de pie.

—Fueron hacia el norte —añadió, señalando la dirección en que las huellas de los neumáticos salían del aparcamiento.

—Parece factible. —Wyatt volvió a examinar la tira de tela, lo que le llevó a la siguiente pregunta lógica—. ¿Por qué dejaron el dispositivo GPS? Aunque lo tiraran, todavía se puede rastrear. ¿Por qué no lo rompieron, por qué no lo dejaron inactivo?

—¿Porque no sabían cómo hacerlo? —sugirió Kevin—. O porque no les importaba que la policía les siguiera hasta este punto. Este lugar —señaló al edificio abandonado, a los bosques sombríos— no tiene nada que ver con su destino final.

—Nos permite saber que están en New Hampshire —replicó Wyatt con serenidad.

—Que *estaban* en New Hampshire —le corrigió Kevin—. Si han seguido para el norte, joder, pueden estar en Canadá ahora mismo. O haberse ido a Maine o a Vermont, todos esos son caminos que se pueden tomar desde aquí.

Wyatt se encogió de hombros, sin estar convencido del todo. Los secuestradores deberían haber destrozado el GPS. Eso era lo que habría hecho él. No hacía falta ser muy listo. Solo necesitaban un martillo o una piedra y ponerse a dar golpes. Al no hacerlo, el chaquetón se había convertido en la primera miguita de pan, ¿y por qué ibas a dejar un rastro pudiendo evitarlo? Por no hablar de que esa miga de pan en particular demostraba que habían cruzado los límites del estado y que, por tanto, los federales entraban en juego. Una vez más, un riesgo innecesario que podría haberse evitado con treinta segundos y una piedra grande. El descubrimiento del chaquetón parecía implicar que los secuestradores tenían poca visión de futuro, pero Wyatt no estaba convencido de que unos incompetentes pudieran haber secuestrado a una familia de Boston con esa precisión y velocidad.

¿O sea que a lo mejor significaba lo contrario? No es que fueran tontos, sino que tenían tanta experiencia que no pensaban que el que les rastrearan hasta ahí les fuera a perjudicar. Estaban siguiendo el plan a rajatabla, y que la policía descubriera el GPS a tres horas de distancia al norte del lugar del secuestro no tenía la menor importancia.

Ese pensamiento, la frialdad que se vislumbraba detrás, combinada con la precisión con la que habían rajado un chaquetón de mil dólares sin ningún otro daño colateral, fue lo que le inquietó.

Kevin se enderezó y dejó de examinar el suelo.

—Entonces, según el dispositivo GPS, la familia secuestrada estuvo aquí. La pregunta es dónde están ahora.

Ambos miraron hacia el norte, en la dirección en la que las huellas de los neumáticos desaparecían.

En esa época del año, en el norte de New Hampshire había cientos de *campings* cerrados, casas clausuradas para el invierno y cabañas de montaña muy aisladas. Y cuanto más al norte te dirigieras, más oportunidades había de que no fueras visto por otra alma viviente.

Kevin estaba en lo cierto; los secuestradores no tenían que preocuparse por una tira de tela en un lugar abandonado en los bosques de New Hampshire. Porque, desde ahí, intentar encontrar a tres personas desaparecidas en un sitio tan rural, tan salvaje, tan montañoso…

Wyatt tenía un poder considerable, su comprensión de la ley era envidiable y vasto su dominio.

Se giró hacia su equipo de trabajo; dos detectives y dos ayudantes. No era mucho, pero sí lo suficiente como para empezar la fiesta.

—Muy bien —les informó secamente—. Kevin, ponte en contacto con los medios de comunicación y hazles una descripción de la familia. Los secuestradores necesitarán gasolina, necesitarán comida, así que fijémonos sobre todo en las paradas para camiones, gasolineras, cafeterías de carretera, todos esos sitios en los que puedes entrar y salir rápido. Jeff, tú te encargas del vehículo, emite una orden de búsqueda para cualquier furgoneta sospechosa, y mientras estás con ello solicita los vídeos de las cámaras de los peajes de Portsmouth. El resto, redoble de tambor y a ponerse las pilas. Nos quedan tres horas de luz. Manos a la obra.

—Al menos podemos suponer que la familia sigue viva —dijo Gina esperanzada—. Porque los secuestradores solo han dejado el GPS, no un cuerpo.

—Podemos suponerlo —murmuró Wyatt—. Por ahora.

# 11

Despiértala.

—¡Lo estoy intentando!

—¿Qué problema hay? ¿Le pusiste demasiados calmantes?

—No…

—¡Entonces despiértala!

—Yo… ¡Mierda!

Dolor. Instantáneo. Absoluto. En un instante estaba flotando en un abismo. Al siguiente, mi estómago se contrajo violentamente y me incorporé. Iba a vomitar. Intenté girar hacia un lado, pero me desplomé con torpeza. Mis manos, mis brazos, mis hombros ardiendo… No podía moverme, no lo entendía. Los espasmos de mi estómago eran cada vez más insistentes. Un coche, estaba en la parte de atrás de un coche, iba a vomitar dentro de un coche. Instintivamente, dirigí mi cabeza hacia el aire fresco, arrastrándome hacia el portón abierto donde pude distinguir el parachoques trasero, unas deportivas negras y el asfalto de la carretera.

Después… Cinta aislante. Mi boca. Tapada. Ay Dios, ay Dios, ay Dios. Iba a vomitar y después me ahogaría con mi propio vómito. Me entró pánico y mi cuerpo empezó a dar sacudidas mientras el estómago se me contraía otra vez y yo cerraba con fuerza las mandíbulas, intentando que no me subiera la bilis. No iba a conseguirlo. Me estaba atragantando… Una presión increíble acumulándose en mi pecho.

La mano de un hombre se acercó con rapidez, agarró el borde de la cinta y la arrancó, *la arrancó* de mi boca.

Di un pequeño grito y después empecé a vomitar, un arroyo aguado de champán añejo y bilis amarilla que arrojé sobre el parachoques, las deportivas negras y el asfalto gris. La voz de un hombre maldiciendo otra vez. Las deportivas retrocediendo.

—¿Por qué está enferma?

—No tengo ni idea. Mierda. Mira mis zapatos. ¡Estaban nuevos!

—¿Es por el sedante?

—No. No debería. Joder, puede ser cualquier cosa. El shock. Que se maree en los coches. Los gases del tubo de escape. A ver, le han disparado con un táser, la han drogado y la han metido en la parte trasera de una furgoneta durante las últimas dieciséis horas. Que se le haya revuelto el estómago no es tan raro.

Las voces se quedaron calladas un momento. Abrí la boca, pensé que iba a volver a vomitar, pero tenía el estómago vacío. En vez de eso me dieron arcadas. Entonces me quedé sin fuerzas y me caí de lado, dándome cuenta por fin de que tenía una alfombrilla de goma debajo de mí y el cielo azul sobre mi cabeza.

Pero no todo era cielo. Había alambre de espino. Distinguí rollos de concertina cercando el horizonte.

—Camina —me dijo una voz.

Apareció un hombre, cerniéndose sobre mí. Hombros enormes. Una cabeza perfectamente afeitada en la que había tatuada una cobra sombreada en verde. El tatuaje se enroscaba por su cráneo y por su cuello, la boca con colmillos de la serpiente enmarcando su ojo izquierdo. Me quedé mirando el tatuaje, y durante un momento estremecedor pensé que las escamas se estaban moviendo.

Entonces me acordé de todo. Esa figura amenazadora en el vestíbulo. El táser. Las terribles convulsiones de mi marido. El dolor ardiente de mi pierna. Mi hija gritando. Llamándonos.

Me senté. El mundo daba vueltas a mi alrededor, pero no me importaba. Tenía que encontrar a mi hija. Ashlyn, Ashlyn, ¿dónde estaba Ashlyn?

Tenía las muñecas atadas a la cintura. Demasiado tarde descubrí que mis tobillos también estaban sujetos, cuando me caía de la furgoneta y me daba un golpe contra el suelo que bastó para quitarme el aliento y que el estómago se me contrajera otra vez. Esta vez, me balanceé hasta que lo peor de las arcadas remitió.

—Está enferma. ¿Se marea en los coches? —El hombre tatuado. Tenía que ser él. Una voz amenazadora a juego con una cara amenazadora.

El sonido desgarrador de la cinta aislante al ser arrancada. Un llanto breve y entrecortado. La voz de mi hija, frágil, aguda, insegura.

—No... suele. ¿Mamá?

El hombre se movía. Podía oír sus botas de punta de acero sonando contra el asfalto. Me dolía la cabeza. El estómago, la espalda, la cadera. Quería cerrar los ojos. Quería acurrucarme y cerrar los ojos con fuerza, como si eso fuera a hacer que todo desapareciera. Me volvería a dormir, y esta vez, cuando me despertara, estaría en mi cama, con mi marido roncando suavemente a mi lado y mi hija totalmente a salvo al otro lado del pasillo.

Abrí los ojos. Por el bien de mi hija, me esforcé por recuperarme hasta que, por primera vez, pude distinguir nuestro entorno.

Estábamos en el exterior, bajo una cubierta. Una furgoneta blanca y grande estaba aparcada a unos cuantos metros de distancia, las puertas traseras aún abiertas. Tras ella, más cerca de alambre. Alta, quizá de unos seis metros de altura, coronada con concertina, y recubierta de todavía más rollos de alambre.

Abrí los ojos de par en par. Busqué a mi hija y la encontré de pie al lado del más bajo de los tres hombres. Tenía los hombros encogidos, la barbilla contra el pecho, a la defensiva, mientras su largo pelo castaño claro la tapaba como una cortina, como para protegerse. Estaba descalza y llevaba puesta su ropa favorita para estar cómoda por casa, unos pantalones de pijama con estampado de cucuruchos de helado y una camiseta de punto de manga larga. Lo primero que pensé fue que se le debían de estar congelando los pies. Después me di cuenta de que una mancha oscura le atravesaba el hombro de la camiseta azul claro. ¿Sangre? ¿Era eso sangre? Mi hija herida, sangrando…

¿Y Justin? ¿Qué pasaba con Justin? Miré enloquecida a todas partes y por fin vi sus pies calzados con botas. Estaban atados con bridas y sobresalían de la parte trasera de la furgoneta.

El tipo tatuado, que llevaba un uniforme de comando negro, se volvió hacia el chico que estaba junto a mi hija.

—Vigílala —dijo, y me señaló, como si de alguna manera me fuera a escapar por arte de magia ahora que estaba maniatada en el suelo en vez de seguir en la furgoneta.

El hombre se dirigió a la parte de atrás del vehículo, donde se le unió un segundo hombre, también vestido de negro y casi tan grande y aterrador como el primero; su pelo, cortado al rape, estaba teñido a cuadros morenos y rubios, como un tablero de ajedrez. Entre los dos, sacaron el cuerpo atado de Justin de la furgoneta y lo pusieron de pie. Inmediatamente, Justin comenzó a forcejear.

El tipo con el tatuaje de la cobra arrancó la cinta aislante de la boca de Justin.

Mi marido no gritó. Lo que hizo fue rugir, abalanzándose hacia delante e intentando dar un cabezazo a su oponente más cercano.

Como respuesta, el tipo tatuado dio un paso atrás, desenfundó su táser y apretó el gatillo. Justin se derrumbó, la chaqueta azul aleteando, su cuerpo en plena convulsión. Ya no rugía, sino que mascullaba algo que no se podía entender a través de sus dientes apretados.

Miré hacia otro lado, incapaz de contemplar cómo mi marido sufría tanto dolor.

Frente a mí, Ashlyn estaba llorando.

El tipo tatuado le dio al gatillo unas cuantas veces más. Cuando le pareció que Justin había tenido suficiente, asintió una vez y el segundo hombre puso a Justin de nuevo en pie, con los cables aún colgando de su cuerpo.

—Esto es lo que va a pasar —declaró el tipo tatuado, y, al oír su voz, Ashlyn comenzó a llorar más fuerte, las manos atadas a su cintura y los dientes clavándose en su labio inferior.

Cerré los ojos, sin querer ver las lágrimas de mi hija ni el dolor de mi marido. Me imaginé colores, flores, relojes derretidos.

Olía a naranjas, y en mi boca estaba el sabor de la tarta de cumpleaños.

—Podéis llamarme Z. Soy vuestro nuevo jefe. Hablaréis cuando yo os diga que podéis hablar. Comeréis cuando yo os diga que podéis comer. Viviréis mientras yo diga que podéis vivir. ¿Cómo me llamo?

Silencio. Unos segundos después, abrí los ojos y me encontré al hombre mirándome fijamente.

—¿Cómo me llamo? —gritó.

—Z. —Me salió una vocecilla. Me pasé la lengua por los labios y me pregunté si debía intentarlo de nuevo, pero ya se estaba alejando.

En ese momento traté de llamar la atención de mi hija, de que me mirara, como si al encontrarse nuestros ojos todo fuera a ser más fácil de sobrellevar.

—Este es Mick. —El tipo tatuado señaló al hombre con el pelo de ajedrez—. Y este es Radar. —Señaló al chico más bajo y más joven que estaba de pie junto a mi hija. El que no llevaba uniforme de comando negro, sino unos vaqueros y unas deportivas negras manchadas de vómito. Asintió con la cabeza, como si estuviera encantado de que nos presentaran. Luego se ruborizó al darse cuenta de lo que había hecho.

—Y este —Z se dio media vuelta, trazando un gran arco con las manos— va a ser vuestro nuevo hogar. —El hombre sonrió y pareció particularmente complacido consigo mismo. Obligué a mi dolorido cuerpo a girarse de nuevo y a contemplar el edificio de cuya existencia hasta ahora solo había sido medio consciente. Esta vez me quedó claro que no era solo un edificio, sino un amplio complejo. Una institución. Cuatro pisos de altura con estrechas hendiduras como ventanas, rodeado de cercas cubiertas con rollos de concertina.

¿Qué tipo de edificio tenía ventanas tan pequeñas? ¿Qué tipo de paisajismo requería tanta concertina? Entonces me di cuenta. Una cárcel.

Esos hombres nos habían sacado de nuestra casa y nos habían traído a una cárcel. Pero... El lugar parecía misteriosamente tranquilo, muy silencioso. No era una cárcel con gente, sino vacía. Abandonada, tal vez.

—Te daré dinero. —Las palabras de Justin sonaron alto y claro—. La cantidad que quieras. El doble, el triple de lo que te hayan ofrecido.

Por toda respuesta, Z apretó el gatillo del táser. Una vez más el cuerpo de mi marido se convulsionó. Una vez más los labios se despegaron de sus dientes, formando una sonrisa macabra que duraba y duraba.

Esta vez no hizo ningún ruido. Solo aguantó el dolor.

Z finalmente soltó el gatillo. El cuerpo de Justin se dobló y se hubiera derrumbado, de no ser porque el otro tipo lo estaba sosteniendo.

—Hablarás cuando te diga que puedes hablar —repitió Z. Miró fijamente a la figura jadeante de Justin—. ¿Cuándo hablarás?

Mi marido alzó la cabeza. Su mirada brillaba de rabia. Pude distinguir los músculos apretados de su mandíbula. Era un hombre tan competitivo. Fue una de las cosas que más admiré de él al principio. Se caía pero se volvía a levantar. Golpeado pero no roto. Ahora, en silencio, deseé que se diera por vencido. Que mantuviera la boca cerrada. Que no pronunciara otra palabra...

—Papá —suplicó Ashlyn en voz baja.

La mirada de Justin sufrió un cambio. De la furia al pánico y al instante lo comprendí, cuando Z se dirigió hacia nuestra hija.

—No. —Se me escapó un jadeo, intentando acercarme, hacer algo. Oía gruñir a Justin, sabía que tenía que estar forcejeando, tratando desesperadamente de librarse.

Mi hija se dio cuenta de su error demasiado tarde. Observó que Z se acercaba a ella rápidamente y sus sollozos llegaron a la histeria mientras se cubría la cara con sus brazos atados...

El chico dio un paso hacia delante. Se interpuso en el camino de Z.

—Oye —dijo el chaval—, ¿no es eso un coche patrulla?

Señaló con el dedo, y así, sin más, todo el mundo se puso en movimiento.

—Dentro ahora mismo —ordenó Z bruscamente—. Tú coge a las mujeres. Y tú a Denbe.

Pelo de Ajedrez ya estaba cortando con un enorme cuchillo las ataduras de las piernas de Justin, de un solo golpe, y arrastrando a trompicones a mi marido hacia la puerta.

Radar tardó un poco en cortar las ataduras de mi hija, y después se me acercó lo suficiente como para liberar mis tobillos y ayudarme a ponerme en pie. Intenté dirigirle una mirada de agradecimiento, para que supiera que era consciente de lo que había hecho por Ashlyn, pero evitó cualquier contacto visual. En vez de eso, sujetándonos de los codos tanto a mi hija como a mí, nos empujó hacia las puertas.

Pude oír el motor encenderse detrás de nosotras cuando la furgoneta se puso en marcha. La iban a esconder, supuse. La furgoneta estaría oculta en algún sitio ahí fuera, a nosotros nos esconderían en algún sitio ahí dentro, y nadie sabría nada.

Las puertas se cerraron tras nosotros. Primero unas, después otras.

El chico y el segundo de a bordo nos arrastraron hacia un gran espacio vacío. Si aquello era una prisión, entonces ese espacio debía de ser la zona de recepción. Podía distinguir las austeras paredes de cemento blanco, el suelo de linóleo amarillento, una especie de puesto de mando frente a nosotros con ventanas de cristal grueso.

La sala estaba débilmente iluminada, solo se estaba utilizando una parte de las luces. Tuve la sensación de que era por nuestro bien, que si se encendieran todas la luminosidad sería casi cegadora, kilómetros de paredes en blanco hueso en las que rebotaría la luz y nos haría daño en los ojos.

Traté de echar un vistazo a mi hija de nuevo. Estaba al otro lado de Radar, con la cabeza todavía gacha, el pelo tapando su cara, los hombros temblorosos. Z no estaba cerca, pero todavía no me atrevía a hablar. Me di cuenta por primera vez de que Ashlyn no llevaba sus habituales aros de oro en las orejas, ni el pequeño colgante de diamante que Justin le había regalado en su decimotercer cumpleaños.

Un poco más tarde, miré hacia abajo solo para descubrir que mi anillo de compromiso y mi alianza también faltaban. Malditos ladrones, pensé irracionalmente, considerando todo lo demás que habían hecho. Robarnos nuestras joyas mientras estábamos fuertemente sedados.

Le eché un vistazo a la muñeca de mi marido, confirmando que su Rolex también había desaparecido. Entonces alcé los ojos y me encontré con los de mi marido, que nos estaba observando a Ashlyn y a mí, su cara era la expresión del dolor.

Si hubiera podido, le habría extendido la mano.

Por primera vez en seis meses, habría tocado a mi marido y lo habría hecho con sinceridad.

En vez de eso, los tres nos quedamos allí, sin hablar, esperando a ver qué cosa terrible sucedería después.


Z reapareció enseguida, sus pasos resonando por el pasillo mientras se acercaba desde otra dirección. Sus esbirros no habían pronunciado una sola palabra en su ausencia, y tuve la sensación de que así era como funcionaban las cosas entre ellos. Z daba las órdenes y los otros dos las obedecían.

El chico, con sus pantalones vaqueros y sus deportivas, no me molestaba. Tenía tendencia a agachar la cabeza y encoger los hombros con timidez, como si estuviera avergonzado de estar allí.

El otro, el del pelo como un tablero de ajedrez, era el que me preocupaba. Tenía los ojos demasiado brillantes, un matiz de azul neón que asociaba a los drogadictos o a los locos. Sujetaba el brazo de Justin con toda su fuerza, su cara desafiándole a que hiciera algo al respecto. Un matón deseando provocar la pelea.

Me fijé en que el chico, que nos agarraba de los codos, nos mantenía a Ashlyn y a mí a buen recaudo de su compañero. Y me di cuenta de que Justin no intentaba acercarse a nosotras.

Cuando apareció Z, tanto el chaval como Pelo de Ajedrez se enderezaron, listos para recibir instrucciones. Quise prepararme mentalmente, recurrir a algún tipo de reserva interna. No tenía nada.

Me dolía el estómago. La cabeza me estallaba.

Necesitaba mi bolso.

Por el amor de Dios, necesitaba mis pastillas.

—¿Os gustaría dar una vuelta? —La voz de Z sonaba burlona. Como no había especificado que podíamos hablar, ninguno contestó—. Es un correccional de seguridad media con mil doscientas camas —continuó diciendo Z con brusquedad—. De última generación, terminado el año pasado y, muy convenientemente para nosotros, todavía desocupado.

Alcé la mirada. La confusión debía reflejarse en mi cara, porque siguió explicándonos:

—Bienvenidos a una de las cosas en que se gastan vuestros impuestos: una empresa construye la cárcel, pero otra diferente es la que financia la apertura y el funcionamiento de dicha prisión. Básicamente, los gastos de inversión tienen una asignación específica, mientras que el coste de ponerla en marcha depende del presupuesto del gobierno. Por supuesto, este presupuesto anual ha sufrido los recortes de siempre, por lo que esta cárcel nunca se ha usado. Simplemente está aquí, un edificio muy caro y desperdiciado en las montañas de New Hampshire. Es perfecto para nosotros.

Se dio la vuelta y empezó a caminar por el pasillo en la dirección de la que había venido. Sus secuaces nos arrastraron tras él.

—¿Sabíais —continuó, mirando por encima de su hombro— que el ochenta por ciento de las fugas de una cárcel se producen cuando un recluso está fuera de la celda, tal vez acudiendo a su trabajo carcelario, o en la enfermería? Eso es porque nadie, absolutamente nadie, puede escapar de una celda en una prisión moderna. Las paredes son de hormigón de ochocientos kilos por centímetro cuadrado y de treinta centímetros de espesor. Las ventanas tienen barrotes de tres centímetros de acero que no se pueden cortar con sierras, y están colocados a una distancia de diez centímetros entre sí, frente a cristales blindados con resistencia de quince minutos. Lo que implica —me miró— que puedes disparar a quemarropa y el cristal puede que se agriete, pero no se romperá.

»Las puertas son de acero de calibre doce con un cerrojo de seguridad de tres centímetros de grosor. Todas las cerraduras se activan electrónicamente, o sea que no hay manera de desactivar manualmente el sistema de cierre. Sin mencionar que como mínimo hay siete cerraduras entre el mundo exterior y vosotros. La primera está en la puerta de vuestra celda. Si salís de allí, llegaréis a una sala sellada. Lo que os conducirá a una esclusa doble, donde el sistema solo permite que esté abierta una de las puertas al mismo tiempo. Después de eso hay un pasillo clausurado que termina en otra esclusa doble. Dos puertas más, dos cerraduras más.

»Si finalmente salís de la prisión, tenéis que enfrentaros al vallado del perímetro. Las cercas están completamente electrificadas y construidas en dos capas, cada una de cinco metros de alto y separadas por nueve metros de tierra de nadie cubierta con siete rollos de concertina. Incluso si de alguna manera conseguís desactivar la instalación eléctrica de las verjas, y/o sobrevivís trepando por la primera verja, tendréis que aterrizar en tierra de nadie y abriros paso entre siete rollos de concertina solo para poder llegar a la segunda verja de cinco metros de altura. Y después os encontraréis en medio de unas doscientas hectáreas de uno de los paisajes más inhóspitos que la región de North Country nos puede ofrecer. Las temperaturas nocturnas están por debajo de los cero grados, según el pronóstico de ahora mismo. Ah, y esta área es conocida por sus osos y sus linces.

Z se detuvo. Y con él, todos nos paramos bruscamente.

Miró a mi marido.

—¿Me he dejado algo?

Justin no dijo nada. Le miré confusa. Z y él parecían estar teniendo un duelo de aguantar la mirada.

—No es que vayáis a necesitar salir de la prisión —dijo Z, todavía mirando a Justin—. Tal y como venía especificado en el contrato de construcción, este edificio está completamente abastecido. Literas, mesas recreativas, equipamiento médico a la última, incluyendo instrumental de odontología. Dos cafeterías, incluyendo un espacio cerrado para la preparación de comidas sin frutos secos, sin lácteos y sin gluten. No podemos permitirnos la muerte de ningún recluso alérgico, ¿verdad? El edificio, además, funciona con energía dual, tanto con gas natural como con petróleo, y tenemos doscientos mil litros de petróleo aquí mismo. Posee su propia planta de agua, alcantarillado y lavandería. Es completamente independiente. Con un sistema de reserva. Así es como lo llamas, ¿no? Así que no se puede detener nada, ni cortar el agua, ni embozar los sumideros. Podríamos quedarnos aquí durante años sin que nadie se enterara.

Z todavía seguía mirando fijamente. Justin seguía sin hablar.

Al otro lado de Radar, mi hija se estremeció.

—He servido durante ocho años en el ejército —dijo Z con brusquedad—. Y jamás estuve tan bien como los reclusos que algún día ocuparán estas celdas.

—Solo construí… —empezó a replicar mi marido.

—No te he dicho que hablaras.

—Entonces deja de dirigirte a mí.

—Te volveré a hacer daño.

—Pues hazlo. ¡Solo dime qué coño quieres y deja de aterrorizar a mi familia!

Ashlyn y yo retrocedimos, acurrucándonos irónicamente contra el chaval, que se quedó tan quieto como una piedra.

Z no se movió. Siguió observando a mi marido, como si estuviera evaluando algo. La mirada en su rostro no era dura, sino fría y clínica. Midiendo a su oponente. Al final terminaría causando dolor a mi marido. Nos haría daño a todos, me di cuenta. Solo quería hacerlo del mejor modo posible.

—Por favor —me oí susurrar—. Tenemos dinero…

—No es de eso de lo que se trata.

Justin resopló.

—Siempre se trata de dinero. —Dirigió su mirada a los secuaces de Z, el chaval y Pelo de Ajedrez con los ojos azul eléctrico—. ¿Seguro que no os viene bien un poco de dinero extra? Tengo una empresa de cien millones de dólares. Pague lo que os pague, puedo mejorar la oferta.

—Dejad que se vaya nuestra hija —añadí en voz baja.

El chico no se movió. El hombre del tablero de ajedrez sonrió, pero no era una expresión agradable.

Ashlyn se estremeció de nuevo.

—La chica se queda —dijo Z—. Tú te quedas. —Me miró—. Y tú te quedas. —Miró a Justin—. Y no tengo que contarte por qué o durante cuánto tiempo. Porque te conozco, Justin. Sé exactamente cómo funciona tu mente. Eres un solucionador de problemas nato. Incluso ahora, ni siquiera te has dejado llevar por el pánico; estás esperando que la situación se aclare. Porque, en tu experiencia, la información es poder. Te permite diseccionar, controlar, resolver.

»Lo que hará que destrozarte sea aún más divertido. Por ahora solo está empezando.

Z movió la mano y abrió la puerta detrás de él para revelar un armario lleno de ropa color naranja.

—Vuestro nuevo guardarropa —anunció—. Vestíos. De ahora en adelante sois nuestros prisioneros. Y este es vuestro nuevo hogar.

# 12

Los agentes de la ley, como los detectives de Boston y el FBI, normalmente iban directos a la fuente. Acudirían a la empresa y empezarían a interrogar a la recepcionista y a exprimir hasta la última gota de información de los empleados.

Dado que Tessa ya no era policía, manejaba las cosas a la manera de los investigadores privados: averiguó el nombre de la mano derecha de Justin, le llamó a su móvil personal y quedó con él veinte minutos más tarde en una cafetería alejada varios kilómetros y como mínimo a dos barrios de distancia de la sede de Construcciones Denbe en el centro de Boston.

Apostó por él porque pensó que sabría más acerca de la vida personal y profesional de Justin. Lo sacó de su entorno habitual porque cualquier persona habla más si no tiene amigos o socios observando la conversación con disimulo.

Chris López, jefe de construcción, ya la estaba esperando en el Starbucks. Lo reconoció de inmediato porque, incluso a diez metros de distancia, su ropa y su actitud delataban que se dedicaba a la construcción. Unos vaqueros gastados, una camisa roja a cuadros con las mangas enrolladas sobre una camiseta blanca, las botas de trabajo gastadas con una buena capa de suciedad enmarcando las suelas. Tenía el pelo oscuro y corto y Tessa pudo ver el final de un tatuaje azul oscuro asomando por encima del cuello de su camisa.

Antiguo militar. El pelo cortado al rape, los antebrazos musculosos, el cuerpo fornido, sentado en una silla de madera, las piernas enfundadas en los vaqueros y estiradas.

Él la estaba evaluando a ella tan abiertamente como ella a él. Lo que tampoco le sorprendió. Un uniforme siempre reconocía otro uniforme. Si ella podía encasillarlo como un exmilitar, suponía que él ya la había clasificado como una antigua agente de la ley. Algún tipo de radar interno les ponía a ambos en alerta máxima.

Se tomó su tiempo para atravesar la cafetería. Al ser una tarde soleada de sábado, el Starbucks todavía estaba atestado de gente encargando los cafés y bollos de la merienda. Dudaba que López se encontrara en el trabajo cuando le llamó por teléfono. Dada la reputación, tanto de los militares como de la gente de la construcción, de trabajar mucho e irse de fiesta todavía más, imaginaba que lo había sacado de la cama, o de la cama de otra persona, en la que había estado durmiendo el viernes por la noche.

Suponía más bien que de la cama de otra persona. De ahí la ropa de trabajo, incluyendo las botas; todo lo que tenía a mano para ponerse cuando fue convocado a una reunión de última hora.

El hombre no apartó la vista cuando ella se le acercó. Más bien le sostuvo la mirada, con una sonrisa formándosele en las comisuras de la boca. Atrevido, pensó, sobre todo para un hombre que probablemente todavía llevaba el perfume de otra mujer en su piel.

Y quizá ligeramente halagador. Las mujeres como ella no atraían muchas miradas al cruzar un local. Tenía tendencia a mostrarse demasiado rígida, siempre en guardia contra alguna amenaza desconocida, pero también reacia a entablar cualquier charla amistosa. Después de lo que había sucedido hacía dos años… Había mañanas que ni siquiera reconocía su rostro en el espejo. Sus ojos azules estaban demasiado apagados. Su expresión resultaba demasiado sombría.

La gente se alejaba de ella en el transporte público. Se decía a sí misma que estaba bien parecer una tía dura, pero había días que todavía lo encontraba deprimente.

Su marido había sido asesinado, y ahora vivía como en una isla. Si no fuera por el amor incondicional de Sophie, el aislamiento sería completo. Eso le hacía valorar más a su hija, aunque también le preocupaba que el hecho de que una niña de ocho años fuera su principal compañía no era saludable para ninguna de las dos. La misión de Sophie era crecer y abandonarla.

Y la misión de Tessa era dejarla marchar.

Había llegado a la mesa para dos. Se quitó el largo abrigo, demasiado cálido para una cafetería en la que daba el sol y, dado que había dejado el arma en la guantera del coche, también innecesario. Lo dobló sobre el respaldo de la silla, sin prisa, y finalmente se sentó.

Ninguno de los dos habló, y la sonrisa de Chris López se ensanchó.

—Bueno —dijo al fin Tessa—. ¿Cómo se llamaba?

La sonrisa del hombre desapareció.

—¿Qué?

—La mujer de anoche. ¿O era una de esas situaciones donde no se intercambian los nombres?

Él frunció el ceño.

La investigadora le tendió la mano.

—Tessa Leoni. Estoy aquí por lo de la familia Denbe.

—Usted es la expolicía —dijo López, con voz un tanto malhumorada. Le dio la mano, pero ya no parecía tan divertido—. La agente estatal. Disparó y mató a su marido.

—Presuntamente —respondió ella. La historia de su vida.

—¿Qué es lo que más echa de menos? ¿El uniforme, la pistola o el coche supercutre?

—Poder aparcar en cualquier parte. Ahora dígame lo que hace en Construcciones Denbe.

Ya habían cubierto lo básico por teléfono antes. Justin Denbe y su familia habían desaparecido. López ya lo sabía, le habrían llamado desde Construcciones Denbe o la policía de Boston, probablemente ambos, durante la fase inicial de la búsqueda. López dijo que había visto a Justin por última vez a las tres de la tarde del viernes, en la oficina. Desde entonces no había vuelto a hablar con él. En cuanto a la familia y a la casa, López no les había visitado desde hacía meses. Demasiado ocupado con un trabajo al sur del estado.

Tessa no estaba teniendo esta conversación porque pensara que Chris López podía llevarla hasta la familia Denbe. Le estaba interrogando como la siguiente parte del proceso que se llevaba a cabo con las personas desaparecidas: desarrollar un informe sobre la víctima. ¿Quién era Justin Denbe? ¿Y quién ganaba o perdía cuando un hombre como él desaparecía?

—¿Conoce el mundo de la construcción? —le preguntó López.

Tessa negó con la cabeza, sacó el teléfono y lo sostuvo para que lo inspeccionara. Cuando a regañadientes él le dio permiso asintiendo con la cabeza, le dio a grabar y colocó el teléfono en la mesa, entre los dos.

—Construcciones Denbe es una empresa importante. Hacemos ofertas por proyectos que cuestan decenas de millones y a menudo cientos de millones. Estoy hablando de cárceles, residencias de ancianos, cuarteles militares, etcétera. Mucho dinero, poco tiempo, el riesgo que corres es ganar a lo grande o arruinarte.

Tessa decidió empezar con lo básico. Sacó su cuaderno, lo giró en sentido horizontal y se lo presentó a López. Ese era un truco que no había aprendido en la academia de policía, sino el primer día de su formación en seguridad corporativa.

—Hágame un esquema —le pidió—. La gente importante.

López torció el gesto pero cogió el cuaderno y el bolígrafo que se le ofrecía y dibujó el primer recuadro en la parte superior de la página. Justin Denbe, director ejecutivo. Tenía sentido. Debajo de Denbe otros tres recuadros. Ruth Chan, directora financiera. Chris López, J.C., y la directora de operaciones Anita Bennett. Tessa reconoció el nombre de Bennett, ya que había sido la que se había puesto en contacto con el jefe de Tessa aquella misma mañana. Ahora, bajo el nombre de la directora de operaciones, López dibujó dos recuadros más pequeños: el mánager de sistemas Tom Wilkins y la supervisora de la oficina Letitia Lee.

—J.C. significa jefe de construcción —explicó López, señalando el recuadro que llevaba su nombre—. Anita Bennett y yo actuamos como codirectores de operaciones. Ella lleva los asuntos de negocios y yo manejo los de las edificaciones. Así que los informes de administración van a ella y los obreros me informan a mí.

López no dibujó más recuadros. Empujó el organigrama de vuelta y Tessa frunció el ceño.

—Es una estructura corporativa muy pequeña para una empresa de cien millones de dólares —observó.

Él se encogió de hombros.

—La primera regla de la construcción: hay que subcontratar. Sobre todo en estos proyectos grandes, no hay manera de que puedas tener a toda la gente que necesitas en el trabajo, por no mencionar que sería demasiado caro mantener tantos empleados en épocas de escasez. Hacemos socios. Piense en Denbe como en la cabeza de un ciempiés. Nosotros hacemos la SDP...

—¿SDP?

—La solicitud de propuesta. Así es como comienzan los trabajos grandes, especialmente si están financiados por el gobierno. La institución que se encarga...

—¿La institución que se encarga?

López suspiró. Se inclinó hacia delante, colocando los antebrazos en la pequeña mesa mientras explicaba:

—Digamos que estamos haciendo una oferta en un proyecto de cien millones de dólares para construir unos nuevos cuarteles para la marina. Obviamente, la SDP se genera a través de medios militares. Luego están los hospitales, que pueden venir de medios privados o públicos. O las cárceles, que pueden ser un encargo del Departamento de Prisiones, dependiendo de si estamos hablando de un condado, un estado o una instalación federal.

—Pero parece que sobre todo trabajan para el gobierno.

—Exacto. Hay empresas que se especializan en proyectos para cadenas de hoteles, salas de conferencias, casinos, ese tipo de cosas. El sector del ocio. En comparación, estamos al otro lado del espectro: el sector institucional. —López se rio entre dientes, satisfecho de su propia ironía.

—¿Por qué?

—Para trabajar con el gobierno hay que tener contactos, y Justin los tiene. Ese es uno de sus puntos fuertes. Sabe cómo ganarse a la gente y, cuando estás compitiendo contra otras doce empresas por una propuesta de cientos de millones de dólares, haber conocido en persona al senador en el Comité de

114

Concesiones o que el director del Departamento de Prisiones haya ido a cenar a tu casa no es mala cosa. Algunas empresas incluso emplean a *lobbies* para esto. Nosotros asistimos a algunas conferencias clave, conocemos a la gente más importante y Justin se encarga de lo demás.

—Así que conoce a la gente que prepara las SDP para los proyectos importantes. ¿En Nueva Inglaterra?

—Construimos a escala nacional.

—Vale, proyectos de construcción nacionales. Pero son por cientos de millones de dólares y les debe costar años terminarlos, ¿no?

—Solo con los cimientos ya tenemos para un par de años —aclaró López—. Pero fíjese en un complejo de prisiones que acabamos de construir. Nos ha llevado diez años, de principio a fin. Nuestro cliente es el gobierno, ¿verdad? Y los gobiernos van a otro ritmo.

—Lo entiendo. Por un lado, consiguen proyectos de cientos de millones, pero, por otro, les lleva diez años completarlos. Mucho dinero, mucho riesgo, tal como dijo. Pero Denbe es una empresa de segunda generación, ¿verdad? La fundó el padre de Justin. Lo que implica que parte del camino ya estaba hecho.

—No somos unos recién llegados —admitió López— pero tampoco nos dormimos en los laureles. Cuando Justin asumió el control de la empresa tras la muerte de su padre, se obsesionó con crecer y expandirse. Tal como él lo veía, la industria estaba en un punto de inflexión, donde los grandes se iban a hacer más grandes, pero los pequeños iban a desaparecer. Él no quería desaparecer. Por supuesto, en la construcción el desafío de cualquier empresa es cómo crecer sin que los costes aumenten. Es un negocio con altibajos, ¿sabe? Si aumentamos el personal y doblamos los gastos durante los buenos tiempos, después no podremos sobrevivir cuando vengan mal dadas. De ahí el modelo del ciempiés de Justin: Construcciones Denbe proporciona el jefe para todos los segmentos del proceso de construcción: el mejor jefe de proyecto, los obreros expertos, etcétera, para liderar y solucionar los problemas. Básicamente proporcionamos los generales y nuestras subcontratas proporcionan las tropas. Lo que implica que Denbe no tiene muchos trabajadores que sean de la empresa, pero seguimos siendo líderes en el sector.

—¿Y eso le convierte a usted en el experto entre los expertos? —preguntó Tessa a López—. Después de todo, si sus chicos son lo mejor de lo mejor, y usted es su supervisor…

López hizo un gesto de hastío.

—No sé si decirle que soy así de listo o tan solo así de obstinado. Mire, puedo dibujarle todos los bonitos esquemas que quiera, pero básicamente la construcción a gran escala implica muchos dolores de cabeza. En primer lugar, debo tener disponibles a docenas de subcontratas para poder montar una SDP mínimamente coherente. Pero hacer una solicitud se parece mucho a una campaña política. Todas las empresas subcontratadas ponen su mejor cara y hacen las promesas más espléndidas, con la esperanza de que las escojas para tu equipo. Pero a lo mejor, mientras el del aire acondicionado y la calefacción estaba presumiendo, se olvidó de leer la letra pequeña en la hoja de especificaciones. O a lo mejor confundió el número setenta con, digamos, el número siete, lo que significa que puso un precio demasiado bajo al proyecto. La mayoría de las subcontratas intentarán escaquearse de esas equivocaciones. Mi trabajo consiste en evitar que, tres años después, cuando ya nos hemos puesto a construir, se salgan con la suya. En un buen día, eso puede significar que obligo a una subcontrata a comerse un error que vale decenas de miles de dólares, que no es gran cosa si el contrato en total es de cincuenta millones. En un mal día, sin embargo, cuando el error sube hasta decenas de millones, la empresa subcontratada está perdiendo dinero en un proyecto que no voy a dejar que abandone, pues un presupuesto es un contrato jurídicamente vinculante, y entonces me amenazan con ponerme una demanda o con matarme. Bueno, a veces pasa.

Tessa estaba impresionada.

—Así que usted es como el poli malo. ¿Eso hace de Justin el poli bueno?

—Casi. Justin es estratégico. Cuando una subcontrata nos envía veinte personas, pero necesitamos cuarenta para cumplir con nuestra fecha límite, lo arregla. Cuando la planificación eléctrica viola cuatro normas básicas, se pone al teléfono y lo soluciona. Cuando una SDP queda paralizada en un comité, hace sus trucos de magia y la saca adelante. Justin no solo es listo, es *provechosamente* listo. No solo consigue que se hagan las cosas, sino que te sientas feliz por haberlo logrado. Los tipos como yo lo respetamos.

—¿Los tipos como usted?

López se encogió de hombros.

—Fui *ranger* en el ejército.

—¿Hay muchos exmilitares en nómina?

—Supongo que se podría decir así. —Le tendió la mano para que le volviera a pasar el cuaderno. Cuando se lo entregó, dibujó una línea desde su nombre en el esquema y añadió cuatro recuadros debajo. Jefe de diseño; Ingeniero estructural; Superintendente de seguridad; Ingeniero de calidad.

—Este es el equipo principal —explicó—. El jefe de diseño supervisa a los arquitectos. Ese es Dave, el único de nosotros cuya disipada juventud no fue financiada por el Tío Sam. El ingeniero estructural, Jenkins, antes era de las fuerzas aéreas.

Todo pasa a través de él, incluyendo planos y más planos. ¿Cree que a mí me gustan los detalles? Jenkins sueña con planos. También es un capullo antisocial, probablemente tenga algún tipo de Asperger, pero es muy listo y no demasiado malo con una pistola del cuarenta y cinco, así que le perdonamos sus otros pecados. Vamos a ver, eso nos lleva a Paulie, el superintendente de seguridad. Los sistemas de seguridad tienen dos componentes, el físico y el electrónico. Paulie se encarga de los dos, y es el tipo más loco que conocerás nunca. Es un antiguo miembro de las fuerzas especiales de la Armada, los SEAL, y cómo Justin le consiguió una autorización de seguridad, nunca lo sabré. Especialmente después del último incidente, en el que estuvieron involucrados dos bares, toda la policía de la ciudad y una orden del juzgado para que Paulie acudiera a clases de control de la ira. Pero Paulie no es demasiado malo, siempre y cuando le mantengas apartado del alcohol. Ese es mi trabajo, y el de Justin. Lo que nos lleva al ingeniero de calidad, Bacon. Su verdadero nombre es Barry, pero si lo llamas así puede que te pegue. Bacon es un exmarine, especializado en reconocimiento. Lleva una cuchara colgando del cuello. Dice que una vez la usó para matar a un tipo. No solemos discutir mucho con Bacon. —López la miró a los ojos, su voz era muy seria—. Este es el equipo, los que más trabajamos con Justin. Trabajamos mano a mano, trabajamos bien. Y puedo asegurarle, en nombre de todos, que le guardamos las espaldas.

—Interesante círculo de amigos.

López se encogió de hombros.

—Este no es un trabajo para débiles. Es duro viajar por todo el país para seguir los proyectos. Es duro pasar el primer año viviendo en un remolque, meando en una maceta. Nosotros, los militares, estamos acostumbrados. No esperamos tener un baño dentro de casa. Nos podemos apañar una comida caliente con un par de cosas. Sin mencionar que, para la mayoría de nosotros, estos sueldos son una mejora sustancial. Justin se porta bien con nosotros. Nos paga bien, nos respeta. La construcción es una mierda de sector ahora mismo. Las empresas no hacen más que cerrar. Pero Justin mantiene las puertas abiertas, el trabajo asegurado, las nóminas cubiertas. Incluso un simple trabajador como yo es lo suficientemente inteligente como para apreciarlo.

—Justin es un buen jefe —concluyó Tessa.

—Sí. Y nosotros somos unos empleados horribles, un montón de maleducados, borrachos, listillos y perdedores. Así que eso ya es decir algo.

—Ha mencionado que Justin tuvo que conseguirle al antiguo SEAL una autorización de seguridad. ¿Todos los miembros del equipo tienen que pasar por un control de antecedentes para trabajar en estos sitios?

—Lo básico, el registro de información sobre delincuentes —contestó López—. Para saber si hay órdenes pendientes de arresto o captura. Francamente, si un edificio es nuevo y está desocupado, a menudo hacen la vista gorda incluso con eso. No somos la gente más noble. Incluso el gobierno entiende que si los estándares de seguridad son demasiado rígidos, no quedará nadie que trabaje allí.

—Un equipo de tipos duros para ir a juego con los tipos duros que manejan la empresa.

—El tipo de hombres que saben hacerle pasar un buen rato a una chica —le aseguró López. Había recuperado su sonrisa.

Tessa cambió de tema.

—Si los empleados de Construcciones Denbe quieren tanto a Justin, ¿quién lo odia?

—Los rivales que han perdido trabajos al competir con él. Y cada subcontrata con la que firmamos que después perdió hasta la camisa porque el contrato era jurídicamente vinculante. El que confundió siete con setenta, ¿se acuerda? Un par de veces, hemos tenido a subcontratistas cabreados que se han presentado armados en el sitio de la obra. Pero no somos el tipo de gente con la que meterte. E incluyo a Justin en esa categoría. Viene a disparar con nosotros como mínimo una vez a la semana, y acierta en el centro de la diana tan a menudo como el resto.

Tessa parpadeó.

—Están todos locos.

—Claro, es un negocio de locos. ¿Tiene más papel? Voy a necesitarlo si quiere la lista completa de enemigos.


Tessa acabó de hablar con López una hora más tarde. Le llevó ese tiempo escribir la lista de empresas rivales y subcontratas que le podrían guardar rencor a Justin en particular, o a Construcciones Denbe en general. La lista se complicaba por la compleja dinámica de un sector en el que las empresas compraban y vendían otras empresas rivales y alquilaban subcontratas, y había que tener en cuenta que a veces una empresa cerraba y reaparecía un mes después con otro nombre. López subrayó dos negocios, ASP y Pimm Brothers, que habían sido la némesis de Denbe durante mucho tiempo. Los hermanos Pimm eran los hijos de otra familia del ramo. Cuando se establecieron por su cuenta, dieron por sentado que Justin cambiaría de proveedor de la empresa de su padre a la suya. No le perdonaron cuando no lo hizo.

Hay más enredos aquí que en una estructura de la mafia, pensó Tessa.

Lo que la llevó al siguiente tema de conversación. La vida personal de Justin Denbe. López, tan perspicaz sobre las complejidades del sector de la construcción, se hizo el tonto cuando tocaron el asunto del matrimonio de Justin.

Lo más que pudo conseguir de él fue que respetaba a la señora Denbe y que sentía debilidad por Ashlyn. Al parecer, la mayoría del equipo había conocido a la hija de Justin desde que era un bebé. Desde el momento en que tuvo tres años, Justin la había llevado a menudo al trabajo y la había dejado corretear por ahí con herramientas eléctricas. A Justin le gustaba presumir de que algún día se haría cargo de la empresa. ¿Por qué no?, había dicho López mientras se encogía de hombros. La chica parecía bastante capaz.

Con todo, López no podía pensar en una sola razón por la que la familia desapareciera voluntariamente. La empresa iba un poco escasa de dinero, pero, en su sector, eso era bastante normal. Y no, Justin no le había parecido particularmente estresado o enfadado o irracional. Maldita sea, estaban trabajando en una importante SDP para reparar una central nuclear, y Justin estaba aplicándose tan duro como siempre. Y sí, López había oído lo de la cita de la noche del viernes. Justin parecía estar de buen humor, esperándolo con ganas. Scampo, ¿verdad? Un lugar elegante, lo que se necesitaba para impresionar a la parienta.

En cuanto a quién podría secuestrar a toda la familia...

López estaba cada vez más nervioso. Enderezándose, golpeándose la pierna con la mano. Por lo que Tessa pudo deducir, no era el secuestro de Justin lo que molestaba tanto a López, sino el de la esposa y la hija. Que alguien pudiera estar haciendo daño a las mujeres era lo que le sacaba de sus casillas.

Tessa tuvo que darle puntos extra por eso.

—Intentaré averiguar algo —se ofreció López al fin—. Quiero decir, no se me ocurre nadie de Denbe que le guarde rencor a la familia, pero... Observaré el estado de ánimo de mis compañeros. Si oigo cualquier cosa, le haré una llamada. Podemos hablar de ello mientras cenamos.

—No salgo con la gente que conozco en el trabajo —le informó Tessa.

—¿Por qué? Ya no es policía. ¿Quién le ha puesto esas reglas?

—Profesionalidad básica. Y puedo ponerme las normas que quiera.

—Una chica dura —contestó él.

—Bueno, presuntamente disparé a mi propio marido.

López se rio. Al parecer, ser una sospechosa de asesinato aumentaba su atractivo.

Hay gente muy interesante en la construcción, decidió Tessa.

Terminó de hablar con López justo cuando sonó su teléfono.

Salió de la cafetería antes de coger la llamada, suponiendo que era Sophie. Ya se sentía culpable por no haber tenido tiempo para hablar con ella. Pero no era de casa. Era la sargento D.D. Warren.

—El águila ha aterrizado —dijo la detective a modo de saludo.

Tessa interpretó eso como un código para avisarla de la llegada del FBI.

—¿Habéis plegado alas?

—Nos las hemos cortado con una cuchilla oxidada —respondió D.D. secamente—. Pero resulta que es Neil quien ríe el último. La policía de New Hampshire, uno de los sheriffs locales, tiene la pelota y está jugando con ella.

—¿La señal de GPS? —preguntó Tessa esperanzada.

—Solo encontraron el dispositivo. Parece que los secuestradores se dieron cuenta de que el chaquetón lo llevaba incorporado, así que aparcaron frente a un restaurante de carretera abandonado, cortaron ese trozo de la prenda y lo tiraron en el bosque. Los neumáticos muestran que el vehículo se dirigía hacia el norte.

Tessa frunció el ceño y trató de recordar el mapa de New Hampshire.

—Ya estaban tres horas al norte de Boston. ¿Qué hay más al norte?

—En dos horas llegas a Canadá. Pero también estás a veinte minutos de la frontera de Maine, así que posiblemente se dirigieron hacia el este en algún momento, lo que les sitúa en medio de la nada. Básicamente nos enfrentamos a cientos de kilómetros cuadrados de montañas agrestes, *campings* abandonados y segundas residencias sin habitar. Pero aparte de eso…

—Mierda —exclamó Tessa, mordiéndose el labio inferior—. ¿Han dicho algo?

—No. El FBI ha traído consigo una agente de la Unidad de Análisis del Comportamiento, cuya especialidad son las personas desaparecidas. Según ella, si se trata de un secuestro por dinero, tendríamos que saber algo de ellos antes de que acabe el día o esto no pinta nada bien.

—No es por dinero. Es algo… más personal.

—La experta del FBI también tiene una teoría sobre eso —añadió D.D.

—¿Cuál es?

—En los casos de venganza, la gente tiende a pensar en términos de ojo por ojo. Quieren causar tanto daño como creen que han sufrido ellos. Según esa teoría, un sospechoso que creyera que Justin había dañado su reputación solo buscaría venganza contra Justin.

—Solo que, en este caso —dijo lentamente Tessa—, Justin no ha sido el único secuestrado. También lo fueron su esposa y su hija.

—Lo que implica que, si esto no es por dinero, entonces quienquiera que haya organizado el secuestro siente que Justin Denbe perjudicó a toda su familia, quizá costándole su mujer y sus hijos.

—Eso ya no parece un asunto de negocios —admitió Tessa—. Eso ya suena a algo personal.

—Nos da algo en lo que pensar —coincidió D.D. Se produjo una pausa—. Así que, ahora que los federales ya están aquí y trabajando en el caso…

—¿Es la última llamada que me vas a hacer relativa al secuestro por el momento? —adivinó Tessa. Lo que le conducía a la pregunta de por qué su enemiga de hacía tiempo había sido tan amable de llamarla.

Como si le leyera la mente, D.D. contestó:

—Hablando por el departamento de policía de Boston, no nos importa quién rescate a los Denbe. Lo único que queremos oír es que están sanos y salvos. Pero si a la familia la salva una investigadora de aquí en vez de, por ejemplo, los federales que se acaban de apropiar de nuestra escena del crimen…, bueno, pues mejor para nosotros, mezquinos rencorosos.

Una vez dicho lo que tenía que decir, D.D. colgó el teléfono. Tessa se quedó en el aparcamiento otro momento, pensando en lo que le acababa de contar la sargento. ¿Y si el dinero no tenía nada que ver con el secuestro de los Denbe? ¿Y si, tal como había sugerido la experta del FBI, no era un crimen motivado por los negocios, sino por algo personal?

No era cuestión de dinero, sino de venganza.

Tessa comprobó la hora mientras revisaba la lista de los contactos favoritos que había recogido de los teléfonos de los Denbe. La mano derecha de Justin había afirmado saber muy poco de la vida personal de su jefe. Pero ¿qué pasaba con los miembros del círculo íntimo de Libby Denbe? ¿Una hermana, su mejor amiga, un confidente?

Tessa Leoni, exagente estatal, ahora excepcional investigadora, seleccionó su siguiente objetivo.

# 13

Cómo sabes cuándo has dejado de amar?

Hay canciones enteras, poemas y tarjetas de felicitación dedicados al concepto de enamorarse. El poder de la primera mirada a través de una habitación llena de gente. Ese momento justo antes del primer beso, cuando estás todavía preguntándote si lo hará o no lo hará, mientras inclinas tu cabeza en un gesto de invitación que ha perdurado a lo largo de los siglos.

Los primeros días vertiginosos, semanas, cuando en lo único en lo que piensas es en él. Su tacto, su sabor, su recuerdo. Te compras ropa interior nueva, le dedicas más tiempo a tu pelo, escoges un jersey que te marca las formas porque puedes imaginar sus manos siguiendo el mismo contorno que el suave punto y lo que quieres, más que nada, es que esas manos te recorran lo que les dé la gana.

Cuando suena el teléfono, lo coges con la esperanza de oír su voz. Cuando llega la hora del almuerzo, calculas apresuradamente si te da tiempo a llegar a su oficina y volver. Llevando una gabardina y nada más.

Los planes de cena se convierten en unos huevos revueltos hechos con prisa y servidos en cuencos mientras seguís en la cama, porque el jersey nuevo surtió efecto y ninguno de los dos salió por la puerta. Y ahora él está en calzoncillos y tú llevas puesta su camisa y te preguntas a ti misma, admirando su pecho desnudo, los músculos de sus brazos: Dios mío, ¿cómo he podido tener tanta suerte?

Entonces sus ojos se hacen más oscuros, alarga su mano y ya no vuelves a pensar en nada más.

Supe cuándo me enamoré de Justin. Lo sentí como el relámpago con el que suelen representar ese instante.

Y pensé, Aquel Día, enseñándole las pruebas, viendo su rostro palidecido, después rígido, que sentiría cómo mi amor por él se moría con el mismo trueno retumbante. Desde luego, me quedé sin aliento. Sentí que mi estómago se encogía con náuseas.

Cuando me miró a los ojos y dijo en voz baja:

—Sí, me he estado acostando con ella…

Le grité. Le tiré lo que tenía cerca. Me enfadé y chillé con histeria creciente. Ashlyn llegó corriendo a nuestra habitación, pero Justin se giró y, con la voz más severa que jamás había oído, le ordenó que se fuera a su habitación en ese mismo momento. Ella literalmente se dio la vuelta sobre la punta de un pie y fue corriendo hacia el refugio de su iPod.

Me dijo que me tranquilizara. Recuerdo eso.

Creo que es cuando le perseguí con la lámpara de la mesita. Él la cogió, la agarró con esos brazos fuertes que tanto había amado y me hizo girar hasta que estuve presa en su abrazo, de espaldas a él, mis brazos atrapados contra mis costados; ya no podía hacerle daño. Él me abrazó y me susurró, en voz baja sobre mi coronilla, que lo lamentaba. Que lo sentía. Que lo sentía mucho, mucho. Percibí la humedad en mi pelo. Mi marido llorando.

Ya no tenía ganas de pelearme.

Me dejé caer. Él me sostuvo. Me aguantó con su abrazo, y durante un tiempo permanecimos unidos, respirando con dificultad, nuestras lágrimas brotando. Lloré por la pérdida de mi matrimonio. Por la confianza que había tenido en ese hombre, y por la terrible, terrible sensación de que no solo era una traición, sino un fracaso. Que había amado a mi marido con todo mi ser, y aun así no había sido suficiente.

¿Y Justin? ¿Esa humedad en mi coronilla? ¿Lágrimas de vergüenza? ¿Dolor por haberme hecho daño? ¿O simplemente lamentaba que le hubiera pillado?

Lo odié entonces. Con cada fibra de mi ser.

Pero no creo que dejara de amarle. Solo deseaba poder hacerlo.

Después le eché de casa. Él no discutió, solo hizo su bolsa en silencio. Le dije que no volviera. Le dije que era un hombre horrible y que me había hecho mucho daño, y qué clase de hombre destrozaba su propia familia, y qué tipo de padre abandonaba a su propia hija. Y luego dije cosas que ni siquiera tenían sentido, pero que salían de mí, un flujo furioso de dolor y rencor. Lo aguantó. Se detuvo delante de mí, sosteniendo su bolsa de lona negra, y me dejó odiarle.

Finalmente, me vacié de todas las palabras. Nos miramos el uno al otro a través del silencio de nuestro dormitorio.

—He sido un idiota —me dijo.

Se me escapó un resoplido. No fue comprensivo.

—Es culpa mía, error mío.

Otro resoplido.

—¿Puedo llamarte? —volvió a intentarlo—. En unos cuantos días, después de que te hayas recuperado. ¿Podemos simplemente… hablar?

Lo miré ardiendo de rabia.

—Tienes razón, Libby —dijo en voz baja—. ¿Qué tipo de hombre hace daño a su mujer y destroza a su familia? No quiero ser ese hombre. Yo nunca quise ser como…

Vaciló, y supe lo que quería decir. No quería ser como su propio padre.

No sé por qué eso debería haber cambiado algo. El padre de Justin había sido un hombre misógino de los años cincuenta que idolatraba a su único hijo mientras llevaba a su esposa al alcoholismo con su infidelidad casi legendaria. Así que de tal palo, tal astilla. Eso era lo que la frase sin terminar de Justin debía haber significado para mí.

Salvo que… también me hizo recordar otras cosas. Todos esos momentos de confesiones en los años que estuvimos saliendo. Las conversaciones que se tienen después, juntos y desnudos en una cama, Justin acariciando mi brazo desnudo, hablando del hombre al que tanto había adorado y aborrecido. Le amaba como padre, mientras que estaba consternado por la forma en que se había comportado como marido.

Justin había querido el olfato para los negocios de su padre, pero se había jurado incluso entonces ser un mejor marido, un hombre mejor.

Igual que, al pensar yo en mis padres, me juraba no fumar nunca y siempre usar casco.

Ese era el problema, ya ves. Es mucho más fácil enamorarse que dejar de amar. Porque no podía tener en cuenta solo ese momento. Tenía dieciocho años de recuerdos de aquel hombre, incluyendo las esperanzas y sueños que habíamos alimentado cuando éramos más jóvenes. Cuando habíamos dado por sentado que lo podíamos hacer mejor que nuestros propios padres, porque aún no habíamos recorrido el mismo camino. No nos dimos cuenta de lo complicado y solitario que puede llegar a ser incluso un buen matrimonio.

—No quiero perderte —dijo mi marido Aquel Día—. Me voy a esforzar. Voy a hacerlo mejor. Libby... Te quiero.

Hice que se fuera. Pero dejé que llamara. Y más tarde, se mudó al dormitorio del sótano, mientras nos instalábamos en la fase de «Trabajando en nuestro matrimonio». Lo que significaba que viajaba tanto como antes pero me traía flores con más frecuencia. Y yo le preparaba sus comidas favoritas, mientras me recluía más y más en mí misma. Los dos esperando que nuestro matrimonio fuera como antes por arte de magia.

El tiempo cura todas las heridas, ¿verdad? O si no, qué demonios, seis meses más tarde siempre se puede intentar salir a cenar.

Me dije que seguía casada por Ashlyn. Me dije a mí misma que no abandonas un matrimonio de dieciocho años.

¿La verdad?

Todavía lo amaba. Mi marido me había engañado. Me había mentido. Había enviado mensajes de texto a otra mujer usando las palabras de cariño que yo pensaba que estaban reservadas solo para mí. Había dormido con ella. Después, por lo que más tarde pude adivinar, volvía a casa y, en varias ocasiones, me había hecho el amor.

Y, sin embargo, mi corazón todavía se detenía cuando entraba en la habitación. El sonido de su risa calmaba el dolor de mi pecho. El tacto de sus largos y fuertes dedos conservaba el poder de hacerme temblar.

Y le odiaba por eso. Por hacerme daño y ser decente luego. No quería que él fuera amable, cortés o que se mostrara arrepentido. Quería que fuese el malo. Entonces podría haberlo dejado. Haber cambiado los cerrojos de la puerta y no haber vuelto a mirar atrás. Pero, maldita sea, siguió intentándolo. Terminó su relación, tal como le pedí. Se trasladó al dormitorio en el sótano, tal como le pedí. Sugirió terapia de parejas, aunque al final fui yo quien no quiso ir. Pero él siguió, docenas de pequeños gestos, tratando de que me sintiera segura de su amor, que me convenciera de que lo sentía mucho y realmente quería que volviera con él. Solo que en lugar de hacerme sentir mejor, todos sus esfuerzos simplemente me hacían sentir peor.

Me preguntaba: ¿se acurrucaría contra ella después? ¿Le daría naranjas para comer? ¿La observaría remolonear sin nada más puesto que su camisa favorita? ¿Le susurraría la clase de fantasías íntimas que solía compartir conmigo?

Me resultaba imposible deshacerme de ella. Había entrado en nuestro matrimonio, era joven y guapa y yo no sabía cómo sacarla de ahí. Así que abría el bote naranja de pastillas y me tomaba dos, luego cuatro, luego seis píldoras blancas. Tratando de detener el flujo interminable de dolorosas imágenes reproduciéndose en mi cabeza.

Pero incluso yo comprendía que no era el recuerdo de Aquel Día lo que estaba intentando atenuar con las píldoras. Ni siquiera el dolor de la traición que necesitaba para marcharme.

Era del amor por mi marido de lo que estaba intentando deshacerme desesperadamente.

Porque si lograba quererlo menos, a lo mejor podría perdonarlo más.

E incluso a mí me había sorprendido cuántas pastillas estaba necesitando para conseguirlo.


Ashlyn tenía que ir al baño. Me lo susurró al oído apretando su cuerpo tembloroso contra mi costado en la celda en la que nos habían dejado. Asentí con la cabeza, escuchándola solo a medias, distraída por el «clong» que produjo la puerta de acero al cerrarse de golpe a nuestras espaldas.

Estábamos juntos, un trío patético, todos vestidos con idénticos monos de presidiario color naranja. Hasta la talla más pequeña resultaba excesivamente grande para Ashlyn, que llevaba las perneras remangadas alrededor de los tobillos y, al ser de constitución delgada, parecía flotar dentro de la ropa. Como los monos eran de manga corta, creí que tendríamos frío, pero hacía un calor agobiante en la celda y el aire recalentado de toda el ala olía a rancio.

Z nos había informado de que el termostato estaba a veinticuatro grados y medio. Invierno, primavera, verano y otoño. En una prisión eso carece de importancia. Asimismo, las luces del techo estaban encendidas veinticuatro horas al día, siete días a la semana. Que sea mañana, tarde o noche también resulta irrelevante cuando tu vida transcurre tras los barrotes.

Nuestra blanca y deslucida celda de hormigón era angosta y profunda, con literas de acero color crema a cada lado, cubiertas con lo que parecían unos centímetros de espuma embutida en un vinilo que solo puedo describir como de color azul pitufo. Al fondo de la celda había una ventana alta y estrecha dividida por una única barra de acero. La puerta, elaborada en acero de doce milímetros de espesor, tenía una estrecha mirilla, probablemente pensada para que los guardias pudieran vigilar a los internos. La ventana del fondo daba a una extensión de tierra batida color ocre. La mirilla de la puerta daba a la lúgubre sala común, donde los presos podían charlar en torno a duras mesas de metal o realizar sus abluciones en duchas a la vista. En el centro de este espacio había un solitario puesto de mando, probablemente para que desde allí un funcionario de prisiones vigilara toda un ala de dos pisos con montones de celdas.

Busqué a Z, a Radar y al hombre a quien llamaban Mick. Hasta donde podía ver, habían desaparecido. La sala común estaba vacía. Por fin nos encontrábamos solos, encerrados tras tan solo siete puertas herméticamente selladas que nos separaban de la libertad.

Comuniqué a Justin el problema de Ashlyn. Este asintió con la cabeza, la mandíbula apretada y una mirada dura que reflejaba ira e indefensión a partes iguales. Sin embargo, cuando se volvió hacia nuestra hija, la expresión de su rostro se suavizó y su voz sonó casi normal.

—Bueno, pues aquí va nuestra primera ración de vida carcelaria —dijo con ligereza, como si estuviera describiendo una nueva y extraña aventura—. Tendremos que compartir el inodoro y el lavabo.

—Papá...

—Imagina que es un campamento de verano.

—No puedo...

—Basta, Ashlyn. Necesito que seas fuerte. Vamos a salir de esta.

El labio inferior de Ashlyn empezó a temblar. Estaba a punto de echarse a llorar.

Quería tranquilizar a mi hija, pero no lo hice. Porque ¿qué sentido tendría decirle: «No llores, cariño, todo irá bien»?

Unos lunáticos nos habían secuestrado en nuestra propia casa. Nos habían puesto monos de color naranja y zapatillas y nos habían metido en una celda blanca de dos por tres metros donde apenas había sitio para estar de pie y los únicos asientos disponibles eran las literas carcelarias provistas de los más finos colchones de vinilo. Nada iba bien. Las cosas iban mal, muy, muy mal, y probablemente irían aún peor.

Justin se situó junto a la ventana del fondo, con el inodoro a su espalda, tapando la ventana desprovista de cortinas con sus anchos hombros. Yo me coloqué ante la mirilla de la puerta, dando asimismo la espalda a mi hija, que había empezado a exigir privacidad a los ocho años, y a la que a los quince mortificaba, cuando no avergonzaba terriblemente, todo lo relacionado con el cuerpo humano.

El silencio se hizo insoportable. Ashlyn intentaba torpemente bajarse el mono excesivamente grande para ella y el eco del crujido de la tela rebotaba en el anguloso espacio.

Empecé a canturrear. Me acordé de lo que había dicho Justin, que esto no era más que una aventura de campamento de verano, y de repente me encontré cantando: «Me gustaría comer, me gustaría comer, me gustaría comer ocho manzanas y plátanos». Justin se unió a mi canturreo con voz áspera y desafinada: «Mo gostoroo comor, mo gostoroo comor, mo gostoroo comor ocho monzonos y plótonos».

Yo pasé a la estrofa de la vocal *i*, Justin se encargó de la *a* y luego ambos cantamos a medias la de la *e* y la de la *u*. Nada más terminar oí cómo Ashlyn, justo detrás de mí, estallaba en sollozos tan desconsolados que su cuerpo temblaba como una hoja. Me di la vuelta para abrazar a mi hija cuando se derrumbó, y la estreché con fuerza. Justin se alejó de la ventana, nos rodeó con sus largos brazos y permanecimos así, juntos, sin pronunciar palabra.

Era el primer abrazo que nos dábamos desde hacía meses.

Quería llorar como mi hija, pero no lo hice.


Un rato después acosté a Ashlyn en una de las literas inferiores. No tenía manta con que cubrirla. Carecía de palabras para reconfortarla. Me senté en el borde, sobre el chirriante vinilo azul, y acaricié su pelo.

Justin caminaba. Daba vueltas por la pequeña celda como una fiera enjaulada, pasando los dedos por los cantos romos de las literas de arriba abajo. Luego inspeccionó la ventana del fondo, la puerta, y finalmente el extraño artilugio de acero inoxidable cuya parte inferior era el inodoro, mientras que la parte superior se extraía lateralmente y hacía las veces de lavabo.

Me di la vuelta para darle privacidad mientras usaba esas instalaciones. Haber compartido durante años el baño del dormitorio principal tiene sus ventajas: no tuve que cantar. Cuando terminó, oriné a mi vez y me enjuagué la boca con un hilillo de agua del lavabo. La boca me seguía sabiendo a bilis y herrumbre. Hubiera dado cualquier cosa por un cepillo y pasta de dientes, pero al parecer a nuestros captores no les importaban esas menudencias.

Cuando acabé, Justin se alejó de la ventana y se sentó en la litera inferior que estaba frente a la de Ashlyn, con la espalda hacia la puerta. Me indicó que le imitara, de manera que volví a tomar asiento junto a Ashlyn, pero esta vez no de cara a la puerta sino a la angosta ventana.

—No hay micrófonos ocultos —dijo Justin como si fueran magníficas noticias; le dirigí una mirada vacía—. Lo que significa que pueden vernos, hay cámaras de vídeo por todas partes, pero no pueden oírnos. Mientras estemos de espaldas a las cámaras podemos hablar en privado.

Se me escapaban por completo las sutiles implicaciones de todo aquello, pero asentí; si a él le animaba, a mí también.

—Estamos en una instalación con tecnología puntera, lo que significa que abren y cierran la puerta de esta celda electrónicamente, desde la sala de control. La mala noticia es que no se puede operar manualmente; no podremos escapar robándole las llaves a alguien. Pero también supone que tienen que separarse cada vez que quieran sacarnos de aquí. Se acercarán uno o dos a la puerta de nuestra celda, pero el tercero deberá permanecer en la sala de control para manejar la pantalla táctil.

Giré la cabeza lo justo para mirar a mi marido.

—¿Cómo sabes todo eso?

—Libby, ¿no recuerdas el proyecto que acabamos el año pasado en el norte de New Hampshire, la prisión? Yo he construido esto —dijo dándose la vuelta y mirándome asombrado.

Parpadeé, realmente sorprendida. Sabía que la empresa de Justin había construido unas cuantas prisiones a lo largo de los años. New Hampshire, Virginia Occidental, Georgia. Sin embargo, no se me había ocurrido…

—Entonces conoces este edificio. Todas las instalaciones. Nos puedes sacar de aquí.

Justin no contestó inmediatamente y adoptó una expresión grave.

—Conozco este edificio, cielo, y se me ocurren un montón de razones por las que probablemente no podamos escapar. Z estaba en lo cierto. Esta es una prisión de última generación, creada cuidando hasta el último detalle para mantener atrapados en estas celdas a los individuos que visten estos monos.

Dejé caer los hombros y me apoyé contra la barra de metal que sostenía la litera superior. Me temblaban las manos. Las veía tiritar en mi regazo, como si fueran dos entidades independientes, pálidas, deshidratadas, con unos dedos como garras que no reconocía como míos.

—Ashlyn —susurré; una única palabra que lo decía todo.

Justin apretó la mandíbula y su rostro adoptó esa expresión furibunda que conocía tan bien. Y porque llevábamos casados dieciocho años, años en los que había visto su mirada cuando cogió en brazos a nuestra hija por primera vez —le había contemplado mientras la ayudaba pacientemente a mantener el equilibrio sosteniendo sus manitas cuando estaba aprendiendo a andar, le había sorprendido en el umbral de su puerta a altas horas de la noche comprobando que la niña estaba bien—, sabía cuánto dolor latía tras su ira.

—Pedirán dinero —afirmó con aspereza—, no me creo nada de lo que dice Z para meternos miedo. Esto va de dinero. Antes o después pedirán un rescate. Denbe lo pagará y nos iremos a casa, todos.

—¿Por qué nos han traído hasta aquí? —pregunté—. Si es cuestión de dinero, ¿por qué llevarnos tan al norte, encerrarnos…?

—¿Qué mejor lugar para esconder a una familia? Por ahora este sitio permanece desierto. El gobierno está demasiado ocupado recortando gastos como para aprobar el presupuesto que requiere la puesta en funcionamiento de una prisión nueva. Lo último que supe es que la habían cubierto de naftalina tras tomar posesión. Es un lugar remoto, no hay nada en veinticinco o treinta kilómetros a la redonda. Es probable que de vez en cuando la policía local se dé una vuelta por el perímetro para vigilar, como ocurrió cuando nos sacaron de la furgoneta al llegar, pero luego se van.

—Verán las luces encendidas —dije en tono esperanzador— y seguirán investigando.

Justin negó con la cabeza.

—Las instalaciones están equipadas con sensores de movimiento. Cada vez que se acerca un poli este lugar se ilumina como si fuera el Día de la Independencia. No les llamará la atención.

—Son tres —susurré—. Todo un equipo de… comando. Tienen pistolas táser, armas y obviamente han dedicado un tiempo a planearlo todo. Si es dinero lo que quieren deben de querer mucho. Y mañana es domingo, así que aunque la compañía esté dispuesta a pagar…

Justin apretó los labios.

—Creo que estaremos aquí al menos un par de días —convino.

Empecé a acariciar el pelo de nuestra hija. Ashlyn dormía profundamente, exhausta y conmocionada.

—¿Cuánto tiempo hace que nos secuestraron? —pregunté—, ¿dieciséis horas? No nos han traído ni comida ni agua.

—Tenemos el agua del lavabo y podemos aguantar sin comida un par de días.

Sentí que mis manos comenzaban a temblar de nuevo, tenía el estómago revuelto y el dolor de cabeza empeoraba. Probablemente debería habérselo dicho, pero no lo hice. Habíamos vivido juntos dieciocho años, pero los últimos seis meses habían cambiado las cosas.

—No quiero que se quede a solas con ellos —dije volviendo al tema de Ashlyn.

Justin disipó mi preocupación.

—Nos han puesto juntos en la misma celda. Es más de lo que esperaba.

Tenía razón. Hubiera sido peor estar en tres celdas separadas. Cada uno de nosotros atrapado en una jaula propia, incapaz de ayudar a los demás. En un escenario así, si fueran a por Ashlyn..., ¿qué haría Justin, qué haría yo? Observar impotentes cómo se llevaban a nuestra hija…

—Pase lo que pase —repetí mientras los pensamientos se agolpaban en mi cabeza—, no quiero que Ashlyn se quede a solas con ninguno de ellos. Sobre todo con el del pelo a cuadros… ¿Cómo se llama, Mick? ¿Has visto sus ojos? Hay algo que no va bien en ellos.

—Eso no va a ocurrir.

—¿En serio? ¿Lo dices porque tenemos el control? Por si no te has dado cuenta son depredadores y nosotros somos su presa. ¿Qué tipo de presa puede elegir su destino?

Me arrepentí de haber dicho eso en cuanto pronuncié la última palabra. Mi voz sonaba aflautada, bordeando la histeria. Apreté los puños en mi regazo y empecé a morderme el labio inferior como si así pudiera mantener el pánico a raya.

—Libby. —Justin hablaba en tono serio. Cuando alcé la mirada comprobé que me había estado contemplando. No empezó a hablar inmediatamente. Se limitaba a mirarme con una intensidad que no había visto desde hacía años, pero aún recordaba bien—. Sé que nos encontramos en una situación difícil. Sé que te he hecho daño. Si pudiera retroceder en el tiempo... —Hizo una pausa y enderezó los hombros antes de proseguir—. Quiero que sepas, Libby, que de alguna forma, del modo que sea, os mantendré a salvo a Ashlyn y a ti. Nada ni nadie va a hacer daño a mi familia. Debes creerme.

Y le creí. Porque mi marido era ese tipo de hombre. Moderno hombre de las cavernas, le llamaba a menudo. Daría la vida por su hija, pero era incapaz de acordarse de sus platos favoritos. Mataría dragones por mí, pero, al parecer, no podía serme fiel.

Curiosamente fue una de las primeras cosas que me atrajo de él.

Justin extendió la mano. Su palma era grande y callosa, sus uñas cortas, su piel áspera. ¡Había pasado tanto tiempo de mi vida admirando esas manos! Me resultó fácil entrelazar mis dedos con los suyos y pedirle solo una cosa.

—Mantén a salvo a nuestra hija, Justin, es lo único que quiero. Mantén a Ashlyn a salvo.

Sus dedos se cerraron en torno a los míos. Se inclinó hacia delante. Pude ver su mirada, seria y resuelta, y entonces bajó la cabeza y yo alcé la mía...

De repente se oyó un gran estruendo tras la puerta de acero que nos sobresaltó; nos separamos y nos dimos la vuelta.

El lunático de ojos azules estaba ante la mirilla lanzándonos una mirada lasciva. Era evidente que llevaba espiándonos un rato. Era evidente que le gustaba lo que había visto.

No pude evitarlo; me moví para acercarme a mi hija, como si al agarrar su brazo pudiera mantenerla a salvo.

—¡Levantaos! —ladró Mick desde el otro lado de la puerta—. ¿Pensáis que estáis de vacaciones? ¡Vamos, es hora de trabajar!

# 14

Wyatt no llamó a los federales. Si querían unirse a la fiesta ya sabían dónde encontrarle. Mientras, él y su equipo se pondrían manos a la obra.

Mapas. Le gustaban los mapas. Claro, en estos tiempos los podías consultar en el ordenador, pero abrir un enorme mapa a escala y en color del montañoso territorio de New Hampshire era una satisfacción añadida. Los lagos estaban representados por docenas de manchas azules. Las líneas, que parecían garabatos infinitos, mostraban los cientos de tortuosas carreteras secundarias.

New Hampshire era un estado curioso. Largo y estrecho en su extremo superior y con una base más ancha. Estaba encajado como la pieza de un rompecabezas en la forma opuesta de Vermont, como si fueran dos amigos que hacía tiempo que no se veían. A vuelo de pájaro New Hampshire no era un estado demasiado grande. Un conductor aplicado podría conducir desde la frontera sur con Massachusetts a la frontera norte con Canadá en tres horas y media, cuatro como mucho. En cambio, las rutas horizontales eran otro asunto a causa de las Montañas Blancas. Emergían como dientes mellados y se abrían camino a mordiscos por el centro del estado, obligando a las carreteras que conectaban el este con el oeste a zigzaguear, elevarse cada vez más alto y por lo general ceder ante su dominio incuestionable. Como les gustaba decir a los lugareños cuando veían a algún conductor pretender atravesar el estado a lo ancho: «Bueno, sencillamente no se puede llegar allí desde aquí...».

Teniendo en cuenta todo esto, Wyatt estaba dispuesto a apostar a que sus sospechosos habían seguido en dirección norte. Sobre todo, porque era lo que hacían la mayoría de los conductores en New Hampshire. O subías o bajabas, pero ir de izquierda a derecha resultaba demasiado penoso.

Decidió no correr riesgos y envió a una ayudante, Gina, para que siguiera la ruta del norte a partir del restaurante de carretera. Le dio instrucciones para que realizara un reconocimiento básico. Debía buscar desvíos o campos desiertos donde un conductor pudiera detenerse a descansar; parar en aquellas gasolineras aisladas y tiendas de alimentación poco frecuentadas que una banda de secuestradores podría considerar lo bastante seguras como para pararse a comprar agua y comida o llenar el depósito. Debía empezar a hacer preguntas, difundir la descripción de la familia desaparecida y pedir a los habitantes locales que estuvieran alerta.

También podía rastrear los desvíos principales y entrar en las ciudades más grandes, donde cabía la posibilidad de solicitar la ayuda de la policía local, aunque Wyatt creía que los sospechosos habrían hecho todo lo posible por evitar esas zonas. Era difícil ocultar a una familia entera. ¿Por qué arriesgarse a parar en áreas muy pobladas cuando la región de North Country estaba llena de refugios más seguros?

En realidad, sentía cierto respeto por los secuestradores. Habían elegido bien al dirigirse al territorio virgen de New Hampshire.

Se inclinó sobre el mapa buscando la Ruta 16 que discurría por la frontera oriental del estado. De repente entraron los federales.

Supo que eran ellos sin necesidad de levantar la vista. Vio un par de tacones bajos negros y un par de elegantes zapatos de caballero de un marrón brillante. En esos bosques solo llevaban zapatos así los abogados, y estos rara vez visitaban la oficina del sheriff un sábado por la tarde.

La primera en hablar fue la mujer.

—Wyatt —dijo, e inmediatamente el sheriff gimió en su interior.

Conocía esa voz. ¡Mierda!

Wyatt se enderezó. Levantó el dedo del mapa. Se preparó para saldar sus antiguas deudas.

Nicole Adams, alias Nicky. Solo que la última vez que usó ese apodo ella se despertaba habitualmente en su cama. Tenía la sensación de que no volvería a usarlo. O, lo que era lo mismo, de que seguiría siendo un ser masculino intacto en su abrasadora presencia.

—Agente especial Adams —replicó. Parecía la respuesta más segura.

Ella sonrió. La sonrisa no casaba bien con sus fríos ojos azules.

Vestía una falda de tubo negra a juego con la chaqueta y una blusa de seda gris perla cerrada en el cuello. Era una de esas rubias altas con el pelo recogido: el aspecto de princesa de los hielos le sentaba muy bien. Llevaba un portátil en un maletín negro que dejó en el suelo con un pesado «clong».

—Sargento Wyatt Foster, agente especial Edward Hawkes —dijo ella presentándole a su compañero.

Wyatt asintió y le dio la mano. El agente especial Hawkes también llevaba una pesada bolsa. Al parecer pensaban quedarse un tiempo.

—Nos han dicho que has encontrado el chaquetón del hombre desaparecido —prosiguió Nicole.

—Lo he guardado en una bolsa de pruebas para ti.

—¿Sabías que veníamos?

—Era lo esperable.

—Pero no llamaste para informarnos.

—Informar implica progresos. No estoy muy seguro de que estemos consiguiendo nada. En realidad —dijo dando unos golpecitos sobre el mapa—, tenemos un montón de territorio virgen y ninguna pista prometedora.

Los federales parecieron aceptarlo. Se acercaron a la mesa en la que Wyatt había desplegado el mapa y se inclinaron sobre él.

—Ponnos al día —ordenó Nicole con aspereza—. ¿Qué estás mirando?

Wyatt reprimió un suspiro y se centró en el trabajo. Esa era la razón por la que debería haber escuchado a su estómago antes de liarse con una compañera de los cuerpos de seguridad. El caso fue que, en los tribunales de Concord, a punto de testificar en un juicio, había visto a la hermosa rubia al otro lado del pasillo y se había vuelto loco. No estaba seguro de que hubiera sido su risa lo que le había cautivado, porque en realidad no sabía si Nicole Adams reía alguna vez. Pero se le había metido en la cabeza que debía conocerla, lo que había llevado a unas copas, lo que había llevado a una habitación de hotel. Después, para sorpresa de ambos, siguieron viéndose durante un par de meses.

Sin embargo, un día se dio cuenta de que estaba más satisfecho cuando la dejaba que cuando la veía. No era nada personal. Pero ella era una agente federal hasta la médula: ambiciosa, urbana y muy disciplinada. Como le explicó cuando rompieron, él no era ninguna de esas admirables cosas.

Mirándolo con perspectiva, debería haber esperado una semana más. En ese caso probablemente le hubiera dejado ella. De haber sido así en este momento se estaría riendo en vez de tiritar y quedarse helado.

Señaló un punto en el mapa, en el centro del norte del estado, más cerca de Maine, que cobraría relevancia en un momento.

—Encontramos el chaquetón aquí. Restaurante de carretera abandonado, no hay otro negocio ni residentes en kilómetros a la redonda.

—¿Hay testigos? —preguntó Hawkes.

—No hay testigos. Bienvenido a North Country. Las marcas de neumáticos demuestran que el vehículo emprendió camino en dirección norte. Lo que nos lleva —trazó un gran círculo en torno al extremo norte del estado— a cientos de kilómetros cuadrados de una nada absoluta. En otras palabras, el lugar perfecto para que se esconda una banda de secuestradores.

Nicole frunció el entrecejo al mirar el mapa.

—Estás dando por sentado que se mantuvieron rumbo al norte.

—Sí, señora.

Wyatt explicó su razonamiento, que las montañas obstaculizaban todas las rutas este-oeste. Según el localizador que había en el chaquetón, los secuestradores habían tomado la Interestatal 95 para entrar en New Hampshire y girado a la izquierda para tomar la Ruta 16 que discurría por la frontera oriental del estado. Puede que estuviera loco, pero, en su opinión, si formaras parte de un grupo de secuestradores con una familia de tres miembros hacinada en la parte trasera de tu furgoneta, elegirías la ruta más directa posible. Eso los situaría en el norte de New Hampshire, una zona lo suficientemente remota como para esconder fácilmente a rehenes, a la par que convenientemente situada a solo tres o cuatro horas de Boston, lo que facilitaría las cosas en el momento de la recogida del rescate o el intercambio de rehenes.

La agente especial Nicole Adams parecía estar de acuerdo con esta explicación.

—Es una zona muy extensa —comentó mientras recorría las diversas áreas coloreadas del mapa con su propio dedo.

—Sin duda, y como esto es un departamento de sheriff rural, no tenemos muchos hombres que digamos, por eso pedí ayuda.

—¿Ayuda? —dijo Hawkes. Tenía un acento extraño. ¿Maine quizá? Wyatt no conseguía determinar su origen.

—Servicio Forestal de Estados Unidos, así como el departamento de Pesca y Caza. ¿Conocéis a Marty Finch, el investigador del Servicio Forestal?

Ambos agentes asintieron. Como Finch trabajaba en Vermont, New Hampshire y Maine estaban en su jurisdicción. Cuando el territorio vigilado por el Servicio Forestal de Estados Unidos empezó a convertirse en el paraíso de los narcotraficantes, Wyatt había colaborado con Finch en algunos casos. Imaginaba que habría pasado lo mismo con los agentes del FBI de Concord.

—Le he llamado —prosiguió Wyatt—. Tened en cuenta que la mayor parte de este territorio virgen, la jurisdicción de Finch, cubre las más de trescientas mil hectáreas del Parque Nacional de Montañas Blancas. Ha movilizado a los guardias forestales a petición mía. Los ha enviado a registrar aparcamientos situados en encrucijadas y zonas de acampada donde pudiera aparcar el vehículo en el que circulan. A tenor de las marcas de neumáticos yo diría que se trata de una furgoneta en la que quepan al menos siete personas. Los guardias forestales registrarán asimismo cabañas usadas por los senderistas y diversas zonas de descanso. Si no quieres llamar la atención basta con esconderte en alguno de los parques nacionales o en territorio virgen protegido.

—¿Los guardias forestales tienen la experiencia suficiente como para saber qué andan buscando? —preguntó Nicole con aspereza.

Wyatt entornó los ojos.

—Disculpa, en New Hampshire todos asistimos a la misma academia. El departamento del sheriff, la policía estatal, la local, Pesca y Caza. Todos pasamos por ella y todos salimos de ella. Lo que evidentemente significa que somos igual de brillantes.

Nicole enarcó una ceja, pero no dijo nada. No hacía falta: evidentemente pensaba que su maravillosa academia del FBI estaba por encima de todas las demás. A Wyatt no le apetecía insistir en el asunto.

—¿Qué hay de los peajes? —preguntó Nicole—. ¿Has pedido las cintas de vídeo? Si tu teoría de que los secuestradores tomaron la Interestatal 95 hasta la Ruta 16 es correcta, tuvieron que pasar por cuatro peajes.

Wyatt se encogió de hombros.

—He enviado a un detective, pero, teniendo en cuenta lo preocupados que están por la privacidad, conseguirlas va a ser un auténtico dolor de muelas.

—No eres el tipo de persona que esquiva una pelea.

—Considéralo más bien una utilización estratégica de los recursos. Cuento con dos detectives y cuatro ayudantes.

Hay demasiadas líneas de investigación que se pueden seguir, y, considerando la urgencia de la situación, quiero emplear a mi gente con cabeza. En mi opinión, eso significa registrar todas las áreas de descanso y zonas de acampada locales, estatales y federales. Os toca ponerme al día.

Nicole no parecía dispuesta, de modo que fue Hawkes quien hizo los honores.

—La policía de Boston rastreó el confeti del táser hasta un vendedor de Chicago. Según el número de serie es uno de los cincuenta que vendió a otro comerciante de Nueva Jersey que se dirigía a una feria de armas. El segundo vendedor asegura que le compraron los cincuenta en esa feria. Considera que si los compradores no los registraron no es asunto suyo.

—¿De qué tipo de feria de armas estamos hablando?

—De las abiertas al público, con asistencia de expertos en supervivencia y exmilitares.

—Creemos que los secuestradores son profesionales —afirmó Nicole con brusquedad, lo que captó la atención de Wyatt.

—¿Por qué lo dices?

—Allanaron una casa que contaba con un sistema de seguridad de primera y redujeron a dos adultos y una adolescente sin siquiera alertar a los vecinos. Además, Justin Denbe es un experto en armas y, según dicen todos, muy capaz de defenderse a sí mismo y a su familia. Tenemos pruebas que demuestran que la adolescente les plantó cara. Pero aun así los sospechosos pudieron con ella y tendieron una trampa a los padres sin derramar ni una gota de sangre. Hay que tener mucha disciplina para montar una operación tan precisa. Por no hablar del entrenamiento y los recursos.

—¿Rescate? —preguntó Wyatt frunciendo el entrecejo.

—Por ahora no.

—Pero ¿dais por sentado que pedirán uno?

—En este momento no encontramos otro móvil.

Wyatt entendió su razonamiento. Sobre todo, cuando había auténticos profesionales implicados, quienes por definición mostraban gran interés por la pasta.

—¿La familia puede pagar?

—Es la empresa familiar, Construcciones Denbe, la que dirige el espectáculo. Y sí, los directivos de la compañía están en contacto con la policía local y se muestran dispuestos a liberar los fondos que sean necesarios.

—Pero no podrán liberar sumas tan importantes antes del lunes.

—Cierto.

—Lo que significa que, si lo habían planeado todo con cierta antelación, sabían que tendrían que ocultar a la familia al menos unos días.

—Un argumento más a favor de nuestra teoría de que los sospechosos son profesionales. No es una operación improvisada. Obviamente reflexionaron sobre el escenario del secuestro e hicieron sus planes. Lo lógico sería deducir que dedicaron el mismo tiempo a pensar en la forma más segura de hacer un largo viaje con los secuestrados. Creo que no sabremos nada de ellos hasta que estén listos. Ahora mismo están estableciendo quién tiene el control: ellos darán las órdenes y nosotros haremos exactamente lo que nos manden.

A Wyatt no le gustó nada lo que estaba oyendo. Volvió a su mapa pensando en la logística que requería una operación de ese tipo.

—Están aquí —dijo señalando el Parque Nacional Montañas Blancas—. Es perfecto desde el punto de vista logístico. Lo suficientemente lejos de Boston como para quitarse de en medio, pero no lo bastante como para no poder volver a coger el rescate. Rural, pero no demasiado. Virgen, pero no en exceso. Este es nuestro pajar, ahora tenemos que encontrar la aguja.

—De acuerdo, ocúpate del pajar. Nosotros volvemos a Boston para los interrogatorios preliminares. Justin Denbe posee una megaconstructora que heredó de su padre. Por lo que sabemos tiene mucho dinero, pero también numerosos enemigos. Confeccionaremos una lista.

Wyatt captó el mensaje con claridad. Eran los federales quienes estaban a cargo de la investigación, pero le dejaban jugar en el bosque. Decidió ignorarlos.

—Muy bien —contestó—. Uno de mis detectives y yo iremos con vosotros a Boston para asistir a los interrogatorios. Dadnos unos treinta minutos o así y nos ponemos en marcha.

Nicole le dedicó una mirada heladora.

Él le regaló una sonrisa mientras cogía su sombrero.

—Creí que nunca me lo pedirías.

# 15

Tessa sabía por experiencia que si quieres saber lo que realmente pasa en la vida de una mujer tienes que dar con su confidente. Y en al menos un ochenta por ciento de los casos son los estilistas los que cumplen esa función. En la lista de favoritos del teléfono de Libby Denbe figuraba el salón de belleza Farias & Rocha, de Beacon Hill. Tessa se presentó allí en persona sacando a relucir sus credenciales. Gracias a ellas consiguió hablar con James Farias, uno de los hombres más guapos que había conocido. Pelo rubio pálido, mandíbula cuadrada cubierta con una estudiada barba incipiente, penetrantes ojos azules y el tipo de hombros y brazos esculturales que rara vez se ven fuera de Hollywood.

Para su desgracia, tuvo la impresión de que no estaba dotada del equipo necesario para atraer la atención de James. Una razón más por la que Sophie seguiría siendo hija única.

Nada más verla, James había exclamado que el crimen que debería estar investigando era el que se había cometido con su pelo. ¿Acaso no se daba cuenta de que el tono castaño de su cabello (lamentablemente su color natural) era demasiado soso y resaltaba la palidez de su cutis? Eso por no hablar de que la melena recogida atrás con un pasador le daba un aspecto excesivamente severo. Precisaba suavidad, calor, necesitaba una intervención capilar inmediata. O sea, que debía volver en cuanto él tuviera un hueco en su agenda. Lo que no ocurriría hasta seis meses después.

Tessa pidió la cita diligentemente. A cambio Farias respondió a las preguntas que le formuló sobre Libby Denbe.

—Ha sido el marido —exclamó llevándola a una habitación con el rótulo «Solo expertos», un eufemismo, pensó Tessa, para «Solo empleados».

—Créeme, cariño. Justin aparecerá como salido de la nada y encontrarán a la dulce y pequeña Ashlyn. Pero a Libby no la volveremos a ver. ¿No lees los periódicos? Así funciona siempre. ¿Puedo ofrecerte té de mango y granada?

—Mmm, no, gracias.

—Pues no te haría ningún mal. Tiene muchos antioxidantes que te ayudarían a mantener el ritmo de la investigación.

Parecía importante para él, así que acabó accediendo. Como no le había dejado hacerse cargo de su estropeado cabello, tal vez necesitara darle al menos vitaminas y minerales.

—¿Amaba Libby a su marido? —preguntó Tessa sentándose ante una mesa lacada negra mientras Farias sacaba dos bolsas de té de una caja bellamente decorada.

—Él no se lo merecía —afirmó James.

—¿Por qué dices eso?

—La mayor parte del tiempo ni siquiera estaba en casa. Su trabajo, su equipo, sus edificios... *Puuufff,* tenía tiempo para cualquiera excepto para Libby. Ella solo debía llevar la casa perfecta, educar a la niña perfecta y darle la bienvenida los viernes por la noche con una sonrisa. Al principio le dije que daba demasiado. Y créeme, cariño, los hombres no aprecian lo que las mujeres les dan voluntariamente. Han pasado mil años de evolución, pero lo que nos gusta sigue siendo la caza.

James hizo una pausa mientras se acercaba a una hilera de tazas.

—¿Sabes a cuántas Libbys veo en un establecimiento como este? Mujeres bellas y con talento, todas y cada una de ellas. Y hacen todo lo que les piden sus ricos y egocéntricos mariditos, hasta el instante en el que esos mismos mariditos, ricos y egocéntricos, las dejan para largarse con una modelo joven y más lozana. Es como pasar por la escena de un accidente de tráfico. Da igual cuántos hayas visto, sigues pensando que es algo que solo les ocurre a los demás.

—¿Justin salía con una modelo más joven y lozana?

—Sí. Tuvo un lío que duró meses antes de que Libby se enterara. Se quedó atónita; simplemente, no se lo esperaba. Yo le aconsejé que pidiera el divorcio antes que él. Contrata al mejor abogado y ve a por él, despliega toda la artillería jurídica. Pero no. Tenían una hija, tenían un matrimonio, tenían una vida. Te garantizo que no dejó de ver a la Barbie cuando su mujer se enteró. Quiero decir, a lo mejor le dijo que lo haría, pero la gente nunca cambia.

—¿De quién se trataba? —preguntó Tessa frunciendo el ceño.

James volvió con dos tazas de fragante té humeante. Las dejó sobre la mesa antes de dar a Tessa un golpecito en la frente con el dedo índice.

—¡No hagas eso! ¿Acaso tu madre no te ha explicado nunca que tu cara adoptará esa expresión permanentemente? Te saldrán arrugas. Tu rostro ya es lo suficientemente adusto.

—Es que soy investigadora.

—Puede que eso te ayude a encontrar sospechosos, pero no te será de utilidad para dar con tu hombre.

—Muy cierto. Dime, ¿Libby conocía a la Barbie?

—Agente de viajes. *Su* agente de viajes. Justin viajaba todo el tiempo. Imagino que su empresa trabaja con una agencia de viajes que tiene sus oficinas en el mismo edificio para facilitar las cosas. Pero aquello se convirtió enseguida en un *servicio completo.*

—¿Conocía Libby a la mujer?

—Di más bien a la *chica* —contestó James tomando asiento cerca de Tessa—. Libby fue a verla una tarde. No iba a hablar con ella, ni siquiera pensaba acercarse. Quería ver a su rival, ¿entiendes? Dijo que había entrado en la agencia, que había echado un vistazo y se había marchado inmediatamente. Añadió que la chica no podía tener más de veintiún años. Una niña de ojos brillantes, que, sin duda, bebía los vientos por Justin tras cada palabra que pronunciaba y luego se iba de concierto con sus amigos.

—¿Nombre?

—Kate. Christy. Katie. Algo así, Libby nunca se la tomó en serio. Parecía sentirlo por ella, una jovencita liada con un hombre casado. En su opinión, Justin se había aprovechado de ella.

—Muy generoso por su parte —señaló Tessa.

—Es ese tipo de mujer. No tiene ni un solo hueso de gato en el cuerpo, lo que es mucho más de lo que se puede decir de la mayoría de los felinos que rondan por aquí.

—¿Cuánto tiempo hace que conoces a Libby?

—Nunca doy ese tipo de información, reina. Si me descuido acabarás adivinando mi edad.

—De acuerdo. ¿Es una antigua clienta?

—Desde luego. Al principio necesitó ayuda. Creció en una vivienda de protección oficial. Una Annie, la pequeña huérfana, con una vida dura de narices. Sé que nadie diría que las calles de Back Bay son las más miserables de Boston, pero créeme, amor, son muy violentas a su manera.

—¿No acababa de encajar?

—Su marido se gana la vida con la construcción. Siempre lleva botas de trabajo. ¿Me lo preguntas en serio?

—Vale, pero una compañía de cien millones de dólares…

—En cuanto se supo cambiaron las actitudes, se suavizaron. Además, Libby es una artista fabulosa.

—¿Joyería?

—Exacto. A las mujeres pijas de por aquí les encantaba. Puede que Libby no se hubiera criado en Back Bay, pero su formación en bellas artes era un paso en la dirección correcta. Por no hablar de su magnífica casa. ¿La has visto? Yo he estado allí varias veces y lo único que cambiaría es la lámpara de araña del recibidor.

—¿Se llevaba bien Libby con las mujeres pijas? —preguntó Tessa—, ¿tenía un círculo de amigos íntimos?

Farias dudó por primera vez. Llenó el silencio tomando un sorbo de té.

—Libby… Libby es un ser amable. Nunca la he oído decir una palabra desagradable sobre nadie. No se mueve por los círculos sociales como otras. A veces celebraba cenas a las que asistíamos sus vecinos y yo, pero también el equipo de construcción de Justin —dijo James mientras un escalofrío le recorría la espalda—, un delicioso ramillete de hombres, totalmente divinos todos y cada uno de ellos, aunque me hicieran temer por mi vida.

—¿Libby se llevaba bien con ellos? ¿Le gustaban todos, les gustaba a todos?

—Libby es muy auténtica. —James se detuvo, repitió la palabra, parecía complacido con la descripción—. No hay mucha gente así hoy en día. Y hasta hace unos meses yo hubiera dicho que era feliz. No le molestaba el trabajo de Justin, no le molestaba su ausencia. Amaba a su hija y tenía su joyería. Salía cuando Justin no estaba. Me consta que hablaba de ir al cine con algunas de las otras señoras, quedaba a comer, pero... —calló de nuevo cerrando los dedos en torno a la taza—, Libby era una isla. No se me ocurre otra forma de describirla. Vecinos, organizaciones, la jerarquía local, nunca tuve la impresión de que le interesara nada de eso ni ninguno de ellos. Su mundo se reducía a Justin y Ashlyn. Mientras ellos fueran felices ella era feliz. Les funcionaba.

—Hasta que Justin emprendió un proyecto complementario. Debió de ser demoledor.

—Bueno, Libby nunca da la impresión de estar destrozada, simplemente parece ausente. Las últimas veces que la vi... —James dejó escapar un profundo suspiro—, créeme, cariño, ningún corte de pelo puede arreglar un corazón roto. Me dijo que Justin y ella estaban intentando solucionar las cosas. Afirmó que no se había rendido. Pero déjame decirte que eso no era lo que decían su piel y su pelo. La mujer era una ruina. Y así no se recupera a un marido que te engaña.

—Se rumorea que lo de ese viernes por la noche era una cita.

James resopló con desdén.

—Como si retroceder en el tiempo fuera una forma de avanzar. Una pareja como esa... Surgen problemas de confianza, inseguridades, y el negocio familiar se encarga de destrozar rutinariamente cualquier esperanza de tener una familia de verdad. ¿Qué cita para cenar puede arreglar eso?

—Bueno, visto así —murmuró Tessa. Por fin el té se había enfriado lo suficiente como para dar un sorbo. Era afrutado; le gustó.

—¿Qué te parece? —preguntó Farias.

—Noto cómo los antioxidantes recorren todo mi cuerpo —le aseguró.

—Mmmm, recomendaría al menos dos o tres tazas al día. Y deja de fruncir el ceño. Si no, en un año o dos tendrás que recurrir al botox, seguro.

—Bueno es saberlo. Cuéntame cosas sobre Ashlyn.

—Una chica guapa —respondió inmediatamente—, hija de su madre sin duda.

—¿Te ocupabas de su pelo?

—Afirmativo. Muy fino, sedoso. El tuyo es grueso. No suena atractivo, pero el pelo grueso es más fácil de mantener. Puedo arreglártelo —exclamó mirándola fijamente—. Con el de Ashlyn hicimos maravillas para que estuviera lo más suave e hidratado posible.

—¿Cómo es? Tranquila, fiestera, atlética, artística, ¿qué?

—Tranquila. Artística. Maravillosa sonrisa. Como la Mona Lisa. Cuesta arrancársela, y, cuando lo consigues, es tan efímera que te preguntas si no te habrás imaginado que sonreía. Una niña muy dulce. Ha participado en obras de teatro en el colegio y se interesa por la joyería de su madre, ese tipo de cosas. Le gusta hacerme preguntas sobre los cortes de pelo, sobre cómo se dirige un salón de belleza. Siempre educada, pero curiosa. Creo que la moda y el estilismo le interesan, pero su propio estilo es más… ecléctico. No es una chica rebelde ni malcriada, pero solo tiene quince años. Dale tiempo.

—¿Sabía que había problemas en el paraíso?

James hizo una pausa. Parecía estar considerando la pregunta.

—No sé qué le contaron. Pero Ashlyn es una chica sensible. Es imposible que viviera en casa y pensara que todo iba bien, sobre todo teniendo en cuenta el pésimo aspecto que tenía su madre.

—¿Libby era una madre sobreprotectora?

—¡Totalmente! Libby creció sin padre. Una razón más para querer conservar a su voluble marido en celo cerca. De ninguna manera quería que su hija pasara por lo mismo que ella.

—He oído que Justin quería que su hija se encargara del negocio familiar.

—Ah, sí. Regaló a la chica herramientas de color rosa por su decimoquinto cumpleaños. ¿Qué adolescente no se habría sentido impresionada?

Tessa vio que James apretaba los labios. Sus palabras irradiaban sarcasmo y su expresión era de clara desaprobación.

—¿A Ashlyn no le gustaron las herramientas? ¿A Libby le pareció bien?

—No tengo ni idea. Probablemente ninguna de las dos cosas. Me pareció una tontería. Quiero decir, ¿no pudo ser más delicado? El hecho de que no tenga un hijo no le faculta para ponerle un pene a su hija.

A Tessa se le ocurrió que su testigo podía tener problemas con su propio padre. A lo mejor este quería otras cosas para su hijo, aparte de talento para el cuidado del cabello.

—¿Cortabas el pelo a Justin?

—No. En la barbería. Con toda seguridad. O tal vez él y su equipo se afeitaban mutuamente con maquinillas después de despiojarse. Esa es otra posibilidad.

—¿Cuándo viste a Libby o a Ashlyn por última vez?

—Hace tres semanas. Vinieron juntas. Día de las señoras.

—¿Qué aspecto tenían?

—El mismo de siempre. Libby estaba pálida, me dio la impresión de que seguía sin dormir bien. Le recomendé que aumentara el aceite de pescado en su dieta; su pelo estaba muy quebradizo. Pero puso buena cara y se rio de algo con su hija.

Estoy seguro de que la mayoría de los presentes se fue con la impresión de que lo estaban pasando muy bien. Hay que conocerlas mejor para poder leer los signos.

—¿Como por ejemplo?

—Las ojeras negras bajo los ojos de Libby. Y Ashlyn parecía pegada a su iPod. No dejaba de ponerse los auriculares ni Libby de quitárselos. Habla, le decía. Comparte. Se supone que el día de hoy va de eso. Nunca había visto a Ashlyn así, tan… voluntariamente al margen de todo.

—¿Te contó Libby algo más sobre su matrimonio?

—No, pero es que tenía a su hija sentada a su lado. Habían ido de compras y llevaban muchas bolsas, entre ellas una de Victoria's Secret. La lencería nueva es una de las mejores pruebas de que un marido engaña a su mujer. —James se inclinó abruptamente sobre la mesa y pasó los dedos por el pelo de Tessa, justo donde lo llevaba recogido, detrás de la nuca—. Al menos podría arreglarte las puntas.

—Lo siento —dijo Tessa dejando la taza sobre la mesa—, hoy tengo la agenda un poco llena; he de encontrar a una familia desaparecida. Pero volveré.

Hizo ademán de levantarse.

Farias la miró fijamente.

—No, no lo harás.

—Sí lo haré. El 20 de mayo a las dos y media. Tengo apuntada la cita en una tarjeta.

—No, no vendrás. Trabajas demasiado, quieres ocuparte de tu hija y estás obsesionada con tu profesión. Pero, de repente, un día te preguntarás por qué ya no eres la mujer orgullosa y guapa que recordabas —dijo suavizando el tono de su voz—. Un buen corte de pelo tiene menos que ver con el cabello que con la mujer que hay debajo. Si la descuidas ahora luego no podrás culpar a los demás por hacerlo.

Tessa no pudo evitar sonreír. Había pensado tirar la tarjeta e ignorar la cita. No inmediatamente, pero sí en dos o tres semanas, cuando, efectivamente, Sophie la necesitara para algo o surgiera una investigación urgente...

Empezaba a entender por qué iba Libby a ese salón de belleza con su hija. A su manera, James Farias tenía un negocio paralelo: consolaba almas perdidas.

—Volveré —prometió.

Farias se limitó a emitir un gruñido.

—Encuentra a mi Libby —dijo de repente—, sea lo que sea lo que haya pasado, dondequiera que esté... Es una buena persona. No quedan muchas como ella.

—Las cenas —preguntó Tessa—, ¿quién más asistía a ellas?

James suspiró e hizo una lista.

Tessa se la llevó. Las cuatro de la tarde. Era finales de noviembre y el sol ya estaba a punto de ponerse. La temperatura había bajado mucho. Encogió los hombros instintivamente al sentir el frío mientras bajaba la calle en dirección a su coche.

Pensó en los Denbe. No podía dejar de preguntarse dónde estarían, cómo les iría en ese momento en que el día daba paso a otra noche heladora. ¿Disponían de comida, refugio, ropas adecuadas y mantas para conservar el calor? Suponía que dependía del interés que tuvieran los secuestradores en mantenerlos sanos y salvos.

La clave de este caso era averiguar si se trataba de un asunto personal o de uno profesional.

¿Habrían secuestrado a los Denbe por venganza? ¿Un rival en los negocios que se hubiera tomado como algo personal perder un importante contrato a causa de Construcciones Denbe? Puede que tuviera algo que ver con el lío de Justin. ¿La examante descubierta que devolvía el golpe al hombre que había vuelto con su familia? También estaba la siniestra e interesante teoría de que Justin hubiera orquestado el secuestro de toda su familia para encubrir, de forma ciertamente alambicada, el asesinato de una esposa a la que ya no amaba. Teniendo en cuenta la amenaza que un divorcio supondría para su fortuna personal, por no hablar del negocio familiar, Justin sería el principal sospechoso si a Libby le ocurriera algo. A menos que atacaran a la familia al completo y él y su hija casualmente resultaran ser los únicos supervivientes...

Pero ¿por qué ahora, seis meses después, cuando los Denbe parecían haber sobrevivido a la traición de Justin? Era evidente que Libby iba a intentar salvar su matrimonio, o eso creía su estilista. Puede que aún no lo hubiera logrado, teniendo en cuenta su fragilidad emocional, pero seguía intentándolo.

Tessa meneó la cabeza. Esperaba, por el bien de los Denbe, que fuera un delito por motivos profesionales. Porque una banda de secuestradores que pedía un rescate tenía buenas razones para mantener a la familia lo mejor posible. En cambio, las personas a las que los Denbe creían conocer y estimaban más...

Tessa no lo pudo evitar. Recordó la mirada de su marido dos años atrás, en su cocina. El retroceso de la Sig Sauer cuando disparó. El tacto de la nieve blanca en sus dedos helados. La habitación de su hija vacía.

No es que los desconocidos no puedan hacerte daño. Pero tus seres queridos saben mucho mejor cómo herirte.

Pregunten si no a Libby Denbe.

# 16

El comando loco de los ojos azules quería que Ashlyn saliera de la celda primero.

—No —dijo Justin.

Ashlyn estaba despierta, sentada en la litera inferior. Miraba a su padre, a la puerta de acero y de nuevo a su padre, adormilada aún. Me puse delante de ella, como si ocultarla de la vista pudiera impedir que el hombre recordara que estaba ahí.

—Que la chica se levante —repitió Mick—, que introduzca las manos por la ranura, le ato las manos, ella sale de la celda. Esas son las instrucciones.

—No —respondió Justin con los hombros tensos y los puños apretados contra su costado—. Yo iré primero. Luego mi hija. Después mi esposa.

Mick alzó su pistola táser negra y se la enseñó a través de la mirilla.

—La chica sale primero —repitió, y esta vez había una amenaza latente tras cada una de sus palabras.

Miré a mi marido y al comando, confusa hasta que entendí lo que pasaba, el escenario que Justin intentaba evitar. Si

Ashlyn salía de la celda, Mick podía limitarse a cerrar la puerta tras ella dejándonos atrapados dentro. Ashlyn se encontraría sola y vulnerable al otro lado.

Di un paso adelante y me coloqué junto a Justin; nuestros hombros se rozaban. Quería ser valiente y decidida. Tenía calambres abdominales y era consciente de las gotas de sudor frío que bañaban mi frente. Me clavé las uñas en la palma de la mano rogando que el dolor no me doblegara.

Mick deslizó hacia abajo una placa de metal, dejando a la vista una ranura en medio de la puerta de la celda. Parecía aburrido, sus facciones inexpresivas mientras colocaba el táser en la apertura apuntando al pecho de Justin.

—La chica —empezó a decir Mick ásperamente.

—¡Que te jodan! —bramó Justin.

—Iré con él.

Ambos hombres callaron, parpadearon y miraron a Ashlyn, que se había levantado de la litera.

—¡Para! —No se lo decía a Mick sino a su padre—. ¿Qué piensas hacer, papá? ¿Protegerme? ¿Fingir que todo va bien? ¿Que nunca le va a pasar nada malo a tu preciosa princesita? ¿No te parece que es un poco tarde para eso?

La amargura de su voz me pilló desprevenida. Miré al suelo, apenada por mi hija, sufriendo por mi marido, porque sabía que un estallido así tenía que haber sido un duro golpe para él.

—Ashlyn...

—¡Para ya, para de una vez! ¿Sabes? Deberías habernos dejado. Haberte ido a vivir con tu novia, empezado una nueva vida. Lo hubiéramos asumido. Pero no, tenías que seguir dando vueltas por la casa, fingiendo que aún nos querías, que te seguíamos importando. Cometiste un error y ahora te arrepientes. Si tan solo te diéramos una segunda oportunidad, bla, bla, bla. Quieres nadar y guardar la ropa.

Ashlyn pasó junto a su padre e introdujo las manos por la ranura de la puerta. Justin no hizo nada para detenerla, se limitó a mirar fijamente su espalda, evidentemente perplejo.

Mick reía al otro lado de la puerta.

—¡Tiene agallas! —dijo cogiendo unas bridas de plástico.

—¡Que te jodan! —le respondió nuestra hija, y abrí los ojos de asombro por segunda vez. Nunca había oído a Ashlyn usar ese tipo de lenguaje. Y desde luego no sabía…, ni siquiera sospechaba que lo hubiera pasado tan mal los últimos meses.

Mick volvió a reír.

Nuestra familia debía permanecer unida. Pero apenas llevábamos una hora encarcelados y ya se estaba desmoronando.

El comando ató las muñecas de Ashlyn. Se oyó un zumbido sordo y la puerta se abrió. Mick estaba en el umbral y su táser apuntaba al pecho de Justin.

Debería saltarle encima, pensé. Estaba tan centrado en Justin que podría correr hacia delante y lanzar los cincuenta kilos de mi cuerpo sobre la mole maciza de noventa kilos del secuestrador. Golpeándole en las rodillas se caería. En ese caso Justin podría adelantarse y…

Seis puertas electrónicas más se interpondrían entre nosotros y la libertad. Lo único que lograríamos sería cambiar la celda por la zona común. Y habríamos cabreado bastante a tres hombres armados, uno de los cuales lucía el tatuaje de una cobra con grandes colmillos.

Me estremecí. Otro zumbido. La pesada puerta de acero se cerró y nuestra hija quedó al otro lado con el comando psicópata. No parecía asustada. Se limitaba a mirar a su padre como si le odiara más que nunca.

—Soy un perfecto imbécil —susurró Justin.

No respondí. Di un paso adelante e introduje las manos por la ranura.

Mick nos hizo ponernos en fila. Ni rastro de los otros dos comandos; él pastoreaba solo a los tres prisioneros maniatados. Atravesamos la zona común de la prisión abandonada hasta alcanzar el pasillo. No parecía nervioso. Estaba más bien tenso. Sostenía el táser a la altura del pecho apuntando hacia delante. En cuanto uno de nosotros vacilara apretaría el gatillo.

En el mismo momento en el que empezamos a andar supe que sería la primera en caer. Las piernas me temblaban descontroladamente y cada paso me costaba más que el anterior. Sentía que la atmósfera se enrarecía, y levantar la rodilla manteniendo el pie en el aire me suponía un esfuerzo ingente. Me parecía estar avanzando a cámara lenta: levantaba la pierna, avanzaba y la dejaba caer.

Tropecé y me incliné hacia la derecha.

Mick no apretó el gatillo, sino que me cogió del brazo instándome a seguir avanzando.

Justin y Ashlyn iban unos pasos por delante. Había cierta distancia entre nosotros. No miraron hacia atrás para ver si estaba bien.

Llegamos a la entrada a la zona de máxima seguridad. La primera serie de puertas se abrió emitiendo un zumbido: el Gran Hermano te vigila. Mick nos escoltaba. Cuando nos introdujo en el cubículo la primera puerta se cerró tras nosotros, y un momento después se abrió la segunda, ante la que esperábamos.

Justin miró hacia arriba a la derecha. Seguí su mirada hasta localizar una pequeña cámara en la esquina. Me pregunté si debíamos saludar o si eso resultaría pueril.

Tras atravesar las puertas salimos a un pasillo pintado de blanco de altísimos techos. Tenía una altura de al menos dos pisos. Enormes vigas de acero formaban uves entrecruzadas sobre nuestras cabezas. El suelo, de hormigón armado, no desentonaba con el aspecto descorazonador de la prisión. Las paredes estaban austeramente pintadas de blanco, y las ventanas, a gran altura, eran de un inquietante vidrio reforzado. De tanto en tanto surgían, en la pared de la derecha, escaleras de cemento que daban acceso a puertas de entrada al segundo piso.

—Estamos detrás de los bloques de celdas —murmuró Justin, lanzando a Mick una mirada retadora—. Esta es la salida de emergencia. ¡Anda, *tío*, dinos dónde vamos! Yo os guiaré a todos.

—¡Camina! —ordenó Mick.

Justin y Ashlyn volvieron a tomar la delantera. Inmediatamente volví a sentirme abandonada, mientras obligaba a mis miembros a luchar contra la gravedad. Balanceaba los brazos ligeramente hacia delante. Subía las rodillas muy despacio, como si estuviera pedaleando en una bicicleta. La luz era brillantísima y rebotaba sobre las duras superficies blancas. Me dolía la cabeza y tenía calambres abdominales; quería hacerme un ovillo en un lugar fresco y oscuro, cubrirme la cara con las manos y sucumbir, hundiéndome cada vez más en una oscuridad sin fin.

—¡Muévete!

Noté la mano de Mick en mi hombro, empujándome hacia delante. Tropecé, él intentó sujetarme, volví a tropezar.

Era vagamente consciente de que Justin y Ashlyn se habían adelantado mucho. Justin se había acercado al hombro de nuestra hija. Inclinaba la cabeza. Le susurraba al oído.

Me di cuenta de que era una fuente de distracción. Mick tenía que ocuparse de mí. Mientras yo luchaba con mis miembros débiles y descoordinados, Justin podría sacar a nuestra hija de aquí. Sabía dónde estaba, detrás del bloque de celdas, había dicho, y ya habíamos dejado atrás tres de las puertas electrónicas…

Di un traspiés y estuve a punto de caerme. Mick me agarró de la parte superior del brazo, me enderezó y me hizo girar hasta que quedamos a pocos centímetros el uno del otro, pecho a pecho y cara a cara. Miré directamente a sus ojos azules de loco, enmarcados por un pelo estrambótico, a cuadros rubios y negros, como un tablero de ajedrez.

—¡Camina, maldita sea! ¡Muévete, cumple con tu parte o te volaré los malditos sesos personalmente!

Me hubiera gustado ser tan valiente como mi marido. Me hubiera conformado con la amargura de mi hija. Pero en cambio sonreí al comando loco y vi cómo sus ojos se abrían por la sorpresa.

Me hacía daño en el brazo con su mano izquierda. La derecha, que sostenía el táser, colgaba olvidada junto a su costado.

—Shhh —le susurré.

—¿Qué coj...?

—Shhh.

En ese momento me moví más deprisa de lo que nunca pensé que fuera capaz (desde luego más rápidamente de lo que él pensaba que podría), agarré el táser maniatada, conseguí colocarlo entre nosotros y apreté el gatillo.

Es cierto lo que dicen: cuanto más grandotes son más fácilmente caen.

Me hubiera gustado poder disfrutar del momento, pero mi hija empezó a gritar delante de mí.

Z había surgido de la nada en medio del pasillo. El Gran Hermano siempre vigila.

Tenía su propio táser y apuntaba a Justin que estaba en el suelo. Todo su cuerpo se retorcía como si fuera a descoyuntarse. Ashlyn se encontraba junto a su padre, el rostro demudado era una callada súplica.

—Cualquier cosa que hagas, yo lo haré mejor —dijo Z pronunciando las palabras con claridad desde el otro lado del pasillo.

Sacó un cartucho del extremo del táser, se giró resueltamente y disparó al brazo desnudo de mi hija.

Ashlyn ya no gritaba, más bien aullaba.

Tendría ampollas en la piel. Lo sabía porque tenía la misma quemadura en la parte superior del muslo.

Solté el táser, que cayó al suelo. Me alejé de la figura convulsa de Mick, poniendo distancia entre el camarada caído de Z y yo.

Z apartó el táser de la pálida piel de mi hija mucho más lentamente. Allí estaba, a unos seis metros de mí, sujetando el aparato como si fuera un pistolero. Uno casi esperaba que frunciera los labios y soplara el humo que salía del cañón.

Ashlyn lloraba. Se balanceaba con los brazos colgando ante ella como si eso pudiera aliviar su dolor. Justin había dejado de retorcerse en el suelo, pero no se puso en pie inmediatamente. ¿Cuántas veces habían disparado a mi marido con los táseres en las últimas veinticuatro horas? ¿Cuántas células sin freír quedarían en su cerebro?

—En el informe no se indicaba que tú pudieras ser un problema —dijo Z mirándome—. Interesante.

Quería hacer gestos amenazadores. Quería gritarle por haber hecho daño a mi hija y haber torturado a mi marido. Pero volví a sentirme muy pesada; un profundo aletargamiento se iba apoderando de mí. Intenté mantenerme firme sobre los pies, pero no pude evitar un ligero balanceo.

—Ashlyn —puede que murmurara.

De repente, Mick se puso en pie emitiendo un bramido ensordecedor, los puños apretados, el rostro demudado por la cólera. Su mirada tardó exactamente medio segundo en localizarme y fijarme como objetivo; entonces cargó.

Me desplomé, aplastada como un diente de león por la carga de un toro. Él rugía, Ashlyn chillaba y oí otra voz que gritaba algo, quizá la de Z. Intentaba acurrucarme y hundir la cabeza entre mis brazos maniatados, cuando Mick me agarró del pelo, separando mi cabeza y mis hombros del suelo solo para volver a estrellarlos contra el hormigón.

Un crujido. Puede que una costilla. Probablemente mi cráneo.

Más gritos, más chillidos y luego un extraño crepitar y olor a quemado. Comprobé que Mick ya no estaba encima de mí. Volvía a estar en el suelo, retorciéndose fuera de control, solo que esta vez era su propio compañero, Z, el del espeluznante tatuaje de una cobra en la cabeza, quien apretaba el gatillo.

—¡Contrólate, joder, control! —Z soltó el gatillo y se oyó gemir a Mick—. ¿Me oyes?

—Sí-í-í.

—¿Sí qué?

—Sí, señor.

—¡No te oigo!

—¡Sí, señor! ¡Sí, señor! ¡Sí, señor! ¡Sí, señor!

—¡Eso es, maldita sea! Mueve tu lamentable culo a la sala de control. A partir de aquí me encargo yo.

Mick se levantó y se tambaleó durante un segundo antes de alejarse por el pasillo.

Cuando había recorrido la mitad, Ashlyn vino corriendo hacia mí y cayó de rodillas a mi lado.

—¿Mamá, estás bien, mamá, por favor?

Sentí su larga melena en la mejilla. Intentaba con sus dedos apartarme el pelo de la cara para verme mejor.

—Solo… necesito un minuto.

Z no hablaba. Permanecía ahí, de pie. Minutos después fui capaz de incorporarme hasta quedar sentada con ayuda de

Ashlyn. Un poco más allá Justin había conseguido hacer lo mismo. Ahí estaba, con la espalda apoyada contra la pared y las piernas extendidas.

Nuestro primer intento de rebelión. Me dolían las costillas y la cabeza y me escocía la pierna. El antebrazo de Ashlyn estaba lleno de ampollas. Justin aún intentaba levantarse. La familia Denbe se había enfrentado a los malvados comandos y había perdido.

Z me miró como si pudiera leer mi mente.

—Si vuelves a hacer eso —dijo en tono firme—, tu hija pagará las consecuencias. Le provocaré el doble de dolor del que nos causes a nosotros. ¿Me has entendido?

Despacio, sintiendo mi cráneo palpitar, asentí.

—No pasa nada, mamá —exclamó Ashlyn, y de nuevo me sorprendió el tono vehemente de su voz—, no me importa. ¡Te odio! —le dijo a Z con furia, como si a él pudiera importarle—. ¡Te odio, te odio, te odio!

—¡Olvídate del dinero! —exclamó Justin detrás de nosotras—. Estás muerto. Un día, antes o después, te meterán una bala en el cerebro, y yo seré el hijo de puta que lo haga.

Z se limitó a resoplar.

—Por favor —dijo, indicándonos que nos pusiéramos en pie—. Mick ya ha elegido vuestras tumbas y Radar mataría a su propia madre por el precio adecuado. Soy el mejor amigo que tenéis por aquí. ¡Arriba, aún os quedan cosas por hacer!

# 17

Tessa llamó para pedir una cita con Anita Bennett, la directora de operaciones de Construcciones Denbe. Creyó que había llegado el momento de recoger información sobre el grupo de directivos de la compañía responsable de negociar el rescate, si es que lo pedían.

Según se dirigía a la sede central de Denbe, decidió pasar también por la agencia de viajes situada en el vestíbulo principal del enorme edificio de oficinas construido a base de acero y cromo. Algo como Kate, Christy o Katie, había dicho el estilista.

Una morena de aspecto lozano estaba sentada tras el gran mostrador de recepción, de cara a las puertas dobles de cristal. Según rezaba una placa de latón sobre el mostrador se llamaba Kathryn Chapman. Una especie de Katie Holmes, pero más joven, pensó Tessa, lo que no dejaba de ser alarmante, pues Katie Holmes era bastante joven.

Calculó que la chica tendría unos veinte o veintiún años. Piel perfecta, cálidos ojos marrones y una sonrisa radiante.

Tessa miró su reloj. Faltaban quince minutos para su cita con Anita Bennett en su oficina de la planta doce. Se acercó.

—¿Puedo ayudarla? —preguntó a modo de saludo Kathryn Chapman.

—Eso espero. Vengo de parte de Construcciones Denbe. Tengo entendido que su firma se ocupa de sus viajes…

—Así es. ¿Es usted una empleada nueva?

—Algo parecido. Mi primer cometido consiste en rastrear a Justin Denbe, el gran jefe. ¿Sabe dónde se encuentra? Al parecer, este fin de semana no ha estado en casa.

La sonrisa de la chica no se quebró al oír el nombre de Justin, aunque perdió algo de lustre. Se giró hacia el monitor que había sobre el mostrador y se puso a teclear.

—Déjeme comprobarlo. ¿Su nombre es…?

—Tessa Leoni.

—Yo me llamo Kate. Encantada de conocerla, Tessa. Si tiene un momento me gustaría que rellenara un impreso con información para sus futuros viajes. Tendrá que darnos su nombre y fecha de nacimiento. Le pediremos su clave para acceder a los puntos que tenga acumulados como viajero frecuente. Nos gustaría que nos indicara sus preferencias en cuanto a los asientos, ese tipo de cosas. En cuanto tengamos toda la información podremos ofrecerle un mejor servicio.

—Bueno es saberlo.

Kate se dio la vuelta con el ceño ligeramente fruncido.

—Aquí no consta que el señor Denbe esté de viaje este fin de semana. Puede que se trate de un viaje personal.

—¿Solo se ocupan de sus viajes de negocios?

—Somos una agencia corporativa.

—Entiendo. ¿Y ofrecen sus servicios a todo el personal de Denbe? Quiero decir, ¿debo llamarles a ustedes en vez de a Expedia.com, por ejemplo?

—Ignoro si en Denbe siguen alguna política específica, pero lo cierto es que nos ocupamos de la mayoría de sus reservas de viaje. Sin faltar a Expedia, siempre es agradable contar con un número de teléfono al que poder llamar si algo va mal. Nos enorgullecemos de ser ese número.

—¿Puedo solicitar sus servicios para mis viajes personales o solo puedo recurrir a ustedes en caso de viajes de negocios?

—Muchos de los empleados de Denbe nos llaman en ambos casos.

—¿Y Justin no? ¿Cree que ha hecho sus propios planes este fin de semana?

—Yo... no lo sé.

—¿Siempre le atiende usted o lo hace alguna otra persona?

—No tenemos agentes asignados, si es a lo que se refiere. Trabajamos por turnos y todos atendemos a todo el mundo.

La chica se batía en retirada. Todavía no estaba siendo deliberadamente grosera, aún no. Pero su sonrisa había bajado de intensidad. Sus hombros empezaban a caer y su cuerpo a encorvarse en su elegante chaqueta azul marino.

Le dolía hablar de Justin Denbe. Y solo era una niña que no sabía aún cómo ocultar ese tipo de dolor.

—A lo mejor se ha ido a pasar un fin de semana romántico con su mujer —sugirió Tessa—. Corre el rumor por la oficina de que habían organizado una cena el viernes. Muy romántico, si le digo la verdad, después de tantos años.

—¿Le gustaría rellenar su perfil de viajero ahora? —preguntó Kathryn con voz queda.

—Kathryn... ¿Kate?

—¿Sí?

—Justin Denbe ha desaparecido junto con su esposa y su hija.

La chica la miró fijamente.

—¿Cómo dice?

—Trabajo para Construcciones Denbe, en seguridad corporativa. La familia ha desaparecido esta noche pasada y estamos intentando encontrarlos.

—No entiendo.

—¿Cuánto tiempo hace que conoces al señor Denbe?

—Desde que empecé a trabajar aquí. Nueve meses.

—Me han dicho que Justin y tú erais íntimos.

La chica se sonrojó y bajó la mirada al mostrador.

—Le han informado mal —murmuró.

—Kate, este no es el momento. No se trata de reputaciones ni de seguridad en el empleo, ni del estado del matrimonio de Justin. Tenemos que encontrar a la familia mientras sigan con vida.

La chica se tomó su tiempo para contestar. Parecía estar examinando a fondo su teclado gris opaco.

—¿Podemos salir? —preguntó.

—Por supuesto.

Kate se levantó, rodeó el mostrador de recepción y se dirigió a las puertas dobles de cristal. Tenía más o menos la misma estatura que Tessa, pero era de complexión pequeña y lucía todas las curvas en el lugar correcto. Era más que probable que los clientes masculinos acudieran en manada a Kathryn Chapman. A Tessa no le sorprendió ni que Justin hubiera formado parte de la manada, ni que hubiera acabado llevándosela al huerto. El perfecto macho alfa.

Menudo imbécil, pensó, aunque de repente sintió tristeza. Porque de alguna forma Justin Denbe parecía exactamente el tipo de hombre fuerte y con éxito que toda mujer espera encontrar algún día. Y mira adónde le había llevado eso a su mujer.

Resultó que Kate fumaba. Salieron por la parte trasera del edificio y se dirigieron al último refugio que les quedaba a los fumadores: un metro y medio de tierra batida junto a los contenedores de basura. La chica encendió un cigarrillo. Tessa dejó que el silencio surtiera efecto.

—Nunca fue mi intención liarme con él —dijo la chica de repente—, no soy una destrozahogares, ¿sabe? Pero ¿le conoce?

Tessa negó con la cabeza.

—Es guapísimo, aunque sea mayor, y…, y creo que me gustan los hombres mayores. Algún problema no resuelto en la relación con mi padre y esas cosas, ¿sabe?

Kate frunció los labios y dio otra calada a su cigarrillo.

—Metimos la pata con sus billetes de avión y Justin bajó para solucionar el asunto personalmente. Levanté la mirada y… ahí estaba. Alto, ancho de hombros, con botas de trabajo, ¡por Dios! ¿Cuándo ha sido la última vez que ha visto a un hombre con un empleo en una oficina del centro de Boston que llevase unas sencillas botas de trabajo? Fue un flechazo. Pero yo no me habría insinuado —se apresuró a añadir—, era un cliente, una cuenta, y vi su alianza, por no hablar de que había bajado a asegurarse de que volvería el jueves por la noche para poder pasar los tres días del fin de semana con su familia. Entonces empezó a hablarme de su mujer y su hija. No paraba, ¿sabe? Relucía de orgullo… Era evidente que las quería muchísimo. No pude evitar pensar… —había melancolía en su voz—, lo único en lo que podía pensar era: Dios, ¿por qué yo no puedo encontrar a un hombre como este?

Tessa no dijo nada y Kate la miró.

—¿Está casada? —preguntó la chica.

—No.

—¿Sale por las noches? Quiero decir, ¿va por ahí a tomar copas y a bailar con la esperanza de encontrar un chico guapo?

—Últimamente no han surgido muchas oportunidades.

—No se moleste. Las discotecas y los bares... están llenos de gilipollas. Borrachos mezquinos y egocéntricos que ni siquiera son capaces de acordarse de tu nombre por la mañana, créame.

—Te creo.

—Justin... era muy distinto. Un hombre amable. Me escuchaba cuando hablaba. Hasta me miraba a los ojos, ¿sabe?, en vez de mirarme las tetas sin parar.

—¿Y entonces...?

—El almuerzo —susurró Kate—, todo empezó un día a la hora de comer. Yo salía del edificio y ahí estaba él. Me preguntó si quería comer con él y yo respondí que sí. Todo parecía tan inocente. No es que no supiera de qué iba la fiesta, le miré y lo supe. Pero le quería para mí. Hasta me dije a mí misma que me lo había ganado, que lo necesitaba más que su mujer y su hija.

—¿Dónde fuisteis?

—Al hotel Four Seasons —dijo sonrojándose—. Se acercó a la recepción, cogió la llave y subimos. Dijo que pediríamos comida al servicio de habitaciones, pero no llegó a hacerlo.

—Muy profesional todo —apostilló Tessa secamente.

—¡No! Quiero decir... me contó que era la primera vez que hacía algo así, que nunca había engañado a su esposa, que no era ese tipo de hombre, pero que yo tenía algo...

—Tú eras especial.

—Exacto.

Tessa dirigió a la chica una dura mirada. Un instante después Kate se había vuelto a poner colorada y desvió la vista.

—Sí, probablemente hubo otras —exclamó la chica sacudiendo la ceniza del cigarrillo—. Lo malo es que en un bar esperas este tipo de cosas. Siguen un guion, tú no bajas la guardia y te pones la armadura. Pero vine a trabajar, me senté tras mi mostrador de recepción... y me pescó rápidamente, me tragué el anzuelo, el hilo y el peso de plomo. Creí cada palabra que me dijo, porque quería que fuera algo especial, algo diferente a una agente de viajes ligera de cascos que se fuga con el gran jefe para echar un polvo rápido a la hora de comer.

La voz de la chica destilaba amargura. Se olvidó del cigarrillo y se abrazó la cintura, se había puesto la armadura..., pero era demasiado tarde.

—¿Cuánto tiempo duró la relación?

—Unos cuantos meses.

—¿Se acabó?

—Su mujer se enteró. Empezamos a mandarnos mensajes de texto porque siempre estaba de viaje. Cuatro o cinco días a la semana. Luego estaba su familia..., no nos resultaba fácil vernos. Imagino que su esposa pensaría que solo le dedicaba lo poco que quedaba de su tiempo cuando acababa con su trabajo. Pero a mí me daba aún menos. Yo solo recibía las sobras de las sobras. El asunto... no fue en absoluto... como yo había imaginado que sería.

—¿Te reuniste con él en alguno de sus viajes?

—Puede que unas cuantas veces.

—Define unas cuantas.

—Cinco o seis, al principio.

—Sin duda por entonces no te quedabas con las sobras.

Kate se sonrojó y desvió la mirada.

—Solo el primer mes. Cuando todo era nuevo.

—Así que la relación se fue enfriando. Le veías menos. Le escribías más.

—No le gustaba que le mandara mensajes. Le preocupaba que lo descubriera su mujer. «Así es como les pillan a todos», dijo. Pero hacia el final... —La chica levantó la vista y su expresión se volvió seria—. Yo quería que le pillara, quería que todo saliera a la luz porque creía —tragó saliva con dificultad y los ojos se le llenaron de lágrimas—, estúpida de mí, que me había elegido a mí. Pensaba que si su esposa destapaba el asunto le pegaría una patada en el culo y él se vendría corriendo conmigo. ¡Conmigo!

Tessa esperó un instante a que la chica se calmara.

—Pero eso no ocurrió.

—Me dejó. Me llamó para decirme que había cometido un terrible error, que amaba a su mujer y que todo había terminado. Me pidió que no intentara ponerme en contacto con él y eso fue todo. Esperé, porque creí que unos días después volvería a llamar o me enviaría un mensaje. Pero nada. Su secretaria se hizo cargo de organizar sus viajes. Eso fue todo. Yo le amaba, ¿sabe? Era estúpida e ingenua y..., y le amaba. Creí que a lo mejor él también me amaba a mí.

—¿Alguna vez estuviste en su casa?

La chica negó con la cabeza.

—¿Alguna vez coincidiste con su mujer?

—No, solo la vi un par de veces en el vestíbulo. Pensé que era muy guapa. Llevaba una falda muy estilosa y una blusa de color turquesa que le sentaba de maravilla. Daba la impresión de cuidarse mucho, no sé si entiende lo que quiero decir. La gente decía que era muy agradable. Pero yo no hice..., no hice demasiadas preguntas.

—¿Qué te contó Justin sobre ella?

—No me contó nada. El tiempo que pasábamos juntos era nuestro y él quería que fuera así.

—¿Y tú nunca le preguntaste nada, como por ejemplo por qué estaba comiendo contigo en vez de con ella?

La chica tuvo el detalle de volver a ruborizarse.

—Solo me dijo que llevaba mucho tiempo casado, que era una buena madre, que la respetaba.

—¿En serio?

—Sí, bueno, que entonces me había visto y que había algo mágico en lo nuestro.

—¡Por favor! —Tessa se mordió el labio, tratando demasiado tarde de contener su réplica. Siempre es mejor dejar a la gente que hable.

Pero Kate asentía.

—Ya lo sé. Cuando miro atrás me doy cuenta de lo increíblemente estúpida que fui. Creo que en el fondo siempre supe lo que había. Pero era muy atractivo y sabía hacer las cosas... Me hacía sentir especial, siempre y cuando no pensara demasiado, claro. Los momentos que pasamos juntos...

—¿Te hizo regalos?

—Una pulsera, de Tiffany's. Llevo tiempo pensando en devolvérsela, pero no le he vuelto a ver.

—¿Su esposa sabía lo de la pulsera?

—No tengo ni idea.

—¿Alguna vez intentó ponerse en contacto contigo?

Kate negó con la cabeza.

—Me preguntaba si lo haría. Si llamaría o, peor, si se presentaría en la oficina. Intenté pensar qué le diría... No sé, ¿qué se dice en esas circunstancias?

—Sí lo hizo. Te vio. Pensó que eras jovencísima y que, teniendo en cuenta la habilidad de Justin, no tuviste ni la más mínima oportunidad de escapar.

La chica acusó el golpe. Normal, pensó Tessa. Imaginar que su exmujer te odia es una cosa, pero descubrir que te tiene lástima...

—¿Es verdad que han desaparecido? —preguntó Kate.

—Sí.

—No sé nada de eso. Quiero decir, hace semanas que no veo a Justin y nunca he hablado con su esposa. Imaginaba que estaban intentando arreglar las cosas porque cuando Justin me dejó, me *dejó*. Así de fácil. Amaba a su mujer y no iba a volver a verme.

—¿Y tú le dejaste ir sin más? —presionó Tessa—. ¿Nada de notitas bajo el parabrisas de su coche, llamadas a su línea privada, visitas a los edificios en construcción?

—Bueno, sí llamé. La tercera vez hasta contestó. Me explicó con la firmeza propia de un padre que no debía volver a molestarlo, que había tomado una decisión y que su familia era lo primero. Había sido egoísta y debía compensar el irreparable dolor que había causado a su amante esposa, bla, bla, bla.

La chica calló de repente y se ruborizó al darse cuenta de lo crueles que parecían sus palabras. Luego siguió hablando acaloradamente:

—Acabó sugiriendo que, si la ruptura de nuestra relación me afectaba tanto, tal vez debería buscar trabajo en otra parte. Capté el mensaje alto y claro. ¡Estaba amenazando con despedirme! Aún no he terminado mis estudios universitarios. ¿A cuántos empleos puedo aspirar? Necesito este trabajo y, créame, entendí perfectamente el mensaje. Le dejé en paz y se acabó.

Tessa escrutó a la joven agente de viajes. Parecía sincera, pero, sin embargo, los recuerdos de la chica se basaban exclusivamente en todo lo que ella *sabía*. Sabía exactamente lo que Justin esperaba de ella. Sabía que pretendía despedirla. Pero Tessa se preguntaba hasta qué punto se podía confiar en las certezas de una chica de veintiún años. Sobre todo, cuando al parecer estaba aprendiendo las verdades de la vida a golpes.

—Una última pregunta —dijo Tessa—. Justin nunca te hablaba de su familia cuando estabais juntos, pero ¿y del trabajo? ¿Le preocupaba alguna obra en concreto, actual o futura?

Kate negó con la cabeza.

—No disponíamos de mucho tiempo, ¿recuerda? Digamos que no lo perdíamos hablando.

—En el fondo estás mejor sin él.

—No dejo de repetirme eso a mí misma —señaló la chica, tirando la colilla y aplastándola con el pie—. Debería volver al trabajo si no le importa. Como le he dicho necesito el empleo.

Tessa asintió y echó una mirada al reloj. Habían estado hablando más rato del que creía. Notarían la ausencia de Kate y Tessa llegaba cinco minutos tarde a su primera reunión en Construcciones Denbe.

Asió el pomo de la puerta trasera del edificio de oficinas y estaba a punto de volver a entrar cuando se le ocurrió. El truco más antiguo del libro, la mentira por omisión.

Se dio la vuelta y estudió con cuidado a la agente de viajes.

—Oye, Kate, me has dicho que nunca coincidiste con la mujer de Justin. Pero ¿qué me dices de su hija?

# 18

La cocina de la prisión parecía un enorme almacén lleno de hornos apilados, batidoras e infinitos metros de encimeras de acero inoxidable. El tipo de cocina pensada para atender a cientos de personas en un comedor atiborrado. Había cazos, sartenes, moldes de repostería, utensilios para batir y mezclar, medidores, etcétera, aunque, al parecer, Z y su gente habían sustituido los cuchillos de metal por otros de plástico.

El jefe del grupo nos informó de que esa era nuestra primera prueba. Si queríamos comer tendríamos que cocinar para los seis. Z cortó las bridas de plástico que inmovilizaban nuestras muñecas, permitiéndonos de nuevo estar de pie juntos, sin ataduras. No había cuchillos, pero sí sartenes de hierro, ralladores, peladores de patatas y rodillos de amasar. Muchas opciones si decidíamos recurrir a la violencia.

Z hablaba relajadamente, de pie ante nosotros, con la espalda apoyada en una isla de cocina con ruedas de acero inoxidable. Llevaba el táser en una funda de cuero atada a la cintura. De unas discretas bolsas de cuero negro fijadas a su cinturón sobresalían otros objetos. Me daba la impresión de que era mejor que no supiéramos qué había en esas bolsas.

Me di cuenta de que, cuando Z hablaba, la gran serpiente verde oscuro tatuada parecía ondular alrededor de su cabeza, produciendo sinuosos movimientos de escamas bajo la luz excesivamente brillante de los focos del techo. Como si la cobra avanzara. Como si fuera a venir a por nosotros de un momento a otro.

Mick se limitaría a matarnos. Z, en cambio, nos haría tanto daño que preferiríamos estar muertos.

Z terminó su amable discurso recordándonos que si causábamos problemas seríamos castigados inmediatamente y perderíamos, entre otras cosas, ciertos privilegios relacionados con la comida durante el tiempo de reclusión que nos quedaba.

Lo dijo tal cual. El tiempo de reclusión que nos quedaba. Como si estuviéramos cumpliendo una condena, puede que cadena perpetua sin posibilidad de libertad condicional.

Sentí ganas de reír, pero me contuve.

Los comandos habían llevado provisiones. Nada fresco (¿quizá porque cumplíamos cadena perpetua?), pero sí una impresionante cantidad de comida enlatada, paquetes de lentejas y productos secos. Suficiente cantidad como para llenar varias de las largas repisas que había en una despensa de unos cuatro por cuatro metros. Mientras caminaba por ella reuniendo los ingredientes necesarios para preparar una cena digna de tal nombre, intenté no pensar en la cantidad de comida que había almacenada, en cuánto podrían durar esas provisiones y en lo que eso significaba.

Para nuestra primera cena *gourmet* en prisión preparé pasta con salsa de tomate. Teníamos montones de latas de tomate frito, aceite de oliva, hierbas aromáticas y dientes de ajo. Añadí al montón que había ido formando sobre una de las encimeras de acero inoxidable unas latas de aceitunas, cebolletas, zanahorias y maíz. Como carecíamos de productos frescos, estábamos condenados a una dieta a base de verduras enlatadas, de horrible sabor y mortales por su elevado contenido en sodio. Poco podía hacer para solucionar el problema de la sal, pero añadiendo productos como las zanahorias y el maíz a la salsa marinara mejoraría el valor nutritivo de la comida sin que esta dejara de estar sabrosa. Las aceitunas y las cebolletas le darían más sabor a una salsa que no ganaría premios en los famosos restaurantes italianos del North End, pero podría optar a una medalla en una institución penitenciaria.

A Z parecía intrigarle que supiera estas cosas. No me apetecía contarle nada sobre mi vida con mi madre en nuestro piso de protección oficial. No tenía por qué decirle que aparte de saber cocinar alimentos enlatados también sabía limpiar un retrete con Coca-Cola y eliminar manchas de cemento con lejía y bicarbonato.

Dijeron a Justin que fuera preparando un kilo de pasta. Mi marido sabía cocinar. Muy bien, de hecho, sobre todo si disponía de un grill y filetes cortados a su gusto. Pero, por lo pronto, se iba a ocupar de los espaguetis mientras Ashlyn y yo hacíamos la salsa. Mi hija empezó a abrir latas y luego troceó zanahorias blandas y cebolletas escurridizas con un cuchillo de plástico. Yo usé otro cuchillo igual para las aceitunas. Lo bueno era que para trocear verduras enlatadas no se necesita un cuchillo muy afilado.

Ninguno de nosotros habló durante un rato. Trabajábamos y era agradable trabajar, volver a tener un propósito, una dirección. El estómago de Ashlyn empezó a gruñir de hambre en cuanto percibimos el aroma de la pasta hirviendo. ¿Veinte horas sin comer? Intenté hacer la cuenta, pero mi cerebro no funcionaba. De manera que seguí picando, removiendo y jugando con las hierbas hasta que puse la salsa a hervir a fuego lento. Había cocinado toda mi vida. Movimientos que puedes realizar con el piloto automático puesto.

Los problemas empezaron cuando Justin me pidió una cuchara.

Quería comprobar si los espaguetis ya estaban hechos. ¿Podía pasarle una cuchara?

Me quedé mirándole, de pie ante una sartén llena de tomate frito, pero por más que lo intentaba no lograba recordar... ¿Una cuchara, una cuchara, una cuchara?

—Libby —dijo.

Seguí mirándole con curiosidad creciente.

—Uf, uf, el fuego está demasiado alto —comentó, y alargó el brazo por delante de mí para bajar la potencia. Eso tenía sentido. El botón bajaba el fuego, el fuego controlaba el calor y yo no quería que se me quemara la salsa.

Pero Justin arruinó el momento pidiéndome, de nuevo, una cuchara. Me volví hacia él, exasperada.

—No tengo ninguna esfuchara —me oí decir a mí misma.

—¿Ninguna qué?

—Ninguna esfuchara.

No sonaba bien y fruncí el ceño. Ashlyn me miraba y Z también. Me dolía la cabeza. Me toqué la frente con la mano y me di cuenta de que me balanceaba sobre mis pies.

Z se acercó a mí.

—Dime tu nombre —ordenó.

—Kathryn Chapman —dije fatigada.

Mi marido palideció y yo no sabía muy bien por qué.

—¿Mamá?

Z me tocó y yo no pude evitar dar un respingo. Esa cobra, esos colmillos, esas escamas brillantes...

Mi espalda chocó contra la burbujeante salsa ardiendo.

—¡Libby!

Justin me empujó para alejarme del fogón y después Z me abrió los párpados a la fuerza.

Creo que me quejé; alguien lo hizo.

—¿Tan fuerte te ha dado ese hijo de puta? —murmuró Z—. Cuenta hasta diez.

Le miré inexpresivamente intentando desaparecer dentro de mi marido, que ahora estaba a mi lado sujetándome con fuerza, rodeando mis hombros con su brazo. Me hubiera gustado convertirme en él. Cuando empezábamos a salir me encantaba apretujarme contra su cuerpo para sentir cómo el mío, de complexión más ligera, se amoldaba a sus duras planicies. Dos piezas de un rompecabezas que encajaban perfectamente. Me había hecho sentirme segura entonces y me vendría bien sentirme segura ahora.

Las yemas de sus dedos se hundieron en mi hombro. Un pequeño apretón para inspirarme confianza que me hizo sentir el peso de la promesa que me había hecho antes. Nos mantendría a salvo a Ashlyn y a mí. Lo había jurado.

—Uno, dos... —me decía Z.

—¿Ocho? —susurré.

—¡Mierda! —exclamó Z mirando a Justin—, creo que tu mujer tiene una conmoción cerebral.

—¡Ha sido tu amigo el psicópata! ¿Es que no sabes controlar a tus hombres?

—Al parecer tengo tan poco éxito como tú con tu familia. Da igual. Radar es un médico estupendo. Él sabrá qué hacer.

Z hizo un movimiento con la mano ante la cámara del techo. Un ojo electrónico a juego con el ojo de la serpiente, pensé, mientras mi mente desvariaba cada vez más. Justin me sentó en un taburete y pidió a Ashlyn que removiera la salsa. Luego me dejó y volví a quedarme sola, contemplando cómo las luces sobre mi cabeza rebotaban enloquecidas en metros y metros de acero inoxidable. Iba a devolver, pero ¿qué sentido tenía? En las últimas veinticuatro horas había vomitado más de lo que había ingerido. Intenté explicárselo a mi estómago revuelto mientras estaba ahí, sentada, contemplando cómo mi marido retiraba la olla llena de pasta del fuego, la llevaba hasta la pila y vertía el contenido en un colador. Ashlyn anunció, con voz algo forzada, que la salsa estaba lista. Pero me miraba a mí, no a la salsa, y en sus ojos vi preocupación, rabia y miedo, lo que aumentó mi dolor de cabeza. No quería que mi hija estuviera preocupada ni enfadada, ni que tuviera miedo. Se suponía que era yo la que debía cuidar de ella, ¿no?

Justin y yo contra el mundo.

Justin apagó el fuego y Radar entró en la cocina.

Me miró de arriba abajo, pareció analizar mis ojos y luego asintió.

—¿Puedes andar? —me preguntó.

—Buf —contesté.

—Excelente. Te ayudaré a llegar.

—Iremos todos —empezó a decir Justin.

—Tú te quedarás sentado —ordenó Z con firmeza—, tu hija permanecerá sentada. Comed, es vuestra última oportunidad. Radar, tú a lo tuyo.

El chico deslizó su brazo bajo mi hombro y me ayudó a ponerme en pie. Me tambaleé un poco y luego el mundo volvió a enderezarse. Ya no me costaba tanto andar. No pensaba, me limitaba a poner un pie delante del otro.

Pero mis pasos me alejaban de mi familia. Creí que tenía que decir algo. Transmitirles un mensaje de esperanza, de consuelo. Puede que incluso de amor. No debería ser tan difícil, ¿no? En esos momentos en los que nuestra vida se desmoronaba, debería ser capaz de gritar en el vacío. Os amo, lo siento, os amo.

Perdonadme.

Dejé a mi marido y a mi hija sentados ante una barra de acero inoxidable.

Y como tantas veces en los últimos días, ninguno de nosotros dijo una palabra.


La prisión bañada en naftalina tenía una cocina impresionante, pero la enfermería también era de vanguardia. Radar me condujo directamente a la sala de reconocimiento, que tenía un lavabo de acero inoxidable y cajones cerrados con llave donde guardaban todo tipo de equipos muy interesantes. La camilla estaba atornillada al suelo. A lo mejor para que no salieras flotando.

Radar me tomó el pulso y la tensión arterial. A continuación, examinó mis ojos con una linterna de diagnóstico. Me mordí el labio inferior para no gritar de dolor. Luego exploró mi cráneo con sus dedos, deslizándolos por mi pelo rubio, sucio y desaliñado. Al principio estaba avergonzada, hasta que sus dedos rozaron un punto detrás de mi oreja. Esta vez sí grité y retiró rápidamente las manos.

—Podría ser una conmoción —murmuró—, podría ser una contusión, podría ser una fractura de trazo recto. ¿Conoces la escala de coma de Glasgow?

No respondí. Parecía estar hablando consigo mismo.

—Te puntuaría con un diez, que es mejor que un ocho, pero… hay que hacerte un TAC. Aquí no tenemos juguetes tan sofisticados, pero podemos empezar por una radiografía.

Otra habitación. Ya no caminaba tan bien. Sudaba. Sentía aletear mi pulso. Dolor, agitación, angustia.

Deseaba…, deseaba que Justin estuviera ahí, volver a sentir su brazo rodeando mis hombros.

Máquina de rayos X. Me tumbé en una mesa. Radar colocó una pesada alfombrilla sobre mi pecho y me cubrió los ojos. A continuación, situó una máquina sobre mi cabeza.

—Cierra los ojos y no te muevas.

Se fue. Un zumbido y luego un *flash*.

Radar estaba de vuelta.

—Sistema digital —anunció, como si eso tuviera algún sentido para mí—, pero habrá que esperar un rato.

—¿Cómo has aprendido todo esto? —pregunté agitando la mano.

Me miró, imperturbable.

—En la escuela, me esforcé mucho.

—¿Médico? ¿Es eso lo que estudiaste?

—Los médicos son unos maricas. Yo soy un médico de campo. Somos muy hábiles.

—¿Eres militar, trabajas para el ejército?

El chico no respondió, se limitó a mirarme.

—¿Cómo te llamas? —preguntó un segundo después.

Abrí la boca, pero como no salió de ella sonido alguno la volví a cerrar.

—Intentó matarme —me oí decir a mí misma.

Radar torció el gesto.

—Una jodida estupidez, lo de usar el táser contra un tipo que te dobla en tamaño. Hazme caso, deberías repasar tus técnicas de supervivencia.

—Cuanto más grandes son, más fácilmente caen —murmuré.

—Sí, y también te hunden el cráneo con mayor facilidad.

—¿Sois amigos?

El chico se encogió de hombros, claramente incómodo.

—Nos conocemos, con eso basta.

—No está bien de la cabeza.

Radar volvió a encogerse de hombros.

—¡Cuéntame algo que no sepa!

—Me habría matado. Luego a mi marido. Luego a mi hija.

—Z le paró.

—¿Es el jefe?

—En todo grupo hay un jefe.

—¿Es capaz de controlar a Mick?

—¿Z? —exclamó Radar entre risas—. Z controla el mundo. La pregunta es: ¿quiere hacerlo?

—Creo que voy a vomitar.

—Cuando le dices eso a un médico de verdad sale corriendo. Yo, en cambio, ya tengo preparada una bolsa.

El chico me dio una bolsa de plástico de supermercado. Me incliné ligeramente hacia un lado y vomité un hilillo de agua. Luego tuve arcadas y me eché hacia atrás apretándome el estómago, que me dolía horrores. Radar no parecía impresionado.

—Debes beber, mira tu piel —exclamó pellizcando el dorso de mi mano y meneando la cabeza—, ya estás deshidratada. ¿Crees que esto es un crucero de placer? Primera regla de oro en una situación adversa: intenta mantenerte sana. Necesitas fluidos, necesitas comida.

—Lo que necesito es mi bolso. —Murmuré las palabras sin pensar, lamiéndome los labios agrietados.

—No puede ser —dijo el chico sin mostrar emoción alguna—, nada de Vicodina con un golpe en la cabeza.

—¿Cómo te...?

—Hay gente que se limita a ir por la vida usando sus cinco sentidos. Y hay tipos como yo. Analgésicos bajo prescripción médica, ¿verdad? Eres un ama de casa elegante de Back Bay, nunca usarías drogas duras, supondría un problema. Pero doparse con Percocet, oxicodona, pastillas que te receta tu propio médico, no es algo tan malo, ¿verdad? Llevas veinticuatro horas sin tomar nada... Apuesto a que estás realmente cansada ahora mismo. Apenas te tienes en pie. Como si el mundo fuera un océano en el que te estás hundiendo. Sabes que tienes que esforzarte, centrarte, por tu familia, pero claro, no puedes. Experimentas una depresión, calambres abdominales, agitación, estreñimiento y náuseas. A lo que hay que añadir un golpe en la cabeza. Pero, por lo demás, lo tienes todo bajo control.

No respondí.

Extendió las manos.

—Ya puestos podrías contármelo todo. Aquí solo estamos tú y yo, y, a este paso, vamos a compartir tiempo de calidad juntos. Cuanto más me cuentes, mejor podré ayudarte. Porque ahora mismo, por si no lo sabes, no sirves para gran cosa.

—Agua —pedí.

Se dirigió al lavabo y vertió un poco de agua en un vasito de plástico. Di un sorbo para enjuagarme la boca y escupí en la bolsa para el vómito.

Pensé que Radar tenía el mismo aspecto que su homólogo de la tele, demasiado joven para decir cosas de viejo, con un rostro demasiado inocente para parecer tan cínico. Entonces pensé en Z y en Mick, y me pregunté cuánta inocencia se podía permitir mezclándose con gente así.

—Diez —dije—, intento no tomar más de diez al día. —O quince.

—¿Oxicodona o Percocet?

—Hidrocodona. Para mi cuello. —Pronuncié estas palabras de forma inexpresiva. Él no me corrigió.

—¿Dosis?

—Diez miligramos.

—Esa es la dosis de los opiáceos. De manera que estás tomando al menos otros quinientos miligramos de paracetamol por pastilla. Lo que hace ocho... ¿Desde hace cuánto tiempo?

—Unos meses.

—¿Te sangra el estómago?

—Me duele.

—¿Y cuando bebes alcohol?

—Me duele más.

Radar me miró.

—Y entonces te tomas otra pastilla.

—Si tan solo pudiera... Mi bolso.

Radar meneó la cabeza.

—Vives en esa casa. Tienes un marido y una hija guapísima. En serio, ¿de qué demonios intentas huir? Puede que necesites pasar un tiempo en los barrios bajos. O, qué diablos, en cuarteles militares. Eso te enseñaría un par de cosas.

Se levantó y salió de la habitación. Quizá tuviera que comprobar si ya estaba la radiografía o puede que yo le pareciera repelente. No me molesté en ponerle al día, en decirle que hubo un tiempo en el que viví al otro lado de la barrera y que sí, entendía las ventajas de esta nueva y mejorada etapa de mi vida.

Puede que fuera una romántica, pero nunca quise tener una gran mansión ni vivir en Back Bay. Solo quería a mi marido.

Aunque tal vez esa no fuera toda la verdad. Desde el momento en que tomé la primera píldora...

Hace mucho tiempo perdí a mi padre. Luego, demasiado pronto, perdí a mi madre. Lo sobrellevé, fui fuerte. Hasta Aquel Día en el que me di cuenta de que iba a perder a mi marido, cuando le oí confirmar susurrando que tenía una aventura con otra mujer y fui consciente de que también esta familia estaba condenada a la autodestrucción.

Resultó que siempre había habido en mi interior un enorme vacío, un profundo pozo oscuro, negro y feo. No era que ya no quedara nada de mí, era que las pérdidas sufridas a lo largo de mi vida me habían perforado por dentro. Hubo días en los que no me atrevía a salir por miedo a que me arrastrara el viento.

Las pastillas se convirtieron en mi ancla. Y, a veces, no cambia las cosas saber que algo está mal. Eres quien eres. Necesitas lo que necesitas. Haces lo que haces.

Me pregunté si Justin había pensado lo mismo mientras tenía relaciones sexuales con esa chica. Me pregunté si después se sentía tan culpable como yo, aun sabiendo que volvería a hacerlo una vez más y otra y otra.

Creí que el amor nos haría mejores personas. Me equivoqué.

Me hice un ovillo, intentando calmar los calambres abdominales y cerrando los ojos para mitigar mi dolor de cabeza.

Se abrió la puerta. No abrí los ojos, me limité a esperar el diagnóstico de Radar. ¿Viviría la paciente?

Pero lo que oí fue una voz ronca que susurró en mi oído.

—Voy a matarte, preciosa puta blanca. Pero primero me voy a follar a tu hija. Puedes esconderte aquí abajo todo el rato que quieras. Tengo tiempo. Soy paciente. Y dispongo de una prisión entera con trescientos cuarenta y dos lugares donde puedo esconderme y salir gritando buuuu.

No me moví. Seguí ahí haciéndome la dormida. Mick se fue. Radar volvió a entrar y me informó de que tenía una conmoción cerebral. Me recomendó descanso, beber más e ingerir ácidos grasos omega 3, el elemento básico para la regeneración del cerebro. Me dio dos cápsulas de aceite de pescado y dijo que me llevaría de vuelta con mi familia para que ellos me cuidaran durante la noche.

No dije nada, tan solo acepté las cápsulas de gel y el apoyo de su brazo para recorrer el pasillo lentamente. El olfato me indicó que nos acercábamos a la cocina.

¿Qué había dicho Radar? La primera regla de oro: mantente sana.

—¿Podría cenar algo?

Radar me miró dubitativamente.

—Tal vez pasta hervida. Algo sencillo.

Se encogió de hombros, haciéndome ver que lo que ocurriera luego sería asunto mío. Lo entendí. Al parecer había un montón de cosas que serían problema mío después. Pero tenía que sobreponerme. Tenía que hallar la forma de dejar de ahogarme y empezar a nadar. Debía pensar en mi hija y en mi marido, centrarme en su seguridad.

Justin había jurado protegernos a Ashlyn y a mí. Pero no creía que él solo pudiera acabar con un psicópata bien entrenado como Mick. Tendríamos que hacerlo juntos: él, Ashlyn y yo. Odiar un poco menos y amar algo más.

Tiempo atrás, nuestra familia se había roto en una de las casas más lujosas de Boston. Ahora, entre las duras paredes de hormigón de esta prisión, debíamos volver a unirnos.

Porque Mick no parecía el tipo de asesino que amenaza en vano. Atrapados en esa cárcel no era probable que pudiéramos escapar. Era un depredador. Nosotros éramos su presa. Y no había lugar alguno hacia el que pudiéramos correr.

# 19

Participar en una investigación plurijurisdiccional se parecía bastante a bailar. Desgraciadamente a Wyatt no le gustaba bailar. Nunca había bailado y nunca lo haría.

Llevaba a Kevin de copiloto. Cuando juegas con los federales nunca está de más contar con un tipo listo, y Kevin era lo más parecido a un cerebrito que cabía encontrar en North Country.

Iban a encontrarse con los agentes especiales Adams y Hawkes en la sede de Construcciones Denbe, situada en el centro de Boston. Aunque era sábado, el FBI iba a interrogar a diversos directivos y empleados de la compañía. Teniendo en cuenta lo esencial que resulta el tiempo en los casos de personas desaparecidas, nadie protestó.

Nicole mencionó que tal vez estuviera presente un investigador de la propia compañía, un experto en seguridad contratado por Construcciones Denbe para realizar una valoración independiente de la situación.

Eso complicaba el asunto. No necesariamente por la competencia, aunque a veces también. Simplemente lo complicaba todo. Decir que todos querían recuperar a los Denbe sanos y salvos era una burda simplificación. Construcciones Denbe deseaba encontrarlos con la máxima eficacia (es decir, el menor coste) posible. Los investigadores del FBI querían encontrarlos para poder colgarse la medalla, pero también estaban en juego las carreras profesionales de Nicole y su compañero. Y Wyatt..., ¡qué demonios! Tampoco era inmune a la gloria. Ya estaba superando su presupuesto con las operaciones de búsqueda. No le vendría mal salir de esta demostrando que era bueno en su trabajo. El departamento del sheriff tenía que pelear su presupuesto como cualquier otro. Un gran éxito prácticamente les garantizaría un año de trabajo sin estrecheces.

En otras palabras: demasiados cocineros en la misma cocina. Aquello podía acabar siendo un excelente ejemplo de colaboración o un gran desastre.

El trabajo de Wyatt nunca resultaba aburrido.

Giraron en la Interestatal 93 para entrar en Boston. El sol se había puesto hacía rato y las luces de la ciudad brillaban con todo el esplendor del sábado por la noche. Cuando era más joven, Wyatt solía ir a Boston a conciertos y a los partidos de los Red Sox. Pero ahora hacía lo que la mayoría de los habitantes de New Hampshire de más de cuarenta años: no iba a la ciudad prácticamente nunca. El viaje, el tráfico, aparcar, la cantidad de gente que había...

Ya era oficial, se había hecho viejo, pero en el fondo no le disgustaba.

Empezaron a aparecer flechas rojas en la pantalla del sistema de navegación que intentaban advertirle de la salida que debía elegir entre las múltiples opciones, pero lo cierto es que lograron confundirle. Kevin se hizo cargo. Era un friki del hockey e iba regularmente a Boston para ver jugar a los Bruins.

Entre los dos consiguieron encontrar el edificio de Construcciones Denbe. Tenía un aparcamiento subterráneo que resultó muy útil. Sacaron el tique, aparcaron el coche y por fin pudieron estirar las piernas. Vestían sus uniformes: pantalones color tostado con dos rayas laterales marrón oscuro, camisa marrón oscuro y corbata beis, los distintivos del condado y la insignia dorada que indicaba el rango. Cinturones de servicio, botas bien brillantes y sombreros de ala estrecha.

Los federales, de traje, pasarían desapercibidos en la sala. Pero Wyatt y Kevin sabían hacer una entrada triunfal.

El vestíbulo del edificio era casi todo de cristal, acero y pizarra color gris oscuro. El tipo de diseño arquitectónico que hacía que Wyatt se alegrara de ser un paleto. Vio una cafetería y lo que parecía ser una agencia de viajes. Aparte de eso había un mostrador de recepción, en ese momento vacío, y un grupo de ascensores junto a un enorme directorio con los nombres de los ocupantes del edificio.

Kevin localizó Construcciones Denbe en el piso doce. Apretaron el botón y el ascensor empezó a elevarse obedientemente.

Cuando se abrieron las puertas se encontraron en un estrecho pasillo con más cristal. Una pared entera, de hecho, cuya puerta encajaba tan perfectamente en los paneles de vidrio que Wyatt se sintió como un ciego usando el braille mientras exploraba los bordes. La puerta estaba cerrada. Tras ella se vislumbraba un mostrador de recepción de madera de cerezo decorado con el nombre de la compañía en grandes letras doradas. Habían llegado. A ver si eran capaces de entrar.

Kevin encontró al fin un intercomunicador y pulsó el botón.

Treinta segundos después apareció una mujer mayor con el pelo corto y plateado, pantalones color gris marengo y una blusa de seda blanca de cuello alto y manga larga. Tenía ese aspecto hermético de una mujer sometida a mucho estrés que, no obstante, guarda la compostura.

Miró sus uniformes y abrió la puerta.

—Anita Bennett —dijo rápidamente—, directora de operaciones de Construcciones Denbe. ¿Y ustedes son...?

Wyatt hizo las presentaciones y vio cómo los brillantes ojos azules de la mujer completaban la línea de puntos sin dilación.

—Ustedes encontraron el chaquetón de Justin y van a ayudar en las investigaciones de New Hampshire —afirmó, invitándoles a entrar con un leve gesto.

Wyatt estuvo a punto de protestar por el uso de la palabra «ayudar», pero se contuvo.

—Encantado de conocerla, señora Bennett.

—Anita, por favor, llámenme Anita. Los demás están en la sala de reuniones. Tienen café y refrescos en una mesita lateral. Los servicios están al fondo del pasillo. Tengo que ocuparme de algunos detalles. Hoy..., estamos un poco tensos. Nunca nos había ocurrido nada parecido.

Wyatt y Kevin le expresaron su comprensión. Anita los condujo a una sala de reuniones realmente impresionante, con los reglamentarios ventanales y vistas al centro de Boston. Wyatt supuso que en una industria donde se firmaban contratos millonarios la imagen sería importante; no había ni un solo objeto barato en la sala. Mesa de madera de abedul maciza. Docenas de lujosas sillas de cuero. Enormes obras gráficas. Wyatt aún no había tenido ocasión de ver la escena del crimen en casa de los Denbe, pero las oficinas despertaron su curiosidad por el hogar familiar.

La mitad de las sillas de cuero estaban ocupadas. Los dos agentes federales, Nicole Adams y Ed Hawkes, daban la espalda a las vistas de Boston. Junto a Nicole se sentaba un tipo de aspecto fornido, pelo negro cortado al rape, camisa a cuadros roja arremangada y un tatuaje en el cuello. Pertenecía, sin duda, al equipo de Denbe, y estaba rodeado de otros tres tipos, vestidos asimismo con franela desgastada, pantalones y botas de trabajo. Ninguno de ellos era realmente enorme, pero irradiaban ese tipo de arrogancia que dan años de ganar las peleas en los bares. Wyatt habría apostado que eran exmilitares. ¡Qué interesante! No se había dado cuenta hasta entonces de la cantidad de hombres con entrenamiento militar que trabajaban para Denbe, gente que tendría, digamos, experiencia de primera mano con táseres. Estos tipos parecían estar en lo más alto de la cadena alimenticia. Probablemente tendrían todo tipo de contactos interesantes con especímenes militares aún más interesantes.

Terminó su inspección del equipo de Denbe al mismo tiempo que ellos acababan de inspeccionarlo a él. No parecían muy impresionados. El primer tipo, el señor Pelo Rapado, parecía bastante más cautivado por Nicole. Le hubiera gustado desearle buena suerte, pero no lo hizo.

Al otro lado de la mesa, se llevó su primera sorpresa.

Mujer, rostro en forma de corazón, ojos azules inexpresivos. Le llamó la atención, porque el rostro parecía joven a primera vista, pero esos ojos… Captó su mirada y ella se la devolvió con franqueza.

Definitivamente otra exalgo. No vestía uniforme, pero lo había lucido. El rostro le inquietó un poco. Le produjo cierta sensación de *déjà vu*, como si debiera conocerla.

—Tessa Leoni —dijo—, Investigaciones Northledge. Construcciones Denbe me ha contratado para hacer una valoración independiente de la situación.

¡Ah!, la investigadora privada.

Se acercó a la mesa y tomó asiento en una silla de cuero con ruedas justo al lado de la investigadora. Kevin se sentó junto a Wyatt.

Este se presentó extendiendo la mano.

—Wyatt Foster, sargento, investigaciones criminales. Este es el detective Kevin Santos. Nos encargamos de la localización del chaquetón.

—Tú eres el que pusiste en marcha la línea telefónica directa —contestó Tessa.

Wyatt asintió con modestia.

—No se lo digas a nadie, pero me gustan los ciudadanos. Casi siempre tienen cosas muy interesantes que contarnos. Bueno, una vez que has eliminado a los pirados. Y como tenemos pocos indicios y prácticamente ninguna información, pensé que unas cuantas pistas podrían sernos de utilidad en estos momentos.

—¿Y habéis conseguido alguna? —preguntó Nicole Adams desde el otro lado de la mesa.

—No, pero solo contamos con una descripción de la familia y dudo mucho que los culpables se dediquen a pasear a tres secuestrados por espacios públicos. Sería mucho mejor disponer de una descripción del vehículo.

Nicole se apresuró a asentir.

—Nuestros agentes siguen registrando el vecindario. Pero, por ahora, tenemos más teorías que pistas sólidas.

Wyatt estaba a punto de preguntar por las teorías cuando entró Anita Bennett.

La anfitriona de la fiesta llevaba un taco de fotocopias encuadernadas con espirales. La contabilidad de la compañía, pensó Wyatt rápidamente. La mujer entregó a los presentes un folleto de presentación de Construcciones Denbe y se pusieron a trabajar.

Primero las presentaciones. Por parte de Construcciones Denbe asistían Anita Bennett, directora y en ese momento presidenta en funciones tras la desaparición de Justin. (Nota mental de Wyatt: la primera persona que tenía algo que ganar con la desaparición de los Denbe era Anita Bennett). A continuación, el fornido seductor Chris López, jefe de construcción, que insistió en mencionar su cargo mientras miraba intensamente los fríos e indiferentes ojos color azul pálido de Nicole Adams. Junto a él se encontraba el trío al que Wyatt había apodado inmediatamente los Tres Chiflados: Jenkins, Paulie y un tipo que, no era broma, se llamaba Bacon; el núcleo del equipo de construcción, explicó López. Trabajaban con Justin, conocían a Justin, guardaban sus espaldas. Estos eran los chicos a los que se tenía en cuenta cuando, por cualquier razón, había que partir cráneos o hacer listas con los nombres de futuras víctimas.

Jenkins había pertenecido a las Fuerzas Aéreas y ejercía como ingeniero de estructuras. Hacía crujir sus nudillos, pero aun así era un personaje más delicado que Bacon, que no dejaba de acariciar una pequeña y tosca cuchara de metal que pendía de un cordón de cuero que llevaba alrededor del cuello.

Wyatt entendió que «núcleo del equipo de construcción» quería decir «cuadrilla». Justin Denbe disponía de toda una cuadrilla, compuesta, al parecer, por algunos de los exmilitares más peligrosos y desequilibrados que Wyatt había tenido ocasión de conocer. Lo que significaba que ellos y los demás agentes de la ley debían tener cuidado con la información, pues tipos como esos sin duda emprenderían su propia búsqueda. La violencia era su mejor amiga y su mecanismo primario para hacer frente a la vida.

Nota mental dos: aislar a la cuadrilla, interrogarlos por separado y hacer búsquedas sobre su pasado. Esos tipos sabían cosas, conocían a gente. Probablemente al tipo de gente capaz de secuestrar a una familia de tres miembros sin el menor problema.

El cuarto miembro del equipo de construcción, un arquitecto, no estaba presente porque se encontraba en la sede de California. Cogería un avión a primera hora de la mañana y estaría disponible para los interrogatorios el domingo a las cinco. La jefa del departamento financiero, Ruth Chan, estaba de vacaciones en las Bahamas. Estaban intentando ponerla al corriente de «la situación», en palabras de Anita Bennett.

—Bien —dijo Bennett—. Estamos aquí para ayudarles. Comprendo que deben de tener muchas preguntas, y haremos todo lo que esté a nuestro alcance para responderlas. Como pueden ver ya he elaborado un informe sobre la situación financiera del último cuatrimestre. El jefe de recursos humanos también está a su disposición para organizar las entrevistas con aquellos empleados a los que ustedes deseen interrogar. En esta sala estamos reunidos todos los que trabajamos codo con codo con Justin, y creo hablar en nombre de todos cuando digo que es un privilegio y un honor trabajar para él. Nuestra máxima prioridad es su seguridad y la de su familia.

—¿Ninguno de ustedes ha tenido noticias de Justin o de algún otro miembro de la familia Denbe hoy? —preguntó Nicole ásperamente, asumiendo su papel de coordinadora.

Parecía una pregunta estúpida, pero en investigaciones anteriores Wyatt había sido testigo de cómo en esos momentos alguien alzaba la mano y decía: «Espera, colega, ¿he mencionado que me ha llamado hace treinta minutos?». Pero hoy no parecía uno de esos días. Todas las personas sentadas en torno a la mesa negaron con la cabeza.

—¿El señor Denbe había mencionado a alguien sus planes personales, como pasar un fin de semana por ahí con su familia?

—Justin solía organizar sus viajes por su cuenta. Me he tomado la libertad de comprobar el ordenador que tiene aquí en su despacho, pero no hay nada marcado en su agenda —informó Bennett.

—¿Le preocupaba algún proyecto actual o el futuro de la compañía?

Esta vez hubo un silencio más largo. Luego, uno a uno, los presentes fueron negando con la cabeza. Wyatt no estaba muy impresionado. Las respuestas de grupo siempre resultaban sospechosas. Eran sin duda un punto de partida, pero lo realmente interesante hubiera sido que cada persona respondiera individualmente, sin tener que preocuparse por la presencia de sus compañeros de trabajo.

—¿Qué nos pueden decir sobre la situación financiera de la compañía? —preguntó Wyatt, ganándose una airada mirada de Nicole por haberle robado protagonismo—. ¿Resultados?

—Hemos obtenido beneficios —respondió Bennett con cierta rigidez—, pero tenemos poca liquidez.

Wyatt sintió un ligero cosquilleo. Anita Bennett explicó que el último gran edificio construido por Denbe había generado cuantiosos sobrecostes que habían creado graves problemas. Cubrieron las pérdidas netas del proyecto con sus reservas en metálico, pero debido a eso habían tenido que iniciar su actual proyecto, un hospital en Virginia, sin colchón alguno y, claro, hubieron de enfrentarse a su primera crisis de liquidez rápidamente.

Buena descripción, Bennett daba todo tipo de detalles. El hospital iba a arrojar unos beneficios de cinco millones de dólares. Pero los informes del último cuatrimestre no pintaban bien y, sí, estaban corriendo riesgos. Sin embargo, a Justin le gustaban los riesgos, aclaró. Para él la gestión del dinero, que en realidad no era más que saber tratar con bancos, proveedores y subcontratistas, formaba parte de la aventura de construir un gran edificio. Si había algo que amaba más que negociar los términos de un contrato era renegociarlos. Definitivamente, no era el tipo de hombre que esquivaría una pelea.

Wyatt pensó que era un relato muy interesante. Tomó nota: ¿desfalco, blanqueo de dinero? Porque, por lo que sabía, con tanto dinero en juego esta industria debía ofrecer muchas oportunidades de ese tipo. Es decir, si a Justin le gustaba hacer números puede que hubiera descubierto (o estuviera a punto de descubrir) los planes de alguien para hacerse con dinero. Eso explicaría que le hubieran quitado de en medio rápidamente.

Bennett quería comunicarles una última «buena noticia». Construcciones Denbe era la beneficiaria de un seguro de Justin. Mucho dinero. Un seguro de vida de diez millones de dólares, pero también otro que pagaría dos millones en caso de secuestro. Mejor aún, el seguro cubría asimismo el secuestro de los miembros de su familia. Un millón por la esposa y otro por cada hijo.

—¿Está usted diciendo que esa póliza pagará hasta cuatro millones de dólares de rescate? —preguntó Nicole tomando la palabra.

—Sí —respondió Bennett radiante.

—¿Ha notificado esto a la compañía de seguros?

—Todavía no. No hemos recibido ninguna petición de rescate.

—¿Cuánto tardaría la compañía de seguros en liberar esos fondos? —preguntó Nicole.

Bennett parecía algo menos contenta.

—No lo sé. Nunca hemos recurrido a ellos.

Wyatt pensó que esa no era la cuestión.

—Discúlpeme, pero ¿quién conoce la existencia de esa póliza? ¿Es usted consciente de que la familia Denbe vale cuatro millones de dólares? Porque me da la impresión de que la compañía no tiene liquidez suficiente como para pagar el rescate, pero con la póliza de seguros bastaría.

Silencio en la sala. Los empleados de Denbe se miraron entre ellos y luego apartaron sus miradas.

—Supongo que la mayoría de nosotros —respondió Bennett con desgana.

—A Justin le gustaba bromear sobre el asunto —intervino López, el jefe de construcción—. Decía que recordáramos que vivo también tenía cierto valor económico. Pero, para que conste, yo no tenía ni idea de la cláusula referente a la familia. Solo sabía que Justin tenía ese seguro. ¡Es el dueño! Esta es una compañía muy seria que realiza grandes negocios. Creo que cualquiera que conozca Construcciones Denbe daría por supuesto que su propietario, Justin Denbe, está lo suficientemente forrado como para pagar un rescate, con el dinero de un seguro, con su fortuna privada o con el dinero de la compañía. En cualquier caso, secuestrar a alguien como Justin Denbe es un buen objetivo si se busca dinero fácil.

Los otros miembros de la cuadrilla asintieron.

—Salvo que, claro, con Justin nada es fácil —continuó López—, nosotros lo sabemos bien. De manera que no se hagan los duros —concluyó, señalando con su dedo a Nicole Adams en concreto—. Íbamos al club de tiro con Justin una vez a la semana. El tipo sabe cuidar de sí mismo. Por no hablar de que la mayoría de nosotros asistimos a su boda y hemos cambiado los pañales a Ashlyn. Es uno de nosotros, su familia es nuestra familia. Nosotros no somos el jodido problema. Tendrán que irse a otra parte a olisquear sospechosos.

López había soltado su discurso. Se reclinó en el asiento y cruzó los brazos sobre el pecho. Los chicos asentían a su lado.

Uno-cero para los matones, pensó Wyatt.

—Creo que todos estamos de acuerdo —intervino Bennett diplomáticamente— en que la situación de Justin, Libby y Ashlyn es muy preocupante. Ustedes llevan la investigación. Por favor, ¿qué pueden decirnos?

—Tenemos algunas pistas —informó Nicole—. Lo primero: el confeti del táser que encontramos en la escena del crimen; lo usaremos para rastrear las armas utilizadas en el ataque.

—No servirá de nada —exclamó el tipo llamado Bacon.

Todas las miradas se posaron en él.

—Serán ilegales —afirmó encogiéndose de hombros; al parecer no era muy hablador—. Quiero decir que el táser probablemente no esté registrado, o sea, que el número de serie del confeti no va a conducirles a un arma registrada.

Nicole torció el gesto y Wyatt se dio cuenta, por la expresión de su rostro, de que ya lo sabía. Pero, *saber* que no tienes pista alguna no significa necesariamente que debas *admitirlo*.

—¿Ningún vecino vio u oyó algo? —preguntó Wyatt.

—No, pero a veces algo que parece negativo puede ser positivo.

Buena línea de razonamiento. Por eso Nicole había hecho carrera en el FBI mientras que Wyatt seguía siendo un carpintero frustrado.

—Por ejemplo —continuó Nicole—, para transportar a una familia de tres miembros y a varios secuestradores en un único vehículo, este debería ser como mínimo una furgoneta o un todoterreno. El vehículo tenía que estar aparcado cerca, pues de otra forma habría sido imposible meter en él a tres individuos atados y amordazados sin levantar sospechas. Usar el garaje de los Denbe era una opción, pero ningún vecino vio abrirse o cerrarse el garaje aquella noche; además hubieran tenido que aparcar en la calle el coche de Libby. ¿Cómo consiguieron entonces los secuestradores aparcar un vehículo tan grande cerca de la casa sin levantar sospechas?

—Un camión de reparto —respondió Tessa Leoni tomando la palabra por primera vez. Su tono no fue frío, se limitaba a constatar un hecho. Wyatt pensó que no se diría nada en torno a esa mesa que ella no supiera ya.

Nicole frunció el ceño ligeramente. Era evidente que no le hacía gracia que alguien de fuera le restara protagonismo.

—Correcto, es la teoría que sostenemos ahora mismo. Damos por sentado que se trataba de un vehículo preparado para parecer la furgoneta de un servicio de *catering*. Pocos vecinos se fijarían en ella en un barrio como ese. Los Denbe tienen una plaza de aparcamiento a nivel de calle, junto a la entrada de su garaje, en la parte trasera de la casa. Hubiera resultado sencillo aparcar la furgoneta ahí y sacar a los secuestrados de la casa aprovechando la oscuridad de la noche.

—¿Y cómo entraron en la casa? —preguntó Wyatt, el menos familiarizado con la escena del crimen de Boston.

—Anularon el sistema de seguridad.

—Imposible —afirmó uno de los miembros de la cuadrilla, Paulie—, yo instalé ese sistema personalmente. No se puede anular.

Paulie pasó a describir de un tirón el sistema, incidiendo en que si esto de aquí era doble y aquello de allí estaba reforzado. Nicole le dejó hablar con expresión paciente más que sorprendida.

—No lo anularon —confirmó con calma cuando él terminó de hablar—, de hecho lo desconectaron.

—Para hacer eso tendrían que saber el código —empezó a decir Paulie.

—Exacto.

—Lo que implica…

—Exacto.

Los diversos miembros del equipo de dirección presentes en la habitación se miraron unos a otros; el mensaje había sonado alto y claro.

Un trabajo realizado desde dentro. A los Denbe los habían secuestrado personas que los conocían, que estaban familiarizados con el código de seguridad y que, probablemente, sabían de la existencia de la póliza de seguros. Sin duda, el cerebro de la operación no era un enemigo sino un amigo. Y puesto que el sistema de seguridad lo habían instalado empleados de Denbe y el equipo de dirección había tenido que dar su visto bueno a la adquisición por parte de Justin de esa póliza de seguros, lo más probable era que se tratara de alguien que estaba sentado a la mesa.

Tessa Leoni se inclinó hacia delante, tomando la iniciativa por primera vez desde que había empezado la reunión.

—¿Qué sería de Construcciones Denbe si Justin y Libby se divorciaran?

Su pregunta provocó un auténtico alboroto entre las filas de los empleados de Denbe. Nunca, eso era algo que no iba a ocurrir nunca, ¡cómo se atrevía a…!

Wyatt se reclinó en su asiento, cruzó los brazos sobre el pecho y procuró no perder detalle. Estaba claro que, a las nueve de la noche del sábado, por fin iban a entrar en faena.

Decididamente, su trabajo nunca resultaba aburrido.

# 20

La cena no me sentó bien. A los pocos minutos de volver a la celda vomité. Ashlyn me sujetó el pelo mientras me inclinaba sobre el inodoro de acero inoxidable. Después me enjuagué la boca con el agua del lavabo y, como no había toallas, me sequé la cara con la manga de mi mono naranja.

—¿Te encuentras bien? —susurró Ashlyn, mi hija de quince años, que llevaba meses sin hablarme y ahora parecía la encarnación de la atención maternal.

—Solo necesito descansar —dije—, estaré mejor por la mañana.

Asintió, aunque «mañana» parecía un concepto extraño, ahí, encerrados en una celda carcelaria excesivamente iluminada. ¿Qué hora sería? Miré por la estrecha ventana al patio de tierra batida. La noche era oscura como boca de lobo. Lo que, teniendo en cuenta la época del año en la que estábamos, significaba que podía ser cualquier hora después de las cinco de la tarde. Me parecía que debían de ser en torno a las ocho, quizá nueve, de la noche. Pero no lo sabía a ciencia cierta.

Los tres nos quedamos mirándonos unos a otros, apretujados en la estrecha celda, sin saber muy bien qué hacer a continuación. Justin me miraba claramente preocupado. Cuando se dio cuenta de que yo le miraba a él, suavizó la expresión de su rostro.

—Deberíamos comparar nuestras notas, comentar lo que sabemos —dijo con brío. Se alejó de la puerta, dirigiéndose hacia la litera de la izquierda. Al sentarse hizo una mueca de dolor.

No pude evitar preguntarle cómo se sentía.

—Bien, bien —respondió haciendo un leve gesto con la mano.

Al mirarle más detenidamente, vi que tenía apretada la mandíbula y observé las delgadas líneas de expresión alrededor de sus ojos. Sin duda sentía dolor. ¿Cuántas veces le habían disparado con el táser? ¿Seis, ocho, doce? ¿Las suficientes como para provocarle daños permanentes? Tal vez Z y sus amigos le habían frito la médula espinal. Ashlyn y yo teníamos quemaduras donde nos había rozado el táser. Justin debía de tener al menos una docena de ellas, por no hablar de la hiperestimulación a la que habían sometido a su sistema nervioso central. Claro que le dolía.

—La puerta de entrada estaba cerrada —comentó Ashlyn con toda seriedad.

Me senté a su lado en la litera inferior de la derecha. Cogió mi mano y me dirigió una mirada suplicante.

—En serio, mamá, ya se lo he dicho a papá cuando nos llevaban a cenar. No toqué el sistema cuando os fuisteis. Estuve todo el rato en mi cuarto, jugando con mi iPad y enviando mensajes a Lindsay.

Miré a Justin. Él lo había conectado cuando nos fuimos. Siempre lo hacía, el señor Protección y Seguridad. Si hacía un esfuerzo por recordar, llegaba incluso a visualizarle haciéndolo. Veía cómo sus dedos se deslizaban por el teclado, rápidos y seguros.

—¿Oíste algo? —pregunté en voz baja. Aún me dolía la cabeza, pero si Justin era capaz de disimular su dolor yo también podía. Después de todo tenía razón. Debíamos intentar averiguar a qué nos enfrentábamos.

—No —contestó Ashlyn sonrojándose—. Estaba… en el cuarto de baño y ese tipo… apareció en el umbral como si tal cosa. Era grande. Mick, supongo. Me asusté, agarré el bote de laca y fui a por él…

—Buena chica —dijo Justin.

Ashlyn le lanzó una mirada.

—Corrí a vuestra habitación. Pero no estabais ahí, por supuesto, y…

Su voz se apagó. No nos miraba a ninguno de los dos y de repente me di cuenta de que mi hija estaba al borde de las lágrimas. Nos había necesitado, había corrido hasta nuestro dormitorio, pero no estábamos, lo que decía bastante sobre nuestra familia últimamente.

Apreté la mano de mi hija a modo de muda disculpa, pero no me sorprendió que la retirara, replegándose de nuevo sobre sí misma.

—Apareció el más joven, Radar —musitó—, y entre Mick y él… —Miró a Justin—. Os oí abajo, oí abrirse la puerta. Quise gritar, advertiros de alguna manera, pero Mick me tapó la boca con la mano. Intenté…, pero no había nada que… —Se encogió de hombros dentro del mono que le quedaba tan grande y calló.

—No pasa nada —intentó tranquilizarla Justin—, no hubieras podido hacer nada. Son tipos entrenados, profesionales, y tenían un plan que no vimos venir.

—¿Qué quieren? —preguntó Ashlyn quejumbrosamente.

—Dinero.

Levanté la mirada bruscamente y el movimiento me hizo encogerme de dolor.

—Piénsalo —dijo como si percibiera mis dudas—. Llevan táseres, no pistolas. De modo que quieren control, no hacernos daño. Han disparado sus táseres contra nosotros, nos han drogado y atado. Estrategias todas ellas para someternos, no para herirnos.

—Hasta que Mick empezó a pegar a mamá con jodidas ganas —murmuró Ashlyn.

—Jovencita —empezó Justin—, no quiero oírte utilizar ese tipo de lenguaje.

—Tiene razón —intervine yo al notar que aumentaba la hostilidad de mi hija—, me pegó jodidamente fuerte.

Justin frunció el ceño ante nuestra rebelión a dos.

—Y su líder, Z, tomó inmediatamente cartas en el asunto disparando el táser contra su hombre y enviándote luego a la enfermería para recibir cuidados médicos. Si lo que quieren es hacernos daño, ¿por qué habría de preocuparle a Z que tengas una conmoción cerebral? ¿Por qué tomarse la molestia de ordenar a uno de sus hombres que se ocupe de ti, gastando tiempo y recursos? En realidad, ¿por qué habrían de alimentarnos? Porque nos quiere bajo su control, pero indemnes, lo que resulta fundamental si piensa pedir un rescate y sabe que le van a exigir una prueba de vida.

—¿Una prueba de vida? —preguntó Ashlyn.

—Si Z pide un rescate tendrá que demostrar que seguimos sanos y salvos. Por eso fue a por Mick cuando este atacó a tu madre. No se trata de pedir dinero sin más. Z debe probar que nos tiene, pero también que estamos en buenas condiciones, que merece la pena pagar el rescate. De ahí que tu madre no pueda caer en coma.

—Secuestro —murmuró Ashlyn—, rescate, prueba de vida.

Analizaba cada palabra intentando determinar cómo habían entrado ese tipo de frases en su vida.

—La cocina está bien provista —observé mirando a Justin para darle a entender lo que pensaba sin tener que decir que había productos secos suficientes como para mantenernos no ya días, sino semanas en esa cárcel.

—Pedir un rescate y hacerse con él lleva su tiempo —respondió evasivamente—, sobre todo si está implicada una compañía de seguros.

Ashlyn y yo le miramos sin comprender. Explicó que Construcciones Denbe no solo había contratado un seguro de vida para él, sino también para casos de secuestro. Un procedimiento habitual en las empresas, especialmente en estos tiempos en que los ejecutivos viajaban a países de Latinoamérica y Oriente Próximo, donde desaparecían en mitad de la noche. Salvo que Justin no viajaba nunca a esos lugares, pensé. Pero, al parecer, era el tomador de un seguro de secuestros y, por extensión, Ashlyn y yo también.

—¿Cuánto valemos mamá y yo? —preguntó Ashlyn al oír esta explicación.

Justin dudó.

—Un millón. Cada una.

—¡Guay! —A nuestra hija le resultaba excitante—. ¿Y tú?

—No recuerdo, tal vez un par de millones.

Ashlyn puso los ojos en blanco.

—¿Por qué será que los hombres siempre valen más?

—Tampoco se trata de incentivar el secuestro —señaló Justin en tono muy serio—. Un seguro está pensado para cubrir los peores escenarios, no para hacer del asegurado, como tu madre, tú o yo, alguien tan valioso que se convierta en un objetivo.

Me miró y volvimos a comunicarnos sin palabras. El secuestro de uno de nosotros no hubiera aportado el dinero suficiente como para compensar al trío de comandos, pero la familia al completo valía al menos cuatro millones, puede que más, si los comandos planeaban ir más allá de la póliza de seguros. Quizá Z pensara que, si el seguro ponía cuatro millones, la compañía de Denbe podría añadir al menos dos, lo que sumaría un rescate de seis millones de dólares a cambio de nuestra liberación sanos y salvos. Eso serían dos millones por comando. Un buen incentivo.

Justin seguía mirándome y en sus ojos azules leí otra de las piezas del rompecabezas, la razón de que estuviera ahí sentado tan tieso y sombrío: quienquiera que hubiera planificado esto debía de saber lo del seguro, nos conocía. Otro punto que añadir a lo que había dicho Ashlyn, que la puerta principal estaba cerrada y el sistema de seguridad conectado, es decir, que también tenía acceso a nuestros códigos de seguridad.

Alguien a quien conocíamos. Alguien en quien confiábamos. Alguien a quien probablemente considerábamos amigo nuestro había contratado a Z y a su equipo, comprobado nuestros horarios, encontrado esta prisión apolillada entre los proyectos de Justin y planeado todos y cada uno de los pasos de la operación. Puede que se quedara con tres millones y el equipo de Z con uno por persona. Seguía siendo un buen incentivo.

Traicionar a un compañero y poner en peligro a toda su familia.

Me estremecí. No me había sentido tan violentada desde..., bueno, desde que encontré mensajes de texto sexualmente bastante explícitos de otra mujer en el teléfono móvil de mi marido.

—Son profesionales —murmuré.

Él asintió lentamente.

—Exmilitares —añadí—. Hice algunas preguntas a Radar en la enfermería. Fue cuidadoso en sus respuestas, pero habló de cuarteles militares. Si a eso le añades el aspecto que tienen y cómo actúan...

Justin permanecía callado, pero parecía preocupado.

—Hay muchos exmilitares en el oficio —dijo finalmente, como admitiendo que tal vez no fuera un problema de su compañía sino del sector de la construcción en su conjunto.

Ashlyn nos estudiaba, intentando entender lo que nos decíamos sin hablar.

—¿Qué?

—Nada —respondió Justin.

—¡Y una mierda!

—¡Jovencita!

—¡Déjalo, déjalo ya! —gritó levantándose y sacando todo su genio—. Tengo quince años, papá. Conozco todas las palabrotas que hay: mierda, joder, hostia, puta. ¿Y quién eres tú para decirme cómo debo hablar? He estado en tus obras y sé cómo hablan los hombres. ¿En tu caso está bien, pero es demasiado realismo para mí?

—Las chicas guapas no tienen por qué usar palabrotas.

—¿Quién dice que quiero ser una chica guapa? A lo mejor me gusta usar tacos. A lo mejor alguien de la familia debería ser honesto y expresar sus sentimientos. A lo mejor mamá debería empezar a decir «follar» en vez de andar por ahí intentando ser tan perfecta y tan acomodadiza. A lo mejor, si hubiera dicho «follar» de vez en cuando, tú no habrías encontrado a otra a quien «follarte». He ahí una gran idea.

Justin palideció. Me quedé sentada, rígida, frente a él, mirando a mi hija como si le hubieran salido dos cabezas.

Entonces Justin se levantó y lenta pero firmemente pinzó los labios de nuestra hija para que se callara.

—No quiero volverte a oír decir esa palabra. Ni ahora ni nunca. Puede que tengas quince años, pero sigo siendo tu padre y en esta familia cumplimos ciertas normas.

Ashlyn se encogió, no sabría decir si de miedo o de vergüenza. Se desplomó en la litera a mi lado, enterró el rostro en mi hombro y lloró. Yo acariciaba su larga melena color castaño claro, intentando restarle violencia a la situación, sin saber por dónde empezar.

—No es justo —se quejó Ashlyn—, has hecho todo lo posible por hacerle feliz, ¿y para qué? Los hombres son unos cerdos. Los hombres son unos cerdos. ¡Los hombres son unos cerdos!

La vehemencia con la que pronunció estas palabras fue otro duro golpe para mí. Una mujer no habla así en defensa de los sentimientos de otra, solo de los suyos propios.

Cerré los ojos preguntándome cómo se llamaría, cuánto tiempo hacía que duraba la relación y cuándo exactamente nos habíamos alejado tanto la una de la otra. Nueve meses atrás habría jurado que éramos una familia sólida. El trabajo de Justin no nos lo ponía fácil..., pero hubiera dicho que nos amábamos, que confiábamos los unos en los otros y nos lo contábamos todo.

Una familia no se desmorona así sin más. Aun teniendo en cuenta las infidelidades. Tiene que haber grietas, puntos débiles en los cimientos. Pero no las había visto o no había querido verlas. Ashlyn tenía razón en una cosa, yo siempre andaba por ahí intentando ser perfecta y acomodadiza. Quería que mi esposo fuera feliz. Quería que mi hija fuera feliz. Y no pensé que eso fuera algo tan malo.

Justin seguía sin hablar. Me miraba, mientras consolaba a nuestra hija, y no parecía enfadado sino más bien vacío.

—No deberías haberle contado tanto —me dijo finalmente.

—Y no lo hice.

—Me enteré yo sola —interrumpió Ashlyn—. No soy idiota, *papi*.

Hundió su cabeza aún más en mi hombro, dándole la espalda. Yo seguía acariciando su pelo.

—No debemos volver a pelearnos —dijo Justin, intentándolo de nuevo.

Ashlyn lloraba en mi hombro.

—Debemos... —Le falló la voz, pero logró recomponerse—. Debemos descansar. Ha sido un día muy largo, pero si mantenemos la calma... Pedirán un rescate. La compañía va a pagarlo y nos iremos a casa. Mañana es domingo, de modo que probablemente les lleve unos cuantos días más. Pero en dos o tres días como mucho habrá pasado todo. Estaremos de vuelta en casa y todo irá bien.

Ashlyn no levantó la cabeza, de manera que fui la única que devolvió la mirada a Justin. Asentí con la cabeza para que supiera que le había oído. Luego sonreí tristemente a mi marido. No pude evitarlo.

Pobre Justin. Había cuadruplicado los beneficios de la compañía de su padre apelando a su fuerza de voluntad. Había realizado docenas de proyectos millonarios y su nombre era uno de los más importantes en el mundo de la construcción. Era obvio que creía que su palabra era ley, que podría hacer realidad cualquier cosa que pudiera pensar.

Pero a veces se equivocaba. Esto no habría pasado en pocos días. Secuestro o no secuestro, rescate o no rescate, igual daba.

En el mejor de los casos, la destrucción de nuestra familia acababa de empezar.

# 21

La reunión terminó a las nueve de la noche. No es que uno pudiera irse a casa. En una investigación como aquella, con tanto que cubrir, dormir era un lujo reservado a personas que no conocían a los Denbe, que nunca habían trabajado para ellos o a quienes nunca se les había asignado la tarea de encontrarlos.

En los casos de personas desaparecidas, las posibilidades de encontrar a las víctimas con vida disminuyen drásticamente tras las primeras cuarenta y ocho o setenta y dos horas. Algo preocupante, porque la familia Denbe llevaba desaparecida casi exactamente veinticuatro horas. Hasta ese momento la policía no había tenido ningún contacto con la familia, no había hallado testigos oculares del secuestro y ningún ciudadano había llamado para informar de haberlos visto.

Tessa envió un mensaje de texto a su hija deseándole buenas noches. No había sabido nada de Sophie en todo el día, lo que significaba que la señora Ennis estaba haciendo un gran trabajo entreteniéndola o que Sophie estaba planeando su venganza. Tessa creía que cabían ambas posibilidades al cincuenta por ciento, pero pensó que era mejor olvidarse del asunto.

Si Sophie estaba disgustada tendría que hablar con ella luego.

En ese momento la familia Denbe la necesitaba más.

Tessa se unió a la agente rubia del FBI, Nicole, y al fornido sargento, Wyatt Foster. Habían empezado por Anita Bennett, que no solo era quien pagaba a Tessa, sino que, además, al ser la directora de operaciones, era la persona más informada sobre posibles escándalos en la empresa.

Anita los condujo a su despacho. Una carísima suite con paneles de madera clara en las paredes, una increíble vista de Boston y su propio sofá de cuero. Definitivamente había mucho dinero en el negocio de la construcción.

Tessa se preguntaba cuánto habría tenido que trabajar Anita para tener un despacho así: una mujer en la cima en una industria predominantemente masculina. Le daba la impresión de que, a pesar de la opulencia de la habitación, allí Anita solo trabajaba, trabajaba y volvía a trabajar.

Se sentó en el sofá color chocolate. La rubia agente del FBI tomó asiento en una silla de respaldo rígido que había delante del escritorio de Anita. El detective de North Country no se sentó, sino que se apoyó contra la pared con aire despreocupado. Parecía enamorado de los paneles de fina madera y deslizaba una mano por sus nudos.

Un tipo decente, pensó Tessa. Le calculó unos cuarenta y tantos años muy bien llevados. No era muy hablador, pero había algo en él. Pensaba mucho, decidió. Era el tipo de hombre que sabía mucho más de lo que daba a entender. Cumplía todos los días con su papel de buen tipo y antes de que pudieras darte cuenta te había vaciado la billetera jugando al póquer.

Decidió que nunca jugaría con él, aunque sí le invitaría a una cerveza. Una toma de contacto entre colegas no estaría de más ya que él, probablemente, tendría buenas ideas que aportar.

La agente especial Nicole Adams empezó con preguntas muy generales. ¿Desde cuándo trabajaba Anita en Construcciones Denbe? ¿Cómo había sido su carrera en el seno de la empresa?

Anita sonrió, juntó las manos y las puso sobre la mesa.

—Lo crean o no, llevo trabajando en Denbe treinta y cinco años. Empecé nada más terminar la carrera, lo que me brinda la dudosa distinción de ser la empleada más antigua de la compañía. Sin contar a Justin, supongo, aunque en aquellos tiempos solo era un adolescente.

—¿De manera que empezó usted trabajando para el padre de Justin? —preguntó Tessa.

—Correcto. Era la secretaria de Dale. El negocio era mucho más modesto entonces. Teníamos las oficinas en un viejo almacén de Waltham. Pero la construcción es la construcción. Uno de esos negocios en los que, por mucho que cambien las circunstancias, en realidad nada cambia.

—¿Así que pasó de secretaria a directora de operaciones? —preguntó asombrada la agente especial Adams—, ¡menuda trayectoria profesional!

—Bueno, verá, treinta y cinco años después… —Había un toque de nostalgia en la sonrisa de Anita. Los buenos viejos tiempos—. Dale era un déspota, sin duda. Justin lleva la empresa igual que su padre: es el primero en llegar a la obra y el último en marcharse. Exige lo máximo a sus empleados, pero también los trata con todo respeto. Los viernes de cervezas gratis de Dale eran famosos. Acababan el trabajo de la semana, pillaban una caja de cervezas y se tiraban por el almacén para tomárselas. Ya no se pueden hacer esas cosas, la responsabilidad nos mataría. Pero los viernes de cerveza gratis no eran para recompensar al equipo sino para crear vínculos. Dale quería que los empleados se sintieran parte de la familia. Justin ha conservado esa tradición a su manera. Él y Libby daban cenas al equipo y los invitaban a parrilladas al aire libre los domingos por la tarde. Soy un miembro clave del equipo de dirección de Justin y nunca he tenido la sensación de trabajar *para* él. Siento que trabajo *con* él para perpetuar las grandes tradiciones de esta empresa.

—Una gran familia —repitió la agente especial Adams—, una gran empresa, una gran empresa familiar.

Anita sonrió radiante y asintió brevemente.

La agente especial Adams se inclinó hacia delante.

—Por favor, no nos haga perder el tiempo —dijo fríamente.

La directora de operaciones se sobresaltó. Tessa abrió los ojos de asombro y comprobó que el detective del sheriff, apoyado contra la pared, reprimía una sonrisa.

—No somos accionistas. No buscamos la empresa del año ni somos posibles clientes. Estamos aquí para localizar y ayudar a Justin, Libby y Ashlyn Denbe. Seré sincera: tenemos unas veinticuatro horas para realizar nuestra tarea o existen muchas posibilidades de que no vuelva a ver a ninguno de ellos con vida. ¿Me entiende?

La directora de operaciones asintió lentamente.

—Bien, para hacer nuestro trabajo —explicó la agente especial Adams con brusquedad—, necesitamos información. Mejor aún, necesitamos verdades sin maquillar. Por ejemplo, usted empezó como secretaria y acabó de directora de operaciones. ¿Cómo explica usted ese éxito, sobre todo siendo una mujer que ha triunfado en una empresa «de hombres»?

Los labios de Anita se estrecharon. Respondió a la pregunta en el mismo tono brusco con el que había preguntado la agente del FBI.

—Evidentemente, trabajando el doble que los demás. Mire usted, el padre de Justin era un machista inteligente. Le gustaba que su recepcionista fuera guapa y hace treinta y cinco años yo encajaba perfectamente en el perfil que buscaba. Pero además era lista, y no me llevó mucho tiempo darme cuenta de que Dale necesitaba quien hiciera por él algo más que contestar al teléfono. No sabía organizar los papeles, tenía fama de perder contratos y era un completo inútil con la contabilidad. Empecé haciéndome cargo de su agenda y acabé organizando toda la oficina. Ya que estaba, empecé a hacer llamadas de teléfono para encontrar proveedores que nos vendieran el material de oficina a mejor precio, renegocié los seguros médicos y los salarios de los empleados. Puede que Dale fuera un cerdo machista, pero hasta él tuvo que reconocer que le estaba ahorrando decenas de miles de dólares al año. Como ya he dicho, y estaba siendo *sincera,* Dale siempre trató a sus empleados con respeto. Demostré mi valía y él me fue ascendiendo. A su muerte ya me había hecho cargo de toda la administración. Cuando Justin aumentó el volumen de negocios, también aumentó la complejidad de nuestras operaciones y, por tanto, me convertí en directora de operaciones.

—Háblenos de Justin. ¿Cuándo se hizo cargo de la compañía?

—Tenía veintisiete años cuando murió Dale.

—¿Cómo murió su padre?

—De un ataque al corazón. Cayó muerto en medio de su despacho. Dale era un tipo que trabajaba muy duro y apostaba fuerte. El lado «apostar fuerte» de la ecuación incluía una buena cantidad de carne roja y alcohol.

—¿Mujeres? —preguntó Tessa desde el sofá.

La directora de operaciones le dirigió una mirada fulminante. Tessa pensó que se negaría a responder, pero no fue así.

—Puesto que Dale nunca hizo de ello un secreto le diré que sí, que tenía una vida social muy *activa* fuera del matrimonio.

—¿Cómo se lo tomó la madre de Justin? —preguntó Tessa curiosa.

—Bebía mucho. Casi siempre martinis. Luego venía a la oficina y gritaba a Dale tras su último descubrimiento. Entonces él le prometía un coche nuevo, un abrigo de pieles o un viaje a las Bahamas para arreglar las cosas.

—Parece usted saber mucho sobre esa pareja —observó la agente especial Adams.

Anita sonrió de nuevo, pero estaba pasando un mal rato.

—Como ya he dicho, Dale no lo llevaba en secreto. Supongo que es así como funciona un negocio familiar. Los empleados conocen a la familia casi tan bien como el negocio.

—¿Justin se parece a su padre?

—Sí y no. Dale preparó muy bien a Justin para hacerse cargo de la empresa. Desde el momento en que el chico aprendió a andar, fue designado heredero de Construcciones Denbe. Otros muchachos pasaban el verano en la playa. El verano en que yo empecé a trabajar para Dale, acababa de enviar a su hijo a trabajar ochenta horas a la semana en una empresa de mampostería en seco. Dale creía firmemente en el aprendizaje práctico y en la necesidad de conocer todos los aspectos del oficio. Cuanto más sepas, decía, menos podrán estafarte.

—¿Qué le parecía a Justin? —preguntó la agente especial Adams.

—Por lo que sabemos estaba encantado. O sea que sí, en ese aspecto Justin se parece mucho a su padre. Es un jefe práctico, muy dedicado y trabajador, que inspira lealtad a ese ramillete de réprobos que conforman su equipo.

Anita pronunció la palabra «réprobos» con un toque de afecto. Al parecer también se habían ganado su respeto.

—O sea, que aplicaba la ética de trabajo de su padre —dijo Wyatt tomando la palabra por fin y alejándose de la pared—. ¿Solo se parece a su padre en eso?

—Sí.

—¿Y en qué no se parecen?

De nuevo una pequeña vacilación. Tessa descubrió una tendencia: a los empleados de Denbe no les importaba hablar de temas profesionales. Chris López le había explicado el modelo de empresa y Anita les había contado la historia de la compañía. Pero no les gustaba nada hablar de la vida privada de su jefe. ¿Por lealtad, por miedo? ¿O era más bien una necesidad casi religiosa de no violar nunca el código interno del santuario?

—El matrimonio de los padres de Justin nunca fue feliz —dijo Anita por fin—. Cuando Dale murió y Mary se enteró de que había dejado la compañía exclusivamente a Justin no se lo tomó muy bien. De hecho, no ha vuelto a hablar a Justin desde entonces.

—¿Dale desheredó a su esposa y dejó todo a su hijo? —preguntó la agente especial Adams frunciendo el ceño.

—Así es. Ella se lo tomó como algo personal. Pero en vez de odiar a Dale, lo que hubiera tenido sentido, descargó su ira sobre Justin. Se mudó a Arizona y le excluyó por completo de su vida. No conoce ni a Libby ni a su nieta.

Se hizo un gran silencio en el despacho mientras los tres investigadores digerían esa información.

—Lo que significa —señaló Anita un momento después— que Libby y Ashlyn son la única familia que le queda a Justin. Él..., él valora mucho su relación con ellas. Las tiene en un pedestal. Su hija, Ashlyn..., la adora. La traía a la oficina y le enseñó personalmente a usar herramientas eléctricas. Lo último que oí fue que estaban tomando clases de tiro juntos. Días que compartían el padre y la hija en el campo de tiro, ¡imagínense! En cuanto a Libby, nunca le he oído hablar mal de ella, siempre lo hacía en términos elogiosos. Estaba orgulloso de cómo llevaba la casa, de su éxito en la joyería, de las cenas que organizaba en su nombre... Siempre pensé que la amaba de verdad y lo mostraba abiertamente, comentando la suerte que tenía de poder contar con ella. Pero eso no significa que no cometiera errores.

Anita miraba a Tessa, recordando, sin duda, su pregunta sobre el futuro de la compañía en caso de divorcio.

—Engañaba a Libby —observó Tessa, no en tono de pregunta, sino afirmándolo.

—Sí.

—¿Usted lo sabía?

—A la mayoría de nosotros nos acabó llegando el rumor de un modo u otro. ¿Finales de primavera, principios del verano? Justin empezó a llegar tarde al trabajo, se quedó demacrado, no parecía él. Antes o después nos acabamos enterando de la historia.

—¿Cómo reaccionó él? —preguntó la agente especial Adams.

—No reaccionó. Quiero decir, nunca le oí... dar una excusa. Sabía que era un error, lo sabía. Después de todo él había crecido en el seno de un matrimonio de ese tipo. Había visto en directo lo destructiva que puede resultar la infidelidad. Aunque, por supuesto...

—¿Sí? —presionó la agente especial Adams.

Anita suspiró, mirando a las dos investigadoras femeninas como si fueran quienes la comprenderían mejor.

—Después envió a Libby un collar de diamantes. Un collar largo y vistoso. Pero darse cuenta de las cosas no significa que no puedas cometer estupideces.

—¿Qué hizo Libby? —preguntó Tessa.

—Como diseñadora de joyas tenía sus herramientas. De manera que desengarzó las piedras, hizo un montoncito y lo dejó en el asiento de su coche. Creo que Justin captó el mensaje.

—¿Iban a terapia de pareja? —Wyatt de nuevo.

—Desconozco ese tipo de detalles. Pero intentaban salvar su matrimonio. Justin había vuelto a casa y pasó el viernes entero hablando de la cena que disfrutarían en Scampo. Parecía excitado.

Tessa se inclinó hacia delante. La directora de operaciones parecía dispuesta a transmitir la información que tuviera, como si se hubiera unido a su programa de transparencia total. Y sin embargo…

—¿Cuándo empezó Justin a engañar a su esposa por primera vez?

Anita se puso rígida.

—¿Qué quiere decir?

—Venga, un hombre tan guapo como él, siempre de viaje de negocios. Aparte de que, como usted muy bien dice, había crecido junto a un padre que, aparentemente, pensaba que un duro día de trabajo justificaba plenamente una noche de jueguecitos. ¿Justin era más fiel a su esposa o simplemente cubría mejor su rastro que su padre?

—Yo no tuve nada que ver…

—Seguro que sí. Usted dirige una empresa familiar. En sus propias palabras, llevar un negocio así implica un trato personal con la familia, y esta se desmoronó hace seis meses. Libby descubrió que Justin la engañaba con una empleada de la agencia de viajes que hay en el vestíbulo de este edificio. ¿De qué más se enteró?

—Ashlyn —dijo la directora de operaciones abruptamente.

—¿Qué pasa con Ashlyn?

—Pasó por la oficina hace tres meses y habló con la chica con la que se decía que Justin tenía un lío. Montó una escenita.

Anita acababa de entrar en el edificio cuando oyó un gran tumulto. Ashlyn Denbe, todavía con su uniforme de colegio privado a cuadros verdes y azules, estaba chillando a una chica de la agencia de viajes joven y morena. Gritaba cosas como «zorra», «puta» y «furcia».

La chica de la agencia permanecía inmóvil, conmocionada, y Anita intervino. Arrastró a Ashlyn al piso de arriba, a su despacho, donde podrían gozar de una relativa privacidad. Afortunadamente Justin estaba fuera de la ciudad en viaje de negocios. En cuanto Anita cerró la puerta, Ashlyn había estallado en sollozos.

Odiaba a las agentes de viajes, odiaba este edificio, odiaba Construcciones Denbe. Pero sobre todo odiaba a su padre. Todos esos años predicando honor y lealtad para luego engañar a su madre. La familia era un desastre, su madre estaba fatal y todo por culpa de su padre. Habría preferido que estuviera muerto.

Anita suspiró.

—Niñas adolescentes —murmuró—, gracias a Dios solo tengo tres chicos.

—¿Y usted qué hizo? —preguntó la agente especial Adams.

—Contarle las verdades de la vida. Le dije que lo hecho, hecho estaba, que no había nada que pudiera cambiarlo. La animé a irse a casa y a quedarse allí; comenté que no debía volver a este edificio ni chillar a agentes de viajes. Era un asunto que incumbía a sus padres, no a ella.

—¿Y cómo se lo tomó?

—Me miró con rebeldía. —Anita puso cara de resignación—. Niñas adolescentes —volvió a murmurar.

—¿Volvió?

—No, que yo sepa, aunque es posible. Le dije que si volvía a verla se lo contaría a su madre. Libby no se merecía ese estrés suplementario y Ashlyn lo sabía. La chica quiere mucho a su madre. Solo se sentía… herida. Se supone que los padres no tienen debilidades humanas, sobre todo los que crían a sus hijas como si fueran las princesitas de papá.

—Parece que la familia estaba pasando por una mala racha —afirmó la agente especial Adams lanzando el anzuelo.

La directora de operaciones se encogió de hombros y no picó.

La pregunta de Wyatt fue más directa.

—Háblenos de su divorcio. La cena de reconciliación resulta un fracaso y Libby decide contratar a un abogado y pedir el divorcio. ¿Qué pasa con la empresa familiar?

Por primera vez Anita pareció sinceramente perpleja.

—Yo…, no lo sé. Justin es el único accionista. Ya era rico cuando conoció a Libby, de modo que tal vez exista un acuerdo prematrimonial. De no ser así entiendo que ella tiene derecho al cincuenta por ciento de los bienes gananciales, que incluiría el cincuenta por ciento de la empresa.

—Es un alto precio a pagar por tener una vida social *activa* —afirmó Tessa secamente.

—A lo hecho, pecho —respondió Anita de forma concisa.

—¿Cree que Justin estaría dispuesto a perder la mitad de su empresa? —preguntó Wyatt de nuevo, esta vez con un tono de voz paciente pero inquisitivo.

—Yo no…, no sé responder a esa pregunta.

En opinión de Tessa eso significaba que no. Al parecer, el procedimiento estándar en Construcciones Denbe era proteger al jefe. Lo que significaba que cuando no contestaban a una pregunta había algo que no querían que se supiera.

—¿Y si muere? —preguntó de nuevo Wyatt con voz neutra—. ¿Y si no vuelve a aparecer con vida…?

—Supongo que heredarían la compañía los familiares que hayan sobrevivido. Libby primero y Ashlyn después.

—¿Y si ellas fallecieran también?

De nuevo esa alerta en su mirada.

—Imagino que en ese caso se aplicarán las disposiciones contenidas en el testamento de Justin. Debería hablar con su abogado, Austin Ferland. Él sabrá responder a sus preguntas.

—¿Qué hay de los empleados? —intervino la agente especial Adams—. Si murieran todos los miembros de la familia Denbe, el equipo directivo, por ejemplo, tendría la oportunidad de adquirir la compañía.

Anita ya no les miraba de frente...

—¿Lo han intentado, han solicitado la compra de acciones de la compañía? —insistió Wyatt—. Después de todo es una empresa que vale cien millones de dólares y ha costado treinta y cinco años de sangre, sudor y lágrimas. ¿Por qué debería llevarse Justin toda la gloria?

—Nunca intentaríamos arrebatarle el control de la compañía.

—No estoy hablando de arrebatarle el control. Me refiero a... comprar algunas acciones. Es bastante corriente que los empleados que trabajan duro reciban como recompensa acciones de la compañía. ¿Alguien habló con Justin alguna vez de esa posibilidad? ¿Nunca surgió la pregunta?

—Solo una vez —respondió Anita con reticencia—. Teníamos problemas de liquidez y algunos de nosotros ofrecimos invertir en la compañía a cambio de acciones.

—¿Quiénes eran los demás? —preguntó la agente especial Adams claramente interesada en esta línea de interrogatorio.

—Chris López, Ruth Chan y yo. Era una propuesta que beneficiaba a todo el mundo. Pero a pesar de ello Justin se negó. Creía que la compañía podría capear el temporal y así fue.

—En cambio usted sigue sin poder disfrutar de una parte de los beneficios obtenidos, de su éxito de más de cien millones de dólares.

—Recibimos una participación en beneficios especialmente generosa ese año —replicó Anita lacónicamente.

Pero hasta Tessa supo leer entre líneas. Una participación en beneficios no es lo mismo que ser propietaria de un paquete de acciones. Evidentemente a Justin Denbe no le gustaba compartir sus juguetes. Tessa se preguntaba qué hubiera hecho en caso de divorcio. Si no estaba dispuesto a ceder parte de la compañía al equipo de dirección en el que confiaba, ¿la compartiría con una esposa que lo abandonaba?

—Además —continuó Anita—, yo ya no me considero una posible compradora. El sector ha cambiado mucho en los dos últimos años. Nosotros nos dedicamos al diseño y la construcción, pero, desgraciadamente, en el futuro se pedirá a las constructoras que diseñen, construyan y se ocupen de la gestión. Por ejemplo, buscarán una compañía capaz de diseñar un edificio, construirlo y luego dirigir, por cuenta del Estado, la residencia de ancianos que se monte en él. Justin no cree que este megamodelo tenga éxito. Está convencido de que los costes de gestión, que exceden ampliamente la capacidad de inversión del sector público, también superarán rápidamente lo que pueden invertir las empresas privadas. O, expresado en forma más profética, si, por ejemplo, se registrara algún tipo de escándalo (alguien escapa de una prisión, una muerte en una residencia de ancianos), puede que la opinión pública se movilizara contra la gestión privada de instituciones públicas. Pero, mientras tanto, cada vez perdemos más proyectos en los concursos públicos...

La directora de operaciones apretó los labios y dejó de hablar.

—¿La situación es difícil? —presionó la agente especial Adams.

—Tenemos las reservas en metálico necesarias —respondió Anita. Tessa dedujo de la respuesta que estaban sometidos a mucha tensión y que, de hecho, el futuro de la firma de cien millones de dólares de Justin no estaba tan claro después de todo. Interesante. Si la memoria no le fallaba, una hora antes, en la sala de reuniones, la directora de operaciones había afirmado categóricamente que Justin no estaba preocupado por el futuro de la compañía y que todo iba bien desde el punto de vista corporativo. Ahora, de repente, el futuro ya no parecía tan brillante, lo que planteaba una nueva posibilidad. La muerte/desaparición de Justin podría suponer un cambio significativo en el rumbo de la empresa que tal vez la salvara del naufragio. La lista de quienes tenían algo que ganar con la muerte de Justin Denbe era cada vez más larga.

—Sin embargo —dijo Anita abruptamente, como si hubiera leído la mente de Tessa—, aunque esta firma se hundiera la mayoría de los empleados sobrevivirían. Hay veteranos —pronunció la palabra con sequedad—, como yo. Hemos trabajado muchos años de vacas gordas y obtenido pingües beneficios. En cuanto a los más jóvenes, Chris y su equipo, a la mayoría no les costaría mucho encontrar un empleo similar en una empresa rival. Al fin y al cabo, son… negocios —dijo Anita gesticulando con la mano—. ¿Quién haría daño a otro por motivos de trabajo?

Buena pregunta, pensó Tessa. Sin embargo, la gente mataba por dinero y a causa de transacciones comerciales continuamente.

—¿Le gustaría saber cuál es la auténtica paradoja del macho Denbe? —preguntó Anita de repente.

—Sin duda —le aseguró Tessa.

—Puede que no sean fieles, pero son leales. Dale amaba a Mary. Por lo que yo sé Justin también ama a su esposa. Nunca se divorciaría y desde luego procuraría no hacer nada que pudiera perjudicar a su familia, sobre todo a Ashlyn. Dios bendito…, si solo hubiera desaparecido Libby puede que algunas de sus preguntas tuvieran sentido. Pero pregunten a quien quieran, a todos… Justin Denbe nunca haría daño a su hija. Como les he dicho, la mayoría de nosotros hemos visto crecer a Ashlyn… Tampoco le haríamos daño. No sé lo que ha ocurrido, pero nosotros no somos el problema. Justin no es el problema.

—¿Quién lo es entonces? —no pudo evitar preguntar Tessa.

—No tengo ni idea. El tipo de persona sin corazón capaz de atacar a toda una familia. Quiero decir, ¿por qué?

—Es la pregunta del día —le aseguró Tessa. Personal o profesional. ¿Rescate o venganza?

—Puede que… haya algo más.

Miraron a Anita expectantes.

—La última vez que vi a Libby fue hace unas semanas. Vino a rellenar unos formularios. Parecía… ida. De hecho, me recordó a Mary Denbe y sus almuerzos de cuatro martinis. Excepto que Libby no olía a alcohol.

—¿Cree que se encontraba bajo la influencia de las drogas? —preguntó la agente especial Adams.

—Imagino que tomaba algo, ya saben, para aliviar su dolor. Estuve a punto de decírselo a Justin, pero me pareció que ya tenían tanto encima… Nosotros apostamos por ellos. Pese a lo que ustedes puedan pensar, todos aquí esperamos que el matrimonio funcione. Hubo un tiempo en el que formaban una magnífica pareja. Nosotros recordamos aquellos días, aunque ellos los hayan olvidado.

Por fin dio la impresión de que Anita ya no tenía nada más que decir. Como no podía darles más información, cogieron sus notas y salieron del despacho. Era medianoche. Los demás empleados ya habían sido interrogados y la sala de reuniones estaba vacía cuando volvieron a ella.

La agente especial Adams recorrió el perímetro para asegurarse de que estaban solos, echando una ojeada por los paneles de vidrio esmerilado tras los cuales se encontraban el resto de los despachos.

—Los detectives de Boston encontraron un bote de hidrocodona en el bolso de Libby —dijo sin preámbulos—. Lo había comprado hace dos días y ya faltaban un tercio de los comprimidos.

Wyatt fue el primero en seguir el hilo.

—Libby abusaba de los analgésicos.

—Según el recuento de las pastillas del bote había tomado veinte pastillas en dos días...

—No puede tratarse entonces de una única receta —musitó Wyatt—. No si está tomando dosis tan altas.

—Se llama *doctor shopping* —explicó Tessa—. Consiste en ir de médico en médico para obtener recetas. Las mujeres de su estatus socioeconómico lo hacen a menudo. Libby iría quejándose de dolores ficticios.

Wyatt se volvió hacia Nicole.

—¿Dices que las pastillas estaban en su bolso? —preguntó.

Ella asintió.

—Eso significa que no tiene analgésicos.

—Probablemente —replicó la rubia—. Sus efectos personales estaban apilados sobre la isla de la cocina.

Tessa entendió el razonamiento de Wyatt.

—Síndrome de abstinencia —musitó.

El detective de New Hampshire la miró asintiendo.

—Y tanto. Me pregunto si los secuestradores esperaban encontrarse algo así, que uno de sus secuestrados empezara a sufrir, justo ahora, un síndrome de abstinencia extremadamente doloroso que va a darle un toque de dramatismo a la situación —afirmó Wyatt mirando su reloj.

La agente especial Adams se dio la vuelta desde el otro extremo de la mesa.

—Puede que necesite cuidados médicos.

—Pistas que seguir —añadió Wyatt pensativo—. No creo que los secuestradores la lleven a un centro médico de la zona por miedo a que los descubran, pero daré la alerta en urgencias de los hospitales por si aparece alguna mujer cuya descripción coincida con la de Libby Denbe.

—¿Creéis que siguen con vida? —no pudo evitar preguntar Tessa. Miró a la agente del FBI y luego al detective del sheriff de New Hampshire. Ambos se encogieron de hombros.

—Pues no lo sé —replicó la agente especial Adams con sinceridad—. Espero que sí, por supuesto.

—Yo creo que las apuestas están a nuestro favor —dijo Wyatt—. Si querían matar a la familia, no hay razón alguna por la que no hubieran podido ocuparse del asunto personalmente dejando un saldo de tres cadáveres. El uso de táseres parece sugerir que hay algo más en juego. No se trata únicamente de eliminar a la familia.

Tessa asintió, tal vez porque ya era tarde y como no estaban haciendo progresos necesitaba tener fe en algo.

—Os diré algo más —continuó Wyatt—. Esta compañía, esta gente —afirmó haciendo una mueca—, son un puñado de mentirosos.

Lo dijo tan rotundamente que Tessa casi se echó a reír. Pero se reprimió lo justo para hacer una pregunta.

—¿Por qué lo dices?

—Todos protegen a Justin Denbe, excepto, ya sabes, cuando intentan comprar su compañía. Y el negocio va muy bien, salvo que toda una rama de megacorporaciones quiere robarles el trabajo. ¡Ah!, y no saben nada de secretos familiares, salvo cuando son ellos el secreto de familia.

—¿Quién es un secreto de familia? —preguntó la agente especial Adams, que parecía confusa.

—Anita Bennett, ¿no te has dado cuenta?

—¿De qué?

Wyatt dirigió una mirada a ambas.

—De la expresión de su rostro cada vez que pronunciaba el nombre del padre de Justin. No creo que fuera una empleada más de Dale. Era una de sus conquistas. ¿Ese discursito sobre la infidelidad y la lealtad? Dale engañaba a su mujer con ella, pero le era leal. Lo que significa que su muerte perjudicó a las dos mujeres de su vida.

—Mary se fue y Anita se quedó —murmuró Tessa—. Siguió escalando posiciones en el seno de la empresa, pero treinta y cinco años después sigue siendo una empleada, no es propietaria.

—Hay gente que se lo tomaría bastante mal —observó Wyatt.

La agente especial Adams sonrió por primera vez en toda la noche, lo que le dio un aspecto inquietante.

—Y hay quien podría decidir tomar, por fin, lo que cree merecer con creces.

# 22

Se llevaron a Justin.

Ashlyn se había quedado dormida. Yo me dormía y me despertaba; la extenuación podía conmigo, pero el dolor incesante me hacía recuperar la conciencia. La conmoción cerebral, el síndrome de abstinencia, ¿quién podía saberlo? Soñaba con mares oscuros y turbulentos, con monstruos, colmillos y cobras que me atacaban. Entonces me despertaba, me doblaba sobre mí misma y me hacía una bola, temblando incontroladamente, con la cabeza a punto de saltar en pedazos por la agonía.

No creo que Justin durmiera. Cada vez que abría los ojos le veía de pie ante la puerta de la celda, los hombros hacia atrás, la expresión tensa: una fiera enjaulada que seguía buscando la forma de salir. O un vigía de pie, de guardia.

En cualquier caso, ninguna de las dos actitudes parecía ayudarle mucho.

De repente la puerta se abrió de un estallido. Es lo que sentí. Me había quedado traspuesta y, de repente, ¡bum!

La puerta de acero se abrió de golpe y entraron dos intrusos. Llevaban colchones que asían a modo de escudos bajo

sus cabezas cubiertas con cascos oscuros. Las viseras oculta-
ban sus rasgos; parecían negros insectos blindados que venían
a por nosotros. Una de mis locas pesadillas se había hecho
realidad.

Gritaban blandiendo palos. El más grande se situó justo
detrás de Justin, le tiró al suelo y empczó a pegarle palazos.
*Bam, bam, bam.* El segundo se dirigió hacia Ashlyn, que dormía en la litera inferior. Un insecto rabioso abalanzándose sobre ella con el colchón, asfixiándola.

Oí gritos ahogados y me tiré de la litera superior sobre
la espalda del insecto infernal. Aporreé instintivamente sus
hombros, pero todo lo que golpeaba estaba acolchado o blindado. Mis puños resultaban inútiles. Mi hija gritaba, yo golpeaba, y daba igual.

Justin gritaba tirado en el suelo.

—Iré, iré. ¡Dejadlas en paz! ¡Dejad en paz a mi familia,
joder!

Al instante, el atacante de Ashlyn se enderezó, apartando el colchón de su cuerpo y arrojándome de su espalda. Me
hice daño al caer, aunque logré poner las manos en el último
segundo al recordar que mi cabeza ya había sufrido bastante.

Justin ya estaba de pie y se tambaleaba junto a la puerta
abierta de la celda. Había sangre en las comisuras de su boca y
llevaba las manos esposadas delante del cuerpo.

Su atacante le agarró por las muñecas esposadas y se lo
llevó.

El nuestro había vuelto a colocar el escudo ante su cuerpo. Andaba hacia atrás en dirección a la puerta abierta. En el
último momento levantó la visera de su casco.

Mick sonrió y nos mandó un beso con la mano. Su rostro decía que hacía años que no se divertía tanto. Estaba deseando volver a hacerlo.

Salió, la puerta de acero se cerró y Ashlyn y yo nos quedamos solas.

No lloramos. Nos hicimos un ovillo en la litera superior, de mutuo acuerdo, para ponernos fuera del alcance de los insectos que querían asfixiarnos. Desde esa posición estratégica podía ver un cielo oscuro, muy oscuro, a través de la estrecha ventana. Aún estábamos en medio de la noche, ni siquiera había amanecido y ya me parecía que siempre había vivido en aquel agujero del infierno.

Mi hija yacía de lado, dándome la espalda. Rodeé su cintura con mi brazo y hundí mi cabeza en su cabello.

Cuando era pequeña, Ashlyn solía venir a nuestra habitación. Nunca decía nada, yo simplemente abría los ojos y ahí estaba, de pie, junto a mi lado de la cama, un pequeño y pálido fantasma. Yo apartaba las sábanas y ella se acurrucaba junto a mí. Era nuestro secreto, pues Justin no lo aprobaba.

Pero me daba igual. Siempre supe que esos momentos no durarían siempre, que los cinco primeros años de la vida de mi hija, pese a las largas noches sin dormir, serían algunos de los pocos momentos en los que me pertenecería de verdad. Primero aprendería a gatear, luego a andar, y al final se iría corriendo a vivir su vida.

De manera que me encantaba abrazarla estrechamente, percibir el olor a champú infantil que emanaba de su pelo. Sentirla junto a mí, como un pequeño horno, hecha una pelotita a mi lado.

Mi hija ya no era pequeña. A los quince años era casi tan alta como yo, pero ¡su caja torácica parecía tan frágil! Crecía como un potro, todo piernas y brazos delgados. Teniendo en cuenta lo alto que era Justin, lo más probable era que me sacara la cabeza en un año. Siempre había sido mi pequeña y nunca volvería a serlo.

Mi cuerpo empezó a temblar, mi estómago a doler. Intenté controlar los temblores pero no fui capaz.

—¿Mamá? —preguntó mi hija. Su voz sonaba queda, apagada.

Aparté su largo cabello castaño claro y, por primera vez en mucho tiempo, me avergoncé de mi debilidad. Nunca debí haber tomado aquella primera pastilla. Nunca debí permitir que algo tan patético y estúpido como la traición de mi marido se convirtiera en una excusa para desmoronarme. Puede que mi matrimonio hubiera acabado. Pero seguía siendo madre. ¿Cómo había podido olvidarlo?

—La conmoción cerebral —musité a modo de vaga excusa.

No logré engañar a mi hija. Se dio la vuelta y me miró. Tenía mis ojos, lo decía todo el mundo. Ni verdes ni dorados, un color intermedio. Era guapa y lista y estaba creciendo demasiado deprisa. Acaricié su mejilla y, por una vez, no se apartó.

—Lo siento —le dije. Tenía sudor frío en la frente. Sentía las gotas húmedas, solo que, en el estado en el que me encontraba, más que agua parecía sangre.

—Necesitas tus pastillas —murmuró.

—¿Cómo has...? —No estaba segura de querer saberlo.

—He estado registrando tu bolso —respondió mi hija en tono neutro—, y también tu móvil y el de papá. No solo dejasteis de hablaros. Dejasteis de hablar conmigo.

No respondí. Me limité a mirarla, buscándome en la implacable mirada de mi adolescente.

—Te queremos. Eso nunca cambiará.

—Lo sé.

—A veces los padres se comportan como seres humanos.

—Yo no quiero seres humanos. Quiero a mi mamá y a mi papá.

Se dio la vuelta. Se había acabado mi tiempo. Uno de los efectos secundarios de los opiáceos es un grave estreñimiento. De manera que, cuando suprimes la droga, tu cuerpo parece querer recobrar el tiempo perdido.

Alcancé el inodoro justo a tiempo.

Tuve un violento ataque de diarrea, horrible y apestoso. Quería llorar, pero tras los vómitos crónicos, la sudoración y ahora esto, a mi cuerpo no le quedaban fluidos.

Ashlyn permaneció en la litera superior e hizo lo posible por darme algo de privacidad. No es que me importara mucho ya.

Me estoy viniendo abajo, pensé, apretándome el estómago para intentar controlar los calambres. Involucionaba de ser humano a animal; de respetable esposa y madre, que una vez supo perfectamente cuál era su lugar en el mundo, a una mujer que podría caer muerta en una alcantarilla.

Poco a poco fue pasando lo peor del ataque de diarrea. Seguí, eso sí, temblando y sudando, sintiendo mucho dolor y la más profunda y oscura de las desesperanzas.

Me levanté del retrete y me encogí en el suelo.

Y esperé a que el mundo acabara.


Ashlyn me contó luego que había venido Radar. Había traído una jarra de agua, una pila de toallas y un puñado de pastillas. Un antidiarreico, paracetamol y un antihistamínico. Tuvieron que sujetarme entre los dos para lograr que tragara las pastillas.

Entonces Radar se fue y Ashlyn se quedó sola humedeciendo toallas y pasándolas por mi rostro. No se le ocurrió cómo subirme a la litera, así que se sentó en el suelo conmigo.

Recuerdo que hubo un momento en el que abrí los ojos y la vi mirándome.

—Te vas a poner bien —murmuró—. No me das ninguna pena, mamá, te lo mereces.

Pero luego la oí llorar. Eran sollozos silenciosos, incesantes. Intenté acariciar su rostro, decirle que tenía razón, que yo estaba equivocada, pero era incapaz de mover los brazos. Volvía a estar bajo el agua, hundiéndome, cayendo, cayendo y viendo cómo mi hija se alejaba de mí.

—Te odio —estaba diciendo ella—, os odio a los dos, joder. No puedes dejarme así. No puedes *dejarme*.

No le reproché sus palabras. Quería decirle que la entendía. Yo también odié a mi padre porque no había querido ponerse un casco. Y odié a mi madre, que, incluso cuando no podíamos permitirnos cenar, siempre tenía a mano un paquete de cigarrillos recién comprado. ¿Por qué son tan débiles y tan falibles los padres? ¿Por qué mis padres no lograron ver lo mucho que los amaba, lo mucho que los necesitaba?

Murieron dejándome una especie de vacío que nunca se llena, un dolor implacable que persigue a un niño abandonado a lo largo de toda su vida. Me quedé sola, un frágil pilar, hasta el día en que conocí a Justin. El maravilloso, guapo, irreal Justin. Me hizo pisar fuerte y sentirme hermosa, amada y deseada más allá de toda razón. Íbamos a ser felices para siempre, el rey y la reina del cuento.

Creo que reí. Puede que riera hasta que me puse a llorar, porque lo siguiente que recuerdo es a mi hija mirándome. Esta vez parecía asustada y no dejaba de decir: «Mamá, por favor, mamá». Volví a sentir verguenza.

Se suponía que yo debía cuidar a mi hija y no al revés. Era mi obligación mantenerla a salvo.

Radar volvió. Ni me miró. Tampoco habló con mi hija.

Dejó otro puñado de pastillas.

Estas hicieron efecto. Mis dolores desaparecieron, el vacío oscuro se fue hundiendo, hundiendo, hundiendo. Dejé de jadear, temblar y sudar.

Mi cuerpo se tranquilizó.

Me dormí.

Un rato después, mi hija se hizo un ovillo en el suelo a mi lado. Esta vez era ella quien había pasado su brazo por mi cintura y apretaba el rostro contra mi cabello.

Ella también se durmió.

Por el momento.

La puerta de la celda se abrió con gran estruendo. El primer insecto con armadura entró gritando y blandiendo su colchón, haciéndonos pasar rápidamente del adormilamiento a la alerta máxima.

El insecto nos aporreó con su colchón, gritándonos que nos levantáramos, ¡arriba, arriba!

Seguíamos en el suelo y mi hija tensó su brazo en torno a mi cintura. Yo deslicé mis dedos en los suyos y apreté su mano.

No dejes que se la lleven, no dejes que se la lleven, no dejes que se la lleven. Es mía, no pueden tenerla.

Más gritos, más chillidos, más golpes.

Al final Mick soltó su escudo y asió a Ashlyn por los hombros, intentando levantarla del suelo a la fuerza. Yo apreté más su mano. Él tiraba y tiraba, implacablemente, ¡y con qué fuerza!

Nuestras manos se separaron, los dedos de Ashlyn se escurrieron de entre los míos.

Mick la levantó y la apartó de mí. Yo logré ponerme en pie y le di una patada en los testículos.

Llevaba protección, pero puede que no fuera a prueba de todo. Mick cayó hacia atrás y soltó a Ashlyn para volverse hacia mí. Esta vez le di una patada en la rodilla antes de lanzar débiles puñetazos a sus riñones. Apenas tenía fuerzas, casi no me tenía en pie, pero no paraba. Pateaba y pegaba, y pegaba, y pateaba, hasta que retrocedió en busca de su colchón-escudo y Ashlyn trepó rápidamente a la litera superior, donde se puso en cuclillas, preparada para lanzarse sobre él.

De repente, un par de manos nuevas, enormes, increíblemente fuertes, me levantaron del suelo sosteniéndome en el aire. Ashlyn tenía los ojos muy abiertos.

Z habló en tono tranquilo, con la boca junto a mi oreja.

—Mick, eres un puto despojo de ADN humano. Deja de hacer el capullo y cumple con tu cometido.

Mick no intentó agarrar a Ashlyn, y salió furioso de la celda.

Z me dejó en el suelo, sujetándome firmemente entre sus manos. Su siguiente orden iba dirigida a mi hija.

—¡Siéntate!

Ella se sentó.

Mick volvió, pero no estaba solo. Iba empujando a Justin y mi marido se agarró, tambaleándose, a la litera más próxima, asiendo la barra de metal para no caerse.

Z soltó mis hombros y ambos hombres desaparecieron tan rápidamente como habían llegado.

Justin levantó la cabeza; su apuesto rostro estaba irreconocible debido a los golpes.

—Libby —susurró—. Libby, estaba equivocado. Tenemos que... salir... de aquí.

Entonces mi marido se desplomó sobre un charco de sangre.

# 23

Wyatt no lograba conciliar el sueño. No es que no le gustara dormir. No tenía nada en contra. Pero esa noche, tras un largo día de investigaciones lidiando con un caso de alto perfil, su cerebro se negaba a desconectarse. Se encontraba en el modesto hotel que Kevin había localizado gracias a ese milagro moderno que era el sistema de navegación de su automóvil, y su cerebro funcionaba a mil por hora.

Eran las dos de la madrugada y cavilaba: ¿por qué la familia entera?

Hasta entonces, la mayoría de sus teorías estaban relacionadas con ganancias económicas. Después de todo Justin Denbe era un hombre rico que dirigía una empresa de primer orden. Cuando disparan con táseres y secuestran a un tipo así en su elitista mansión de Boston, lo primero que piensa uno es que se trata de dinero.

Según los directivos de su empresa, era el tomador de una póliza de seguros de dos millones de dólares, algo difícil de olvidar. Y, teniendo en cuenta que la compañía estaba pasando por una transición industrial nada sencilla y que probablemente también había rencillas internas, seguramente más de una persona clave vería la posibilidad de obtener beneficios si Justin desaparecía una temporada. Qué demonios, puede que un buen secuestro a la antigua usanza acabara apartando a Justin del negocio. A lo mejor se retiraba del todo, permitiendo que la vieja guardia o bien la sangre fresca tomaran las riendas y llevaran a la compañía a la gloria plena del «diseña, construye, gestiona».

Qué más daba.

Wyatt no se dedicaba a los negocios. Se dedicaba a las personas. Un caso como este nunca acababa siendo un asunto contable, daba igual cómo empezara. La clave eran las personas, qué las llevaba a actuar y qué hacía que algunas actuaran de forma distinta.

Lo que le hizo volver a su idea original. Lo único que habían averiguado era que existían unas cuantas razones relacionadas con el lucro para secuestrar a Justin Denbe, pero ¿por qué llevarse a toda la familia?

Secuestrar a tres personas no era nada fácil. De entrada, implicaba contar con algún cómplice, y ningún funcionario de prisiones había conocido hasta ahora a alguno capaz de guardar un secreto. En segundo lugar, la logística se complicaba exponencialmente. El transporte suponía un problema en un caso con múltiples perpetradores y varias víctimas. Qué demonios, era imposible llegar del punto A al punto B pulcra y discretamente cuando se requería un barco de recreo para hacerlo. Aunque a lo mejor, puesto que era un gran día, habían decidido alquilar una limusina.

Luego estaba el problema del alojamiento. ¿Dónde metías a tanta gente? Ahí era donde cobraba importancia el norte de New Hampshire, sobre todo en esa época del año. En algunas de las zonas de acampada había alojamientos de temporada de buen tamaño. Conseguir calentarlos sería un tormento, y resultarían tan cómodos como el infierno, puesto que no estaban pensados para el invierno, pero sin duda eran lugares solitarios y discretos donde meter a un grupo de secuestrados.

Evidentemente había que alimentar a toda la partida y, sin duda, habrían almacenado comida: es lo que se suele hacer en los meses de verano. Pero, de nuevo, suponía mucho *esfuerzo*. Desplazamientos al supermercado, porque Wyatt, que era un comprador con experiencia, sabía que era prácticamente imposible comprarlo todo de golpe la primera vez. Siempre se te olvidaba algo en la lista. O surgía algo inesperado. Por ejemplo, un ama de casa rica de Boston con síndrome de abstinencia por los opiáceos necesitaría aspirina, loperamida y todo tipo de cuidados.

Esfuerzo, esfuerzo, esfuerzo.

Riesgo, riesgo, riesgo.

Si se trataba de auténticos profesionales, ¿por qué exponerse al riesgo de secuestrar a una familia entera? ¿Por qué no limitarse a secuestrar a Justin?

A Wyatt no le gustaba la situación.

Las dos, las tres, las cuatro de la madrugada.

¿Por qué secuestrar a la familia al completo? ¿Por qué no llevarse solo a Justin Denbe?

Treinta horas después, ¿por qué demonios no habían pedido rescate alguno?


Wyatt se levantó de la cama a las seis de la mañana. Tras darse una ducha volvió a sentirse moderadamente humano. Se afeitó, lo que definitivamente le hizo sentirse mejor, y por último se puso el uniforme limpio que guardaba en una bolsa de lona. En su trabajo, a veces una llamada le mantenía varios días lejos de casa.

Era demasiado pronto para llamar a North Country. Si su gente hubiera dado con algo relevante, a través de la línea directa, los interrogatorios o tras el registro de las zonas de acampada, le hubieran informado de ello sin importar la hora. No tenía mensajes de texto o de voz en su teléfono móvil, lo que le hacía pensar que seguían en la fase de «esfuerzo sin ganancias». Así estaban las cosas.

Bajó para recoger un fax de la policía de Boston y halló a Kevin en el vestíbulo con dos grandes vasos de café del Dunkin' Donuts.

—Buen chico —dijo Wyatt cogiendo los papeles primero y aceptando el café que le ofrecían después. Miró a su alrededor. El vestíbulo estaba desierto.

—Ofrecen un desayuno continental —comentó Kevin—. ¿Te puedes creer que los domingos no abren hasta las siete y media?

Wyatt gruñó y dio un sorbo a su taza. Le gustaba el café de Dunkin' Donuts. Casi blanco de nata y con mucho azúcar. Estaba delicioso.

—¿Has dormido? —preguntó Kevin.

—¿Quién necesita dormir? ¿Y tú?

—Estuve viendo la televisión por cable. Nada de porno. Ya sé que llevan a gala que en la factura del hotel no va a aparecer ninguno de los títulos de las películas que has visto, pero precisamente eso es lo que hace que parezca que todo el mundo ve porno.

—Bueno es saberlo.

—No eres muy hablador por las mañanas.

—Y tú hablas demasiado.

Ambos hombres se dirigieron a una pequeña mesa que había en la sala de estar. No había nadie, así que no tenían que preocuparse de miradas curiosas ni de oídos alertas.

—¿Qué planes tenemos para hoy? —preguntó Kevin.

—Dar vueltas por ahí. Mientras no recibamos noticias del norte, la única escena del crimen con la que contamos está aquí, por no hablar de que los jugadores también se encuentran en la ciudad. No es fácil hacer los perfiles de toda una familia. Hay que llevar a cabo muchos interrogatorios, hacer multitud de informes... Necesitamos más agentes, pero, claro, no disponemos de ellos.

—El FBI enviará más personal, sobre todo ahora que ya han pasado veinticuatro horas —aseguró Kevin—. No tendrán más remedio. Hemos empezado a investigar hace un día y medio, seguimos sin pista alguna y ni siquiera han pedido un rescate.

—El FBI montará un centro de mando. Supongo que mandarán una unidad móvil que aparcará delante de la casa de los Denbe en la ciudad. Se prepararán concienzudamente para establecer contacto con los secuestradores, poniendo micrófonos en la casa, interviniendo el teléfono y todo eso. Apuesto a que también tienen los teléfonos móviles de los Denbe, por si acaso entra una llamada.

—¿Se puede pedir un rescate a través de un mensaje de texto? —cavilaba Kevin—. Sobre todo con el móvil de la adolescente; posiblemente resultara irónico.

—Si se puede mandar un mensaje de texto para conseguir sexo, ¿por qué no para pedir un rescate? ¿Un mensaje de *textorsión*? A mí me suena bien.

Kevin dio un sorbo a su café.

—¿Qué piensas de Tessa Leoni? Estuviste hablando con ella anoche.

Wyatt se encogió de hombros.

—Hace buenas preguntas, pero no entiendo su relación con Construcciones Denbe. Por un lado son sus clientes, pero, por otro, da la impresión de que es la primera vez que ve a cualquiera de ellos.

—Lo es —confirmó Kevin—, lo estuve averiguando anoche. Northledge figura entre los proveedores de Denbe desde hace siete años, pero no parece ser una cuenta importante. Probablemente realicen investigaciones rutinarias sobre posibles futuros empleados, ese tipo de cosas, en las que trabajan empleados de Northledge de menor nivel que Tessa Leoni. Su jefe la reserva para situaciones más complejas.

—En una situación como esta se requiere gente capaz de pensar estratégicamente —admitió Wyatt frunciendo el ceño—. Parece demasiado joven como para andar investigando a peces gordos.

—Tiene veintinueve años. Sirvió durante cuatro como agente en la policía estatal de Massachusetts. Lleva dos años en Northledge.

—¿Veintinueve? ¡Si es una investigadora en pañales!

—Parece hacer bien su trabajo —contestó Kevin—, en su última evaluación obtuvo una puntuación brillante.

—¿Cómo lo sabes? ¿De verdad te dedicas a surfear por internet en medio de la noche?

—¡Oh, te sorprenderías!

Wyatt meneó la cabeza y acabó su café.

—Quiero pasarme por casa de los Denbe. Hasta ahora nos hemos fiado de lo que los demás dicen que pasó. No es nada personal, pero me gustaría comprobar las cosas por mí mismo.

—A ver si establecen contacto. Una petición de rescate, ¡algo! Eso nos pondrá las pilas.

No tenemos por qué esperar a que los secuestradores den con nosotros. Debemos usar técnicas de investigación de toda la vida para encontrarlos nosotros antes. Lo primero que hay que hacer es responder a mi pregunta del día.

—¿Que es…?

—Si solo quieren dinero, ¿por qué secuestrar a la familia entera?

—Yo puedo contestarte a eso.

—¿En serio? Sorpréndeme, cerebrito.

—Economía de escala. Ya oíste la descripción de Justin Denbe que dio su equipo. Hombretón, hábil con las armas, duro de cuerpo y espíritu. ¿Mandarías a una sola persona a pillar a un hombre así?

Wyatt entendió lo que quería decir.

—Supongo que no.

—Además, si tienes más cuerpos con los que negociar, sacas más tajada. Una persona que secuestrara a Justin Denbe podría ganar dos millones de dólares, pero si necesitas a tres tipos, cada uno de ellos recibiría tan solo seiscientos sesenta y seis mil dólares. No es gran paga teniendo en cuenta el esfuerzo que conlleva. En cambio, si la esposa aporta un millón extra y la hija otro, la cosa vuelve a tener su atractivo.

—Economía de escala. Excepto que la mujer y la hija también incrementan los riesgos. Son tres personas a las que vigilar, transportar, alojar y alimentar. De nuevo habría que involucrar a más gente, lo que disminuiría los beneficios individuales. Salvo que…

De repente Wyatt dio con la solución. En realidad, la respuesta había estado ahí desde las dos de la madrugada. ¿Por qué secuestrar a toda una familia en vez de a un hombre solo? Porque el asunto no iba de cuentas de pérdidas y ganancias sino de lo que movía a la gente a actuar.

—Control —musitó Wyatt, y en el momento en que lo dijo supo que no se equivocaba—. Piénsalo. Con la reputación de Denbe los secuestradores imaginan que necesitarán a varios tipos para llevárselo y eso les pone nerviosos. Es una buena razón para raptar también a su mujer y a su hija. Si estuviera solo, Justin Denbe intentaría defenderse. Pero con su familia en manos de esos tipos…, si intenta algo lo acaban pagando su esposa y su única hija.

Wyatt hizo una pausa y meneó la cabeza.

—Estos tipos son buenos.


Llegaron a casa de los Denbe poco después de las ocho de la mañana. Wyatt no era un tipo urbano, pero captaba el encanto de la agradable avenida, llena de árboles, con hileras de casas antiguas perfectamente restauradas. Era lo que los turistas venían a ver a Boston, y pagaban un buen dinero por ello. El lugar ideal para hacer un reportaje de fotoperiodismo y mostrar cómo viven los ricos.

El barrio parecía tranquilo a esa temprana hora del domingo. La calle estaba llena de coches aparcados, por supuesto. Porsche Carrera, Volvo, Mercedes Benz… Wyatt se preguntaba qué tendrían aparcado en sus garajes los residentes a los que no les preocupaba dejar estos coches en la calle.

No vio ni rastro de un centro de mando móvil en los alrededores de la casa de los Denbe, y ni siquiera tenía la certeza de que hubiera espacio suficiente para aparcar un vehículo tan grande. Tampoco parecía haber presencia policial e imaginó que Boston había puesto en marcha un servicio de vigilancia mediante patrullas ambulantes, o algo así. Por si de repente aparecían los Denbe. O, mejor aún, por si los secuestradores volvían a la escena del crimen.

De momento, lo único que indicaba que había ocurrido algo malo era una discreta tira amarilla de precinto policial atravesando la parte superior de la puerta de entrada principal. Probablemente no querían alarmar en exceso a los vecinos. O puede que quisieran mantener buenas relaciones con la comunidad. Después de todo, la gente que pagaba tanto dinero por una propiedad probablemente no quisiera saber nada de algo que pudiera reducir el valor neto de sus hogares.

Kevin dio cuatro o cinco vueltas a la manzana. Al final, aparcaron en un estacionamiento público y volvieron a pie. Bonita mañana para dar un paseo. Hacía fresco, soplaba un aire frío propio de finales del otoño. Pero el sol calentaba la calle de casas de ladrillo rojo, y las fachadas de diversos colores de las viviendas brillaban a medida que se acercaban a su objetivo.

La puerta principal de la casa de los Denbe (de madera de nogal oscurecida, pensó Wyatt) estaba cerrada. Wyatt empezó por lo más básico: llamó a la puerta.

Y la puerta se abrió.

Durante un segundo se quedó boquiabierto. Mientras veía abrirse la pesada puerta de madera pensó: «¡Dios mío, han vuelto!». Pero entonces la puerta de nogal completó el arco interior y se encontró frente a Tessa Leoni, que lucía pantalones negros y una camisa blanca de vestir. Podría haber pasado por una agente inmobiliaria de no haber sido por la funda de pistola que pendía de su cadera.

—Me imaginaba que vendrías a hacer una visita —exclamó sin preámbulo alguno—. Un buen investigador quiere ver las cosas por sí mismo.

Dio un paso atrás para permitir que Wyatt y Kevin entraran en la casa.

Wyatt se enamoró inmediatamente de la escalera. Procuró no fijar su vista en ella. Demonios, era la única manera de poder controlar el impulso de pasar las manos por la nudosa madera.

Suponía que era caoba. Recién aceitada, con una oscura pátina. Y, oh, la elegante curva del rellano inferior, los artísticos
grabados hechos a mano de cada barrote, ¡cuántas horas de
meticuloso y concienzudo trabajo!

Sin embargo, cuando dejó atrás la escalera y entró en el
cuarto de estar, descubrió estanterías empotradas, una repisa
de chimenea hermosamente restaurada, molduras dentadas
originales... Se rindió. Estaba en medio de un recibidor lleno
de carteles de identificación de pruebas y de polvo revelador de
huellas dactilares, pero lo único que captaba su atención era la
carpintería de este país de las maravillas.

—Impresionante, ¿verdad? —dijo Tessa, que se encontraba junto a la puerta. Él se dio cuenta de que mostraba un
especial respeto por el espacio personal. Llevaba su oscuro cabello sujeto en una coleta demasiado apretada, como si lo que
le importara no fuera su peinado sino el control de su cabello.

—¡Joder! —exclamó él cortésmente.

Ella sonrió y dejó caer algo los hombros.

—Todo el mundo dice que Libby Denbe era la mejor
anfitriona del mundo. Tenía un título en bellas artes o algo así,
lo que se aprecia en su elección de los colores. O, por lo menos, a mí me parecen muy creativos, teniendo en cuenta que
mi casa está pintada de blanco, blanco y, vaya, blanco.

—¿Dónde vives?

—Acabo de comprarme una casita en Arlington. Probablemente pequeña para los estándares de New Hampshire,
pero a mí me basta.

—¿Tienes familia?

—Una hija —respondió mirándole algo sorprendida—.
Mi marido murió hace dos años.

Hubo otra pausa algo tensa. Wyatt echó una ojeada al
vestíbulo. Kevin estaba ocupado examinando las marcas dejadas

por la policía en la escena del crimen. Había fruncido el ceño, lo que significaba que estaba muy concentrado y que Wyatt estaba solo.

—Lo siento mucho —dijo en tono cortés.

Ella sonrió de nuevo, pero esta vez con ironía.

—Eso lo dices porque eres de New Hampshire —murmuró—, a veces se me olvida que no todo el mundo ve las noticias de Boston. ¿Quieres que te enseñe todo esto? Los del FBI todavía no han instalado su centro de mando móvil, de manera que, de momento, el lugar es nuestro.

Wyatt se acercó un poco.

—¿Centro de mando móvil? ¿Dónde?

—En el callejón que hay detrás de las casas. Es por donde tienen acceso a los garajes, donde aparcan, donde hacen en general las cosas menos glamurosas. Así funciona Back Bay. Lo que ves son esas magníficas calles de película, como Marlborough, donde la fachada de cada casa es algo digno de ver. Pero detrás hay un estrecho callejón al que dan las partes traseras de las mansiones, bastante menos elegantes. Los agentes del FBI de Boston entraron anoche. Han aparcado un gran centro de mando móvil blanco, muy bonito por fuera. Apuesto a que dentro hay un montón de juguetes divertidos. Ahora me toca a mí: ¿has tenido una historia con la agente rubia o solo me lo parece?

—¿Con Nicole? —Wyatt llegó al umbral en el que se encontraba Tessa y ella le llevó hacia lo que parecía ser la cocina—. «Historia» es la palabra clave.

—¿Es buena?

—Yo diría que sí. Inteligente, con recursos, ambiciosa. Si yo desapareciera no me importaría que ella se encargara de mi caso.

—Bueno es saberlo.

Cuando entraron en la cocina de última generación, lo primero que vio Wyatt fue el montón de efectos personales apilados sobre la isla de granito. Tessa le informó de que el FBI no había tocado nada, porque esperaban que esa tarde fuera un especialista en comportamiento para analizar la escena del crimen. No hacía falta llevarse los teléfonos móviles para registrarlos; la empresa de telefonía había enviado un fax con la transcripción de mensajes de voz y de texto y el historial de llamadas.

Había algo en los objetos apilados que preocupaba a Wyatt. No eran solo cosas que hubiera que arrebatar a los secuestrados para que no pudieran pedir ayuda o que pudieran facilitar su fuga: era un intento de deshumanizar. Habían arrebatado a una quinceañera su móvil color naranja metalizado con sus iniciales en cristales de Swarovski grabadas en la parte posterior. Le habían quitado a la esposa su alianza y su anillo de compromiso. También habían dejado ahí la navaja suiza roja, abollada, obviamente usada y muy apreciada por el marido.

Tuvo cierta sensación de *déjà vu*. Hubo de reflexionar, dar vueltas al montoncito un momento, observarlo desde distintos ángulos. Entonces se le ocurrió.

—Ingreso en prisión —dijo.

Tessa levantó la vista de lo que estaba examinando.

—Cuando entras en prisión, te quitan todos tus objetos personales —continuó Wyatt—, joyas, billetera, dinero, llaves, teléfono, monedas, todo. Haces un montoncito con tus cosas y las dejas a un lado. Esto parece un ingreso en prisión.

Tessa asintió pensativa.

—De manera que puede que uno o varios de nuestros delincuentes tenga antecedentes.

—Desgraciadamente eso no reduce mucho el número de sospechosos —señaló Wyatt secamente—. Ya nos habíamos imaginado que se trataba de profesionales y que muchos de ellos habrían pasado un tiempo a la sombra. Así prosiguen su aprendizaje con gente más experta y crean alianzas para iniciar de nuevo sus actividades delictivas en cuanto los sueltan.

—¿Nunca te han dicho que eres muy cínico?

Wyatt la miró.

—Quieres decir, ¿todo lo contrario a tu optimismo natural?

Esa sonrisa de nuevo. Más amplia, más sincera. Durante un segundo tuvo el aspecto de una mujer de veintitantos años. Se dio cuenta de que Tessa Leoni siempre parecía recelosa, como si estuviera en guardia debido a un peligro que él no acababa de identificar. Tenía un pasado, definitivamente era una mujer con un pasado.

—El pesimismo es un riesgo laboral —admitió Tessa—. De manera que al menos uno de nuestros sospechosos probablemente haya estado en la cárcel. Lo más seguro es que el FBI esté trabajando en ello, pero lo mencionaré cuando salgan de su capullo. ¿Alguna otra cosa?

—Para ser un delito cometido por dinero, se han dejado aquí un montón de objetos valiosos. Quiero decir, si secuestras a una familia para pedir un rescate, ¿por qué no te llevas el oro y los diamantes? ¿Acaso los secuestradores no querían un extra por las molestias?

—Disciplina —repuso Tessa—, esa es mi teoría. Los secuestradores tenían un plan y se atuvieron a él. Me asusta un poco, porque solo el diamante de Libby debe de valer cien de los grandes. Si lo piensas bien, es muy fácil metértelo en el bolsillo cuando los demás no están mirando…

Wyatt entendió y compartió su preocupación. No estaban buscando tan solo a un depredador experto y muy disciplinado. Andaban a la caza de todo un equipo de profesionales expertos y muy disciplinados.

—Creo que raptaron también a la esposa y a la hija para poder mantener a Justin bajo control —dijo Wyatt abruptamente—. Un tipo como él parece haber nacido para pelear. Pero si están en juego las vidas de su mujer y su hija...

Tessa asintió y volvió a asomar a sus ojos esa mirada.

—Eso limitaría sus opciones —susurró—. Un argumento más a favor de que el equipo que los secuestró había hecho sus deberes y llegó bien preparado.

—¿Y no piden un rescate?

—Todavía no lo han pedido. Ven, te llevaré arriba.

Arriba resultó ser la tercera planta. Había aún más carteles de identificación de pruebas dejados por la policía y signos de lucha. Tessa le paseó por la escena del crimen relatándole la teoría de la policía de Boston sobre la secuencia de sucesos. Le pareció muy interesante. Él, desde luego, nunca había tenido la oportunidad de utilizar gotas de orina para hacer un diagrama de la escena de un crimen.

Cuando acabaron con la inspección Tessa volvió a conducirlo a la escalera. En el rellano de la segunda planta Wyatt se paró.

—¿Qué hay aquí?

—La sala de estar, el dormitorio de invitados, la biblioteca.

—Quiero decir, en términos del secuestro.

Ella negó con la cabeza.

—En esta planta, nada.

—¿Y en el nivel superior, por encima del tercer piso?

—Nada.

Wyatt frunció el entrecejo.

—Lo que significa que toda la actividad tuvo lugar en la tercera planta, donde los secuestradores cogieron a la chica, y en el vestíbulo, donde inmovilizaron a los padres. También en la cocina, donde amontonaron los objetos personales de la familia tras haberlos reducido.

Tessa asintió.

Wyatt le dirigió una mirada.

—Muy preciso, en mi opinión. ¿Cuántos metros cuadrados tiene esta casa, unos seiscientos? ¿Cuántas plantas tiene, cuántas habitaciones? Pero a juzgar por la *falta* de pruebas en algunas de las plantas, los secuestradores no dieron ni un paso de más. ¡Dentro, fuera, listo!

Ella redujo el paso y Wyatt pudo comprobar cómo deducía lo que implicaban sus palabras.

—Siempre pensamos que podía ser un trabajo realizado desde dentro, o, al menos, que alguien que conocía a los Denbe había proporcionado a los secuestradores los códigos de seguridad. Pero lo que estás sugiriendo...

—Creo que conocían la casa —dijo Wyatt sin tapujos—. Tal vez la visitaron como invitados, o a lo mejor la misma persona que les dio los códigos de seguridad también les organizó un *tour* privado. Lo justo para que supieran dónde estaba el dormitorio de Ashlyn y dónde colocarse para sorprender a los padres cuando entraran en la casa.

—También estaban al tanto de las costumbres de la familia —añadió Tessa—, porque si Libby hubiera estado al volante a la vuelta, ella y Justin hubieran accedido a la casa desde el garaje situado en la planta inferior. Pero, al ser él quien conducía, entraron por la puerta principal.

—¿Quién podía conocer todos esos detalles?

—El ama de llaves, Dina Johnson. Probablemente algunos amigos íntimos y otros conocidos. No hay que olvidar al equipo de dirección de Justin, la gente que conocimos anoche. Dijeron que los invitaban a menudo a la casa, y, además, tendría sentido que Justin les hubiera confiado el código de seguridad por si alguna vez necesitaba que le recogieran algo, cosas así.

—Es decir, tenemos a un buen puñado de sospechosos —señaló Wyatt—, que ya nos han vendido algunos cuentos chinos.

Habían vuelto al vestíbulo principal. Kevin ya no estaba agachado examinando el suelo; probablemente se habría dirigido a la cocina.

—Si se trata de un asunto de negocios —dijo Tessa—, ¿por qué un secuestro? ¿Qué tiene que ver secuestrar a Justin y a su familia con la posibilidad de hacerse con Construcciones Denbe?

Wyatt consideró el asunto.

—Como su líder ha desaparecido la empresa entra en crisis, y dada la situación de emergencia el equipo de dirección asume el control de Construcciones Denbe.

—¿Y para qué? Al final, encuentran a Justin, vuelve y se hace cargo.

—A menos que quede incapacitado para hacerlo, que acabe herido... —Wyatt hizo una pausa—, o que lo maten.

Tessa asintió y se marcaron unas arrugas en su frente.

—Puede ser. Dios sabe que hay muchos casos de socios comerciales descontentos que contratan a asesinos a sueldo. No siempre es fácil entender qué incita a matar a la gente.

Sonó un timbre. El sonido procedía de su bolsillo. Sacó su teléfono móvil y miró la pantalla.

—Perdóname un momento, tengo que atender esta llamada.

Wyatt asintió y se dirigió a la sala de estar para admirar por última vez la repisa de la chimenea tallada a mano. Luego sacó de su bolsa el grueso taco de papeles y empezó a leer.

Lo siguiente que supo fue que Tessa Leoni estaba a su lado balanceándose sobre la punta de sus pies.

—¡Lo tengo!

—¿Qué?

—La respuesta a mi pregunta. Espera un momento, ¿eso es el registro de pruebas? —preguntó señalando el taco de papeles—. ¿Has conseguido que el FBI comparta contigo el registro de pruebas?

—No fue el FBI, sino la policía de Boston. Yo encontré el chaquetón, ¿recuerdas? Ahora me entrometo en los asuntos del FBI, que, a su vez, se había entrometido en los suyos. Pensé que el detective a cargo, Neil Cap, a lo mejor querría hacerme un favor.

Ella abrió mucho los ojos.

—Buena jugada.

—En las montañas hay algo más que osos y renos —le aseguró él modestamente—. A veces también tenemos que habérnoslas con zorros. ¿Cuál es la respuesta a tu pregunta?

—¿Cómo descubrió Libby que su marido tenía un lío? —contestó Tessa inmediatamente.

Wyatt parpadeó. Lo cierto era que no lo había pensado.

—¿La hija? Según Anita Bennett visitó el edificio para echarle un vistazo a la competencia.

—Buena respuesta. Pero según el estilista de Libby, ella se enteró del asunto hace seis meses, mientras que Ashlyn apareció en el vestíbulo del edificio hace tan solo tres. ¿Cómo se enteró Libby? ¿Vio algo? ¿Oyó algo?

Wyatt se iba animando. Empezaba a ver a dónde llevaba todo.

—Interesante.

—Esta mañana —continuó Tessa—, pedí la transcripción del historial de llamadas y mensajes del teléfono de Libby. Fíjate, a principios de junio recibió un mensaje de texto en el que la aconsejaban que vigilara mejor a su marido. Luego, dos días después, otro en el que le preguntaban si sabía a qué se dedicaba su marido a la hora de comer. Luego hubo un tercero, al día siguiente, en el que le sugerían que echara un vistazo a los mensajes de texto de su marido. Ahora bien, mira qué curioso, los mensajes fueron enviados al teléfono de Libby desde un teléfono de prepago. No se puede rastrear el número.

—Él tenía que ocultar sus huellas —musitó Wyatt.

Tessa volvió a sonreír. Sus ojos azules brillaban más y se la veía animada. Parecía una locura, pero él apenas se atrevía a respirar.

—Es gracioso que digas «él», porque yo pensé que «ella» borraba sus huellas. Y la única mujer que conozco que estaba enterada del asunto es Kathryn Chapman. Así que pedí a un analista-investigador de Northledge que buscara todo lo que pudiera sobre ella. ¿Adivina qué? Tienes razón. Creo que era «él» quien borraba sus huellas. Según mi brillante analista-investigador, Kathryn Chapman es sobrina, nada más y nada menos, que de Chris López, el segundo al mando de Justin.

# 24

Cuando conocí a Justin trabajaba en la boutique de una amiga. Ayudaba a atender a los clientes los fines de semana, mientras intentaba que despegara mi incipiente negocio de joyería. Mi amiga prácticamente no me pagaba nada, pero me dejaba exhibir en su tienda algunas de mis creaciones.

Oí tintinear la campanilla de la puerta, aparté la mirada de unos pañuelos que estaba ordenando y Justin entró en la tienda.

Puedo relatar con todo detalle lo que ocurrió en los quince primeros minutos de nuestra relación. Recuerdo su pelo castaño, que entonces llevaba más largo y era más oscuro. Me acuerdo perfectamente de cómo le caía a un lado de la frente dándole un aspecto juvenil. Recuerdo su estatura, su gran presencia física, sus anchos hombros que parecían tapar el sol. Llevaba vaqueros, pero no de diseño. Realzaban sus largas piernas y eran pantalones usados de verdad, rotos, al igual que la chaqueta de L.L. Bean color verde oliva y sus botas de trabajo raspadas.

Luego, su sonrisa. Rápida, instantánea. Me miró, esbozó una enorme sonrisa y exclamó: «¡Gracias a Dios, estoy salvado!».

Y al instante supe que yo estaba perdida.

Quería deslizar mis dedos por su cabello. Deseaba sentir el firme muro de su pecho. Quería retener su aroma en mis fosas nasales y oír el rumor de su voz profunda en mi oído, una y otra vez.

Necesitaba comprar un regalo para una amiga. Yo, por supuesto, le vendí uno de mis collares.

Con mi número de teléfono en la etiqueta.

Lo que nos llevó a nuestra primera cita. Podría describir al detalle su expresión, algo más tímida, como si se avergonzara cuando me entregó una rosa amarilla. Me ofreció la mano para ayudarme a entrar en su viejo Range Rover. Perdona el barro, los lapiceros tirados por ahí y, ¡oh!, los planos enrollados. Trabajaba en la construcción, dijo, gajes del oficio.

Recuerdo claramente su mirada la primera vez que hicimos el amor, no esa tarde, aunque yo no me hubiera hecho de rogar. No nos acostamos hasta la cuarta cita. Sus ojos azules brillaban con gran intensidad y estaban centrados en mi rostro, en cada suspiro que escapaba de mis labios, en cada movimiento ondulante de mi cuerpo. Sentí que intentaba grabarme en su memoria. Esta es Libby. Esto es lo que le gusta a Libby.

Más tarde me confesó que se había sentido nervioso, y cuando me lo dijo rompí a reír de tal modo que juró que nunca me volvería a contar un secreto.

Pero no cumplió su palabra. Me dijo que me amaba antes de que yo confesara que le amaba a él. Me aseguró que un día sería su esposa, antes de que yo fuera consciente de ello.

Entonces, un jueves por la noche, volvió a casa tras un viaje de negocios especialmente largo y agotador. Yo le recibí con globos azules y rosas, y cuando le conté que estaba embarazada vi un mar de sensaciones reflejarse en su rostro. Pasó del agotamiento a la confusión, a la mirada inquisitiva, hasta que finalmente percibí en sus ojos una felicidad que se fue asentando lentamente. Lo siguiente fue total adoración. Dejó su bolsa en el suelo y me cogió en volandas. Solté los globos que echaron a volar, libres, a través de la puerta abierta, mientras nosotros reíamos primero y llorábamos después. Aún puedo saborear la sal de sus mejillas.

Los recuerdos de un matrimonio. Las caras de mi marido. Tantos momentos en los que le veía con total claridad. Tantos momentos en los que *sabía* que él me veía a mí.

¿Acaso es eso lo que se pierde con el tiempo? No es tanto falta de afecto como un proceso en el que se te va nublando la vista lentamente. Dejamos de ser el centro de nuestras vidas y acabamos pareciendo los muebles con los que uno procura no chocar en su vida cotidiana. Hubo momentos en los últimos meses en los que estaba sentada enfrente de mi marido, bastante drogada, deseando que me mirara. Cuando él seguía cenando tranquilamente me servía otra copa de vino para llenar el vacío.

Cuesta darse cuenta de que eres invisible. Pero puede que la ceguera fuera mutua. Porque de no haber sido por tres mensajes de texto que recibí en mi teléfono móvil, nunca se me hubiera ocurrido que Justin estuviera teniendo una aventura. Lo que significa que en algún punto yo había dejado de prestar atención a mi marido.

Pero ahora sí que le miraba atentamente.

Pasé mi dedo por su hinchado ojo derecho, por las cinco laceraciones de su mejilla, por el labio inferior donde había una única gota de sangre. Tenía moratones en torno al cuello y en los hombros.

Su cabello color castaño, que empezaba a platear en las sienes, estaba húmedo, como si el dolor provocado por los golpes le hubiera hecho sudar. Apestaba, o puede que fuera yo la que olía así de mal.

Habían puesto en marcha un proceso de deshumanización para quebrarnos y convertirnos en animales.

Pero no iba a dejar que se salieran con la suya. No iba a permitir que ganaran nuestros secuestradores.

Miraba a mi marido. Volvía a ver en él a un buen hombre que había recibido una paliza para proteger a su mujer y su hija. Un hombre valiente, que debía de padecer muchos dolores, pero que no articuló queja alguna cuando Ashlyn y yo le pusimos lentamente de pie y le ayudamos a acomodarse en la litera inferior.

Mi marido.

Mandé a mi hija a dormir. Ya había sufrido bastante por una noche y necesitaba descansar. Luego, aunque mis manos temblaban de forma incontrolada y tuve que parar para recobrar el aliento, lavé lenta y suavemente la sangre del rostro de Justin.

Él suspiró.

Yo le besé en la comisura de la boca.

Suspiró de nuevo.

—Lo siento.

—Está bien.

—Me gustaría…

—Shhhh, descansa.

Logré que se calmara. Luego me quedé dormida, sentada en el borde de la litera, sujetando firmemente la mano de mi esposo.


No vinieron a buscarnos a primera hora de la mañana. Tal vez pensaron que ya nos habían torturado lo suficiente la noche anterior. O, lo que parecía más probable, estaban descansando ellos.

La luz del día penetraba por nuestra angosta ventana. Cuando desperté me dolía el cuello de haber tenido la cabeza mucho tiempo apoyada en la barra de metal de la litera. Me sentía débil pero menos dolorida. Más como se siente una mujer de mediana edad que necesita desesperadamente agua, comida y una buena noche de sueño.

Supuse que era gracias a las pastillas. Fuera lo que fuera lo que me había dado Radar, enmascaraba los síntomas del síndrome de abstinencia temporalmente. No sabía qué era. Vicodina no, desde luego, porque conocía bien ese precioso brillo que adquiría todo al ingerirla, sabía cómo limaba los bordes duros de la vida. No experimentaba nada de eso. Ningún país de las maravillas a punto de derretirse, tan solo menos temblores, náuseas y desesperación.

Pensaba que debía preguntar a Radar qué medicación me había dado, aunque, en el fondo, no estaba segura de querer saberlo. En ese momento estaba mejor. Considerando las circunstancias, tenía la sensación de que no iba a encontrarme mejor de lo que me sentía entonces.

Usé el inodoro mientras mi familia dormía, luego rellené la jarra de agua en el lavabo. Todo un logro teniendo en cuenta el débil chorrillo que salía del grifo. A esto debían dedicar los presos su tiempo en la cárcel. A esperar a que saliera suficiente agua del grifo como para remojarse los dedos, enjuagarse la boca y lavarse la cara.

Bebí pequeños sorbos de la jarra, intentando rehidratarme mientras miraba por la mirilla de la puerta de la celda. Contemplé la extensa y sobreiluminada zona común, preguntándome dónde acecharían nuestros secuestradores la próxima vez.

En el extremo izquierdo de la zona común había unas cuantas duchas. Anchos compartimentos alicatados de blanco, seis arriba, seis abajo. El último a la izquierda era especialmente grande y contaba con barras de metal fijadas a ambos lados de la pared. Accesibilidad para minusválidos. Cosas en las que no piensas. No todos los miembros de la comunidad carcelaria son hombretones grandes y fuertes. Algunos están heridos, o son viejos, o padecen algún tipo de minusvalía.

No me habría gustado verme en su pellejo. Ni siquiera soportaba verme a mí ahí dentro.

Evidentemente, ninguno de los compartimentos tenía puertas de cristal esmerilado, ni siquiera cortinas de plástico baratas. Todo quedaba expuesto. Al parecer darse una ducha en la cárcel era todo un espectáculo de *striptease*.

Aun así, miré las duchas con nostalgia. Mi pelo era un conjunto de lacios mechones compactos. Tenía el mono de presidiario naranja todo sudado, notaba cómo la sal formaba una escarcha sobre mi piel. Pensé que si lograba desnudarme parcialmente podría intentar usar el chorrito que salía del grifo del lavabo para lavarme el torso.

Pero no me atreví a hacerlo. Me daban demasiado miedo los insectos alienígenas que podían irrumpir por la puerta en cualquier momento. Por no hablar del terror que me inspiraba imaginar los ojos azules, de loco, de Mick si me pillaba medio desnuda.

La prisión tiene ojos, había dicho Justin.

Incluso ahora nos observaban. Me observaban.

Bebí más agua, me aparté de la puerta de la celda y descubrí que Justin estaba despierto en su litera y me contemplaba.

—Ashlyn —graznó.

—Durmiendo.

Le acerqué la jarra de agua y sostuve su cabeza mientras daba los primeros sorbos. Gimió en cuanto le toqué, pero no dijo nada.

—¿Ellos… volvieron?

No sabía a qué se refería, le veía muy confuso.

—Cuando me cogieron, ¿no vinieron a por ti?

—No —le aseguré.

—Esperaba… que no. Mientras me estuvieran pegando…, sabía que no podrían… estar haciéndoos daño. Pero entonces Z desapareció. No sabía… qué significaba eso.

—Aquí no vino.

—Bien.

—Justin, ¿por qué? Si se trata de dinero… —Señalé sus rasgos hinchados y distorsionados—. ¿Por qué?

—No lo sé. Me decían que lo dejara. ¿Dejar qué?

Justin hizo una mueca y bebió más agua.

—Me decían que las preguntas las hacían ellos y me volvían a pegar.

Fruncí el ceño considerando el asunto.

—¿Has estado…, has estado haciendo algo indebido?

Mi marido sonrió, pero la expresión de su rostro lacerado siguió siendo igual de triste.

—¿Quieres decir, aparte de engañar a mi mujer?

Me sonrojé y desvié la mirada.

—Terminé con esa relación, Libby…, como me pediste…, hace seis meses. Nunca debí iniciarla en primer lugar.

—Debe haber alguna otra cosa, ¿tal vez relacionada con el trabajo?

Pero Justin no quería dejar el tema.

—Lo siento. Lo sabes, ¿verdad?

No respondí, tan solo miré hacia otro lado.

—Pero no eres feliz —dijo, y de nuevo volvió a aparecer esa expresión en su rostro…

—Lo intento —contesté al fin.

—Estaba emocionado con nuestra cita de esa noche.

—Yo también —respondí. Pero seguía sin mirarle a la cara, no podía, no quería. No estaba preparada para tener esa conversación. Era más fácil convertir a mi marido en el malo. Había mentido, me había engañado. Desde esa perspectiva el desmoronamiento de mi vida no tenía por qué ser culpa mía.

No tenía que responsabilizarme de mis secretos, de mis traiciones, de mi falta de honestidad. Si no perdonaba nunca tendría que arrepentirme.

—¿Hay algo que yo pueda hacer? —preguntaba Justin.

Sonreí débilmente.

—¿Sacarnos de la cárcel?

Pareció tomarse mi petición en serio.

—Libby, cielo, yo he construido este lugar. Créeme, no hay forma de escapar. Hice bien mi trabajo, mi equipo hizo un buen trabajo. Las paredes son a prueba de túneles, los suelos no se pueden excavar, los cristales son a prueba de golpes. Por no hablar de las siete puertas controladas electrónicamente que nos separan de la libertad. La enfermería, la cocina, las zonas comunes están construidas siguiendo los mismos estándares, lo único que cambia es el equipamiento. Mientras uno de los secuestradores permanezca en la sala de control, que parece ser su procedimiento operativo estándar, nos ven en todo momento y podrían cortarnos el paso en un segundo.

—¿Y si los aplastamos?

—¿Quién? ¿Cómo? Ya atacaste a Mick, y ¿qué sacaste? Me dispararon con un táser, dispararon a Ashlyn con un táser y tú acabaste con una conmoción cerebral. Aunque lográramos atacar a nuestros dos escoltas, si tuviéramos mucha suerte y de alguna manera pudiéramos reducir a Mick y a Z, a Radar le bastaría con tocar la pantalla táctil para bloquear instantáneamente todo el edificio. Nos quedaríamos atrapados en la habitación, pasillo o celda donde hubiera empezado todo, esperando a que Z o Mick recobraran el conocimiento.

—Y se vengaran —añadí suavemente.

—Exacto.

—¿Y si lográramos hacer salir a Radar de la sala de control? —sugerí—. O mejor aún, si se puede hacer tanto desde esa sala de control, en vez de intentar *salir* de esta cárcel deberíamos procurar *entrar* en la sala de control. Así podríamos usar los controles remotos para atrapar a Z y su equipo en la zona común, en las puertas de salida, donde sea. Les daríamos un poco de su propia medicina. Además, podríamos activar el sistema de alarma —añadí, cada vez más excitada—. La policía local tendría que venir a averiguar por qué han saltado las alarmas, ¿no? Aunque esto sea una prisión apolillada. Llegarán, nos salvarán, arrestarán a los secuestradores, ¡listo!

Justin no desechó mi idea inmediatamente.

—Entrar en vez de escapar —musitó.

Asintió y luego gimió de dolor.

—Podría hacerse. La sala de control funciona por medio de una pantalla táctil. Sabiendo manejar un iPad deberíamos ser capaces de activar el sistema. Además, la sala de control es una especie de minihabitación del pánico en medio de la prisión. Un lugar donde los funcionarios podrían resistir llegado el caso. El cristal antibalas es cuatro veces más duro que el de las celdas, lo que significa que a Z y su gente les costaría una hora poder abrirse camino. Ese tiempo debería bastar para hacer sonar la alarma y esperar a la caballería.

—Solo debemos pensar en cómo sacar a quien sea de la sala de control —dije.

Me había acercado a mi marido en la litera. Habíamos ido subiendo la voz. Era la primera vez que hablábamos tanto desde hacía meses. Me trajo recuerdos de otros tiempos, cuando nuestro matrimonio aún era joven y nos pasábamos horas hablando de cualquier cosa: de la mejor guardería para Ashlyn, de un problema concreto que Justin tenía con algún proyecto o de a quién invitar a nuestra próxima cena. Éramos un buen equipo entonces. O, al menos, así era como me gustaba vernos.

—Deberíamos amenazar a Z o a Mick —decidí—, y no solo reducirlos sino comportarnos como si estuviéramos dispuestos a dar un golpe mortal. Radar tendría que salir de la sala de control para ayudarles.

Justin no parecía convencido.

—Amenazarlos, ¿con qué?

—¿Un pincho?

Era lo único que se me ocurría que podríamos conseguir en una cárcel.

—¿Con qué lo haríamos...? No tenemos peines de plástico ni cepillos de dientes ni bolígrafos. Además, Z y Mick siguen el protocolo de la cárcel: no utilizan armas letales que pudieran quitarles para usarlas contra ellos.

—Z lleva cosas en su cinturón. ¿Qué hay en todos esos compartimentos? ¡Algo hay seguro!

—Nada tan grande como un cuchillo o una pistola.

—¡Algo!

Justin sonrió.

—De acuerdo, pero ellos tienen táseres. ¿Cómo hacemos nuestra jugada? ¿Cómo desarmamos y luego reducimos a Z y a Mick? Hace un rato que no me miro al espejo, pero tengo la impresión de que no parezco tan en forma como ayer.

Lo que unido a mis propias limitaciones físicas...

—Fuego —fue mi siguiente idea—, iniciamos un fuego, en la cocina, supongo. Aceite en la lumbre, tal vez algo que pueda parecer un accidente. Entramos en pánico y en vez de sofocar las llamas avivamos el fuego con una toalla. Tendrían que ponerse todos manos a la obra para apagar el incendio.

—El edificio está equipado con un sistema antiincendios —señaló Justin—. Un toquecito en el menú de la sala de control y adiós al fuego. ¡Hola, estamos empapados!

—¿Entonces qué? —pregunté frustrada—. Debe haber una forma de salir de aquí. Siempre la hay.

—Un rescate —dijo mi hija.

Justin y yo miramos hacia arriba sorprendidos. No nos habíamos dado cuenta de que Ashlyn estaba despierta. Casi como en un acto reflejo, nos sonrojamos sintiéndonos culpables.

Esperé a que mi marido nos tranquilizara. Me sorprendió al empezar a hablar con toda calma.

—No creo que sea lo que buscan, cielo. Parecen querer otra cosa, pero no estoy muy seguro de qué.

—Ya lo sé —respondió Ashlyn sin rodeos—, os he oído. Pero ¿les has hablado del seguro?

La expresión del rostro de mi hija me provocó un *déjà vu*. De repente caí. Era igual que Justin. Tenía exactamente la misma expresión que mi marido cuando atravesaba por una crisis en su negocio y no obstante estaba decidido a conseguir que el último edificio de doscientos millones de dólares se sometiera a su voluntad.

—Sí. Pero la póliza solo cubre cuatro millones de dólares y, teniendo en cuenta que nuestros anfitriones… —empleó el término con frialdad— son tres, no creo que cambien sus planes por un millón y pico cada uno.

—Podemos pagar más —dije rápidamente—, si sacamos el dinero de nuestros fondos.

—Cielo —Justin hizo una pausa y se impuso el silencio—, no… Actualmente no disponemos de ese tipo de recursos financieros.

—¿Cómo dices?

—No he cobrado mi sueldo, Libby, desde hace dieciséis meses. Hemos perdido un par de grandes proyectos y tenemos problemas de liquidez... He usado el dinero para pagar las nóminas de la empresa.

No acerté a articular palabra. No es que me asustaran las palabras de Justin. Ya había ocurrido antes. Justin consideraba a sus empleados parte de su familia, y a menudo ponía las nóminas por encima de sus propias necesidades.

No, lo que me dejó sin palabras fue que no me hubiera dicho nada. Dieciséis meses, un año y cuarto. Supongo que ese era el tiempo que hacía que nos habíamos alejado el uno del otro.

—Tenemos recursos —dije al fin—, antigüedades, joyas, coches, dos casas. Podríamos venderlo todo...

—Creo que los rescates se piden en metálico.

—Tal vez la compañía pueda usar sus reservas en metálico. Sería un duro golpe, sin duda, pero tu muerte también lo sería, ¿verdad? Quiero decir...

Justin me miró. De repente, en un instante, su expresión cambió.

—Mi muerte —murmuró.

Ashlyn y yo le miramos sin entender.

—¿Qué?

—Libby, tienes razón. Mi muerte lo arreglaría todo.

—Justin —afirmé—, no vamos a matarte para obtener el dinero del rescate. Ni matar ni morir. Ashlyn y yo te lo prohibimos.

—No es necesario. No hay que hacer nada de nada. En realidad, es gracioso —dijo Justin frunciendo su hinchado labio—. Z y Mick ya han hecho el trabajo duro. ¡Que les jodan! Vamos a conseguir el rescate por nuestra cuenta y sé exactamente cómo hacerlo.

# 25

Chris López vivía en el sur de Boston. No en Southie, la zona de moda recientemente rehabilitada, sino en el núcleo duro de deteriorados edificios de tres pisos con porches podridos y revestimientos de vinilo barato. Estaba a un paseo de diversos pubs del barrio, pero aun así...

Tessa llevó a Wyatt en su coche. El otro policía de New Hampshire, Kevin, se había quedado para establecer contacto con las urgencias de algunos hospitales y clínicas dispensadoras de metadona del norte de Hampshire. Quería comprobar si habían visto a Libby Denbe.

A Tessa no le gustaba nada conducir con un hombre a su lado, no sabía muy bien por qué. Había espacio de sobra en un Lexus todoterreno, y, como había comprobado, a Wyatt no le gustaban los chismorreos. Permanecía sentado, razonablemente relajado, apoyado en la puerta del copiloto, dejando un espacio de territorio neutral entre ambos.

Ella tuvo que realizar algunas rápidas maniobras. Incorporarse al tráfico aquí, girar allá. Él emitió un silbido de reconocimiento cuando ella viró bruscamente con gran habilidad para esquivar a un conductor especialmente agresivo. Pero Wyatt no comentó nada, ni parecía excesivamente tenso.

—Dios bendiga a las montañas —musitó en una ocasión. Ella entendió que expresaba sus sentimientos sobre los conductores de Boston.

Había elegido como voz para su GPS la del mayordomo británico. Le llamaba Jeeves. Había optado por ese acento para distraer a Sophie, que siempre intentaba imitarlo. Pero también la exasperaba menos que la aconsejaran que tomara el próximo desvío en el inglés que hablaba la reina. Wyatt había sonreído cuando oyó la voz por primera vez; al parecer tenía sentido del humor. Eso le gustaba.

Se acababa de dar una ducha y vestía un uniforme limpio. Un hombre que planeaba con cierta antelación.

Eso también le gustaba.

Bien, de vuelta a Chris López.

Aparcaron delante de un bar de barrio, luego caminaron hasta la esquina e inspeccionaron el ruinoso edificio de tres pisos que figuraba como dirección de Chris López.

—Una casa para reformar —constató Wyatt; no era una pregunta—. Apuesto a que hace sus arreglillos cuando se pasa por aquí. El tipo sabe hacerlo y tiene contactos. Puede que incluso saque alguna cosita de las obras del trabajo. Se está haciendo un pequeño patrimonio con las sobras de la empresa.

Tessa asintió. Era bastante posible. El lugar parecía tranquilo por el momento. Las luces estaban apagadas. Habían entretenido al equipo de Denbe hasta tarde la noche anterior con sus interrogatorios en la central. Pero no le hubiera sorprendido enterarse de que, después, se habían tomado unas cervezas para compartir sospechas y miedos o sentirse culpables por la suerte que había corrido su jefe desaparecido.

Se preguntaba si el lunes sería un día de trabajo normal, con todo el mundo corriendo de un edificio en construcción a otro. ¿O se quedarían en casa los chicos por si los secuestradores establecían contacto? El FBI no había impuesto ninguna restricción a los viajes del núcleo duro del equipo de dirección de Denbe.

Puede que las cosas cambiaran tras hablar con López.

Wyatt se acercó a la puerta primero, probando la firmeza de los escalones hundidos, apoyando en ellos todo su peso e indicando los lugares que Tessa no debía pisar. No es que estuvieran poniendo toda su atención en lo que hacían, pero Tessa se dio cuenta de que ambos habían optado por el silencio. Wyatt avanzaba delante, ella se mantenía siempre un par de pasos atrás, donde podría cubrirle, mientras el robusto cuerpo de él protegía, a su vez, el avance de Tessa.

A las cuatro de la madrugada Sophie se había metido en su cama. No dijo una palabra. Se limitó a acurrucarse a su lado. El despertador de Tessa había sonado a las seis.

—La señora Ennis dice que estás ayudando a una familia.

Tessa, que ya estaba en medio de la habitación, se preparó.

—Sí.

—¿Qué les pasa?

—Están… un poco perdidos.

Su hija se sentó en la cama.

—Alguien se los ha llevado.

—No estamos seguros.

—Alguien se los ha llevado —repitió Sophie con firmeza—. ¿Tienen una niña pequeña?

—Tienen una niña grande. Una adolescente.

—¿Sabe pelear?

—Me han dicho que toda la familia sabe pelear.

—Bien. Estarán en un lugar oscuro. Eso es lo que hacen los secuestradores. Te agarran y te encierran en un lugar muy oscuro y solitario. Deberíais buscar en sitios así primero.

Tessa salió del vestidor y sostuvo la mirada de su hija de ocho años con la misma seriedad con la que la niña sostuvo la suya. El terapeuta había recomendado una aproximación directa para tratar el trauma de Sophie. Reconocer el incidente, incentivar la comunicación y promover su capacidad para hacerle frente. Nada de restar importancia a sus miedos ni de intentar calmar los nervios a cualquier precio.

Sophie había aprendido de forma traumática que los adultos no siempre podían protegerla. Nada de lo que Tessa hiciera o dijera iba a cambiar eso.

—¿Qué más nos aconsejas? —preguntó Tessa a su hija.

—Buscad en las ventanas por si han escrito algo. Quizá la palabra «Ayuda». Se puede escribir en una ventana sucia, ¿sabes? Te chupas el dedo y usas tu saliva para dibujar cada una de las letras. Lo malo es que tienes que chuparte el dedo todo el rato y al final ya no sabe bien.

—Entendido.

—Puede que necesiten comida. Deberíais llevarles algo de picar. A los secuestradores no les gusta alimentar a los niños, sobre todo a los niños malos, pero cuando estás asustada es difícil portarse bien.

Tessa sintió dolor de corazón. Intentaba no imaginarse lo mucho que había sufrido su hija dos años atrás. Logró que su voz sonara firme y decidida.

—¿Qué tipo de tentempié te parece que sería el más adecuado?

—Galletas de chocolate.

—Muy bien, llenaré el maletero del coche de mantas y galletas de chocolate. ¿Qué tal un termo con chocolate caliente?

—Buena idea.

—Gracias, Sophie. Has sido de gran ayuda.

—¿Vas a dispararle a alguien, mami?

—No es mi intención.

—Pero ¿llevas tu arma?

—Sí.

—Bien, mami, creo que deberías.

Tessa no podía dejar de pensar que el edificio de tres pisos de Chris López era oscuro y frío. Las ventanas del piso inferior estaban muy sucias; la mugre se te quedaría pegada al dedo si intentaras escribir un mensaje pidiendo ayuda y luego el dedo sabría mal.

Tessa metió la mano derecha en el abrigo abierto y agarró la culata de la pistola. Puso su cuerpo de perfil para ser un objetivo más difícil.

Después hizo un gesto con la cabeza a Wyatt, que levantó la mano izquierda y llamó a la puerta.


Abrió un labrador negro. Era un perro viejo, con canas en torno al hocico que contrastaban con el resto de su brillante pelaje negro. Soltó la cuerda enganchada al pomo de la puerta y se sentó, mirando pacientemente a Tessa y a Wyatt mientras meneaba la cola en señal de bienvenida.

—¿Hola? —gritó Tessa.

—Digan «buen perro» —gritó una voz masculina desde arriba. Era Chris López.

—Buen perro —murmuró Tessa.

El labrador negro dio un par de golpes más con la cola.

—Buen perro, Zeus —se oyó decir desde lo alto de la escalera.

Tessa mantenía la mano sobre la culata de la pistola y observaba con cuidado el interior para asegurarse de que no había más signos de vida.

—Buen perro, Zeus —repitió.

El perro bostezó. Al parecer su voz no resultaba del todo convincente.

—¿Chris López? —preguntó—. Soy Tessa Leoni, de Investigaciones Northledge. Tengo unas cuantas preguntas que hacerle.

Unos segundos después crujió la escalera, de hecho tembló, cuando López bajó la primera mitad de los peldaños. Al girar en el descansillo y ver a Wyatt aminoró el paso. Llevaba un trapo con el que limpiaba lo que parecía arcilla blanca de sus dedos y antebrazos. Lo agarró con fuerza y se paró a dos escalones del final de la escalera.

—¿Tienen novedades? —Pronunció las palabras con toda seriedad, como dando por sentado que si habían mandado a dos investigadores para informarle de algo no podían ser buenas noticias.

—No, solo queremos hacerle unas preguntas. ¿Podemos pasar?

—Sí, supongo. Quiero decir, por supuesto. No podía dormir así que me he puesto con el cemento en el baño de arriba. Denme un segundo, me asearé en la cocina.

Señaló hacia el interior de la casa. Tessa y Wyatt le siguieron, pasaron junto a la escalera y llegaron a la cocina situada en la parte posterior. Zeus, el anciano perro guardián, trotaba a su lado, aparentemente contento de unirse a la partida.

La cocina estaba destrozada, toda levantada. Se veía el sótano y había una nevera solitaria, una pila improvisada y diversos bancos de trabajo recubiertos de contrachapado que hacían las veces de muebles de cocina. En una esquina había una vieja mesa de juego azul, con espacio para cuatro personas. Chris les hizo una seña con la cabeza, de modo que Tessa y Wyatt cogieron dos sillas plegables de metal y se sentaron.

—Disculpen el desorden —dijo López abriendo los grifos y empezando a restregarse las manos para quitarse el cemento—. Compré este lugar hace dos años creyendo que en ocho meses estaría listo para ser habitado. Como profesional de la construcción debería haberme dado cuenta de que no iba a ser así.

—¿Está haciendo las reformas personalmente? —preguntó Wyatt.

—Correcto.

—¿Tiene licencia para hacerlo?

—Claro que no. Pero algunos colegas sí la tienen y me han ayudado con la electricidad y la fontanería. Ahora me toca a mí terminar el trabajo; en teoría debería saber hacerlo.

—¿Le gusta la carpintería?

—Casi siempre más de lo que yo le gusto a ella.

Zeus daba vueltas alrededor de la mesa. Guapo perro, con una testuz ancha y sedosas orejas. Se quedó quieto delante de Tessa y levantó una ceja en un gesto de clara expectación. El esposo de Tessa, Brian, tenía un pastor alemán al que adoraba. Su propia experiencia con perros era limitada, no sabía bien cómo actuar.

—¿Qué quiere?

—¿Qué quiere cualquier hombre? Devoción sin límites y un rascado de espalda decente.

Tessa extendió una mano. El perro se movió hasta colocar la cabeza bajo su mano. Lo consideró una insinuación y empezó a rascarle entre las orejas. El viejo perro cerró los ojos y suspiró satisfecho.

—¿Cómo puede tener un perro con lo mucho que viaja por negocios? —preguntó a López, que había dejado de frotarse las manos y empezaba a aclarárselas.

—Para empezar, Zeus parece un perro pero no lo es. Se considera a sí mismo humano, así de claro. En segundo lugar vive con los vecinos. Pero ellos trabajan la mayoría de los fines de semana, de modo que, cuando yo estoy por aquí, Zeus pasa el tiempo conmigo. Damos martillazos, colocamos suelos y eructamos. Ya saben, hombres pasando el rato.

—Y sabe abrir puertas —dijo Wyatt con un toque de respeto.

—Eso cuando no va a por cervezas. Conoce las cosas importantes de la vida.

López cerró el grifo y cogió un rollo de papel para secarse las manos. Luego se reunió con ellos.

Zeus abrió un ojo cuando se acercó, después volvió a suspirar bajo las caricias de Tessa: estaba en la gloria.

—Vale, vale, vale —murmuró López—. Hasta el código de camaradería tiene un límite. Sigue así y no tendré más remedio que rajarme, colega. Le has demostrado a esta guapa chica que sabes abrir puertas, pero ¿y andar sobre las rejillas metálicas de las aceras o cruzar los puentes colgantes? Resulta que don Guapo tiene miedo a las alturas y me enteré de la peor manera posible, cuando tuve que bajarlo en brazos por la senda de Lion's Head en el Monte Washington con él temblando como un bebé. Mientras subimos todo fue bien, pero en cuanto se dio la vuelta y miró hacia abajo… Los labradores negros se pueden poner verdes, que no les convenzan de lo contrario.

A Zeus no parecía importarle que acabaran de revelar su secreto más oscuro. Puso la cabeza sobre el regazo de Tessa y suspiró de nuevo.

—¿Practica senderismo? —preguntó Wyatt.

—Siempre que puedo. Aunque debo decir que este proyecto me mantiene ocupado.

—¿Las Montañas Blancas?

—Sí.

—¿Cuáles son sus rutas favoritas?

López enumeró algunas. Parecía conocer bien la zona en torno a la Cordillera Presidencial. Interesante, teniendo en cuenta la ubicación del chaquetón de Justin en el norte de New Hampshire.

Pero si Chris López estaba lanzando piedras contra su propio tejado no parecía ser consciente de ello.

—Bien —dijo López secamente—, imagino que no han venido hasta aquí para hacerme preguntas sobre senderismo.

—Pues no —contestó Wyatt.

—¿En qué puedo ayudarles?

Tessa decidió ir al asunto.

—Cuéntenos lo que sepa de Kathryn Chapman.

La reacción fue inmediata.

—Vaya, ¡mierda! ¿Se refiere a la estúpida de mi sobrina o a la aún más estúpida exnovia de mi jefe?

La hermana de Chris le había pedido un favor. ¿Podía encontrarle trabajo a su hija, Kate, en Construcciones Denbe? Desgraciadamente, como los negocios no iban del todo bien, habían dejado de contratar gente. Pero entonces Chris se enteró de que la agencia de viajes que había en el edificio buscaba una recepcionista. Perfecto. Le consiguió una entrevista a su sobrina y unas semanas más tarde Kate tenía trabajo y la hermana de Chris era feliz.

—Lo único que quería —recalcó López lentamente, con sus oscuros ojos negros relampagueando de ira— era conseguirle trabajo a mi sobrina. Así que se lo conseguí, no en mi compañía, pero sí en el edificio donde trabajo. Fin de la historia.

Salvo que, claro, no fue el fin.

Chris empezó a sospechar en enero. Durante las vacaciones fue evidente que Kate tenía un nuevo novio. Salía de la habitación para comprobar los mensajes de su móvil, se sonrojaba cuando le preguntaban por su empleo. Era tan obvio que trataba de ocultar algo que hasta Chris le había tomado el pelo un par de veces.

Entonces, dos semanas después, López había entrado en la agencia de viajes para reservar un par de billetes de avión y vio a su jefe, Justin Denbe, apoyado en la mesa de Kate. Justin lucía su mejor sonrisa; Kate tenía esa mirada, medio aturdida, medio deslumbrada. Y en aquel instante Chris lo supo.

—No era la primera vez —dijo con amargura—. ¿Justin? ¡Mierda! Usted me lo puso difícil —explicó lanzando una mirada a Tessa—, pero yo solo fanfarroneaba. ¡Demonios!, viajo trescientos cuarenta días al año y paso la mayor parte del tiempo que estoy despierto con un grupo de tipos con la espalda peluda que apenas han evolucionado lo suficiente como para andar erectos. Ya me gustaría a mí encontrar a una mujer que me quisiera. Pero Justin…, ¿qué les puedo decir? Se parecía a su viejo, de tal palo tal astilla. A Justin le gustaban las mujeres, a las mujeres les gustaba Justin. Pero ¿mi sobrina? Quiero decir…, ¿mi *sobrina* de veinte años?

López parecía muy ofendido.

No, no había hablado con Justin de ello. ¿Qué podía decirle? Lo que hizo fue acorralar a Kate, intentando hacerla entrar en razón. Justin estaba casado. Justin nunca dejaría a su esposa. Lo único que conseguiría sería acabar con el corazón roto.

Kate no le hizo caso. Ella era especial. Era la elegida. Simplemente lo sabía.

Poco a poco, Chris se fue enfadando cada vez más.

—Tienen que entenderlo —dijo—, mi sobrina…, puede que sea una descerebrada, pero es una buena chica. Es confiada. No miraba a Justin como él la miraba a ella. Le dobla la edad y tiene veinte veces más experiencia. Para él coger un bollito y comérselo es algo más que un estilo de vida, es una tara genética, algo así como un jodido legado familiar.

Esto último llamó la atención de Tessa.

—¿Quiere decir que Justin engañaba a su mujer como su padre solía engañar a la suya?

—Sí, y ser la «otra» en el mundo de Dale tampoco era como para dar saltos de alegría. Pregunten a Anita Bennett.

—¿Cómo?

Tessa se quedó mirando a Chris López. Notó que Wyatt, a su lado, mostraba cierto aire de suficiencia.

—El hijo menor de Anita —respondió López—, ese chico que no se parece en nada a su marido, pero que podría ser el hermano menor de Justin. El chico que hace cinco años recibió la primera y única beca de estudios completa concedida por Denbe. Venga, ¡no me digan que no habían descubierto nada de esto! Creí que todo el mundo en la compañía estaba al tanto.

Tessa se recobró rápidamente de la sorpresa. Por supuesto. Anita Bennett y el padre de Justin. Tal y como había vaticinado Wyatt, que le dio una patadita por debajo de la mesa; ella se la devolvió.

—Pero lo cierto —estaba diciendo López— es que la madre de Justin era una alcohólica. Puede que eso empujara al viejo a engañarla; yo no soy quién para juzgar. Pero ¿Libby? Es guapísima, tiene talento, es divertida. ¿Saben cuántas noches he estado en su casa? Ni lo sé. Fueron muchas. Los miembros del equipo bajábamos de los aviones e íbamos a su casa cubiertos de barro y apestando tras pasar cinco días en una obra, y Libby nos daba la bienvenida a su hogar. Cómo estás, encantada de verte, qué tal la obra, cómo están la familia y los niños. ¿Quién quiere una cerveza? ¿O vamos a beber vino esta noche, chicos? Esa es Libby. No se la merece, joder.

Tessa dejó de acariciar al perro. Estaba demasiado ocupada mirando a López, quien obviamente estaba locamente enamorado de la mujer de su jefe.

Vaya, vaya, vaya.

—¿Por eso decidió mandarle los mensajes de texto? —preguntó quedamente—, ¿creía que merecía saber la verdad?

—Sí, yo… ya no podía aguantarlo más. Solo era cuestión de tiempo que Justin le rompiera el corazón a Kate. Pensé que era justo meterle en un lío a él primero.

—¿Funcionó?

—Libby le pateó el maldito culo —dijo López con poca convicción, agachando la cabeza y restregando el pie contra el suelo levantado—. Justin nunca llegó a enterarse de que había sido yo quien había descubierto el pastel —afirmó—. Por lo que sé, pensó que Libby había sospechado algo y leído los mensajes en su móvil. Él y Kate se habían estado enviando mensajes de texto. Algo bastante estúpido y él lo sabía. Libby montó una escena terrible, con gritos y chillidos: todo un drama. Él se trasladó al sótano.

—¿Eso se lo contó él? —preguntó Wyatt en voz baja—. ¿O fue Libby?

—Fue él. Libby ni siquiera sabía que yo hubiera tenido algo que ver con el asunto. Compré un teléfono de prepago para enviarle los mensajes. Estaba arruinando su matrimonio, pero no quería formar parte de ello —afirmó frunciendo los labios con amargura.

—Sin embargo, Justin le habló de la situación que había en su hogar —observó Wyatt.

—Sí, se lo contó a todo el equipo. Era evidente que había ocurrido algo. Justin apareció el lunes después de la bronca totalmente fuera de juego. Es curioso, en asuntos de mujeres es tan… hábil. Ni siquiera me tomaba demasiado en serio su matrimonio. Pero cuando salpicó la mierda…, el tipo parecía arrepentido de verdad. Decía que había sido un idiota, que no era mejor que su padre, pero que había visto la luz y haría cualquier cosa para recuperar a su mujer.

—¿Y lo hizo?

—Dejó a mi sobrina —aseguró López rotundamente—, como si fuera una patata caliente. Y créanme, sé lo que digo. Me llamaba cinco, seis, siete veces al día, llorando, histérica, preguntándome qué debía hacer, cómo podría recuperarlo. ¡Jesús! Tenía que apagar el móvil para poder trabajar. Tuve suerte de que no me delatara.

—¿Cómo sabe que no lo hizo? —preguntó Wyatt.

—Justin me lo hubiera dicho. No es alguien que se escaquee. Si tiene un problema contigo lo sabes. No apuñala por la espalda. Solo da un golpe: directo a la yugular.

—¿Volvió con Kate o la relación se acabó de verdad? —preguntó Tessa, porque, tras la conversación que había tenido con Kathryn Chapman, estaba convencida de que a la chica no le hubiera importado seguir y de que algunas cosas se habían quedado en el tintero.

—Por lo que yo sé el asunto se terminó.

—Pero ella debía de tener alguna opinión sobre la esposa —comentó Wyatt—. No es fácil perder así a tu primer gran amor.

—No metan a Kate en esto. No es más que una niña boba. Créanme, aprendió deprisa. Probablemente hizo un par de tonterías para atraer la atención de Justin y, cuando él la rechazó, captó el mensaje. Era junio cuando todo esto salió a la luz. Mi hermana les puede confirmar que Kate pasó la mayor parte de ese mes llorando en su cuarto. Pero en julio ya no lloraba tanto. Y en agosto… No tardará mucho en echarse otro novio. Es una chica guapa y cada vez más lista.

—¿Cree usted que en alguna ocasión fue tras Libby?

—No que yo sepa.

—Y Libby, ¿buscó a Kate?

—No que yo sepa.

—¿Qué hay de abogados matrimonialistas? —preguntó Wyatt—. ¿Las cosas llegaron así de lejos por parte de él o de ella?

Chris López les miró y de repente sonrió con suficiencia.

—No lo saben, ¿verdad?

No respondieron.

Se inclinó hacia delante y cruzó los brazos sobre la mesa.

—No sabría decirles si Libby llamó o no a un abogado, lo que sí sé es lo que habría pasado si lo hubiera hecho.

—Ilústrenos —pidió Tessa.

—Acuerdo prematrimonial. Justin alardeó de ello en diversas ocasiones. Un documento de una sola página que Libby firmó sin pensárselo. En él renunciaba a su parte de Construcciones Denbe a cambio del cincuenta por ciento de todas las cuentas corrientes abiertas durante el matrimonio. Parece razonable, ¿verdad? La compañía era de Justin, heredada directamente de su padre. Pero cuando llegas a la letra pequeña…

Hizo una pausa mientras les miraba expectante.

Tessa fue la primera en entender lo que sugería. Después de todo, por algo la habían requerido en la escena del crimen.

—No hay cuentas personales —murmuró—, lo administra todo a través de la compañía.

—Ding, dong, ¡premio para la señorita! La casa de Boston, la casa en Cape Cod, los coches, los muebles, todo es de

Construcciones Denbe. Justin rechazaba graciosamente hasta la prima de fin de año y la ingresaba en las cuentas de reservas en metálico de la empresa. Si Libby dejara a Justin, tendría derecho a la mitad de exactamente nada. Verán, Justin es así, un Dictador Benevolente. Promete a su esposa que la amará siempre: aquí tienes una casa de cinco millones de dólares. Promete a sus empleados que siempre se hará cargo de nosotros. Pero en realidad solo mira por sí mismo. Tanto Libby como mi sobrina lo han averiguado de la peor manera posible.

Tessa y Wyatt jugaron con López unos treinta minutos más. ¿Qué había hecho el viernes por la noche?

—Estuve en el bar del barrio. Hagan circular mi foto por ahí; al menos media docena de clientes habituales podrán confirmarles que estuve allí.

¿Cuándo había visto a Libby y/o a Ashlyn por última vez?

—Les digo que están buscando donde no es. El hecho de que no me guste cómo trata mi jefe a las mujeres no significa que vaya a tocarle ni un pelo.

Pero conocía el código de acceso del sistema de seguridad de la residencia de los Denbe.

—Desde luego, todo el equipo de construcción lo conocía. Justin no es el tipo más organizado del mundo y a veces nos llamaba para que fuéramos a recoger cosas de última hora. Cuando Libby estaba por ahí nos daba galletas. Miren, Justin merece un puñetazo o dos, pero su familia no.

¿Y Ashlyn?

López enrojeció de ira.

—No tengo nada que decir sobre ella. Ni siquiera puedo pensar en ella. Atacada en su propia casa... ¿Quieren ahorrarle dinero al sistema judicial? Cuando averigüen quién ha hecho esto, díganmelo y yo y los chicos nos encargaremos del resto.

¿Haciendo uso de habilidades adquiridas en el ejército? ¿Conocía al tipo de gente que sabe entrar en una casa sin hacer ruido y someter a un hombre adulto, su mujer y su hija?

—Hace quince años que no sirvo en el ejército. Los chicos que conozco o se dedican a sacarse la arena de entre los dientes, tras haber sido llamados a filas desde la reserva, o han dejado el ejército porque cada vez que oyen estallar el motor de un coche corren en busca de cobijo. El primero de los grupos está demasiado lejos, el segundo demasiado borracho. Si quieren avanzar en la investigación hablen con Anita Bennett. Esa mujer sí que tiene razones para eliminar a toda la familia. Empezando por el hecho de que su hijo sería el único varón Denbe que quedara vivo. ¿Acaso en las casas reales no se hacen este tipo de cosas a menudo? ¿Por qué no en el mundo de los negocios? Después de todo hablamos de una empresa que vale cien millones de dólares. Creo que algunos herederos imperiales obtendrán menos que eso.

—Tomamos nota de lo que nos dice —le aseguró Tessa.

Miró a Wyatt, que volvía a examinar detenidamente el registro de pruebas. Como no formuló más preguntas ella se levantó. Creía que habían obtenido toda la información que podían sacar. Al menos hasta que tuvieran tiempo de analizar todas las piezas del último relato de López y pudieran presionar más. De momento, lo mejor sería ponerse en marcha.

El viejo labrador negro se había acurrucado a sus pies y se levantó dando un enorme bostezo. Le dio un último golpecito cariñoso en la cabeza, y, de repente, sintió una inesperada punzada de tristeza. Le gustaba su compañía. Creía que a Sophie le gustaría su compañía. Tal vez, la posibilidad de hacerse con un perro fuera algo que debía tener en cuenta. A lo mejor así su hija y ella conseguirían dormir una noche entera.

López les acompañó hasta la puerta principal. La conversación le había provocado una agitación evidente. Tessa no lograba adivinar si estaba frustrado porque se habían negado a aceptar mágicamente sus protestas de inocencia, o nervioso porque seguían investigando.

Wyatt había acertado en dos cosas: Anita Bennett había estado liada con el padre de Justin y, sí, todo el equipo parecía un buen racimo de embusteros.

Wyatt esperó a doblar la esquina para empezar a hablar. Tessa daba por sentado que sus primeras palabras serían: «Te lo dije», de manera que se quedó estupefacta cuando declaró:

—Creo que has encontrado una buena pista.

—¿Yo? Tú eres quien ha adivinado la relación personal que mantuvo Anita con el mayor de los Denbe.

—Algo muy interesante, si los rumores que circulan por ahí sobre su hijo menor son ciertos. Pero no, me has hecho pensar en el lío de Justin. Después de todo, la relación entre Anita Bennett y Dale Denbe es cosa de hace veinte años. Pero lo que tensó las relaciones entre Justin y Libby fue su aventura con Kathryn Chapman.

—Que Libby descubrió hace seis meses —añadió Tessa.

—Porque uno de los chicos de Justin decidió delatarlo —observó Wyatt completando la idea.

—Lo cierto es que no hay que dar por sentado que haya sido el fin de su matrimonio. Hemos oído más menciones a la famosa cena de reconciliación que a abogados matrimonialistas.

—A lo mejor Libby no es tan ingenua como cree López. Puede que revisara el acuerdo prematrimonial, investigara un poco y se diera cuenta de la debacle financiera que supondría para ella un divorcio.

—¿De manera que lo organizó todo para que los secuestraran? —Tessa se había perdido.

—No digo que la aventura condujera al secuestro directamente. Me pregunto si lo que echó a rodar las cosas el viernes por la noche no fueron las *consecuencias* de la aventura.

—¿Por ejemplo? —Habían llegado a su coche.

—Bueno, ahí está López, el segundo de Justin, mirando a su jefe con ojos llenos de rabia. Si a eso añadimos la posibilidad de que reinara el descontento por el rumbo que había tomado la empresa…

—También tenemos a Anita Bennett —comentó Tessa—. Hace años fue la «otra», puede que incluso le diera un hijo a su jefe. No consiguió nada. Justin ha adoptado la misma conducta, lo que quizá reabriera heridas antiguas y diera lugar a nuevos prejuicios.

—También tenemos a Libby, dopándose con Vicodina para aliviar su dolor. Y puede que adoptando además nuevas costumbres —dijo Wyatt sentándose en el asiento del copiloto con el registro de pruebas en la mano—. Mientras López y tú bailabais el tango he terminado de repasar el inventario de la basura recogida en casa de los Denbe. Papelera del garaje, prueba número treinta y seis. Teniendo en cuenta el horario de recogida de basuras, suponemos que el contenido no llevaba ahí más de dos días.

Wyatt señaló con el dedo y Tessa dedicó una mirada rápida a la lista.

—¿Un test de *embarazo*? ¿Un test de embarazo positivo?

—Pues sí. La cuestión es: ¿sabe Justin Denbe que va a ser padre de nuevo? ¿Es… el padre?

# 26

Mi marido es un cerdo machista? Supongo que, considerando nuestro matrimonio, puede parecer sexista. Y sin embargo es el padre de una chica increíble de quince años, a quien enseñó personalmente a agrupar los seis disparos en el centro de la diana de prácticas de tiro una y otra vez. Por no mencionar que, desde el mismo día en que nació, siempre hablaba de que en el futuro Ashlyn estaría al frente del negocio familiar. No había necesidad de intentar tener un hijo, pues Justin consideró a su hija totalmente perfecta desde el momento en el que la cogió en sus brazos.

Siempre preferí considerarnos colaboradores cuyas áreas de especialidad coincidían, por casualidad, con la asignación tradicional de roles. Mi marido trabaja. Adora su trabajo; pelear por un contrato millonario es lo que más le gusta en el mundo. A mí también me encanta mi trabajo, que incluye mantener nuestro hogar, criar a nuestra hija y crear un estilo de vida que refleje quiénes somos como familia.

Nunca me he sentido inferior. Nunca he creído que Justin «estuviera al mando». Al menos hasta hace seis meses. Pero ni siquiera entonces me consideré la parte débil de nuestro matrimonio. Simplemente me sentí fracasada. Porque, si parte de mi trabajo consistía en atender a las necesidades de mi familia, ¡qué mal debía de estar haciéndolo cuando mi marido se había liado con otra mujer!

Lo cierto es que una de las cosas que más le gustó a Justin de mí desde el principio fue mi independencia. Y entiendo que, dieciocho años después, de eso ya quedaba poco.

¿Sabes? Existe una clase de hombres que se sienten atraídos por mujeres fuertes. Lo que sucede es que, una vez que nos han conquistado, ya no saben qué hacer.

Así es como veo yo a mi marido, un hombre fuerte que conquistó a una mujer fuerte y después de eso se sintió desconcertado casi siempre. Si eso es paternalista a lo mejor la machista soy yo. Porque, teniendo en cuenta la historia familiar, no puedo decir que me sorprendiera descubrir que mi marido me engañaba. Me avergonzó no haberme dado cuenta antes. Me dolió, porque me hubiera gustado que fuéramos diferentes. Me había creído lo suficientemente especial, lo suficientemente atractiva y lista como para acaparar el interés de Justin para siempre.

El amor conlleva riesgos.

Los acepté y me quemé.

Pero, un día, mi hija correrá los mismos riesgos. Y yo no puedo decirle que elija el camino fácil. Porque hay una clase de mujeres que se sienten atraídas por los machos alfa. Lo que pasa es que, una vez que los tenemos, no sabemos qué hacer con ellos.


Justin estaba convencido de que sabría tratar a Z. Si le dejaran hablar con él, podría fijar el rescate que nos sacaría de la celda de esta prisión antes de que acabara el día. De manera que

Ashlyn y yo tuvimos que intentar convencerlo de que no era buena idea. Habíamos tratado de apagar el fuego con fuego. Nos habíamos resistido, nos habíamos rebelado incluso. Hasta entonces lo único que habíamos conseguido eran unas cuantas quemaduras de táser y algunos golpes.

Si Z y su equipo eran exmilitares, la guerra era su especialidad.

Teníamos que pensar en algo distinto. Algo que no tuviera nada que ver con el ámbito de experiencia del macho alfa. Tenía algunas ideas que Ashlyn secundó. Justin no estaba en condiciones de resistirse, y, poco a poco, le fuimos convenciendo. A una sola de las dos podría haberla ignorado. Pero ante nuestro frente unido hubo de dar su brazo a torcer. Mi idea, nuestro plan, trabajaríamos en equipo, nuestro primer proyecto familiar desde hacía seis meses. Ganaríamos. Estaba segura. Había demasiado en juego.

Lo más duro era esperar.

Nos sentamos. Ashlyn en la litera superior, Justin y yo en las de abajo. Primera regla de la guerra psicológica: quien inicia la conversación cede terreno por definición. No nos podíamos permitir ceder terreno.

De manera que ejercitamos la paciencia.

Volvía a tener temblores, dolor de cabeza, agotamiento extremo con momentos de dolorosísimos calambres. Se debía de estar pasando el efecto de las pastillas que Radar me había dado en medio de la noche, lo que me colocaba de nuevo en la lanzadera del síndrome de abstinencia.

Podía decírselo a Justin. Decirle de una vez por todas lo que había estado haciendo los últimos meses. Lo buena esposa y madre que había resultado ser.

Pero, de nuevo, quien inicia la conversación cede terreno.

Así que me callé.

Habíamos perdido completamente el sentido del tiempo. Fuera era de día, dentro siempre estaban encendidas las luces fluorescentes. ¿Mañana? ¿Media mañana?

De pronto oímos pasos. Pasos tranquilos, no de gente corriendo, pero contuve el aliento y mis manos se cerraron en un puño. Vi cómo Ashlyn se situaba en el rincón más alejado de la litera superior y se ponía en cuclillas…

La puerta de acero se abrió. Ahí estaba Z con Radar a su lado.

—Desayuno —dijo Z secamente.

Y esa única palabra me dijo que podíamos ganar.


Justin salió de la celda primero, siguiendo el protocolo, con las manos atadas a la altura de la cintura. Z se quedó con él y Radar entró a por mí. Se mantuvo de espaldas a la puerta, tapando la mirilla y, caí en la cuenta, la cámara de seguridad para deslizar en la palma de mi mano dos pastillas blancas redondas.

No hubo intercambio de palabras. Vi brevemente las pastillas blancas y planas, con unos números en el dorso, y me las tragué sin hacer preguntas. Un milisegundo después me había atado las manos con bridas y me uní a mi marido en la zona común. Radar vino con Ashlyn y nos pusieron en fila. Z, que llevaba a Justin agarrado del brazo, abría la marcha. Radar iba media docena de pasos por detrás de Ashlyn y de mí, escoltándonos.

No ofrecimos resistencia, nos comportamos como rehenes conscientes que han pasado una larga noche aprendiendo la lección.

Nuestros captores estaban recién duchados. Aún tenían húmedo el pelo. Z llevaba un conjunto nuevo, cien por cien negro comando. Radar llevaba unos vaqueros anchos limpios y una camisa de franela azul marino. Intenté no odiarlos, pero me resultaba imposible teniendo en cuenta el hedor que emanaba de mi propio cuerpo.

Nos quitaron las bridas en la cocina y una vez más nos ordenaron ponernos a cocinar. Realicé una rápida inspección de la despensa y del refrigerador. No habían comprado más provisiones. Claro que ¿cuándo podrían haber adquirido más cosas? Aun así, el hecho de que no hubieran repuesto las provisiones me dio confianza, indicaba que esto tendría un fin. Z y su equipo no pensaban pasar aquí toda la eternidad, tan solo el tiempo necesario.

Saqué mantequilla, beicon y huevos de la enorme nevera y algunos productos secos de la despensa. Tendría que acordarme de la receta de memoria, pero después de tantos años seguro que no sería problema.

Puse a Justin a freír el beicon y a batir huevos. Ashlyn ya sabía lo que tenía que hacer: poner la mesa. Usar cualquier cosa que encontrara para crear la ilusión de que se trataba de una mesa de cocina real y auténtica.

Yo, mientras, hacía rollitos de canela caseros.

Z desapareció dejando a Radar solo. El más joven de nuestros captores tomó asiento junto a una de las encimeras de acero inoxidable. Miraba a Justin que estaba de pie, con media cara magullada y un ojo hinchado y medio cerrado, inclinado sobre una sartén muy caliente. Yo preparé la masa, espolvoreé harina sobre la superficie de acero inoxidable y empecé a amasar. Cuando obtuve un rectángulo grande y fino unté mantequilla por toda su superficie y a continuación repartí generosas raciones de azúcar blanca, azúcar morena y canela. Hice un rollo que parecía una larga serpiente espolvoreada de canela; a continuación lo corté en secciones de unos dos centímetros y medio. Los extremos habían quedado feos e irregulares. Corté ambos sin decir una palabra y di un pedazo

LISA GARDNER

pringoso a Ashlyn, su momento favorito del proceso de confección de rollos de canela. Di el otro a Radar.

No me miró siquiera, pero cogió el pedazo de masa y se lo metió en la boca. Así, sin más.

A veces en las negociaciones no hay que echar toda la carne en el asador, sino lograr pequeños avances. Ganancias tan sutiles que tu adversario no se da cuenta de que has movido ficha hasta que se ve obligado a presenciar la danza de la victoria.

Hice dos docenas de rollos, pensando que hombres de la estatura de Z y Mick debían comer bastante, sobre todo si se trataba de rollos de canela caseros. Si un rollo de canela era un regalo para los sentidos, tres o cuatro eran un acto de glotonería que precedía a un estado de saciado letargo, cuando no directamente al coma diabético.

A Ashlyn le gustaban los rollos sin levadura, finos y hojaldrados en vez de gruesos y pastosos. Había elaborado la receta doce años atrás, cuando mi hija de tres años no tenía la paciencia de esperar horas a que salieran del horno los bollos caseros. Resultó que, si usaba masa de tarta, el tiempo de preparación se reducía sin que ello afectara a mis delicias de canela. Lo que estaba compartiendo con quienes habían secuestrado a mi familia era nuestra receta familiar.

Mientras la enorme cocina se llenaba del cálido olor a canela y azúcar caramelizado eché un vistazo a la mesa de Ashlyn. Mi hija siempre ha sido muy creativa, y no me decepcionó.

Había cogido una de las mesas con ruedas de acero inoxidable. Dado que en la paleta de colores de la prisión predominaba el blanco intenso, había colocado encima seis bandejas de cafetería rojas que hacían las veces de mantelitos individuales. En cada bandeja había un plato blanco de plástico. También había usado platos de ensalada, más pequeños, que había centrado sobre los grandes, tras escribir sobre ellos los nombres de cada uno de los secuestradores con condimentos de brillantes colores.

La inicial de Z era especialmente impresionante, y resaltaba en color rojo kétchup. En el caso de Radar había usado mostaza amarilla. Mick estaba escrito con pepinillos verdes. Por un instante, mi hija y yo compartimos una sonrisa; Ashlyn odiaba los pepinillos. Siempre los había odiado y siempre los odiaría.

Ashlyn había colocado en medio de la mesa un bol de cristal con capas multicolores de lentejas secas coronadas por tres huevos colocados artísticamente, un batidor de mano y una única loncha de beicon que había robado de la sartén de su padre. Con unos vasos de plástico, cubiertos plateados y servilletas de papel enrolladas, el efecto de conjunto era rústico y agradable. Un pedacito de hogar.

El reloj del horno emitió un pitido. Los rollos de canela estaban listos. Justin emplató los huevos y el beicon. Pusimos las fuentes en la mesa y así, sin más, empezó el espectáculo.

Z apareció cinco minutos después.

Exhibiendo su propio juego de poder, entró en la cocina dando pasos largos, lentos, el rostro perfectamente inexpresivo, aunque el olor a bollos recientes y beicon frito debió de golpearle nada más entrar.

Radar ya se había sentado a la mesa, en el borde de un taburete de metal. Tenía la mirada algo vidriosa y contemplaba los rollos de canela como si fueran la última gota de agua en medio del desierto. Pero se quedó quieto, con las manos colgando a sus costados.

Z vio la mesa mientras avanzaba. Me dirigió una mirada. Estaba esperando junto a un taburete al igual que Justin y Ashlyn.

Me sonrió y fui consciente de que me había calado, que entendía todos y cada uno de los pasos que acababa de dar y por qué.

Z se sirvió primero. Dos rollos, medio plato de huevos, media docena de tiras de beicon. Pasó las fuentes a Radar que llenó su propio plato y sirvió a Mick, que probablemente estaría de guardia en la sala de control, antes de colocar lo que había sobrado en el centro de la mesa. Yo no había estado presente la noche anterior, pero Justin y Ashlyn parecían estar esperando algo.

—Comed —dijo Z por fin.

Y nos sentamos.

Un recordatorio de quién estaba al mando. No me preocupaba. Al segundo mordisco dado a un rollo de canela parpadeó, mientras la pasta mantequillosa, el azúcar y la pegajosa canela llegaban a su torrente sanguíneo, intoxicando sus sentidos.

Me pregunté qué estaría recordando. A una madre, a una abuela, puede que incluso un simple momento en el que Z se había sentido caliente, a salvo y amado. El auténtico poder de la comida casera. No se limitaba a llenarte el estómago, evocaba estados de ánimo. En ese momento mi comida estaba desatando los recuerdos de Z, creando un vínculo entre mis rollitos caseros y su propia sensación de bienestar que sería difícil de romper. De ahí que me hubiera pasado los últimos dieciocho años cocinando para Justin y su equipo de construcción. Nada proporciona una devoción imperecedera tan rápidamente como las galletas de chocolate recién horneadas. Al morderlas, hasta el más duro de los duros se convierte en un niño saboreando una golosina y contemplando a su creador con total adoración.

En ese momento no me venía nada mal algo de adoración.

Mi familia ya estaba comiendo. Cogí mi propia comida, evitando el beicon grasiento, y empecé a mordisquear uno de los rollitos. Tenía que comer para recuperar las fuerzas, pero todavía no me fiaba de mi estómago. Por no hablar de que Z y su equipo se habían servido la mayor parte de lo que había preparado. No quería reducir aún más las raciones de mi marido y de mi hija.

—Vas a pedirme algo —dijo Z tras el segundo rollo de canela, mientras alargaba la mano para coger un tercero—. Calculas que tendré la mente tan obnubilada por tus rollos de canela, los sentidos tan anulados por este amoroso despliegue de vida hogareña que te diré que sí.

—No queremos pedirte algo, queremos darte algo.

—No tenéis nada que darme. Y te equivocas en lo de los rollitos. Con lo bien que cocinas…, tengo menos ganas de dejarte marchar.

Se volvió hacia mi marido, y hubo algo en su expresión que no supe interpretar.

—Has invertido un montón de tiempo en esta operación —empecé en tono neutro—. Tiempo, dinero, recursos. Estoy segura de que tu equipo y tú no querréis marcharos con las manos vacías.

—No es cuestión de dinero. ¿Acaso no os lo he dicho ya? —dijo Z mirando a Justin, al rostro magullado de mi marido, con su ojo hinchado.

—Mamá —dijo Ashlyn en voz baja, golpeándome suavemente con el codo. Pero, de momento, la ignoré.

Z dejó de contemplar a Justin el tiempo suficiente como para mirarme con escepticismo.

—Además, ¿tu marido no te ha contado que el negocio no marcha bien, que no cobra un salario, que no tenéis dinero que ofrecer?

No alteré la expresión de mi rostro. Me acababa de enterar de esas cosas, pero me sorprendió que Z conociera todos los detalles.

—¿Te ha hablado de la presión a la que ha estado sometido? —continuó Z en tono aburrido—. Lo usa como excusa para todas sus actividades «extracurriculares». ¡Pobre Justin! Solo intentaba parecer un hombre importante.

Justin se estremeció. Sentí cómo su pierna se tensaba junto a la mía, preparándose para ponerse en pie. ¿Y hacer qué? ¿Dar un puñetazo en la mesa? ¿Atacar al tipo con el tatuaje de la cobra que era bastante más grande que él?

—Mamá —dijo Ashlyn de nuevo, con un hilo de voz.

Apartó su bandeja roja; estaba encorvada y parecía temblorosa.

—Nueve millones de dólares —dije ignorando a los dos miembros de mi familia.

Por primera vez logré que Z bajara la guardia. Su rostro se heló, el tatuaje de la cobra verde me miraba con sus ojillos brillantes. Radar fue menos circunspecto. Levantó la mirada un par de veces y se quedó boquiabierto antes de recuperar rápidamente la compostura.

—Si empezamos hoy —proseguí con calma—, podemos transferirlos a una cuenta de vuestra elección hacia las tres de la tarde de mañana. Nosotros hacemos todo el trabajo. Vosotros os quedáis con el dinero. Pero la orden ha de darse hoy y nos tenéis que dejar marchar. A cambio del rescate las víctimas deben ser recuperadas sanas y salvas.

Z me miró frunciendo el ceño, lo que hizo que la boca con colmillos de la cobra se moviera de forma inquietante en torno a su ojo izquierdo.

—Nueve millones de dólares —repetí—, con día de pago garantizado. Saldréis de aquí ricos. ¡No está mal para unos cuantos días de trabajo!

Z no dijo inmediatamente que no. De forma casi ausente, partió por la mitad su tercer rollito, mordió una de las mitades, y algo de pasta se quedó en la comisura de su boca, que mantenía cerrada en un duro gesto.

—¿Cómo? —preguntó.

—Una póliza de seguros. Que cubre a Justin, pero también a Ashlyn y a mí.

—¿Una póliza a nombre de la empresa?

—Sí. Las ventajas de ser el propietario. Puede que Justin no cobre un salario ahora mismo, pero sigue obteniendo grandes beneficios.

—¿Pagarán?

—Por eso lo llaman seguro.

Otro mordisco. Z masticó. Z tragó.

—¿En metálico? —preguntó abruptamente.

—Una transferencia a la cuenta que nos digáis.

—No seré grabado.

—Ya lo hemos pensado.

—Una palabra en falso…

—A todos nos interesa que las cosas salgan como están planeadas.

—Nueve millones de dólares —repitió, ¡toda una concesión!

—Tres por cabeza. O quizá cinco para ti y dos para cada uno de tus hombres.

A Radar no pareció preocuparle ese reparto. Z sonreía. Una vez más el tatuaje de la cobra pareció retorcerse y estremecerse en su cabeza perfectamente rasurada.

—En el informe —dijo secamente—, no se indicaba que tú serías un problema.

—¿Quieres otro rollo de canela?

Z volvió a sonreír. Luego miró a mi marido y el frío helador de su mirada me sobresaltó. Despreciaba a mi marido. Lo veía con toda claridad en la franqueza de su mirada. Era un odio que iba más allá de lo profesional, tenía que ser algo personal.

Y, durante un segundo, vacilé. Puede que el rescate no fuera buena idea. Intercambiar dinero por rehenes era muy complicado. Había muchas cosas que podían salir mal. Un paso en falso podría ser catastrófico y conducir a más violencia e incluso a la muerte.

Sobre todo, cuando estabas negociando con un hombre que cubría su cabeza con una víbora gigante provista de colmillos.

—Radar. —Era la voz de Ashlyn, a mi lado. Mi hija ya no intentaba captar mi atención sino la del joven comando sentado al otro lado de la mesa.

¿Radar? ¿Por qué se dirigía mi hija a…?

Me di la vuelta e intenté coger su brazo, pero no pude, porque, sin decir palabra, se deslizó de la silla y cayó al suelo. Había sangre, mucha sangre que empapaba la parte inferior de su mono naranja.

—¡Ashlyn! —Justin ya se había puesto en pie, pero se quedó parado de repente—. ¿Qué dem…?

Ashlyn me miró con sus ojos, tan parecidos a los míos, llenos de arrepentimiento.

—Lo siento, mamá.

Y entonces entendí.

Los hombres se movieron rápidamente. Radar empujó hacia atrás su taburete y Z gritó en tono autoritario a Justin que fuera con él para que Radar pudiera atendernos.

Yo los ignoré a todos y me centré en mi hija, que había intentado advertirme el día anterior de que ya no hablábamos con ella. Hay momentos en los que se pierde la comunicación, no ya en el seno de un matrimonio, sino de toda la familia. Momentos en los que dejas de ver a los otros, en los que compartes el espacio, pero no la vida.

Le presté toda mi atención. La miré a los ojos. Procuré consolarla con mi presencia. Me arrodillé en el suelo y sujeté la mano de mi hija mientras abortaba.

# 27

Wyatt recibió una llamada justo cuando Tessa y él salían del barrio de Chris López. Nicole, mejor dicho, la agente especial Adams, hablaba concisa y fríamente, como siempre, cuando le informó de que se había establecido contacto. Poco después de las diez de esa mañana, Justin Denbe en persona había aparecido en un vídeo transmitiendo las exigencias de los secuestradores.

Tessa conducía muy bien. ¿Se debía a sus años como agente de la policía estatal o simplemente a que vivía en Boston? Wyatt no tuvo tiempo de adivinar cuál de las dos cosas, pues media docena de momentos de pánico más tarde, bajaban por el callejón que discurría tras la mansión de los Denbe, donde vieron el gran centro de mando móvil del FBI; parecía un defensa gordo acuclillado en medio del saloncito de té de una anciana dama.

En su interior encontraron al compañero de Nicole, el agente especial Hawkes, que manipulaba un ordenador portátil, al que habían conectado una pantalla plana, colocado sobre una mesita. Nicole daba vueltas por el reducido espacio libre que quedaba a su espalda, evidentemente agitada. Cuando entraron Tessa y Wyatt señaló al enorme monitor con un gesto de la barbilla. Nicole tenía los brazos cruzados sobre el pecho y daba golpecitos sin parar con un dedo sobre su codo.

No es que estuviera nerviosa, comprendió Wyatt, la agente del FBI estaba preocupada.

Tessa y él intercambiaron una mirada. Wyatt le hizo un gesto para que tomara asiento en la silla libre que quedaba delante de Hawkes y él se quedó de pie junto a Nicole. Todos podían ver el monitor y Hawkes puso en marcha la grabación con su teclado para que pudieran ver el resto de la historia.

La petición de rescate se había hecho a través de un mensaje grabado en vídeo. Solo se veía un primer plano estático de Justin Denbe, cuyo rostro era carne lacerada, negra y azul. Miraba a la cámara con el ojo sano mientras desgranaba lentamente las exigencias de los secuestradores. Había que transferir nueve millones de dólares directamente a una cuenta a las tres de la tarde, hora oficial del este, el lunes. Después dejarían marchar, sana y salva, a toda la familia Denbe. Pero, si no se cumplían sus exigencias, los Denbe sufrirían las consecuencias. Ya les darían más instrucciones.

Al final de la grabación de veinte segundos, Justin enseñaba la primera página del periódico de esa mañana. Un primer plano de la fecha de la edición de ese domingo y la pantalla se fundió en negro.

—El *Union Leader* —dijo Wyatt identificando el periódico con sede en Manchester—, lo que significa que siguen en New Hampshire.

—¿Ni una palabra sobre el resto de la familia? —preguntó Tessa, inclinada sobre el monitor, como si eso fuera a ayudar.

—Justin Denbe contactó por teléfono con su compañía de seguros a las diez horas veintitrés minutos de esta mañana —informó Nicole, que seguía dándose golpecitos con los dedos—. Pidió hablar con un gerente tras informarles de que su familia y él habían sido secuestrados. Temía por su vida e invocaba la cláusula de circunstancias especiales que figuraba en la póliza de secuestros. En el caso de que los tomadores del seguro corrieran un riesgo creíble de muerte inminente, la compañía habría de pagar la mitad de la póliza del seguro de vida como rescate adicional. Teniendo en cuenta que la muerte de Justin Denbe costaría a la compañía los diez millones del seguro de vida, les interesaba pagar algo más ahora para ahorrar después.

Wyatt no dejaba de darle vueltas en su cabeza.

—De modo que, en vez de pagar solo los cuatro millones que cubre la póliza, ¿la compañía pagará eso y cinco más a cargo del seguro de vida?

—Exacto.

—Nueve millones por el rescate en vez de diez por el seguro de vida —murmuró Tessa—. De nuevo, los captores parecen saber mucho de los asuntos personales de los Denbe, incluido el máximo que pueden exigir como rescate.

—Siempre pensamos que eran secuestradores profesionales —afirmó Hawkes poniendo el vídeo en el principio—. Si es así tiene todo el sentido que hagan los deberes antes de embarcarse en esta empresa.

Empresa, sonaba cínico, parecía cosa de negocios, pensó Wyatt. Hasta que veías la cara lacerada de Justin. Habían hecho un trabajito concienzudo. En la sien izquierda quedaban restos de sangre seca en la línea de nacimiento del pelo. Tenía cortes en el labio inferior, que estaba hinchado, al igual que su ojo derecho, prácticamente cerrado. Por no hablar del enorme moratón que lucía en la otra mejilla y de media docena de laceraciones, pequeñas y grandes, que lograban dar una impresión de caos y deformidad.

Pero el hombre miraba directamente a la cámara y su voz sonaba fuerte. Aguantaba, por lo tanto. ¿Tal vez porque los secuestradores se metían con él en vez de con su mujer y su hija? ¿Acaso la conducta de Justin era una especie de prueba de vida del resto de la familia?

—Creemos que está embarazada. —No pretendía soltarlo así, pero lo hizo, mientras contemplaba el rostro de Justin, preguntándose si el tipo tenía la más ligera idea de lo que estaba ocurriendo en su propia familia.

—¿Qué? —exclamó Nicole claramente sorprendida.

—El registro de pruebas. Última página, contenido de la papelera del garaje…

—¿Cuándo recibiste una copia del registro de pruebas?

Wyatt se encogió de hombros y la miró a los ojos.

—¿Por qué no lo has leído tú?

Nicole frunció el ceño, dándose cuenta de que tenía razón. Cabía alegar en su defensa que era un documento de treinta páginas y que tenía muchas cosas que comprobar como agente al mando. Pero, aun así…

—Uno de esos palitos, un test de embarazo —continuó, consciente de que tanto Tessa como el agente especial Hawkes le observaban—; había dado positivo.

—¿Crees que Libby está embarazada? Pero si estaba en la basura podría ser de cualquiera.

Wyatt arqueó una ceja.

—¿Te refieres al ama de llaves de sesenta años?

La agente del FBI mantuvo la cabeza alta.

—A lo mejor es de la hija. Tiene quince años, edad suficiente.

—Cierto. ¿Se rumoreaba que tuviera novio o durmiera fuera de casa?

—Por ahora no, pero no va a ser lo primero que nos cuenten sus amigas íntimas. Sinceramente, interrogar a chicas adolescentes es peor que intentarlo con matones de la mafia.

O bien cierran filas, o te cuentan tantos chismorreos que al final ya no sabes qué creer. Vamos a necesitar algunos cuantos agentes más y, por supuesto, unos días para ver qué hay de verdad en todo esto.

—Mientras tanto —aseguró Wyatt en tono neutro—, podemos asumir que la gansa hace lo que hacía el ganso. Justin engañó a su mujer y ella hizo lo propio.

—¿Quedándose embarazada? —La voz de la mujer reflejaba sus dudas.

—Y enganchándose a la Vicodina a la vez, pero no sientas lástima por los secuestradores.

Nicole suspiró y se pasó la mano por la frente.

—Esto significa que tenemos cuatro rehenes potenciales. ¡Dios mío, qué caos! Bueno, razón de más para intentar ese intercambio de los rehenes por dinero, ¿no? —dijo señalando de nuevo al monitor.


—La primera llamada de Justin fue muy corta —explicó Nicole—. Desgraciadamente no esperábamos una llamada directa a la compañía de seguros y no habíamos intervenido sus teléfonos. Sin embargo, la llamada se grabó por una cuestión de procedimiento. Nuestros expertos en audio trabajan en ello. Intentan identificar los ruidos de fondo para ayudarnos. Evidentemente estamos interviniendo una de las líneas de la compañía de seguros y enviaremos a algún agente sobre el terreno. La próxima vez habrá negociadores profesionales para prolongar la conversación y darnos la oportunidad de rastrear la llamada.

—¿Por qué llamó primero? —preguntó Tessa—, ¿por qué llamar antes de enviar el vídeo?

—Una prueba de vida —dijo Hawkes—, tenía que cumplir la exigencia de la compañía de que existiera un «peligro creíble» de muerte inminente. ¿Imagináis qué tipo de pruebas habrá que aportar para solicitar un rescate de nueve millones de dólares?

Tessa sintió un escalofrío.

Wyatt se mostró de acuerdo.

—¿Por qué esa pregunta *no* conduce directamente a la amputación de miembros? —murmuró sin dirigirse a nadie en particular.

Nicole asintió.

—Evidentemente, la directora de atención al cliente estaba afectada por la llamada, pero mantuvo el tipo. Le dijo que necesitaban confirmación visual de que Justin y su familia seguían con vida. Justin preguntó si bastaría con un vídeo enviado por correo electrónico. Ella dijo que sí, pero que debían poder constatar que el vídeo se había filmado en tiempo real, que no era una grabación trasnochada. Acordaron que Justin sostendría entre sus manos el periódico de ese día, el procedimiento operativo estándar en ese tipo de situaciones. De manera que la directora proporcionó un código a Justin que debía usar al principio y al final del vídeo, «Jazz», que al parecer es como se llama su cacatúa. Así podría estar segura de que el vídeo se había filmado después de que Justin hablara con ella.

—Al final de la grabación se oye a Justin decir que su cara debería confirmarlo todo. Asumimos que se refiere a que la imagen de sus moratones, laceraciones, etcétera, debería bastar para la constatación del riesgo creíble.

—¿Dónde está la centralita? —preguntó Wyatt.

—En Chicago.

—¿Mandó el vídeo por correo electrónico allí?

—Directamente a la dirección corporativa que le había dado la directora.

—¿Cuánto tiempo pasó —preguntó Tessa— entre la primera llamada telefónica y la recepción del vídeo?

—Aproximadamente cuarenta minutos —contestó Hawkes, que estuvo tecleando hasta que apareció en el monitor un correo, cuyo final, una ristra de datos técnicos, les enseñó—. ¿Veis esto? Este es el tipo de datos que acompañan a los correos electrónicos, incluidos la hora y los datos enviados. Y lo que es más importante, también podemos rastrear la ruta seguida por el correo desde que sale del ordenador de origen A hasta que llega al ordenador de destino Z.

—¿Quieres decir que se puede rastrear el correo? —preguntó Wyatt con interés.

No era un experto en ordenadores. Le gustaban los números, y un delito de postín siempre era un buen rompecabezas que resolver. Pero la tecnología, los ordenadores, definitivamente no eran lo suyo… Ese era el campo de especialidad de Kevin.

Hawkes hizo una mueca.

—En este caso probablemente no. Mira. Esta línea de aquí es la dirección IP del origen X, es decir, la dirección desde la que se envió el correo. Sería estupendo hallar un nombre, por supuesto, como Ordenador de los Malvados Secuestradores de Boston. En cambio, lo que tenemos es una secuencia numérica que tendrá su importancia si recobramos el ordenador para contrastar. Si pasamos a la siguiente línea, las líneas con información sobre «recibidos», averiguamos cosas sobre los servidores por los que pasó el correo en su ruta desde el ordenador de los secuestradores hasta el de la compañía de seguros. A veces se identifica a los ordenadores por su nombre y vemos que el correo, en su viaje por el mundo, ha pasado por el servidor de una gran corporación, como Hotmail o Verizon. Sin embargo, en este caso comprobamos que las direcciones de recepción pasan por dominios con nombres como FakeItMakeIt, HotEx, PrescriptMeds, etcétera, y que hay intercaladas líneas que son incomprensibles.

Hawkes hizo una pausa y les miró.

—¿Queréis saber qué pienso? El remitente ha convertido este correo en *spam*. Algunos de los nombres de los dominios que parecen tan graciosos indican exactamente eso. Son enormes servidores, situados en diversos lugares, que lanzan correos electrónicos en los que se ofrecen Viagra, medicamentos canadienses, etcétera. Sobreviven porque son difíciles de rastrear. El remitente se ha aprovechado de eso. Lo que significa que al menos uno de nuestros secuestradores sabe bastante de informática. A lo mejor crea *spam* para hacer negocios, ese tipo de cosas. Nosotros tenemos especialistas —añadió Hawkes encogiéndose de hombros—, que analizarán, diseccionarán e intentarán descubrir algo. Pero... —volvió a encogerse de hombros y Wyatt captó el mensaje; rastrear el correo llevaría mucho tiempo.

—El vídeo parece casero —observó Tessa cambiando de tema—; una única toma, primer plano, cercano y personal.

—Creemos que se hizo con un teléfono móvil —afirmó Nicole—. Uno de resolución media, desde luego no se trata de una cámara de vídeo de calidad. En cuanto al primer plano, dos consideraciones. Una: Justin muestra sus heridas para incentivar a la compañía de seguros a pagar cinco millones más, lo que implica que las tomas debían mostrar de forma clara sus lesiones. Y otra: ese plano tan cerrado oscurece el fondo, limitando la cantidad de información que podemos obtener sobre su localización.

—Profesionales —suspiró Wyatt.

—Tenemos una pista —dijo Hawkes pulsando la flecha de la pantalla para que pudieran ver el vídeo completo de nuevo. Todos miraron con atención el rostro lacerado de Justin que parecía mirarles a los ojos.

La toma recogía el cuello y la cara. No sobraba espacio por la parte inferior, la superior o los laterales. Lo único que se veía eran los deformados rasgos de Denbe; todo tenía una pátina gris que se oscurecía ligeramente en los bordes.

—No han utilizado *flash* —constató Hawkes—. Cuando la toma se hace tan de cerca, el *flash* no permite apreciar el rostro del sujeto al blanquear gran parte de su nariz y mejillas. Pero tampoco hay halos en torno a su cabeza, lo que sugiere que la fuente de luz no se encontraba a su espalda. Supongo que la habitación estaba bien iluminada por focos de luz desde el techo, que alumbran con uniformidad los rasgos de Denbe.

—Eso nos permite descartar algunas de las zonas de acampada del norte —musitó Wyatt mientras los engranajes de su cerebro giraban sin cesar—. Muchas cortan la corriente eléctrica en invierno, lo que significa que si los secuestradores estuvieran allí tendrían que utilizar linternas, velas, lo que fuera. Por lo demás, esas viejas cabañas… no suelen disponer de grandes ventanales por los que entre la luz natural.

—Creo que el lugar donde los tienen cuenta con una instalación eléctrica moderna —señaló Hawkes—. Si no hay línea telefónica fija, deben tener acceso a alguna señal móvil fiable, a juzgar por la duración de la primera llamada. Eso nos permite desechar asimismo algunos de los parques nacionales de las montañas.

—Bien visto.

—Me gustaría ver a la mujer y la hija —murmuró Tessa—, no me gusta que no estemos viendo ni a Libby ni a Ashlyn.

—No creo que tengan juntos a los tres miembros de la familia —respondió Wyatt—, porque sería difícil controlarlos. Por no hablar de las complicaciones que hubiera supuesto captar a todos en el vídeo. Sin embargo, creo que Libby y Ashlyn se encuentran bien. Eso explica que Justin suene optimista a pesar del aspecto que tiene. Puede que le hayan molido a golpes, pero no han tocado a su familia. De no ser así mostraría signos de estrés, se le vería más tenso.

Wyatt se giró hacia Nicole.

—¿Va a pagar la compañía de seguros?

—Ahora mismo están transmitiendo la petición de rescate a la cadena de mando. Pero en todo caso han prometido cooperar con nosotros. Mientras hablamos hay agentes desplazándose hacia sus oficinas. En veinte minutos contaremos con una línea intervenida y tendremos a varios agentes allí. Justin deberá establecer contacto de nuevo porque no disponemos de toda la información que necesitamos para realizar la transacción. Habrá otra llamada y esta vez estaremos preparados.

# 28

LL egamos a la enfermería. El rostro juvenil de Radar adquirió una expresión impasible cuando ayudó a Ashlyn a colocarse en la camilla de acero inoxidable.

En su opinión no había gran cosa que hacer. El aborto era algo natural, la forma en la que el cuerpo lidiaba con la situación. Lo más que podía hacer era darle un analgésico para el dolor y mucha agua para compensar la pérdida de sangre. Después yo tendría que observar a Ashlyn, por si mostraba signos de fiebre propios de una infección. Si la hubiera, precisaría atención médica inmediata.

Radar no ahondó en esa posibilidad. Por ejemplo, ¿permitiría Z que trasladaran a uno de sus rehenes, que valía nueve millones de dólares, a las urgencias de un hospital? Tenía la impresión de que nuestra petición de rescate se iba a volver contra nosotros. Sobre todo por la forma en la que Z había mirado a Justin… ¿Realmente habíamos hecho un trato con el Gran Comando Malo, o nos habíamos limitado a seguirle el juego?

Radar se fue y yo empecé a despojar a Ashlyn del mono empapado en sangre, cubriéndola cuidadosamente con una toalla. Había una cámara en la esquina de la habitación y no soportaba la idea de que Mick, sentado en la sala de control, disfrutara con el dolor de mi hija. Pensé en levantarme y cubrir el objetivo de la cámara con agua o quizá vaselina. Pero supuse que Z nunca permitiría tal acto de abierta insubordinación. Aparecería, habría consecuencias, y, viéndonos a mi hija, a Justin y a mí misma..., ¿cuántas vejaciones más seríamos capaces de soportar?

Lavé la ropa interior de Ashlyn lo mejor que pude en el lavabo; había tejido orgánico, procuré no pensar en ello.

Nuestros captores no nos habían provisto de ropa interior, así que volví a ponerle a Ashlyn las bragas, aún húmedas, a las que sujeté compresas higiénicas que nos había proporcionado Radar. Dijo que resultaban prácticas a modo de vendajes, de ahí su alijo. Las toallas limpias arriba, las manchadas de sangre, abajo. De nuevo, era mucho mejor no pensar en ello.

Me obligué a sentarme y acaricié el brazo de Ashlyn. Sus párpados ya no aleteaban, parecía a punto de quedarse dormida. Tal y como había previsto Radar, su cuerpo hacía lo posible por sanar.

Por fin volvió Radar. Retrospectivamente pensé que habría estado fuera unos treinta o cuarenta minutos. Curiosamente era el tiempo más largo que Ashlyn y yo habíamos pasado a solas sin estar maniatadas. Hacía unas horas hubiéramos dado cualquier cosa por encontrarnos en esta situación, pero ahora...

Z parecía saber mucho de nosotros, incluyendo cómo hacernos implosionar. ¿Contaba con ello, sabía que nos engañaría fácilmente, que acabaríamos poniéndonos cortapisas a nosotros mismos? Ashlyn y yo ya no requeríamos ni vigilancia, estábamos atrapadas por nuestros propios secretos. ¡Qué detalle por nuestra parte!

—Metadona —susurró Radar.

Una única palabra, que pronunció dando la espalda a la cámara. Lo pensé y entendí. Me incliné sobre mi hija, el pelo lacio me tapaba los labios, de modo que parecía que estaba consolando a Ashlyn. Podían vernos, pero no oírnos: las apariencias lo eran todo.

—¿Eso es lo que me has dado? Había oído hablar de ello.

—Es un opiáceo sintético. Ayuda con el síndrome de abstinencia de otros narcóticos como la Vicodina.

Se giró hacia una caja de metal y fue abriendo los cajoncillos como si buscara algo.

—Sin embargo, también es adictivo. En algún momento tendrás que desintoxicarte.

Intentaba darme un consejo para mi vida después de esto. Suponiendo que lo del rescate acabara bien.

—¿Cuántas pastillas debería tomar?

—Te he estado dando pastillas de diez miligramos. La primera dosis fue de cuatro pastillas. Esta mañana parecías volver a tener problemas, así que te he dado dos más. Esto no es una ciencia exacta. En una clínica de verdad se hubieran pasado los primeros días intentando averiguar la dosis apropiada para tu situación. Yo me limito a improvisar.

—No me siento… No es igual que la Vicodina.

—No te pone —dijo sin rodeos mientras ordenaba cajones—. La metadona elimina lo peor del síndrome de abstinencia, pero sigue siendo un narcótico. El efecto de las pastillas dura más. Con una dosis al día debería bastar para mitigar la depresión, las náuseas y los dolores de cabeza. Pero, como te he dicho, has pasado de un problema a otro. ¡Adiós a la adicción a la Vicodina! ¡Hola a la adicción a la metadona! Tendrás que ir a un médico de verdad para que te ayude a desintoxicarte, si es lo que quieres.

—Pareces saber mucho sobre la adicción a los analgésicos —dije por fin.

Él se encogió de hombros.

—Adicto *du jour*.

—Eres un buen médico, Radar, y te agradezco que nos
hayas ayudado a mi hija y a mí.

No contestó nada, parecía incómodo.

No lo pude evitar.

—¿Por qué haces esto? ¿Trabajar con Z y Mick? Pareces
estar muy dotado, tienes un auténtico talento. Podrías conseguir un trabajo en un hospital.

—No sigas.

Dos palabras que pronunció en un tono mucho más
amenazador de lo que yo había previsto. Callé de golpe, vaci-
lante, luego volví a coger la mano de mi hija.

La atmósfera de la pequeña habitación se había enrareci-
do. Algo realmente extraño. Radar era un secuestrador y nosotras éramos sus cautivas. ¿Acaso podía ser de otra manera?

Pero lo cierto es que Radar era el comando en quien más
confiaba de los tres. Nos cuidaba y me estaba dando pastillas
de metadona a espaldas de Z. Se portaba bien con Ashlyn. Era
competente y hasta compasivo.

¿Qué había dicho Z sobre él? Radar vendería a su propia madre por la cantidad adecuada.

Sin embargo, este joven, un niño en realidad, sabía cosas
de Ashlyn y de mí que ni Justin conocía. Además, Radar no
solo había guardado mi secreto, me daba consejos para mi
vida más allá de los muros de esta prisión.

Intenté recordar mi antigua vida, o quizá fuera la nueva,
que empezaría en algún momento después de las tres de la
tarde del día siguiente. Llevar mi ropa. Dormir en una habitación con las luces apagadas. Volver junto a mi familia y ami-

gos, uno de los cuales probablemente había ideado todo esto, es decir, en ninguno de los cuales podría volver a confiar.

Y, de repente, mis ojos se llenaron de lágrimas sin previo aviso. Agaché la cabeza porque no quería que Radar, ni mucho menos Mick en la sala de control, me vieran llorar. Dios mío, ¿adónde iríamos desde aquí? No habían hecho falta ni Z, ni estas celdas, ni estos monos de presidiario para hacernos pedazos. Ya habíamos logrado destrozarnos nosotros mismos, ocultos en nuestra lujosa casa de Boston, realizando todos los movimientos cotidianos de nuestras muy privilegiadas vidas. Antes éramos una familia real, ahora no éramos más que clichés. La mujer que vive a base de pastillas, el marido infiel, la hija adolescente embarazada.

Justin se aferraba a nuestro rescate como si fuera un interruptor mágico. Nuestros captores nos dejarían en libertad a cambio del dinero del seguro, y ¡fin del asunto! Daríamos tres taconazos en el suelo, susurraríamos que no hay nada como el hogar e instantáneamente nos despertaríamos en nuestras propias camas. Justin volvería a su trabajo, Ashlyn al colegio, y yo…

¿Iría a una clínica de desintoxicación? ¿O diría: «Que les jodan», y volvería a mi bonito bote naranja de pastillas en cuanto pudiera?

No lo sabía. Sinceramente no lo sabía, pero por un momento la idea de volver a casa, de recuperar nuestras vidas reales con todos los problemas a los que nos tendríamos que enfrentar…, me aterró.

Aquí al menos sabíamos quién era el enemigo. Pero cuando volviéramos a casa…

Ashlyn, junto a mí, se despertó de repente. Sus ojos color avellana se abrieron de golpe y el pánico se dibujó en su rostro.

—¡Mamá!

—Tranquila, estoy aquí. Shhh…

—¡Ay, mamá…!

Me di perfecta cuenta de cuándo recuperó del todo la conciencia, pues dejó caer las manos instintivamente sobre su tierno vientre. Me miró durante largo rato, con la expresión de una persona aún joven, pero mucho mayor de lo que a mí me gustaría que fuera.

—Lo sé, cielo —murmuré—, lo sé.

—No se lo digas a papá —susurró en tono inexpresivo.

Tuve que sonreír, pero mi expresión era triste.

—Él siempre te querrá, cariño.

—No, no lo hará. Es muy firme en sus principios —dijo con mucha amargura.

No supe qué responder a eso, de modo que retomé mi guardia junto a su cama. La hija que había guardado el secreto de su madre le pedía a esta que guardara el suyo.

—Yo…, humm…, traeré otro mono —dijo Radar, claramente incómodo.

Salió dejándonos otra vez sin vigilancia y sin ligaduras.

Atrapadas en nuestro sufrimiento autoinfligido.

Limpié las lágrimas que resbalaban por la cara de mi hija y esperamos, juntas, a que nuestro dolor se mitigara.


No podíamos permanecer ocultas en la enfermería para siempre. Z debía de haber pedido un informe de la situación. Al enterarse de que Ashlyn estaba estabilizada nos volvieron a llevar a nuestra celda familiar. Radar iba a un lado de Ashlyn, yo al otro. Se movía con cautela, pero no necesitaba mucha ayuda. ¡Quién pudiera volver a tener quince años y ser así de joven, con esa capacidad de recuperación!

Aminoró el paso cuando entramos en la amplia zona común.

No la culpé. Justin nunca había huido de una pelea. Así que, en cuanto la puerta de acero se cerró a nuestras espaldas:

—Quiero saber su nombre. —Justin se puso de pie en medio de la pequeña habitación, con los brazos cruzados sobre el pecho y la voz fría como el hielo. No preguntaba, exigía.

Ashlyn se apartó de mí y le miró con la cabeza bien alta.

—Puede que su apellido sea Chapman, como el del hermano pequeño de tu novia. Debe rondar mi edad, ¿verdad?

Abrí los ojos de asombro y vi que mi marido palidecía. Justin se giró hacia mí.

—¿Cómo te has atrevido a contarle…?

—No lo hice.

—Me enteré *yo* —gritó Ashlyn en todo su esplendor, con los brazos abiertos y su delgado cuerpecito casi levitando de hostilidad—. He visto tu teléfono, papá. Leí tus correos. Menudo intercambio de mensajitos que te traías con una chica lo suficientemente joven como para ser mi hermana. Me pregunto qué pensará su padre. A lo mejor también se supone que no debería haber andado por ahí acostándose con hombres. A lo mejor también debería haber esperado a que apareciera un chico que la *honrara,* la *amara* y la *respetara.* Ya sabes, toda esa mierda con la que me llenabas la cabeza antes de salir por la puerta y engañar a tu familia. ¡Hipócrita! ¡Mentiroso de mierda!

—¡Ashlyn!

Me interpuse rápidamente entre mi hija y mi marido, como si eso pudiera mantener a Ashlyn a salvo.

La cara de Justin, muy deformada, se había vuelto de color púrpura. Daba la impresión de que le salía vapor por las orejas. Cada vaso sanguíneo de su cuerpo parecía a punto de estallar.

—¡No vuelvas a hablarme así en tu vida, jovencita!

—¿O qué?

—¡Basta!

Mi voz sonó temblorosa. Me aclaré la garganta obligándome a sonar más enérgica.

—¡Basta, los dos! Parad un segundo.

Ashlyn se volvió hacia mí.

—¿Por qué? ¿Acaso tienes miedo de que le hable de tus problemas con las drogas?

—¿Qué?

Quise echarme a reír, pero me di cuenta de que habría resultado totalmente inapropiado. Sin embargo, la expresión de rabia de mi hija y el tremendo desconcierto que se leía en el rostro de Justin me parecían hilarantes, aunque estaba segura de que mi risa precedería a un torrente de lágrimas.

Ashlyn seguía hablando con violencia.

—¡Por Dios, papá! Está ida desde hace meses. ¿Los ojos vidriosos? ¿Y qué hay de cuando le preguntas algo y tarda un minuto entero en contestarte? ¡Venga, papá! Me llevó dos semanas darme cuenta de que abusaba de los analgésicos. Soy una cría. ¿Tú que excusa tienes?

Justin estaba demasiado estupefacto como para hablar. Yo tenía la mano sobre mi boca y pedía ayuda a Dios porque notaba que, en cualquier momento, me iba a dar un ataque de risa histérica.

—Ah, claro, estabas todo el tiempo con tu nueva novia. Y mamá dopada. Evidentemente decidí divertirme un poco. Hasta me acosté con él en vuestra cama, que no es que la uséis mucho últimamente.

Justin se lanzó hacia delante. Rodeé su cintura con mis brazos, aunque no fuera a servir para nada. Pesaba el doble que yo, e incluso golpeado y magullado se movía como un tren de mercancías. Bramaba algo; tal vez que mataría al chico fantástico. Ashlyn también gritaba algo; posiblemente que le odiaba, a su propio padre.

Quería pegarla. Intentaba llegar hasta nuestra hija. Nuestro bebé, que hasta hacía unas horas había estado embarazada de su propio bebé, y yo sentía una tremenda presión detrás de los ojos. Un dolor que ninguna pastilla podría aliviar. Una desesperanza que ninguna droga mágica podría mitigar.

Me encontré en medio de la pelea. Me afianzaba sobre mis talones para empujar a mi marido, jadeando, jadeando, jadeando y gritando con todas mis fuerzas.

—¡Estúpido idiota! Yo no quería tu dinero. No quería tu casa. No quería tu maldito negocio. ¡Solo quería que me amaras, imbécil! ¿Por qué..., por qué no podías... simplemente amarme?

Nuestras piernas se enredaron. Justin cayó, protegiendo con las manos su cara hinchada. Yo me desplomé de rodillas a su lado. Golpeé su hombro, chillando histérica, mientras Ashlyn lloraba junto a las literas.

—No fue solo ella, ¿verdad? Hubo otras mujeres, muchas otras. ¡Dios, eres igual que tu padre! Y yo igual que mi madre, solo que me inflo a pastillas en vez de a cigarrillos. Ambos nos creíamos mejores que todo eso. ¿Qué ocurrió? Dios, Justin, ¿qué nos ha pasado? ¿Cómo nos hemos convertido exactamente en el tipo de personas que no queríamos ser?

No podía dejar de pegarle. Mi rabia era una bestia indómita que por fin se había deshecho de sus ligaduras. Odiaba a mi marido, odiaba mi vida, pero sobre todo nos odiaba a nosotros, a la forma en la que habíamos fracasado, demostrando que éramos humanos después de todo, cuando hacía mucho, mucho tiempo, estábamos seguros de estar por encima de todo eso. Los mortales eran falibles. Nosotros estábamos enamorados.

De repente, vi el temblor en los hombros de mi marido, las lágrimas en sus mejillas, el ángulo de su cabeza, su derrota...

No pude soportarlo más. Le rodeé con mis brazos. Le sostuve muy cerca de mí prometiéndole un perdón, que, en el fondo de mi corazón, no estaba segura de poder otorgar. Pero, por el momento..., si así se encontraba mejor... Si al menos pudiéramos fingir ser una familia...

Ashlyn se sentó con nosotros en el suelo y nos rodeó a ambos con sus brazos. Sentí su húmeda mejilla en mi cuello.

—Lo siento, mamá, lo siento, lo siento...

Justin gimió, nosotras lloramos más alto.

—Oh, ¡por el amor de Dios!

Z estaba ante la puerta abierta, mirándonos como si acabara de llegar al escenario de un accidente de tráfico.

—Pero ¡qué gente! —dijo, incapaz de completar la frase.

Estaba de acuerdo con él. Lo nuestro era indescriptible. ¿Qué tipo de familia se comportaba así? ¿Qué tipo de gente se amaba y se hacía daño a pesar de todo?

—Cuento las horas para que sean las tres de la tarde de mañana. —Z dejó de menear la cabeza y pasó a señalarme con el dedo.

—Tú, quítate de encima de él.

Su otro dedo señaló a mi hija.

—Tú también. De pie, firmes.

Ashlyn y yo nos levantamos, temblorosas. Z nos miraba fijamente. Nos pusimos rectas adoptando la postura de dos buenos soldados. Gruñó con aprobación. Luego miró a Justin que también intentaba alzarse del suelo.

—No sé lo que ha pasado aquí, pero sin duda te lo merecías. ¡Señoras, vengan conmigo!

Empezamos a caminar mientras Justin se ponía en pie, tambaleándose.

—¡Esperad!

Ashlyn siguió andando, pero yo me detuve sin poder evitarlo. Había amado a ese hombre gran parte de mi vida. Las tardes en el club de tiro, nuestro primer hogar, el nacimiento de nuestra hija, los días en los que me despertaba y le veía contemplándome. Todos aquellos momentos en los que, sin lugar a dudas, le tenía presente. Todos aquellos momentos en los que él indudablemente me tenía presente a mí.

—No me di cuenta —murmuró Justin— de lo que te estaba pasando, de lo que le pasaba a Ashlyn… No me di cuenta. Ashlyn tiene razón, debería haberme dado cuenta, haber sido un hombre bueno, un padre atento… Lo he jodido todo, Libby, es culpa mía. Cuando volvamos a casa, si quieres el divorcio, será como tú digas. Romperé el acuerdo prematrimonial. Te daré lo que quieras sin rechistar: la casa, la compañía, lo que quieras. Puedes quedarte con todo. Es lo mínimo que te mereces y me avergüenzo de no haberme dado cuenta antes. Pero me gustaría…, echaría mucho de menos a mi familia, Libby. Nos echaría en falta a nosotros.

Esperé por si decía algo más. Pero tragó saliva y se atragantó.

Pensé durante un segundo en todas las cosas que podía contestar. Podía perdonar, reconocer mis propias culpas. Y, lo más importante, decir que yo también nos echaría de menos. Que, de hecho, es lo que había ocurrido durante meses, y ninguna pastilla del mundo había sido capaz de llenar ese vacío. Podía hablarle de las muchas noches en las que había bajado al sótano oscuro y puesto mi mano sobre la puerta cerrada del dormitorio, deseando que mi marido notara mi presencia y la abriera por mí. Decidí preguntar.

—¿Cuántas mujeres ha habido, Justin?

—Tú eres la única a la que siempre he amado —respondió.

Eso me dijo lo suficiente.

Dejé a mi marido en el suelo y me dirigí hacia mi captor.

# 29

Mientras la policía de Boston y el FBI volvían al trabajo planeando estrategias para posibles escenarios de rescate, Tessa y Wyatt decidieron hacer una visita a Anita Bennett. En su casa, rodeada por retratos de su familia, que, con un poco de suerte, incluirían el de su hijo menor, que podría ser o no el medio hermano de Justin Denbe.

Siendo la que conocía la ciudad, Tessa condujo el coche. Wyatt retomó su despreocupada postura en el asiento del pasajero, salvo que en esta ocasión tenía el ceño fruncido.

—No pareces contento —aventuró finalmente Tessa mientras enlazaba su camino desde Storrow Drive hacia la Ruta 2 en dirección Lexington, Massachusetts.

—Estoy contrariado.

—¿Personalmente o profesionalmente?

—Profesionalmente. No tengo una vida personal por la que poder contrariarme.

—¿En serio?

—Me gusta la carpintería, hacer cosas con las manos. Pero fuera de eso trabajo mucho. Ni mujer, ni hijos, ni novia.

—Vale.

Él se giró y la miró fijamente.

—¿Y tú? ¿Cómo llevas la vida de investigadora corporativa en comparación con tus días como agente de la policía estatal?

—Mejor horario, mejor sueldo —dijo ella.

—Pero ¿te encanta?

Le llevó un poco responder.

—Me gusta —dijo finalmente—. Por el bien de mi hija, eso es suficiente.

Tessa podía sentir cómo la miraba desde el asiento del pasajero. Sin hablar. Sin juzgarla. Solo… estando allí.

Se descubrió diciendo:

—No me has preguntado por mi marido.

—Asunto tuyo, no mío.

—Hace dos años —se oyó a sí misma continuar—, Brian fue asesinado de un tiro, y mi hija desapareció. Confesé haberle disparado, pero también fui acusada de matar a mi propia hija.

—Tu hija está viva. Eso has dicho.

—La encontré. Algunos de mis métodos no… encajaban necesariamente dentro de la legalidad. Jamás seré bienvenida de nuevo en la policía. Pero recuperé a mi hija y eso es lo que más importa.

—¿Sabes? —dijo él lentamente—, ahora que lo mencionas, ese caso me suena.

Ella se tensó, preparándose para los inevitables comentarios sobre su destreza disparando, o incluso una observación sobre cómo su marido se lo había buscado.

Pero en vez de eso él preguntó:

—¿Cómo lo lleva tu hija?

—Me dijo que buscara a la familia Denbe en lugares fríos y oscuros. También que llevara galletas y mi pistola.

—Chica lista.

Se descubrió asintiendo. Y pensando que le gustaba Wyatt Foster. Le gustaba un montón.

—¿Has estado casado? —preguntó ella.

—Sí. Un desastre completo. Pero no tengo nada en contra de la vida doméstica. Y, entre tú, yo y las farolas, me gustan los críos. Es una de esas cosas que en realidad los hombres no podemos decir. Suena medio turbio cuando lo sueltas. Y, teniendo en cuenta lo mucho que respeto tus capacidades, no es la impresión que quiero dar.

—Yo casi nunca salgo con hombres. —Esto debe de ser lo que termina ocurriendo cuando pasas demasiado tiempo sin tratar con adultos, concluyó Tessa. Aparece la primera persona dispuesta a escuchar con atención y parece que tienes diarrea verbal. Continuó—: Estoy centrada en mi hija, en construir un entorno seguro y estable para ella. Se merece eso y más.

—Ah, y de ahí lo del pelo repeinado para atrás.

—¡Es la segunda vez en dos días que me hacen ese comentario! ¿Qué pasa con mi pelo?

—Eres demasiado joven para parecer tan vieja —dijo Wyatt con naturalidad—. Además, eso no funciona conmigo. Cuando veo un pelo tan estirado en un recogido, me despierta la curiosidad de comprobar cómo quedaría suelto sobre los hombros. Ya sabes, preferiblemente después de una buena cena, seguida de un par de copas de vino, ese tipo de cosas.

Tessa ya no miraba a la carretera. Estaba contemplando al hombre sentado en el asiento del pasajero, y estaba bastante segura de estar sonrojándose. *Sonrojándose,* por el amor de Dios.

—Pero imagino que no sales con gente del trabajo —siguió él, sin que le temblase la voz.

—Exacto —se las arregló para decir Tessa, y volvió a mirar a la carretera.

Se quedaron callados.

—Así que —soltó ella tras unos minutos— estás contrariado.

—Sí. Los secuestradores se están exponiendo. Están haciendo llamadas telefónicas, comprando periódicos locales y muy probablemente haciéndose con suministros para tratar a una mujer con un considerable síndrome de abstinencia. Y aun así no podemos localizarlos. Todo esto me está fastidiando.

—No tenemos una descripción —señaló Tessa—. Es complicado saber hacia dónde dirigirnos sin una descripción tangible de los sospechosos para ponerla en circulación. Quiero decir, ¿qué puede hacer la policía local ahora mismo? ¿Preguntar en las gasolineras si alguien desconocido ha comprado hoy el periódico? A este paso todos deberíamos estar contrariados. Estamos todavía rodeando el perímetro del caso. No hemos alcanzado el corazón del asunto.

—Llamé a mi oficina —dijo Wyatt—. Los tengo trabajando con las compañías de telefonía móvil para localizar núcleos de propiedades inmobiliarias que no reciban cobertura de red adecuada. Puede que eso sirva para eliminar buena parte del Parque Nacional Montañas Blancas. Por supuesto, la mayoría de las propiedades en cuestión están a gran altitud o en medio del campo… No exactamente accesibles para ocultar rehenes, en todo caso.

—El proceso de eliminación al menos es algo: un no que ayuda a llegar a un sí.

—Los guardias forestales han estado haciendo progresos también, visitando campamentos y cabeceras de senderos. A este paso quizá logremos mañana reducir el terreno de búsqueda a una quinta parte del estado.

—¿Lo ves? Un pajar más pequeño. Bien hecho.

Wyatt abandonó su gesto ceñudo y esbozó una sonrisa.

—Me gustas —dijo—. Dejando a un lado lo de tu peinado, voy a pedirte que salgamos por ahí algún día. Pero no hoy. Hoy vamos a centrarnos en la familia Denbe.

—No queda mucho tiempo —murmuró ella, tomando la salida a Lexington que indicaba el GPS para llegar a la casa de Anita Bennett.

—Exacto —aprobó él, tamborileando con los dedos sobre el salpicadero del coche—. Exacto.


Anita Bennett abrió la puerta principal de la casa tras el primer timbrazo. Hizo entrar a Tessa, que llevaba unos pantalones Ann Taylor negros combinados con una camisa blanca entallada, y frunció ligeramente el ceño. Entonces reparó en Wyatt, que permanecía allí de pie, a la vista de sus vecinos, con su uniforme de sheriff marrón oscuro, y se le agrió más el gesto.

—¡Entren! —dijo, más como una orden que como una invitación. Ellos lo hicieron.

Anita vestía una larga falda oscura con unas ajustadas botas negras, combinadas con un suéter de punto trenzado de color gris claro. A juego con la casa blanca de persianas negras, pensó Tessa, un anuncio perfecto de la refinada vida de Nueva Inglaterra. En ese momento la mujer jugueteaba con su largo collar de perlas, observando a Tessa y Wyatt como si no supiera qué hacer con ellos.

—Tenemos algunas preguntas más dijo Tessa a modo de explicación.

—Podríamos habernos visto en la oficina. Acabamos de volver de la iglesia.

—Solo será un minuto.

Un último gesto ceñudo, y entonces Anita pareció rendirse. Sus hombros bajaron levemente; les indicó que la siguieran.

—Cariño, ¿quién es? —Una voz de hombre llegó desde el fondo del pasillo.

Anita no respondió inmediatamente, pero continuó andando, guiándoles hasta una enorme cocina con encimeras de granito negro y armarios de madera de cerezo, y luego a través del formal comedor, hasta que llegaron finalmente a una pequeña sala de estar que contaba con una chimenea, un par de poltronas tapizadas en seda y un pequeño sofá de dos plazas original de los años veinte.

Tessa encontró esto llamativo. Ella habría descrito la oficina de la directora de operaciones como moderna, mientras su hogar era sin duda del tradicional estilo de Nueva Inglaterra. Se preguntó qué otras diferencias distinguirían a la Anita del trabajo de la Anita hogareña.

Un hombre mayor vestido con pantalones negros y un suéter de color arándano estaba sentado frente al fuego. Se levantó, moviéndose cautelosamente, y ofreció su mano. Lucía una llamativa cabellera gris sobre una ancha y amigable cara oculta tras unas gafas de montura de metal.

—Daniel Coakley —dijo a modo de presentación—. El marido de Anita. ¿Y ustedes son?

—Son dos de los investigadores que buscan a Justin y su familia —respondió secamente Anita. Pero Tessa notó que la mirada de la mujer se suavizó cuando la dirigió a su marido. Se acercó a él, colocándole la mano sobre el brazo en un gesto casi protector—. Está bien, Dan. Solo necesitan hacerme unas cuantas preguntas más. ¿Te importa?

Dan pareció tomar aquello como su señal para irse. Hizo un gesto de asentimiento y luego emprendió su lento camino hacia el pasillo en la dirección en que ellos habían llegado.

—Ataque al corazón —dijo Anita como respuesta a su pregunta no enunciada—. El año pasado. Murió dos veces en el traslado a urgencias. No se hacen idea de hasta qué punto eso te hace replantearte tu vida.

Señaló las poltronas verde bosque. Tessa ocupó una, Wyatt la otra. Anita se encaramó en el borde del sofá tapizado en dorado y verde. Colocando mucha distancia entre ella y los investigadores, reparó Tessa, y sentándose tiesa como un palo, manos sobre las rodillas, irradiando recelo con su lenguaje corporal.

Dada la incomodidad de la mujer, Tessa se tomó su tiempo, dejando que el silencio se alargara mientras repasaba la habitación, buscando fotos familiares. Localizó dos grandes portarretratos. Un primer plano de tres niños en edad escolar, apilados en una ladera, con radiantes caras brillantes. Luego, la clásica foto familiar, una Anita más joven sentada en una de las poltronas, tres chicos ya quinceañeros de rodillas a su alrededor y un Daniel Coakley sensiblemente más alto y saludable de pie tras todos ellos, con la mano en su hombro.

En esa fotografía, Tessa podía ver que el marido de Anita había tenido el pelo rubio, lo que casaba con su tez pálida. Antes de pasar al gris plateado, Anita aparentaba haber sido entre rubia y pelirroja, con una piel igualmente clara. Lo que hacía destacar los rasgos claramente más oscuros del hijo pequeño frente a los del resto de la familia.

Ella y Wyatt intercambiaron miradas. Él estaba sentado confortablemente en la otra poltrona, con una pierna despreocupadamente cruzada sobre la otra y los codos apoyados a cada lado. Había adoptado su actitud de calma accesible. Sin presionar al interrogado, sino dejándole que viniera hasta él.

Una estrategia efectiva, a la vista de todo lo que Tessa había compartido voluntariamente en un solo viaje de coche.

—Hemos recibido una petición de rescate —dijo Tessa.

Claramente, no era eso lo que Anita había estado esperando. De inmediato, la directora de operaciones estaba de pie, con los dedos jugueteando de nuevo con sus perlas.

—¿Cómo? ¿Cuándo? ¿Qué quieren? ¿Están bien Justin y su familia?

—Piden nueve millones de dólares. Justin habló de una cláusula especial que permite un pago adicional del seguro de vida en situaciones de extremo peligro.

—Oh, Dios mío. —La mano de Anita le cubría la boca—. ¿Él está… bien? ¿Ashlyn? ¿Libby?

—Justin afirma que están todos bien hasta el momento, pero no hemos recibido confirmación visual todavía.

—¿Pagará la compañía de seguros?

—Están trabajando en ello en este mismo momento.

—Pagarán, por supuesto —dijo Anita, sin mirarlos ya a ellos, como si hablara consigo misma—. Para eso contrata uno esas pólizas. Para que cuando suceda lo peor la compañía pague, y Justin y su familia regresen sanos y salvos. ¿Cuándo?

—Pronto. Esperamos.

Anita se sentó de nuevo. Su recelo previo había desaparecido. Ahora se la veía decidida.

—¿Y qué necesitan de mí? ¿Cómo puedo ayudar?

Tessa y Wyatt intercambiaron otra mirada. Si Anita obtenía algún beneficio con la desaparición de la familia Denbe estaba ocultándolo bien. O, quizá, ninguna de estas noticias era nueva para ella. El rescate había formado parte del plan y todo estaba transcurriendo según lo previsto.

Tessa decidió ir al grano.

—Háblenos de su hijo pequeño.

La directora de operaciones se quedó paralizada. Por un momento Tessa pensó que la mujer iba a contraatacar, pero entonces ella admitió el comentario con un simple y rígido asentimiento.

—Veo que las murmuraciones han seguido su camino.

Tessa y Wyatt simplemente esperaron.

—Quieren saber por qué sencillamente no les conté todo ayer —continuó Anita sin que le preguntaran—. En el mismo instante en que llegaron a mi oficina yo debía haber aireado los trapos sucios, sacado todos los cadáveres del armario. Porque, por supuesto, la desaparición de Justin debe de tener algo que ver con mi hijo. Las familias son así.

De nuevo, Tessa y Wyatt no abrieron la boca.

—Él ni siquiera lo sabe —dijo Anita súbitamente—. Me refiero a Timothy. Daniel sí. Y, por supuesto, fue un momento muy complicado en nuestro matrimonio. Pero lo superamos. Y Daniel adora a Timmy. Lo considera tan hijo suyo como a nuestros otros dos hijos. A fin de cuentas, decidimos dejarlo estar. Daniel es feliz, Timmy es feliz. ¿Por qué destrozar nuestra familia sin una buena razón?

—¿Lo sabe Justin? —soltó Wyatt.

La mujer se encogió de hombros.

—En la empresa, la gente lleva años hablando por lo bajo sobre el tema. Pero yo nunca he admitido directamente que Timmy es el hijo de Dale Denbe. Sinceramente, los primeros diez años ni yo misma estaba segura. Claro que, cuando fue creciendo, el parecido de familia...

—¿Lo sabe Justin? —presionó de nuevo Wyatt.

Anita parecía luchar consigo misma.

—Estoy segura de que debe sospecharlo —admitió finalmente—. Pero repito, por el bien de Timmy y el de cualquier otro, nunca he querido entrar ahí, y nunca lo haré.

—¿Por el bien de Timmy? —repitió Tessa, permitiendo que la incredulidad asomara en su tono—. ¿Porque estar en la cola de un negocio familiar de cien millones de dólares no puede ser algo que le beneficie?

Anita sonrió cansadamente.

—¿Saben lo que está estudiando Tim en la universidad?

Ambos negaron con la cabeza.

—Ganadería. Quiere mudarse a Vermont y montar su propia granja ecológica sin establos, completamente orgánica, que cumpla todos los requisitos ambientales. Timmy no está interesado en construir prisiones, hospitales o universidades de doscientos millones de dólares. Él quiere fundirse con la tierra.

—Así que él vende su parte del negocio y lo usa para montar su granja.

—¿Qué parte del negocio? —dijo Anita con calma—. Dale no legó la empresa a los herederos que le sobrevivieran. Se la dejó a Justin, específicamente, a su nombre. Incluso en el caso de que quisiera someter a mi familia al mal trago de aclarar la paternidad de Timmy, eso no cambiaría nada. Además, dada la situación de la empresa, no creo que pudiera sobreponerse al drama. Y, de nuevo, ¿para qué? Justin es el miembro adecuado de la familia Denbe para dirigir la compañía. La adora. Mi hijo tiene sus propios sueños. Nada está roto. Nada necesita ser arreglado.

Tessa no creyó ni una sola palabra.

—Está negándole a su hijo parte de su familia, por no hablar de poder elegir involucrarse en el negocio...

—Perdóneme. Yo *soy* el negocio y Timmy pasó tanto tiempo de su infancia en las oficinas de Construcciones Denbe como mis otros dos hijos. En cualquier momento, si hubiese estado interesado en la construcción, podría haberle involucrado en la empresa dada mi propia posición, dejando a un lado su posible herencia genética. A él *nunca* le interesó.

—¿Y Justin está realmente de acuerdo con esto? —De nuevo Wyatt, sonando tan escéptico como Tessa.

—Nunca hemos hablado de ello. Jamás. Timmy era solo un bebé cuando Dale murió. Y después, cuando cumplió diez años y comenzó a parecerse más y más a Justin, y cada vez menos a Daniel, ¿qué sentido tenía? La gente sospechaba, los rumores se propagaron. Pero Justin jamás me preguntó y nunca salió de mí contarlo.

—Pero Timothy tiene una beca universitaria. La primera que Denbe ha pagado jamás.

Anita dudó. Su mirada se perdió.

—Justin se ofreció —murmuró—. La compañía había tenido un buen año. ¿Quién era yo para discutir?

—Así que él lo sabe —presionó Wyatt.

—Nunca hemos hablado de ello —repitió tercamente Anita. Aparentemente, en su mundo, la negación funcionaba.

Daniel había regresado y estaba de pie en la entrada.

—Justin lo sabe —dijo. Las palabras surgieron de una voz ronca. El hombre aclaró su garganta, como si fuera a hablar de nuevo, pero Anita estaba ya situándose a su lado.

—Cariño, está bien, ellos ya se iban.

Daniel insistió.

—Justin lo sabe —repitió, pero ahora con voz más firme—. Esos bonus que te da. Son reparto de beneficios, para Timmy, también. Como los cheques que manda a su madre.

Anita se sonrojó, no comentó nada.

Tessa y Wyatt miraron a Daniel con renovado interés.

—¿Por qué dice eso? —preguntó Tessa.

—Dale, digan lo que digan sobre él, siempre cumplió con sus obligaciones. Justin es así también. Se encarga de su madre, dándole su parte de los beneficios de la compañía, aunque no se hayan hablado durante años. Se encarga de su medio hermano del mismo modo, incluso aunque Timothy no haya sido jamás reconocido.

—Eso no lo sabes... —comenzó Anita.

—Tú apartas el dinero —la interrumpió Dan elevando la voz—. Tú repartiste parte de tu bonificación de fin de año con Timmy, pero no con Jimmy y Richard. ¿Crees que no sé por qué? ¿Crees que no llegará un momento en que Timmy pregunte?

Anita se puso roja y no dijo nada.

—Justin lo sabe —repitió Daniel—. Pero no se entromete. Tras todos estos años es solo una de tantas. El arreglo funciona, siempre que nadie haga preguntas.

—¿Y Tim nunca las ha hecho? —preguntó Tessa.

—No, señora.

—¿Y Justin nunca las ha hecho? —presionó Wyatt.

—No que yo sepa.

—Vamos a pedir sus datos financieros —advirtió Tessa, mirando con dureza a Anita—. ¿Hay algo más que quiera contarnos ahora, antes de que lo leamos más tarde?

Anita se sonrojó de nuevo.

—No tengo nada que ocultar. Lo que quiera que le haya pasado a Justin... Quienquiera que lo esté reteniendo para pedir un rescate, no tiene nada que ver conmigo o mi familia.

—¿Alguna idea fresca sobre quién puede estar tras esto? —De nuevo Wyatt.

Anita lo miró con curiosidad.

—No tiene por qué ser ninguno de nosotros, ¿o sí? Quiero decir, si se trata de un caso con rescate, y quienes se lo han llevado han sido profesionales... Me refiero a que cualquiera puede darse cuenta de que Justin es un hombre rico.

Sus casas, sus coches, la compañía. Quizá fueron a por él por ser quien es, no por con quién trabaja.

—Conocían el código de seguridad de su propia vivienda —empezó a enumerar Tessa—. Sabían los horarios de la familia, el diseño de la casa y exactamente cuándo y dónde golpear. Es un trabajo hecho desde dentro, y haría bien en creer que Justin lo sabe tan bien como lo sabemos nosotros. Lo que significa que en el momento en que su familia y él estén a salvo en casa... ¿Realmente piensa que Justin va a dejar correr todo este asunto?

Anita estaba pálida. Negó con la cabeza.

—Va a ser la guerra —continuó Tessa—. Justin en persona va a ir tras todos y cada uno de ustedes, incluso aunque eso signifique desmantelar su propia compañía ladrillo a ladrillo. Cuanto más lo conozcas, más expuesto estarás. Así que mejor hable ahora, Anita. Estamos dispuestos a escuchar. Justin, por el contrario, tras haber contemplado a su mujer y su hija sufrir...

—Yo no sé nada —insistió Anita—. No haría daño a Justin, y mucho menos a su familia. Y no imagino a nadie más en la empresa que pudiera hacerlo.

—¿Ni siquiera alguien que estuviera disgustado con la dirección que estaba tomando la compañía? —presionó Wyatt—. ¿Que pudiera pensar que él o ella podría hacerlo mejor si estuviera al mando?

Una pequeña vacilación.

—Deberían hablar con Ruth Chan.

—¿La directora financiera? —preguntó Tessa—. ¿La que está de vacaciones?

—Finalmente pudimos contactar esta mañana. Estaba saliendo directa hacia el aeropuerto, para tratar de coger el primer vuelo disponible. Pero al principio, cuando le dije lo que le había ocurrido a Justin… Se quedó demasiado tranquila. No es que dijera o confesase nada. Pero…

Tessa y Wyatt esperaron.

Anita finalmente alzó la mirada.

—No pareció conmocionada. Le dije que Justin y su familia habían desaparecido y no pareció sorprenderle en absoluto.

# 30

Z nos condujo a Ashlyn y a mí a través de un laberinto de anchos pasillos. Al principio pensé que estábamos yendo a la cocina para encargarnos del almuerzo, pero tras pasar de largo por esas puertas desistí de averiguar adónde íbamos y simplemente seguí su estela.

No se había molestado en esposar nuestras muñecas. Ni en andar entre nosotras. En lugar de eso, se adelantó varios pasos, con los hombros relajados, un lenguaje corporal distendido, un hombre que podía estar dando un paseo dominical.

Ahora que las ruedas del rescate se habían puesto en movimiento, ¿imaginaba que no había mucho que temer en lo que se refería a un intento de huida? ¿O, cuando el asunto se reducía a un posible enfrentamiento entre él y nosotras, pensaba que no tenía nada que temer en general?

Ashlyn se movía lentamente. Debería haber estado descansando en la cama, no dando vueltas por un edificio enorme de duros suelos. Cuando volviéramos a casa, la llevaría directamente al médico. Y tendríamos la charla a corazón abierto que hacía mucho tiempo que deberíamos haber tenido.

Z finalmente llegó a una pesada puerta de acero. La abrió y entramos en una modesta habitación, con paneles de madera del suelo al techo en una de las paredes y un estrado. En el panel de madera había montada una cruz dorada. Una capilla, concluí. Habíamos llegado al templo de la prisión.

Radar ya estaba allí. Tenía todas las luces encendidas y estaba caminando alrededor con su iPhone, ya fuera filmando o tomando fotos. Levantó la vista cuando entramos, pero su rostro carecía de toda expresión, como siempre.

—Vamos a grabarlas aquí —le dijo a Z, señalando un lugar en el estrado—. Tenemos la luz necesaria, y un fondo lo suficientemente neutral. Pasaré a un encuadre más amplio para incluir a dos personas, de modo que los espectadores verán más. Pero el panel de madera es bastante indeterminado.

—¿Sus monos? —preguntó Z.

Radar levantó el teléfono, enfocándonos a Ashlyn y a mí.

—No hay modo. El cuello naranja es claramente visible.

Z asintió; aparentemente esperaba esa respuesta. Se giró hacia la esquina, donde vi una pila de ropa en el suelo. Nuestra ropa. La que llevábamos el primer día. ¿Fue ayer o antes de ayer? El tiempo transcurre de modo confuso cuando pasas las veinticuatro horas bajo el resplandor de una iluminación fluorescente. No sabía cómo los condenados a prisión aprendían a soportarlo.

—Solo la parte de arriba —nos indicó Z—. Ponéosla sobre los monos, ya veremos cómo solucionar lo de los cuellos.

Finalmente entendí qué estaban intentando hacer. Disfrazarnos a nosotras y a nuestra ubicación. Por supuesto, la petición de rescate iba a ser enviada a las autoridades, que deberían escrutar la grabación buscando cualquier pista de nuestro paradero. Por ejemplo, muros de hormigón, monos naranjas de prisión, cualquier cosa que pudieran ver en la imagen. Así que

iban a grabarnos frente a la única pared que no era representati-
va de las instalaciones, vistiendo la última ropa que habíamos
usado.

Como de costumbre, Z había pensado en todo.

Le tendí a Ashlyn su camiseta de punto azul claro. Levantar las manos sobre la cabeza le dolía de modo evidente,
así que la ayudé a colocarse la prenda ajustada sobre el mono
que le venía grande. La parte de arriba se quedó abombada de
modo extraño, mientras que la brillante tela naranja asomaba
por el cuello redondo de la camiseta como una flor del ave del
paraíso fuera de lugar.

Z echó un vistazo y negó con la cabeza.

—La parte de arriba del mono: fuera.

Ashlyn y yo miramos alrededor. La habitación era un
único espacio diáfano. Ni un hueco para ocultarte en él o un
medio muro para agacharse tras él.

—Necesitamos un poco de privacidad —dije remilgada-
mente.

Z nos miró, la cobra de su tatuaje casi silbándonos.

—¿Por qué? Radar ya lo ha visto todo y a mí no podría
importarme menos. Hacedlo.

Nos quedamos paradas de pie, mirándole. Yo sí podía
hacerlo. Pero ¿desnudar a mi hija, exponerla a esos dos hombres que ya se habían apoderado de tantas cosas nuestras? Los
hombros de Ashlyn se habían encorvado, su cuerpo inconscientemente se doblaba para hacerse más pequeño. Yo no podía soportarlo. Me coloqué delante de ella, crucé los brazos
sobre el pecho y miré de frente a Z.

—Necesitamos privacidad —repetí.

Z suspiró. Habló como si se dirigiera a dos niñas pequeñas.

—Dejadme que os explique cómo va a funcionar esto:
vosotras vais a hacer exactamente lo que os diga. Vais a decir

exactamente lo que os indique que digáis. O, si te comportas mal —me miró fijamente a los ojos—, dejaré a Mick darle una paliza a tu hija. O, si tú me desobedeces —cambió su mirada hacia Ashlyn—, le diré a Mick que le dé una paliza a tu madre. Ahora, arreglad lo de la ropa.

—Está bien, mamá —susurró Ashlyn detrás de mí—. ¿Recuerdas cuando era pequeña, en la playa? Podemos solucionarlo así.

Cuando Ashlyn era una niña, a menudo íbamos las dos solas a la playa, dados los horarios de trabajo de Justin. Ashlyn no tenía paciencia para esperar a usar el abarrotado vestuario, por no mencionar la cola de fuera. Así que yo sostenía una toalla en torno a ella como si fuera una cortina, mientras se cambiaba el traje de baño. Más adelante me di cuenta de que yo podía tumbarme en la arena con una toalla alrededor del torso y cambiarme la ropa sin ser vista mientras mi niña de cuatro años se carcajeaba incontrolablemente.

Si lo pensaba bien, habíamos estado ella y yo solas frente al mundo durante mucho tiempo. Y mi hija tenía razón: si habíamos llegado tan lejos, no había motivos para pensar que no podíamos resolverlo.

Ashlyn metió las manos bajo su camiseta de punto y abrió los corchetes. Sacó un brazo fuera, luego el otro. Con la camiseta colgada holgadamente sobre los hombros se sacó las mangas cortas del mono, y luego metió de nuevo los brazos en la prenda de punto. Dejamos la parte de arriba del mono colgando de su cintura, donde quedaría fuera del encuadre de la cámara.

Luego, mi turno. Yo llevaba puesta una blusa cruzada de color champán. También ceñida al cuerpo, así que de ningún modo habría podido cubrir el holgado mono. Les di la espalda a Z y Radar y me puse a ello. Desnudarse no fue tan complicado. Desabroché aquí y allá y la parte de arriba del mono cayó mientras cruzaba los brazos sobre mi pecho para protegerme. Ashlyn me tendió la blusa.

Por un momento olí a naranjas y mis ojos se empañaron por la nostalgia hasta que me di cuenta de que sencillamente eran las notas cítricas de mi perfume, todavía impregnado en la sedosa tela. Postales de otra vida, una que sabía que no era tan lejana —¿un día, dos días?— y que ya me era completamente ajena.

Me pareció mal poner una tela tan delicada sobre mi piel sucia de sudor. Envolverme en fina seda tras días de vestir un rígido mono masculino que me venía grande. Mi pelo estaba maloliente, mis uñas demasiado sucias. Una celda carcelaria hace la mugre más asumible. Pero esto, una visita al pasado, una nota de refinamiento en medio del abismo...

—¿Mamá? Déjame a mí.

Había estado intentando abrochar el complicado lazo en la cintura de la blusa cruzada, pero mis dedos temblaban demasiado. Ashlyn apartó mis manos y se encargó de anudar las tiras.

Admiré su destreza tanto como su valentía. La habíamos fastidiado bien, obviamente. Una familia de tres personas completamente disfuncional. Y, pese a ello, cada uno de nosotros, a su modo, estaba sobrellevándolo. Mi hija de quince años, que hasta entonces había disfrutado de una vida privilegiada, y era sexualmente activa de modo oficial, no se había venido abajo. No estaba sollozando histéricamente, ni encerrándose en sí misma, ni gimoteando constantemente. Estaba activa. Todos estábamos activos.

Podremos pasar por esto, me dije a mí misma. Sobreviviremos, volveremos a casa y podremos...

Podremos superarlo. Perdonaremos, olvidaremos. Eso es lo que hacen las familias, ¿no? Abrirse camino en el barro en toda su completa e imperfecta gloria.

Ashlyn y yo terminamos nuestros preparativos. Su camiseta en su lugar, mi blusa en el suyo. Nos colocamos en el punto que Radar nos indicó sobre el estrado, y luego Z me dio un periódico, la edición dominical. Me lo coloqué bajo el brazo mientras él nos pasaba a cada una un guion de una página. Él tenía la hoja de papel doblada, con la parte en blanco hacia fuera.

—A la de tres Radar comenzará a grabar. Entonces empezaréis a leer, una línea cada una, alternativamente, Ashlyn va la primera. Recordad, nada de improvisar, nada de salirse del guion, o la otra paga las consecuencias.

Mi primer estremecimiento de aprensión.

—Uno.

¿Por qué no nos dejó ver antes el guion?

—Dos.

¿Por qué la necesidad de amenazarnos con Mick?

—Tres.

Radar asintió con la cabeza. Le dimos la vuelta a nuestras páginas y, de nuevo, el corazón me saltó en el pecho.

—Mi nombre es Ashlyn Denbe —susurró mi hija.

Al fondo, Z la miraba frunciendo el ceño, colocando su mano como pantalla en su oreja para poder oírla.

—Mi nombre es Libby Denbe —leí yo, con un tono más alto, como él había indicado.

Ashlyn se aclaró la garganta.

—Hoy es domingo.

Yo di la fecha luego, siguiendo la nota del guion, desdoblé rápidamente el periódico y enseñé la primera página.

—Estamos aquí con mi padre, Justin Denbe —entonó mi hija.

—Para asegurar nuestra libertad —leí— deben transferir nueve millones de dólares a la siguiente cuenta bancaria.

Recité una larga lista de números. El guion indicaba que debía repetirlos. Me mojé los labios y repetí.

—Mañana, a las tres de la tarde, hora del este del país, lcs llamaremos —continuó mi hija.

—Al iPhone de Justin Denbe —leí—. La llamada será a través de FaceTime. Así podrán vernos. Así podremos verlos.

—Podrán verificar que estamos vivos —dijo Ashlyn. Sus ojos se alzaron con rapidez, y me miró casi ansiosamente.

—Entonces tendrán diez minutos para hacer la transferencia.

—Una vez que se haya recibido el pago completo —leyó Ashlyn— facilitaremos la dirección del lugar donde podremos ser recogidos intactos.

—Si a las tres y once minutos de la tarde —dije— los nueve millones de dólares no han sido transferidos con éxito a la cuenta facilitada...

—El primer miembro de nuestra familia... —Ashlyn se detuvo, levantó la vista. Z la miró con dureza, esperando oír las palabras salir de su boca y a la vez recordándole con firmeza las consecuencias de no pronunciarlas correctamente—. El primer miembro de nuestra familia scrá asesinado —susurró Ashlyn.

—Elegido al azar —pronuncié, en un tono igualmente apagado.

—No habrá negociación.

—Ni contactos adicionales.

—Se recibirá el dinero —murmuró Ashlyn.

—O moriremos, uno por uno —terminé.

—Pagad el rescate —leyó Ashlyn de manera inexpresiva.

—Salvad nuestras vidas. —¿Sonó mi voz suplicante?

—Jazz —dijo Ashlyn.

Hice un gesto de asombro, al distinguir la palabra en mi propio guion.

—Jazz —repetí.

En ese momento, sin más, Radar bajó su teléfono. El espectáculo había terminado.

Ashlyn y yo no hablamos de nuevo. Nos retiramos a la esquina de la habitación, quitándonos la ropa que una vez fue nuestra y que ahora parecía pertenecer a otras personas en una vida diferente.

Radar había salido inmediatamente. Probablemente para entregar el breve vídeo. ¿Mandarlo por e-mail? Yo no era una experta en tecnología, pero él parecía saber lo que se hacía.

Z nos esperó junto a la puerta, con las manos dentro de los bolsillos frontales de sus pantalones negros estilo cargo. No intentó fisgonear mientras nos cambiábamos, mostrándose inmune a nuestra presencia. De los tres captores, él era el más inescrutable. Claramente era el líder de la operación. El cerebro que era igualmente respetado por su músculo.

Antiguo militar. ¿Ahora un mercenario a sueldo? ¿El tipo de hombre que podría hacer cualquier cosa, herir a quien fuera, mientras estuviera bien pagado? ¿Secuestrar una familia, golpear al marido, aterrorizar a la esposa y a una hija quinceañera?

En ese momento, ¿estaba intentando sacar doble tajada? ¿Recibir dinero de quien fuera que nos quería secuestrados y al mismo tiempo intentar obtener nueve millones más con el rescate?

¿O sería eso poco ético? ¿Quebrantaría algún tipo de código mercenario?

Ahí había algo en lo que pensar. La semilla de una idea a la que intentaba dar forma. Con los datos que teníamos —la puerta principal cerrada, el conocimiento de nuestras rutinas desde dentro— habíamos dado por supuesto que alguien conocido había contratado a Z y a su equipo para raptarnos. Salvo que jamás averiguamos quién o por qué. Lo que nos llevaba hasta la siguiente pregunta lógica, ¿podía esta misma persona dispuesta a pagar por hacernos desaparecer querer que regresáramos a casa de nuevo sanos y salvos? El rescate tenía sentido para Z, Radar y Mick, cada uno de los cuales recibiría millones de dólares. Pero ¿qué pasaba con ese inductor en la sombra? ¿Qué sacaba de todo esto?

Seguramente a él le vendría mejor que jamás nos encontraran vivos. Lo que podría explicar la postura de «tómalo o déjalo» de las condiciones del rescate. Sin duda, el guion que Ashlyn y yo acabábamos de leer no dejaba espacio alguno a la negociación, muestras de buena voluntad o contraofertas. Sencillamente había que pagar los nueve millones de dólares a las tres de la tarde del día siguiente o los miembros de la familia Denbe iban a comenzar a morir.

Era como si Z estuviera esperando una excusa para matarnos.

Quizá porque era ese su cometido general, los términos del primer contrato. Por muy extraño que pudiera sonar, Z me daba la impresión de ser una persona ética. Un hombre de palabra. La clase de tipo que si hace una promesa la mantiene.

Temblé y, una vez que comienzas, es muy complicado parar.

Veinticuatro horas, pensé.

Veinticuatro horas y quizá pudiera ocurrir un milagro, y nos veríamos pronto de vuelta en casa, seguros.

O estaríamos muertos.

# 31

Wyatt no estaba contento. Sus compañeros de investigación tampoco. Tessa y él habían regresado a la casa de los Denbe en Boston tras saber que se había producido un nuevo contacto. Un corto vídeo de Libby y Ashlyn Denbe había sido enviado por correo electrónico a la compañía de seguros aproximadamente treinta minutos antes. Ahora estaban todos de nuevo agolpados en la parte de atrás del centro de mando móvil del FBI, mirando a la pantalla del ordenador. El vídeo acababa de terminar. El agente especial Hawkes inició la reproducción de nuevo. Una y otra vez. Ninguno de los siguientes visionados les puso de mejor humor.

Sin información de contacto para preguntas que pudieran surgir. Sin margen para renegociar los términos del rescate o pedir un gesto de buena voluntad, como la liberación del miembro más joven de la familia. Tan solo un intercambio sin medias tintas. Pon el dinero o recoge los cuerpos.

—¿Cómo sabemos que no matarán a los Denbe al segundo siguiente de que transfiramos el dinero? —dijo hosca Nicole. Se enrollaba un mechón suelto de su cabello rubio alrededor del dedo, un tic nervioso que Wyatt era consciente de que odiaba, pero que no podía controlar.

—No podemos saberlo —repuso su compañero del FBI, Hawkes—. Parece como si el intercambio entero fuese a suceder a larga distancia. Nosotros pagamos, los Denbe facilitan una dirección, y vamos a recogerlos.

—Desde luego es un enfoque de la máxima simplicidad posible aplicado a un secuestro —intervino Wyatt con voz cansada—. No complicarse la vida, eso es exactamente lo que están haciendo.

—La compañía de seguros no va a tragar —advirtió Nicole.

—Construcciones Denbe amenazará con demandar si no lo hacen —replicó Tessa.

Estaba de pie junto a Wyatt. Su cabello olía a fresas, y él realmente quería quitarle esa goma negra del pelo solo para verlo caer sobre sus hombros. Ese no era el momento ni el lugar para pensar en ese tipo de cosas, por supuesto, y aun así no podía evitarlo.

—Después de todo, la póliza contiene una cláusula de riesgo de muerte inminente, y aquí hay un vídeo de los asegurados declarando que los van a matar si no se entrega el dinero. A mí me parece que está cantado.

—Necesitamos más información —prosiguió Nicole con solemnidad—. Ese es el sentido de las negociaciones. Deberíamos poder pedir concesiones, como la liberación de la chica. En cambio, estamos tan presionados como la compañía de seguros. No nos dicen nada. Nos ordenan entregarlo todo. Nosotros asumimos todos los riesgos, ellos se llevan toda la recompensa.

Wyatt levantó una mano.

—Vamos a hablar sobre eso. Antes de ir más lejos sobre todas las cosas que este vídeo no nos dice, vamos a ver las que sí nos dice. —Mostró un dedo—: Captores experimentados.

—¡Profesionales! ¡Ya sabíamos eso! —contestó Nicole, todavía jugueteando con su pelo.

—Pensábamos que se trataba de matones a sueldo, seguramente antiguos militares. Pero ¿y si tuvieran experiencia previa en secuestros con rescate? Vosotros tenéis bases de datos. ¿Hay alguna lista de profesionales, delincuentes fichados, que hayan hecho este tipo de trabajo antes? Eso podría decirnos algo.

Nicole frunció el ceño, pero asintió. Le hizo un gesto a Hawkes, que comenzó a teclear.

—Están usando un iPhone —propuso Tessa—, puesto que han dicho que la llamada de mañana será a través de Face-Time. Marcarán el número de Justin por FaceTime y una vez que contestemos será como una videoconferencia. Podremos verlos y oírlos, y ellos podrán vernos y oírnos a nosotros.

—En vista de la calidad del vídeo —intervino Hawkes— un iPhone podría servir. Eso sí, FaceTime requiere una conexión wifi, pero la verdad es que eso no es un problema hoy en día. Puede que dispongan de una red wifi en su localización, o que hayan llevado un Mi-Fi, creando su propio *hotspot*.

—¿Podemos localizarla? —preguntó Wyatt, el atecnológico.

—¿La señal de wifi? Si no fuera segura y estuviéramos a una distancia suficiente para poder recibirla, sí, hay algunas herramientas que podrían llevarnos hasta su origen. Pero eso significa ser capaces de captar la señal, identificar que es la que está siendo usada por los criminales y estar a unos sesenta metros, o menos, de la localización de la antena.

Wyatt tomó eso como un no.

—¿Y qué pasa con el iPhone?

—No tenemos un número de teléfono que rastrear; el número estaba bloqueado cuando Justin llamó al servicio al cliente. Lo más probable, dado que estos tipos son profesionales, es que el iPhone sea o robado o un clon. Hay un enorme mercado clandestino de aparatos electrónicos que hace muy fácil conseguir un par de móviles de usar y tirar para un trabajo así. Al menos —Hawkes se encogió de hombros— eso es lo que yo haría.

—La chica estaba sorprendida —comentó Tessa en voz baja—. Justin parecía estar improvisando, pero este vídeo, la manera en que pronunciaban… Era casi como si Ashlyn y Libby estuvieran siguiendo un guion ya escrito. La amenaza de muerte… Se puede ver cómo pilla a Ashlyn desprevenida.

—No le entró pánico —murmuró Wyatt, aunque el aspecto de la cara de la chica en el instante de leer esa línea iba a atormentarle.

—Ellas están intactas —dijo Nicole—. No las han golpeado, como a Justin. Además, están llevándolo bastante bien dada la situación. Parece indicar que hasta ahora las han tratado mejor que a él.

—No van a valer más porque las hagan papilla —replicó Wyatt bruscamente—. Justin sí. Pero estoy de acuerdo. Cualesquiera que sean las amenazas que están usando los secuestradores están sirviendo para obtener su cooperación sin llevarlas al borde de la histeria.

—Profesionales —murmuró Tessa, la distinción obvia.

Wyatt se agachó, analizando el vídeo.

—La parte de atrás parece un panel de madera —dijo.

—Estoy de acuerdo —convino Hawkes.

—Puede corresponderse con los que hay en muchos refugios de montaña. —Le dio vueltas a esto en la cabeza, intentando descifrar la logística—. Los Denbe darán la dirección de su localización una vez que el dinero haya sido transferido —razonó entre dientes—. Lo que significa que los secuestradores deberán esperar en los alrededores hasta asegurarse de que sus demandas han sido aceptadas, seguramente en algún lugar suficientemente cerca para que la familia continúe cumpliendo las normas, incluso cuando estén al teléfono con nosotros. Entonces, en el momento en que el dinero haya sido transferido a la cuenta indicada, dos cosas sucederán al mismo tiempo: la policía irá a la dirección facilitada y los ahora adinerados secuestradores deberán huir del lugar. En mi opinión, eso prueba de manera definitiva que están en el norte de New Hampshire.

Tres pares de ojos recibieron sus palabras con un evidente escepticismo.

—Policías de ciudad —les reprochó Wyatt secamente—. Estáis acostumbrados a docenas de agentes uniformados que pueden estar en cualquier lugar y por todas partes en cinco minutos o menos. Pero, de donde yo vengo, los refuerzos más cercanos están fácilmente a veinte, si no cuarenta, minutos de camino. Tiempo de sobra para que un secuestrador pueda darse a la fuga antes de que nosotros lleguemos.

»Así que —aclaró, mientras comenzaba a entusiasmarse con el tema— deberíamos comprobar las carreteras. Los secuestradores van a buscar múltiples vías apartadas. De otro modo, se arriesgan a cruzarse con la policía en su camino. Su escondite podría ser un alojamiento rural o lugares de acampada que tengan cerca múltiples puntos de acceso… Necesito un mapa. Y no una de vuestras pantallas digitales. Uno real, de papel fuerte, que podamos marcar con fluorescentes y maltratar con manchurrones de comida.

—Yo me encargo —dijo Nicole, y se dirigió a la parte de atrás del centro de mando móvil, donde por lo visto incluso el FBI guardaba anticuados mapas reales.

Mientras Nicole rebuscaba en una pila, Wyatt aprovechó la oportunidad para preguntar:

—¿Ha habido suerte interrogando a los amigos de Ashlyn Denbe?

Hawkes se tomó la libertad de responder.

—Sí y no. De acuerdo con la mejor amiga de Ashlyn, Lindsay Edmiston, Ashlyn no tenía novio y no era una de esas chicas que van acostándose por ahí. Sin embargo…

Wyatt y Tessa le clavaron los ojos expectantes.

—Incluso Lindsay piensa que Ashlyn estaba ocultando un secreto. El viernes por la noche, cuando los padres iban a tener su cita, Lindsay había invitado a Ashlyn a ir a su casa, pero Ashlyn rechazó la invitación. Según Lindsay, eso no era normal, Ashlyn no es el tipo de persona que prefiere quedarse sola en casa. Su amiga había comenzado a sospechar que había un chico de por medio. De hecho, Lindsay se preguntaba si la noche del viernes, mientras los padres estaban fuera, Ashlyn de verdad había estado sola en su habitación.

—¿Había llevado al chico a casa? —preguntó Tessa bruscamente.

Hawkes les miró.

—Quizá. Pero Lindsay también jura que no se trataba de nadie del instituto local.


Nicole y Hawkes tenían que dirigir más interrogatorios. Se fueron, dejando a Tessa y Wyatt trabajando sobre el mapa. Wyatt se centró en caminos, pueblos y zonas agrestes en el norte de New Hampshire. No podía sacarse a Ashlyn Denbe de la cabeza. La manera en que se animaba, brevemente emocionada por la promesa de un regreso seguro para ella y su familia, para que luego su rostro se helara de nuevo, a medida que ella y su madre seguían leyendo el guion, hasta llegar a la parte donde se detallaba qué sucedería si no se atendía a las peticiones de los secuestradores. El asesinato del primer miembro de la familia Denbe.

Wyatt habló por teléfono con su ayudante, Gina, quien por lo visto había estado trabajando con los operadores de telefonía móvil para ubicar áreas de las montañas donde no hubiera cobertura telefónica. Luego contactó con Pesca y Caza, así como con la agencia de protección medioambiental, tachando y marcando su incansable búsqueda de docenas de zonas de acampada y cabezas de rutas con más «X» y más «O».

Finalmente, el mapa estaba marcado con varias partidas de tres en raya, que ubicaban las más de cien mil hectáreas donde debían buscar. Teniendo en cuenta las vías más importantes, Wyatt se centró en las tres ciudades del norte «más probables»: Littleton, que estaba atravesada por una gran autopista, la 93, lista para poder llevar a los captores hacia Boston al sur o hacia Vermont al norte. La segunda opción, Colebrook, en la frontera de New Hampshire y Vermont, con la Ruta 3, así como la 26 y la 145, convergiendo en un pueblo extremadamente aislado. Y, finalmente, Berlin, en la parte oriental de la estrecha cola de New Hampshire, cortada por la Ruta 16, y también muy cercana a la Ruta 2 camino de Maine. Más grande que las dos primeras opciones, y una ciudad más dura a juzgar por las fábricas abandonadas, pero probablemente también un buen lugar donde esconder a unos mercenarios.

Wyatt dibujó una gran «O» en tres sitios basándose únicamente en cálculos, suposiciones y corazonadas. Un montón de quizás, teniendo en cuenta que lo que estaba en juego eran las vidas de toda una familia. Ashlyn. Libby. Justin Denbe.

Wyatt dejó su bolígrafo.

Suspiró pesadamente.

Tessa, de pie frente a él, secundó la moción.

—Mañana, tres de la tarde. No va a suceder —dijo simplemente.

—No —convino él—. Incluso si la aseguradora paga…
No hay ningún buen motivo para que un puñado de profesionales deje a la familia largarse.

—Tenemos que encontrarlos.

—Sí. —Miró su reloj—. Veintiséis horas y contando.

—Quiero conocer la identidad del misterioso novio de
Ashlyn —murmuró Tessa—. ¿Un testigo inocente o una persona más que tenía acceso al código de seguridad de la vivienda?

—Bien visto.

—¿Me lo parece a mí o cada miembro de esta familia
guarda un secreto?

Wyatt se encogió de hombros.

—Encuentra una familia donde eso no suceda.

—Bien visto. —Pero el tono de Tessa delataba que no
estaba muy contenta al respecto. Y él tampoco.

Wyatt miró alrededor. El centro de mando del FBI se
había vaciado, cada uno de los agentes estaba siguiendo las
diversas pistas, sus propias fuentes de información. Divide y
vencerás, la mejor manera de cubrir el mayor espectro posible
de la investigación en el menor tiempo posible. Aun así, frustrante, cuando son otros los que se encargan de averiguar las
cosas cuyas respuestas más necesitas.

—El FBI está cubriendo a Ashlyn —comentó, volviendo a centrarse—. Eso nos deja Construcciones Denbe. Ya sabes, interrogar a todos los mentirosos del equipo directivo.

El rostro de Tessa se iluminó.

—Me pregunto si el avión de Ruth Chan ya habrá aterrizado.

—Excelente idea.

Salieron del centro de mando móvil y fueron a encontrarse con la directora financiera.

# 32

Mick nos escoltó para la cena. En cuanto apareció en la puerta de la celda Justin se puso tenso. Siguiendo un acuerdo instintivo, Justin se colocó a un lado de Ashlyn, mientras yo me ponía al otro.

En cambio, Mick parecía relajado, sonriendo de oreja a oreja cuando nos indicó a los tres que saliéramos de la celda, sin atarnos las manos, sin hacernos andar en fila india. Como Z, tomó la delantera, dejando que nosotros tres camináramos a nuestro aire tras él. Mantuvo la mano derecha ligeramente apoyada en el táser que tenía en la cintura. Más allá de eso, Mick caminaba como si nada en el mundo le preocupara.

¿La promesa de los nueve millones de dólares le estaba aturdiendo? ¿O era simplemente la alegría de que hubiera comenzado la cuenta atrás? En veinticuatro horas o menos esto podría haber acabado. Nos habríamos ido, de un modo u otro. Recuperados por la policía o... ¿asesinados por nuestros captores? Quizá Mick no estaba emocionado por el hipotético cobro tanto como por la oportunidad de ejecutar su venganza. Yo no podía imaginar a Radar disparándonos a sangre fría. Pero Mick, él podría hacerlo con placer.

Z, en cambio, lo haría de un modo tranquilo y rápido. Nada personal. Simplemente negocios.

Eché de menos a Radar. Por algún motivo mi náusea volvía, por no mencionar la sensación general de pesadumbre y fatalidad. Síndrome de abstinencia, cercándome tan sigilosa y traicioneramente como un comando ejecutor. Necesitaba una pastilla. ¿Quería una pastilla?

Mi precioso bote naranja de medicamentos. Dos, tres, cuatro comprimidos de hidrocodona. Esa agradable sensación de derretirse. El mundo deslizándose hacia los lados, hasta que cualquier borde áspero dejaba de existir. No preocuparse. No darle más vueltas a las cosas. Sencillamente dejarse ir con la corriente.

A la mierda la metadona. Yo quería drogas de verdad.

Llegamos a la cocina de dimensiones industriales. Mick hizo un amplio gesto con su brazo.

—Me encantaron los bollos de canela —dijo—. Ahora id y haced magia.

Caminé a través de la cámara frigorífica y la zona de almacenamiento de alimentos no perecederos, intentando reunir cierto entusiasmo, pero fundamentalmente pensando que me gustaría envenenarlos a todos. ¿Hamburguesas poco hechas? ¿Pollo manipulado incorrectamente? La gente se ponía enferma a causa de la comida todo el tiempo. Seguramente podría pensar en algo.

Claro que nosotros comíamos lo mismo. ¿Qué podría ganar, a fin de cuentas? ¿Seis personas enfermas de gastroenteritis? Si nuestros captores estuvieran totalmente incapacitados, lo más seguro es que nos dejaran en nuestra celda para que nos pudriéramos. Quizá incluso pospusieran la entrega del rescate. Ganaríamos una noche más en este agujero del infierno mientras se reponían.

No. Nada de envenenar la comida. Comida agradable. Algo rico en hierro, con muchos carbohidratos, una comida que diera energía a mi propia familia, de tal modo que al día siguiente, cuando llegase el momento, estuviéramos tan preparados como fuera posible.

Yo quería hamburguesas, pero no pude dar con ellas en el refrigerador. Lo que era curioso, porque habría jurado que había visto algunas esa mañana cuando buscaba el bacon para el desayuno. Por supuesto, ellos debían de habérselas zampado a mediodía. ¿Quizá las habían hecho en la parrilla?

Me conformé con unas latas de guiso de carne de la despensa, y luego regresé a por un pedazo de queso, para descubrir que también había desaparecido. ¿Lo habrían lonchado para aderezar sus hamburguesas?

Me dolía la cabeza. La cruda luz de los focos del techo, reflejándose en todo el acero inoxidable, me deslumbraba. Pero me obligué a mí misma a examinar tanto la despensa como la enorme cámara frigorífica. Las dos estaban esquilmadas. De hecho, recordé esa primera comida de pasta y salsa, las existencias que inventarié entonces frente a lo que quedaba ahora… Z y su equipo habían estado o bien comiendo como si no hubiera un mañana o… haciendo limpieza.

Nuestros captores estaban borrando pistas. Preparándose para el final.

—¿Hola? —Mick llamó desde fuera, su voz ya amenazante. Me forcé a mí misma a volver a la faena.

Dejé en manos de Ashlyn dos latas de espinacas. Ella inmediatamente arrugó la nariz. Añadí maíz enlatado, un frasco de cebollitas y zanahorias en conserva.

Mick me miró con recelo.

—Eso no son rollos de canela.

—¿Quiche? —le pregunté.

—¡Salud! —contestó.

—Muy gracioso. Pues hagamos pastel de carne.

Dejé a Justin a cargo del puré de patata instantáneo, mientras yo arrojaba el guiso de carne en una sartén con aceite de oliva y las cebollitas escurridas. Tenía aspecto de comida para perros y olía igual de bien. Me acordé de los raviolis de carne fríos que mi madre y yo solíamos comer directamente del envase hacía tantos años. De nuestro anciano vecino que murió comiendo comida de gato enlatada porque era más barata que el atún y tenía que ahorrar tanto dinero como pudiera para poder comprar más vodka.

Después de que Ashlyn escurriera las verduras, le pedí que las añadiera a la carne. En la despensa encontré ajo en polvo y salsa Worcestershire. Añadí ambos generosamente, mientras Ashlyn y Justin seguían frunciendo la nariz.

Lo siguiente que encontré fue una fuente para lasaña. Verduras y carne guisada al fondo. Puré de patatas instantáneo aderezado con mantequilla extendido por encima. Metí la fuente en el horno y me puse a preparar el pan mientras Justin limpiaba los cacharros y Ashlyn ponía la mesa.

—¿En serio? —me preguntó Mick.

—¿En serio qué?

—Esa... comida.

Me encogí de hombros.

—Unas hamburguesas frescas con patatas habría estado mejor, pero uno tiene que apañarse con lo que hay.

—Es asqueroso.

—No te lo comas.

—Oye, he sobrevivido con las raciones preparadas del ejército. Puedo comerme esa porquería.

—Entonces no te quejes.

—¿Qué es esto? ¿Guerrilla de ama de casa?

—Exacto. Ahora sé amable, o la próxima vez te pasaré el plumero.

Mick rio. Lo que podría haberme hecho sentir mejor, de no ser porque sus ojos eran demasiado brillantes y la risa demasiado larga y, al final, Ashlyn se acercó a su padre mientras yo me cambiaba al otro lado de la mesa de la cocina para pasar el rodillo a la masa.

Comparado con el festival de rollos de canela de la mañana mi pastel de carne improvisado fue recibido con un entusiasmo considerablemente menor. Pero, como había dicho Mick, los soldados estaban acostumbrados a poca cosa.

Mick llenó su plato hasta la mitad con una mirada que delataba que se lo iba a comer solo para mortificarme. Z inspeccionó las capas con una mirada fría de científico, luego se encogió de hombros y hundió los cubiertos. Apartamos un plato lleno para Radar, luego fue el turno de mi familia. Justin cogió tanto como Mick. Ashlyn suspiró pesadamente y se sirvió con delicadeza lo justo para alimentar a un pajarillo.

—Espinacas. —Tembló como si tuviera un escalofrío.

—Hierro —corregí a mi hija, que había comenzado el día con una masiva pérdida de sangre.

—Espinacas —insistió.

La ignoré, y me ocupé de mí misma, para variar. En realidad no estaba tan mal. Cuatro veces la dosis recomendada de sodio, por no mencionar que los vegetales eran blanduzcos e insípidos, mientras que la carne estaba fibrosa y gris, pero aparte de eso…

Realmente me habría venido bien una pastilla. Un vaso de vino. Algo.

—¿Haces mucho de anfitrión? —preguntó Z de repente. Estaba mirando a Justin. Z se había servido otro plato. Mick también.

—¿Qué?

—En esa casa tuya. Tienes un negocio que depende de firmar grandes contratos. Probablemente no sea perjudicial invitar a la gente adecuada, una cena y un buen vino.

—A veces —concedió Justin. Mi marido estaba sentado muy tieso, con su golpeado rostro mostrando cautela.

—¿Ella cocina? —Z señaló en mi dirección con el tenedor.

—Mi mujer es una cocinera excelente. Habéis tenido suficientes oportunidades de evaluarlo vosotros mismos.

—¿Cuál es su comida favorita?

—¿Perdón?

—¿Cuál es su comida favorita? Apuesto a que ella sabe cuál es la tuya. —Z se giró para mirarme.

—Ternera Wellington —dije en voz baja.

Z se giró de nuevo hacia Justin.

—¿Y?

Mi marido le sostuvo la mirada.

—Naranjas frescas —dijo lentamente—. Las tomamos en nuestra luna de miel. Las recogimos nosotros mismos directamente del árbol. No puedes conseguir nada así en el supermercado.

Estaba en lo cierto. Las disfruté tanto entonces. Recuerdos de una vida pasada. El actual sabor de mi dolor.

Me descubrí mirando a mi plato, deseando que ambos hombres dejaran de hablar sobre mí.

—¿Plantaste un naranjo para ella? —le preguntó Z a Justin.

—¿En Boston?

—Constrúyele un invernadero. ¿O no sabes cómo hacerlo?

Justin tensó la mandíbula. Claramente estaban poniéndole un cebo para que picase, pero incluso yo no sabía por qué.

De repente Z se giró hacia mí.

—¿Vas a dejarle?

Alcé la mirada. Todos los ojos estaban clavados en mí, incluidos los de Ashlyn.

—Cuando volváis. Mañana por la noche —siguió pinchando Z—. Momento de decisiones.

Me obligué a levantar la barbilla.

—No es asunto tuyo —dije claramente.

—La cabra siempre tira al monte.

—¿No tienes a nadie más a quien secuestrar?

Sonrió, pero no fue con amabilidad. Juraría que el tatuaje de la cobra estaba enroscándose y desenroscándose alrededor de su cabeza.

—No lo sé. Vosotros vais a ser una familia difícil de superar. La mayoría de la gente tan solo llora mucho. Pero vosotros sois mucho más… memorables.

Contempló luego a Ashlyn.

—¿Novio, o eres tan solo una fresca?

Ella siguió mi ejemplo.

—No es asunto tuyo.

Lo que fue una pena, porque Justin y yo realmente queríamos conocer su respuesta. Probablemente ella había sentido lo mismo con nosotros.

—Una chica guapa como tú debería tener el listón más alto.

Mi hija le echó a Z su mejor mirada de desprecio.

—¿De verdad? ¿Qué es esto, el consejo de un capullo profesional? A ver si lo entiendo, ¿primero nos secuestras y ahora nos haces terapia personal?

Z sonrió. Si la risa de Mick me había dado miedo, la sonrisa de Z me aterrorizó. Se apoyó contra el respaldo, dejando su tenedor atravesado en el plato.

—Desperdiciar a la familia —dijo finalmente— es lo más terrible que uno puede hacer.

Entonces me miró a mí, y lo vi en sus ojos. Resolución y remordimiento.

Estábamos muertos.

Al día siguiente, a las tres de la tarde, ellos recibirían el pago y entonces nos matarían. Negocios. Sencillo y simple. Especialmente cuando tratas con un hombre con una cobra que enseña los colmillos tatuada alrededor de su cabeza.

Nadie volvió a hablar.

Z se fue. Nosotros limpiamos la cocina. Radar llegó a por su cena y deslizó dos pastillas bajo su servilleta, que yo recogí cuando le llevé pan recién hecho. Metí las sobras del pastel de carne en la cámara frigorífica, tragándome los comprimidos en el segundo en que estuve fuera de la vista de todos y deseando amargamente que fueran hidrocodona.

Finalmente, Mick nos escoltó de vuelta a nuestra celda, también sin ataduras, manteniendo la apariencia de que estábamos libres.

El último recorrido de una familia condenada a muerte.

Cuando la puerta de la celda se cerró con un ruido metálico detrás de nosotros, me giré para encontrármelo sonriendo de oreja a oreja. Guiñó un ojo, chasqueó la lengua y articuló con los labios: «Pronto».

Una última mirada a la siempre presente cámara, y luego desapareció.


Ashlyn se quedó dormida en cuestión de minutos. Trepó hasta la litera superior y se derrumbó. Ella necesitaba el descanso. Justin y yo necesitábamos hablar.

—No van a dejarnos marchar —le dije sin más preámbulos, sentándome inquieta en la litera inferior—. Mañana, a las tres de la tarde, van a coger el dinero y luego van a matarnos.

—Tonterías. —Justin estaba tumbado de espaldas frente a mí, con las manos entrelazadas tras su cabeza, mirando hacia arriba—. Son profesionales. De ningún modo van a estropear la oportunidad de ganar nueve millones.

—Nada de esto tiene sentido. ¿Se les transfiere esa enorme suma de dinero a su cuenta y de repente nos dejan en paz? Quiero decir, en el momento en que tengan el dinero, ¿qué les impide hacernos daño? Seguimos prisioneros, seguimos a su merced.

—Estaremos en la sala de control, a salvo de ellos. Eso es lo que acordé con Z. Mañana, cuando venza el plazo, usaremos el teléfono de Radar para llamar a mi número. Algún agente federal en Boston responderá. Lo veremos, él nos verá a nosotros. Confirmación visual. Entonces Ashlyn, tú y yo nos meteremos en la sala de control, cerrándola y garantizando nuestra propia seguridad mientras se transfiere el dinero. En el momento en que el rescate haya sido recibido, Z y su equipo saldrán de escena. Mientras, esperamos a la policía local para que nos lleve de vuelta a Boston y nos permita retomar nuestras vidas.

—¿Y qué sucede si las autoridades no pagan el rescate? No hay modo de renegociar o confirmar…

—Las condiciones de Z. Él quiere que todo sea sencillo. Y, en realidad, yo estuve de acuerdo. Mejor dejarlo en todo o nada. Ejerce más presión sobre la compañía de seguros.

—Pero si la compañía no paga…

—La compañía pagará, Libby. Deben hacerlo. Hemos dado la prueba que ellos pidieron, la póliza está vigente y, francamente, con toda probabilidad los federales les obligarán. Va en el interés de todos que mañana el plan siga según lo previsto. Confía en mí, en otras veinticuatro horas dejaremos todo esto atrás.

Estudié a mi marido, sin estar aún convencida. Mis manos temblaban. Había tomado la metadona, que se supone que reducía mi síndrome de abstinencia, pero mi sensación de fatalidad y tristeza no desaparecía.

—Ni siquiera sabemos por qué nos han raptado —murmuré a continuación.

—¿Importa?

—¡Te golpearon!

—Estoy bien.

—Aterrorizaron a Ashlyn.

—Es una chica fuerte.

—¿Cómo te puedes mostrar tan circunspecto…?

Justin se sentó tan abruptamente que casi se golpeó la cabeza con la litera superior cuando se giró sobre sí mismo para tenerme de frente.

—¿Todavía no confías en mí, Libby?

Abrí la boca, pero no emití palabra alguna.

—Vamos a volver a casa. Eso es lo que importa aquí. De un modo u otro, mañana a las tres, Ashlyn y tú estaréis de camino a Boston. Mi familia estará a salvo.

Entonces lo entendí, el motivo de mi malestar. Había algo en la posición de los hombros de mi marido que reconocí. Un matiz en su voz. Había tomado una decisión, una decisión en la que la seguridad de Ashlyn y la mía estaban claramente por encima de la suya.

—No vas a hacer ninguna estupidez —me oí decir—. Necesitamos volver todos a casa, Justin. Somos una familia.

Sonrió, pero no fue un gesto amable.

—¿Familia? Engañé a mi mujer. Joder, ni siquiera sospechaba lo que estaba pasando con mi hija adolescente. Dime, Libby, ¿tan terrible sería que no lograse volver?

—No te atrevas ni a decir eso. ¡Tu hija te necesita!

—¿Y tú, Libby? ¿Qué necesitas tú?

Quería decirle que lo que necesitaba era a nosotros. Quería decirle que si sencillamente lográbamos volver a casa todo iría bien. Pero sobre todo, que Dios me perdone, vi mi futuro con una preciosa botella naranja llena hasta el borde de blancas pastillas…

Z había dicho la verdad. Desperdiciar a la familia es lo más terrible que uno puede hacer y eso justamente era lo que habíamos hecho. Peleándonos los unos con los otros, traicionándonos entre nosotros, y, al final, ¿para qué?

Puede que regresáramos a casa, pero en vez de encontrar consuelo tendríamos que enfrentarnos al naufragio en que se habían convertido nuestras vidas.

Y aun así mis ojos se llenaron de lágrimas. Miré a mi marido. Un hombre que me había herido. Un hombre al que había mentido como respuesta. Y me encontré a mí misma llorando. Por el hogar que habíamos tenido. Por el matrimonio que pensaba que habíamos construido juntos. Por el futuro que siempre había esperado darle a mi hija.

Justin salió de su litera. Me rodeó con los brazos y, pese a que yo estaba pegajosa, maloliente y horrible, me apretó contra su pecho.

—Shhh —murmuró—. Voy a arreglar esto, Libby. Confía en mí, tan solo confía en mí. Mañana lo arreglaré todo.

Dejé que mi marido me abrazara. Me centré en la seguridad que proporcionaba la fuerza de sus brazos, el sonido de sus latidos. Entonces encajé mi cabeza en la curva de su hombro porque, hacía tiempo, había amado mucho a este hombre, y sabía que, de un modo u otro, no volvería a sentirme así de nuevo.

Tres de la tarde. Lunes.

Una familia condenada a muerte.

# 33

Tessa y Wyatt encontraron a Ruth Chan en la recogida de equipajes de la Terminal E. La pequeña directora financiera lucía unas gafas de sol enormes, un oscuro bronceado y un grave caso de nerviosismo. Cuando distinguió a Wyatt aproximándose con su uniforme de sheriff se estremeció visiblemente.

Luego, cuadró los hombros, cogió con más firmeza su maleta de lona y caminó hacia ellos.

—¿Alguna novedad sobre Justin y su familia? —preguntó.

Tessa situó a la mujer en torno a los cuarenta y tantos o los cincuenta y pocos años. Obviamente de ascendencia asiática, pero con algo más también. Una mujer exótica, bella incluso con unas sencillas mallas negras y una blusa cruzada de color crema. Aunque las enormes gafas de sol cubrían la mitad de su cara, era obvio que había estado llorando. Rastros de lágrimas manchaban sus mejillas y una ronquera le engrosaba la voz.

—Tenemos algunas preguntas —comenzó Tessa.

—No quiero ir a la oficina —aclaró la directora financiera inmediatamente—. Algún sitio neutral, eso sería lo mejor.

Ruth todavía tenía que comer. Se decidieron por Legal Sea Foods, aunque eso significara cambiar de terminal, ya que el restaurante tenía reservados que permitían una conversación privada. Wyatt se ofreció a llevar su maleta, pero Ruth rechazó el ofrecimiento y echó a andar hacia delante con determinación, como si seguir en movimiento fuera el secreto para mantener la compostura.

Quince minutos después estaban instalados en el reservado de atrás del débilmente iluminado restaurante. Ruth había dejado a un lado su maleta tras sacar de ella un fino portátil, que estaba encendiendo ahora.

Todavía no había hablado con ellos, y parecía estar llevando a cabo algún tipo de misión. Por ahora, Tessa y Wyatt estaban conformes con esperar. Pidieron sopa de almejas. Ruth eligió salmón a la brasa y una copa de vino blanco.

Entonces, la directora financiera inspiró profundamente y por fin los encaró. Se había quitado las gafas de sol. De cerca, estaba hecha un desastre. Piel pálida, ojos amoratados, expresión demacrada. Una mujer que o bien había tenido las peores vacaciones del mundo o bien se estaba tomando la desaparición de su jefe muy mal.

Ruth habló primero:

—Anita dijo que se los llevaron la noche del viernes.

—Justin Denbe y su familia llevan desaparecidos desde la noche del viernes —puntualizó Tessa.

—¿Alguna novedad? ¿Contacto? ¿Pistas?

—Hemos recibido una solicitud de rescate. Nueve millones de dólares, vence mañana a las tres de la tarde.

Ruth se sobresaltó.

—Construcciones Denbe no tiene esa cantidad de dinero.

—Justin contactó con la compañía aseguradora. Apela a la cláusula de riesgo de muerte inminente.

—Por supuesto —murmuró Ruth—. La mitad del seguro de vida, más el seguro de secuestro... Eso tiene sentido. ¿La compañía va a pagar?

—No es decisión nuestra.

—Pagarán —dijo Ruth, casi como si hablara para sí misma—. Tienen que hacerlo. Si algo le sucediera a Justin... El escándalo público, por no mencionar la posible responsabilidad legal... Pagarán.

Tessa y Wyatt no dijeron nada, tan solo continuaron estudiándola.

—Así pues... —La directora financiera dejó escapar un suspiro y relajó los hombros—. Se trata entonces de un caso de secuestro con rescate. Es evidente que Justin es un hombre rico. Por desgracia, eso les ha convertido, a él y a su familia, en un objetivo.

De nuevo, Tessa y Wyatt no dijeron nada, tan solo continuaron estudiándola.

—Es solo que... Cuando oí por primera vez la noticia, cuando Anita llamó... Yo di por sentado... Me refiero... —Ruth inspiró profundamente de nuevo y, cuando eso no fue suficiente, se decidió por un fortificante sorbo de vino—. Tenía tanto miedo de que hubiera sucedido algo aún peor. Que Justin... Que quizá alguien hubiera sentido la necesidad de hacerle daño. Y me asusté... Me asusté de que fuera culpa mía.

La comida llegó. Una taza de sopa para Tessa y un tazón para Wyatt; el salmón para Ruth.

Wyatt se sumergió en su sopa. Ruth intentó probar su propia comida, pero cuando cogió el cuchillo y el tenedor las manos le temblaban demasiado. Regresó a su vaso de vino.

—¿Por qué no empezamos por el principio? —sugirió Tessa—. Cuéntenoslo todo. Si quiere ayudar a Justin eso será lo mejor.

—No estaba en las Bahamas de vacaciones —declaró Ruth—. Estaba allí por negocios. Justin me mandó. Alguien ha estado malversando fondos de Construcciones Denbe. Estaba siguiendo el rastro del dinero.

Tessa sacó su teléfono, activó la grabadora y entraron de lleno en el asunto.

En agosto, Ruth había notado un pequeño error de contabilidad. Se habían invertido las cifras de una factura y, en lugar de pagar al proveedor veintiún mil dólares, la cuenta se había saldado con un cheque por doce mil. Obviamente Construcciones Denbe debía otros nueve mil, pero, por desgracia, cuando fue descubierto el error, ya no quedaba tiempo para liberar los fondos necesarios antes de la fecha de vencimiento del pago.

Ruth había decidido llamar, disculparse personalmente por el error y asegurar al proveedor que el cheque correcto iba a ser depositado en el correo de modo inmediato. Salvo que, cuando llamó al número, este estaba desconectado. Entonces había buscado en Google el nombre de la compañía para recabar más información y había descubierto que no parecía existir una empresa con ese nombre.

Para asegurarse, investigó sobre la dirección física que facilitaba la compañía, en una calle de Nueva Jersey. Sus sucesivas pesquisas revelaron que la dirección correspondía a una tienda de UPS, y que el correo era derivado a un apartado postal.

Ya tenía información suficiente. La dirección era falsa. El teléfono era falso. El proveedor era falso. Construcciones Denbe estaba siendo víctima de una estafa.

Inmediatamente, Ruth se había puesto a indagar más a fondo. Averiguó que el proveedor, DDA, SL, había mandado un total de dieciséis facturas en los últimos tres años por un total de casi cuatrocientos mil dólares. El contratista estaba ligado a un centro de cuidados para ancianos con un coste total de construcción de setenta y cinco millones. Cuatrocientos mil dólares, distribuidos en unos dieciséis pagos, eran relativamente poca cosa. Las facturas enumeraban diversos materiales de acabado además de costes de instalación, nada fuera de lo corriente para un proyecto así.

Es decir, a primera vista las facturas eran suficientemente lógicas, y las cantidades suficientemente pequeñas, para no llamar la atención ni levantar sospecha alguna. Pero ¿de dónde había salido DDA, SL?

Dado el número de proyectos de construcción que tenía en marcha, por no mencionar el uso generalizado de subcontratas, Denbe añadía continuamente nuevos proveedores a su sistema. Las facturas autorizadas llegaban con un código que las ligaba al proyecto de construcción correspondiente; generalmente Chris López, como jefe del equipo de construcción, o incluso el propio Justin, facilitaban al proveedor su código, como un sello de aprobación. Las facturas de DDA, SL, tenían todas el código correcto en la sección apropiada, lo que no daba razones a Ruth o su equipo para ponerlas en duda.

Sin embargo, una vez al mes, Ruth emitía un informe tanto a Chris como a Justin desglosando todos los ingresos y gastos asociados a los distintos proyectos para que los revisaran. Por un lado, esto debería haber ofrecido la ocasión para que a alguno de los dos le hubiera llamado la atención el nombre DDA, SL. Pero lo cierto era que los informes mensuales a menudo tenían cuatro centímetros de grosor, una infinita y borrosa lista de proveedores y gastos de subcontratas que comenzaba con cheques por valor de decenas de millones de dólares y terminaba con solicitudes de reembolso personales por decenas de dólares.

Ruth podía entender por qué un cheque relativamente pequeño firmado a un proveedor relativamente menor podía pasar desapercibido entre todo el papeleo. De hecho, ella sospechaba que lo tenían perfectamente estudiado: mejor que defraudar cuatrocientos mil dólares de golpe a una compañía de cientos de millones, hacerlo en pequeñas porciones. Veinte mil aquí, quince mil allí. Aunque eso le pudiera parecer un montón de dinero a algunas personas, para una compañía del tamaño de la de Denbe esas cifras ni siquiera equivalían a diferencias de redondeo en la mayoría de los proyectos.

Una pequeña y continua estafa que se había ido desarrollando de modo lento pero seguro.

Ruth había consultado al banco de Construcciones Denbe para ver si podían decirle algo más sobre los cheques cobrados. Podían; según la información que daban los sellos que aparecían en los reversos, todos los cheques habían sido depositados en una cuenta bancaria en un paraíso fiscal. En las Bahamas.

Así que el falso proveedor que facturaba desde un apartado de correos en Nueva Jersey luego depositaba los cheques de Denbe en una cuenta en las Bahamas. Y lo había hecho durante tres años sin que nadie sospechase nada.

Cuatro semanas antes, Ruth había esperado a que Justin se quedase hasta tarde trabajando. Entonces, cuando ya no quedaba nadie, entró en su oficina y le explicó lo que sucedía. Como esperaba, Denbe se puso furioso, y luego pasó a sentirse insultado porque alguien se había atrevido a robarle.

Ruth propuso llevar el asunto directamente al FBI. El caso implicaba el uso de cuentas en paraísos fiscales, y ellos tendrían mejores herramientas de investigación para poder pedir datos a un banco en las Bahamas. E, incluso en ese caso, no estaba segura del nivel de cooperación que conseguirían.

Se sabe que los bancos son especialmente quisquillosos cuando se trata de facilitar información privada de sus clientes, aunque las normas se estaban relajando últimamente gracias a la lucha antiterrorista.

Justin, en todo caso, no quería involucrar aún a la policía. En lugar de eso quería ponerle un cebo al responsable.

—Me pidió que fuera a las Bahamas. Tengo la información de la cuenta bancaria de DDA, SL, la que me facilitó nuestro banco. Así que el viernes debía acudir al banco de las Bahamas y cerrar la cuenta de DDA. Coge el dinero y corre, supongo, salvo que en este caso se trataba de nuestro dinero.

Ruth los miro expectante.

—¿Cómo puede uno cerrar una cuenta que no es suya? —preguntó Tessa—. ¿No es necesario tener una firma autorizada o algo así?

—Iba a improvisar algo sobre la marcha. Nuestra hipótesis es que quien fuera que estuviera tras el fraude no hacía visitas en persona, ¿no? Así que sencillamente tenía que lanzarme. Soy directora financiera, sé lo que hay que decir en estos casos. Y Justin quería el dinero transferido de vuelta a Denbe, para lo que tengo completa autorización.

—Él quería que la persona que les robó supiera que ustedes le habían robado a él en respuesta —completó Tessa—. De ahí lo de hacer la transferencia a Denbe.

—Exactamente.

—¿Funcionó? —preguntó Wyatt con el ceño fruncido.

Ruth negó con la cabeza.

—Llegué un día tarde. La persona, el *ladrón*, había transferido todos los fondos el jueves. Pero esta es la parte más surrealista: cuando le dije al empleado del banco que la transferencia había sido un error y que quería saber quién había autorizado la transacción, se puso muy nervioso y preguntó si eso significaba que había un problema con las otras cuentas también. Resultó que quien fuera que montó DDA no tenía una única cuenta. Él o ella tenía *quince* cuentas en el banco. Por un total de once millones doscientos mil dólares.

—Eso ya es un poco más de cuatrocientos mil dólares —dijo Tessa con rostro inexpresivo.

Ruth había desistido de cenar por completo. Se sentó, girando el tallo de su copa de vino.

—Llamé a Justin el viernes por la tarde. Le dije que la cuenta estaba cerrada, que había llegado tarde. Pero no le conté nada de las otras cuentas, del otro dinero. No estaba intentando mentirle o engañarle. Es solo que… Ya comenzaba a tener una sospecha, y en este tipo de situaciones no te puedes permitir una equivocación. Le dije a Justin que necesitaba un par de días más. Que le llamaría de nuevo el lunes.

—¿Cómo se lo tomó? —preguntó Wyatt.

Ruth se encogió de hombros.

—Estaba frustrado porque hubiéramos fallado en recuperar el dinero. Pero… sabíamos que iba a ser muy difícil. Y aunque a Justin no le hacía feliz la idea de que posiblemente alguien hubiera robado cuatrocientos mil dólares a su empresa, ese tipo de pérdida, a lo largo de tres años, es algo que podíamos afrontar.

—Salvo que, como ha dicho, el culpable en realidad ha acumulado once millones doscientos mil dólares —presionó Tessa.

Ruth suspiró, los ojos oscurecidos por el abatimiento.

—Estuve despierta toda la noche del viernes, toda la noche de ayer. He estado analizando los inventarios de contratistas, los informes de beneficios y pérdidas de los proyectos, eligiendo al azar a pequeños proveedores y luego buscándolos en internet. He encontrado seis más que no existen. Esto va a conllevar una auditoría completa, fácilmente seis meses de trabajo, pero sospecho que al final se confirmará que los once millones doscientos mil dólares han salido todos de Construcciones Denbe. Fueron robados delante de nuestras narices.

Los ojos de Tessa se abrieron de par en par. Sabía que Wyatt estaba igualmente sorprendido.

—¿Alguien estafó once millones en los últimos tres años? ¿Y se han dado cuenta ahora?

—Ese es el tema. Las facturas, los proveedores falsos. Las sumas son todas tan pequeñas. En algunos casos, literalmente un par de miles de dólares. Un tipo de pagos pensados para escurrirse por las grietas.

—Pero ha dicho once millones…

—¡Exacto!

Entonces, Tessa lo entendió.

—No está hablando de los últimos tres años.

—¡No!

—Estamos hablando de… ¿diez, quince?

—Quizá más.

—¿Veinte? —Eso sí pilló a Tessa con la guardia baja.

—Empezó antes de que yo llegase —dijo Ruth—, así que es complicado estar seguro. Pero algunos de esos años fueron los mejores de la compañía. Justin se acababa de poner al mando y de una tacada logró cerrar los contratos de tres edificios por valor de doscientos millones de dólares. Las cantidades de facturación y los recibos aumentaron, gestionados por empleados que estaban sobrepasados de trabajo y un sistema informático relativamente anticuado. Para terminar con más de once millones de dólares el desfalcador debe de haber tenido como mínimo un par de años gordos, y esos fueron los años en que podías colar facturas falsas muy elevadas y que nadie se diera cuenta.

—Entre quince y veinte años —murmuró Tessa.

—Antes de Chris López —dijo Wyatt.

—Antes de la mayoría de nosotros —comentó Ruth—. Salvo…

Ya no les miraba a los ojos. Se aferró a su copa, tragó lo que quedaba de vino. Su mano todavía temblaba, su rostro de nuevo lleno de tristeza.

Un empleado de toda la vida. Uno que tuviera el acceso y la autoridad necesarios. También, en virtud de ser una de las pocas mujeres en un negocio predominantemente masculino, alguien que gozara de la amistad personal de la directora financiera.

Anita Bennett. La actual directora de operaciones de Construcciones Denbe y antigua amante de Dale Denbe.

# 34

Me quedé dormida, y soñé con una larga ducha caliente. De pie en mi propio baño, con la mampara empañándose a medida que dejaba caer la cascada caliente sobre mi cuerpo desnudo. Luego, enjabonándome con mi champú favorito. Observando los gruesos rastros de pompas de jabón deslizarse sobre mi brazo, limpiando la costra de mi propio sudor y la mugre.

En mi sueño, podía sentir mi piel desprenderse, como un exoesqueleto del que despojarse. Los barrotes de la prisión, los muros de hormigón, los suelos de duro cemento. Contemplé sus residuos disolverse en pequeñas migas grisáceas, y luego irse por el desagüe.

Si parara y mirara hacia el desagüe, sabía que podría ver la cara de Mick. Radar. Z. Habían desaparecido, se habían derretido como la Bruja Malvada del Oeste de *El mago de* Oz y ahora estaban dando vueltas en espirales por los intestinos del sistema de alcantarillado de Boston al que pertenecían.

Pero no paré. No quería mirar. Encontrarlos hubiera supuesto resucitar al mal. Y este era mi sueño, mi ducha. Donde el jabón olía a naranjas recién cogidas del árbol, y yo no estaba ya en mi casa de Back Bay, sino en una playa en Key

West, donde saldría del baño para encontrarme a mi marido esperando en la cama, vistiendo tan solo unas blancas sábanas limpias enrolladas alrededor de su largo y delgado cuerpo.

Naranjas. Él me daría de comer naranjas. La promesa del placer.

El sabor de mi dolor.

Mi ducha cambió. El agua desapareció. En su lugar comenzó a rociar pastillas. Cientos, miles de largos, oblongos comprimidos. Hidrocodona. Mis preciados analgésicos, volviendo a mí. Dentro de frascos de color naranja, por supuesto.

La promesa del placer.

El sabor de mi dolor.

Me dejé caer de rodillas sobre las duras baldosas, y esperé a que las pastillas me sepultaran.


Me desperté con una sacudida, los ojos cegados momentáneamente por las lámparas del techo. Parpadeé, sintiendo el corazón galopar en mi pecho. Justin estaba de pie frente a la puerta de la celda. Yo debía de haber hecho algún ruido porque me miraba.

—¿Estás bien? —preguntó.

Una pregunta curiosa viniendo de un hombre cuyo rostro parecía un filete salvajemente golpeado con un ojo completamente cerrado por la hinchazón.

—¿Ashlyn? —pregunté.

—Dormida, en la litera de arriba.

Le hice un gesto con la mirada y Justin lo comprobó de nuevo. Asintió, confirmando que Ashlyn estaba efectivamente durmiendo. Parecía que últimamente nuestra hija había logrado fingirlo de manera muy efectiva.

Me levanté, crucé hasta el lavabo de acero inoxidable e intenté beber un poco de agua.

—¿Por qué está la presión del agua tan floja? —pregunté, aunque fuera solo por romper el silencio.

—Es un edificio grande, necesita varios kilómetros de cañerías para llevar el agua de un sitio a otro. Instalar un sistema más eficiente costaría más dinero, pero ¿para qué? —Justin se encogió de hombros—. Los presos no tienen nada mejor que hacer que esperar.

Cruzó la habitación hasta mí y me frotó la nuca, como acostumbraba a hacer hacía mucho tiempo.

—He soñado con una ducha —murmuré—. Una larga ducha de agua caliente con jabón inagotable.

Sonrió.

—¿Tan mal huelo?

—No peor que yo.

—Todo habrá pasado pronto, Libby. Mañana a estas horas podrás ducharte todo lo que te apetezca.

Quería creerle. Me habría venido bien un poco de consuelo. Y aun así...

—¿No deberías estar durmiendo? —pregunté—. Ya sabes, ahorrando energías.

—Lo intenté. No puedo acostumbrarme a una litera tan estrecha. O quizá sean estos muros impenetrables.

—¿No estás hecho para estrecheces?

—No. Solo las construyo. Yo estoy hecho para los espacios amplios.

Era verdad. Frío, lluvia, nieve, las peores condiciones nunca eran un obstáculo para Justin. Siempre se sentía feliz al aire libre.

—¿Ha estado durmiendo Ashlyn? —pregunté.

—Como un bebé —respondió; luego, un segundo después, pareció darse cuenta de la ironía del comentario. Hizo una mueca y dio un paso atrás.

Aparté la vista. Si ya era difícil para una madre darse cuenta de que su hija adolescente tenía ahora una vida sexual, debía de ser torturador para un padre. Especialmente para Justin, que la tenía en un pedestal desde el primer momento de su vida. La pequeña princesa de papá. Su niña perfecta.

Me pregunté qué era peor, su horror o su dolor.

—¿Lo sabías? —preguntó entonces, en voz baja—. Quiero decir, ¿siquiera lo sospechabas?

Negué con la cabeza.

—¿Jamás mencionó el nombre de ningún chico? ¿Ha pasado más tiempo fuera, comprando ropa nueva…? No sé…, ¿haciendo lo que hacen las quinceañeras cuando tontean con un chico?

—¿Qué vas a hacer, Justin? ¿Coger una escopeta?

—¡Quizá!

—No lo sabía.

—Pero…

—¿Acaso tú sí? —mantuve mi voz también baja—. Tú eres su padre. ¿Sospechaste algo?

Frunció el ceño, contrariado e incómodo.

—Por supuesto que no. Pero yo soy el padre. Los padres… Nosotros no captamos esas cosas. No podemos mirar a nuestras hijas de esa manera.

—¿Cuál es el nombre de su mejor amiga?

—Linda.

—Lindsay.

—¡Lindsay! Casi acierto.

—¿Casi? —Me encogí de hombros—. Ashlyn tiene quince años. Según ella se ha pasado los últimos seis meses espiándonos, dado que hemos pasado los últimos seis meses sin hablarle. Se siente sola, vulnerable, y nosotros… la hemos descuidado. Y me refiero a nosotros, repito: *nosotros*, Justin. Tú eres su padre también.

No le gustó mi réplica, su malestar podía verse en la tensión de su mandíbula. Pero no refutó inmediatamente el argumento. En su lugar, como era habitual en él, pasó a la ofensiva.

—¿Cuándo comenzaste a atiborrarte de pastillas?

Le sostuve la mirada.

—¿Cuándo comenzaste a engañarme?

—No es lo mismo. Tú eres la principal encargada del cuidado de nuestra hija y lo sabes. Y lo que quiero decir es que te has pasado los últimos seis meses incapacitada para cumplir con tu labor.

—¿En vez de pasar los descansos del almuerzo echando canas al aire? ¿Realmente quieres que lancemos una competición sobre quién es más culpable?

—Tú eres la que has buscado el enfrentamiento, Libby. Tú has pedido explicaciones…

—Te pillé una vez. Claramente ha habido otras…

—Siento que tengo el derecho a saberlo. ¿Tienes un camello? ¿Estás llevando delincuentes a nuestra casa? Quizá uno de ellos se interesó por Ashlyn. Quizá alguno conozca a Mick, a Z o a Radar.

Me quedé boquiabierta. Podía sentir cómo empezaba a hervirme la sangre. Mi primera intención fue gritar no, qué ridiculez. Consigo mis drogas de un modo honorable —mintiendo a cualquier profesional médico que tenga un talonario de recetas—. En lugar de eso me oí decir:

—Sida, herpes, sífilis, gonorrea. ¿Los trajiste tú a casa? Chantaje, drama, extorsión. Quizá alguna de tus amantes conozca a Mick, a Z o a Radar.

—Libby…

—¡Justin! No está bien. Traicionaste mi confianza. Y no una vez. Sino varias. Pero, de algún modo, crees que no pasa nada. Dijiste que lo sentías, ¿y con eso se supone que yo debo olvidarlo todo? No sé cómo hacerlo. Yo *te quería*, Justin. No eras solo mi marido, eras toda mi familia. Solo que mi padre no podía usar un casco, mi madre no podía parar de fumar y tú, tú no puedes dejarla quieta dentro de tus pantalones. Ellos me fallaron, luego lo hiciste tú y esta vez no sé cómo recuperarme. Así que sí, comencé a tomar pastillas. Porque, aunque quizá tú me digas que lo sientes, yo estoy todavía... *dolida*.

El magullado rostro de Justin se endureció:

—¿Así que soy yo el culpable? Eres una adicta y es culpa *mía*.

—No he dicho eso.

—¿Crees que es culpa tuya que yo me acostase con esa chica?

No podía soportarlo. Miré hacia abajo. Quería salir. Fuera de esta conversación, de esta maldita celda. Fuera de esta vida, en realidad, lo que haría innecesario el uso de analgésicos.

—¿Crees que es culpa tuya que yo fuera infiel? —continuó Justin implacable—. ¿Que si tuvieras otro aspecto o te comportaras de otra manera, o si quizá fueras más audaz en la cama, yo no me habría descarriado?

Me cubrí las orejas con las manos.

—Por favor, para.

—Te quiero a ti, Libby. Jamás la amé a ella.

—Pero te entregaste a ella. Me quitaste una parte de ti para dársela a ella en mi lugar.

—¿Quieres saber por qué?

—No. —Pero sí quería.

—Porque me miraba como tú me mirabas antes. Fui a hacer una maldita reserva para un vuelo y ella… El modo en que me miraba… Me sentí importante. Me sentí de la manera en que me sentía cuando nos conocimos y todo lo que tenía que hacer era aparecer en tu puerta para que tú… te iluminaras. Ha pasado mucho tiempo desde que vi esa sonrisa tuya por última vez. Ha pasado tanto tiempo desde que sentí… que tú me mirabas de esa manera.

—Así que es mi culpa que me engañaras.

—No es más culpa mía que tú estés abusando de los analgésicos.

—¡Ya ni siquiera entiendo esto!

Justin se encogió de hombros. Ya no parecía implacable, solo cansado.

—Por supuesto que no. Estamos casados, Libby. Hemos pasado dieciocho años con nuestras vidas enredadas la una en la otra. Decir que yo no te afecto, o que tus acciones no me afectan… ¿Cómo puede *eso* tener sentido? Un matrimonio es más grande que la suma de sus partes. Llegados a un punto, es eso lo que hemos olvidado; dejamos de hacer los cálculos atendiendo al total. Nos hacemos egoístas. Una chica mona sonríe y yo actúo de modo egoísta. Y tú estabas dolida, necesitada de algo que te repusiera rápidamente, y actuaste egoístamente también. Nos olvidamos el uno del otro. Que es lo que la gente egoísta suele hacer.

—Tú me engañarás de nuevo —suspiré—. Es lo que hacen los adúlteros.

—Y tú encontrarás una nueva fuente de analgésicos —dijo con la misma calma—. Es lo que hacen los adictos.

Bajé la cabeza, sintiendo la vergüenza que llevaba seis meses incubando. Yo estaba en lo cierto, era más fácil odiar a mi marido. Ignorar lo obvio, que dieciocho años se cobran su peaje y los dos habíamos dejado de invertir el tiempo, la energía necesarios en nuestro matrimonio. Hasta que un día…

—¿Por qué seguías guardando sus mensajes en tu móvil? —pregunté de repente—. Debías saber que terminaría viéndolos.

Mi marido miró para otro lado.

—Querías que te pillara —murmuré, entendiendo finalmente con claridad—. Querías que descubriera lo que habías estado haciendo.

—¿No ha habido momentos en los pasados meses en que te juraste a ti misma que podrías parar? ¿No tomar una pastilla más? ¿Actuar de nuevo de manera responsable, seguir el camino recto?

Asentí lentamente.

Justin levantó la cabeza, mirándome a los ojos.

—Yo también. Odiaba ser un mentiroso, Libby. Odiaba saber que te estaba haciendo daño. No lo sé… No puedo explicarlo bien. Quizá todos terminamos siendo como nuestros padres. O quizá es que soy débil. Pero yo conocí a una chica… y una cosa llevó a la otra… E inmediatamente después me sentí fatal. Un mentiroso, un tramposo, un fracasado. Llegué a tal punto… No quería sentirme de ese modo de nuevo. Así que sí, creo que una parte de mí quería que me pillaras. Esperaba que eso me obligara a mantener el control. Asumiría mi culpa, finalmente me perdonarías y entonces no tendría que sentirme asqueroso nunca más.

Justin seguía todavía mirándome.

—¿Sabes qué hizo mi madre cuando mi padre murió?

Negué con la cabeza.

—Vertió una botella de vodka sobre su tumba. Lo odiaba, Libby. Absolutamente, categóricamente, lo odiaba. No quiero que me odies. No quiero ser el tipo de hombre al que ni siquiera echa de menos su propia mujer. Nunca quise ser ese hombre.

Justin suspiró pesadamente. Colocó sus manos sobre mis hombros y me miró de un modo tan serio, tan sombrío… ¿Le había visto alguna vez así? Dieciocho años de recuerdos y sin embargo…

—Te quiero, Libby. Fui estúpido. La cagué. Y te fallé. Pero te quiero. Pase lo que pase luego, quiero que lo sepas.

Mi primera señal de alarma.

—No hables así…

—Shh. Necesito que me digas que vas a dejar las pastillas. Ya debes de estar desintoxicándote, ¿no?

—Sí…

—Entonces prométeme que cuando llegues a casa continuarás haciéndolo. Cuidarás de ti misma. Estarás ahí para Ashlyn. Estarás bien. Nuestra hija nos necesita.

Mi segundo aviso de alarma. Sonaba como un hombre que ya ha tomado una decisión. Un hombre que ahora estaba tan solo preparándose para las consecuencias.

—En efecto, Justin, *nos* necesita —contesté bruscamente—. Y vamos a ir *todos* mañana a casa. Nada de temeridades. Te necesitamos, Justin. Te necesitamos.

Mi marido, todavía mirándome atentamente.

—¿Vas a dejarlo?

Yo, todavía pensando en las naranjas, en el sabor de mi dolor.

—Sí.

Me estrujó entre sus brazos.

—Buena chica —susurró sobre mi coronilla—. No te preocupes de nada más. No importa cómo, mañana Ashlyn y tú estaréis a salvo. Te lo prometo, Libby. Lo juro sobre mi tumba.

# 35

Trasladaron a Anita Bennett para ser interrogada a las diez y cuarto de la noche. Lo hicieron del modo apropiado, dos agentes del FBI vestidos de negro aparecieron en la puerta de su casa y requirieron su presencia en el centro de mando móvil del FBI. Era complicado decir que no a un agente del FBI y, finalmente, agitada e insegura, Anita había aceptado, tras besar a su marido levemente en la mejilla, diciéndole que no sería nada grave, que estaría en casa en breve.

El equipo de investigación esperaba ya en el centro de mando móvil de Boston. La agente especial Adams, el agente especial Hawkes, y además Tessa y Wyatt. Todos ellos estaban sentados en el puesto de observación, otro truco del gremio: forzar al sospechoso a enfrentarse a un nuevo equipo de interrogadores, lo que incrementaría su confusión.

El FBI tenía un equipo especialmente dedicado al fraude, un repertorio completo de magos de las finanzas que vivían y respiraban malversaciones empresariales, lavado de dinero, crimen de cuello blanco. Había sido idea de la agente especial Adams dejarles que lideraran el interrogatorio: ellos podrían hacer preguntas más específicas sobre los beneficios y pérdidas de Construcciones Denbe. También, si podían mantener a Anita a la defensiva, cambiando el enfoque mientras ella volvía a contar partes de su historia a un nuevo equipo de investigadores, aumentaban las posibilidades de que se equivocase, confundiéndose en pequeños detalles que pudieran abrir compuertas para averiguar lo que realmente les había sucedido a Justin y su familia.

En una cosa estaban todos de acuerdo: el tiempo se agotaba.

Faltaban tan solo diecisiete horas para el pago del rescate. La compañía aseguradora había aceptado seguir el juego, pero el sentimiento generalizado seguía siendo el escepticismo. Las condiciones del rescate eran muy abiertas, sin suficientes garantías para la familia Denbe.

Y ahora, con todo este nuevo giro provocado por la malversación… Wyatt había verbalizado lo que la mayoría de ellos temían: el secuestro no era en absoluto un caso de secuestro. El rescate era simplemente una cortina de humo para encubrir los verdaderos motivos: Anita Bennett había estado robando de Construcciones Denbe durante las últimas dos décadas. Justin finalmente se había percatado de la estafa, quizá incluso se lo había contado a su mujer, Libby. Eso significaba que ahora había que quitar de en medio a él y a su familia. Una desaparición inesperada podría haber despertado el interés de la policía. De ahí el secuestro con rescate. ¿Cuántas veces había repetido la propia Anita que la desaparición de Justin podía no tener relación alguna con la empresa, que se había convertido en objetivo sencillamente por su riqueza?

Y, por supuesto, en los casos de secuestro con rescate, los intercambios no siempre van como estaba planeado. Algunas veces las acaudaladas víctimas incluso pueden terminar muertas. Pongamos, Justin, Libby y Ashlyn Denbe. Trágicamente asesinados, a las tres de la tarde del día siguiente, durante un fallido intento de rescate.

La empresa seguiría adelante con valentía, y con Anita Bennett ahora cómodamente instalada en el puesto de directora ejecutiva, en el que su primera decisión importante habría sido despedir a Ruth Chan. Entonces la compañía sería completamente suya, así como su secreto de once millones de dólares.

Un montón de razones para el asesinato. Es indiscutible que familias enteras habían muerto por menos.

Anita Bennett fue escoltada a la sala de interrogatorios. Los dos agentes, Bill Bixby y Mark Levesco, se encargaron del papeleo. Anita accedió a que su interrogatorio fuera grabado. Se le informó de sus derechos, estaba al tanto de que lo que dijera podría y sería usado contra ella ante el juez. Podía dar por finalizado el interrogatorio cuando quisiera y tenía derecho a llamar a un abogado. Anita firmó el formulario. Se pusieron en marcha rápido.

Bill era el agente de más antigüedad; Mark, su homólogo más joven, iba ataviado con una corbata rosa y gris de Brooks Brothers. Bill lideró el interrogatorio, comenzando con un tono afable. Se disculpó por interrumpir la velada de Anita. Le agradeció encarecidamente su cooperación. Seguramente comprendía que actuar con rapidez era esencial en este caso y estaban todos trabajando diligentemente para lograr el regreso de Justin, Libby y Ashlyn sanos y salvos.

Anita asintió. Se había cambiado la ropa de acudir a la iglesia de la mañana por un sobrio par de pantalones de punto grises y un suéter rosa pálido de cuello alto. A Tessa le pareció más mayor, como si el paso del día la hubiera desgastado. También parecía cautelosa, evidenciando en su rostro la actitud defensiva con que escuchaba las declaraciones de Bill, sin soltar inmediatamente información alguna.

El FBI había contado con solo seis horas para preparar este momento, pero habían hecho muy bien sus deberes. En el instante en que Tessa y Wyatt llamaron a Nicole Adams con las novedades obtenidas en su entrevista con Ruth Chan, la directora financiera había sido trasladada al centro de mando móvil de Boston, donde había pasado las siguientes horas instalada con los agentes especializados en delitos financieros, repasando los libros de cuentas y explicando lo que se había encontrado. Otros agentes habían obtenido inmediatamente la información de Anita Bennett, compilando listas de bienes bancarios, adquisiciones relevantes y, por supuesto, viajes a las Bahamas. Todavía se trataba solo de la punta del iceberg, según la agente especial Adams, pero dada la urgencia de la situación, tomaron la decisión de tender una emboscada a la directora de operaciones lo antes posible.

No estaban tan interesados en una confesión sobre la malversación en la empresa como en sonsacarle la dirección física donde hallar a salvo a la familia Denbe.

Y guardaban unos cuantos ases en la manga.

Las respuestas iniciales de Anita fueron bastante aproximadas a lo que Tessa había anticipado. El policía cordial, Bill, dio por finalizada su intervención, y el joven, Mark, comenzó entonces a incordiar con datos financieros. ¿Qué sabía Anita de esta transacción? ¿Estaba al tanto de este proveedor? ¿Había oído hablar de esta compañía? ¿Dónde se encontraba el 12 de junio de 2009? Qué pasaba con este proyecto, qué pasaba con este automóvil nuevo, qué pasaba con esta transferencia, había ella visitado realmente las Bahamas dos veces en 2012, y así incesantemente.

Anita eligió primero la negación, luego pasó a la confusión, más tarde pareció conmocionada a medida que Levesco iba soltando pieza tras pieza del entramado de la malversación. Dieciséis años de facturas falsas de proveedores inexistentes.

—¿Qué? Yo nunca haría algo así.

Más de once millones de dólares defraudados de Construcciones Denbe, canalizados luego a cuentas bancarias en un paraíso fiscal.

—Ni siquiera sé cómo hacer algo similar. Trabajo en operaciones, no en finanzas. Ni conozco cómo funciona ya nuestro sistema de facturación.

Durante esos años Anita adquirió varios coches y una casa con transacciones en efectivo.

—Mi marido y yo somos reacios a pedir créditos. Si echan un vistazo a mis primas por beneficios en cada uno de esos años verán que pagamos todo eso con ingresos legítimos.

Tres chicos con la universidad pagada.

—Gano mucho dinero. Les repito, miren mis declaraciones de impuestos. Seiscientos mil dólares de sueldo dan para que tres hijos vayan a la universidad.

¿La beca para el más joven?

Se ruborizó.

—Ya he hablado con dos detectives sobre eso. Justin ofreció la beca a mi hijo menor. Fue decisión suya, no mía.

Interesante, dado que Justin no andaba por allí para poder hacer comentarios al respecto.

—¡Pregunten a Ruth Chan! Ella emitió los cheques. Firmados por Justin. Corroborará el arreglo. No era un secreto. Todo el mundo en la compañía estaba al tanto.

¿Y ocho viajes de vacaciones a las Bahamas en los últimos seis años?

—Nos gusta el clima cálido. Además, fue muy amable por parte de Justin ofrecernos su multipropiedad.

Un pequeño sobresalto. ¿Los Denbe poseían una multipropiedad en las Bahamas? Noticias frescas, pero dada la amplitud de todo lo que se habían apresurado en rastrear en solo cuarenta y ocho horas no era muy sorprendente que se les hubiera pasado.

La última visita de Anita Bennett había durado catorce días.

—Mi marido estaba todavía recuperándose de una operación a corazón abierto. Pasar una temporada de retiro era bueno para él.

Doscientos mil dólares pagados en facturas hospitalarias.

—Y si le echan un vistazo a mi cuenta de ahorros verán el impacto que supuso.

Lo que era cierto. Aunque habría sido maravilloso descubrir por arte de magia que Anita tenía once millones de dólares en el banco, sus ahorros actuales estaban esquilmados. Pero, de nuevo, no había que olvidar que según Ruth Chan el dinero malversado había estado depositado en un puñado de cuentas de empresas falsas en las Bahamas hasta hacía tan solo cinco días. Un defraudador que había sido lo bastante listo y disciplinado para mantener las ganancias ilícitas a suficiente distancia todo ese tiempo difícilmente iba a soltarlas ahora de golpe en su cuenta personal. Lo más probable era que el dinero hubiera sido trasladado a una nueva cuenta usando un alias, probablemente en otro banco en un paraíso fiscal. El FBI podría encargarse de seguir ese rastro más adelante, pero esas cosas requieren su tiempo, por no mencionar también un poco de suerte.

¿Póquer o blackjack?

—¿Qué?

Recibos. ¿Diez años de recibos del resort y casino Mohegan Sun?

—¡Estaba acompañando a clientes! Yo no juego. Trabajo en la construcción. ¡Eso ya es suficientemente arriesgado!

Un Lexus de lujo recién salido de fábrica en 2008. En efectivo.

—Para mi hijo mayor. Su regalo por graduarse en la universidad.

Un Cadillac Escalade nuevo en 2011.

—Para Dan. ¡Su vehículo anterior tenía ya siete años!

Lo que los llevó a un condominio en Florida en el año 2010, a un Mazda Miata hacía tan solo unos meses. Levesco fue sacando datos incesantemente. Facturas falsas por un lado. Nuevas adquisiciones de Anita por el otro. Tessa había pensado que la directora de operaciones se iba a poner más a la defensiva. A callarse como un muerto. Pero en cambio Anita eligió su propio ritmo, hasta que fue venciendo al joven agente del FBI golpe a golpe. Lo que era realmente impresionante, de verdad. No solo la cantidad de dinero que Construcciones Denbe había pagado a falsos proveedores cada año, sino el modo en que Anita había gastado sus ingresos sin complejo alguno. Se ganaba bien la vida, tal y como les dijo a los interrogadores una y otra vez. Salario, primas de beneficios, legalmente declaradas en sus impuestos año tras año. Y, sí, había gastado dinero en su familia. Casas, coches, vacaciones. Ella había trabajado duro y ellos habían vivido bien. No tenía motivo alguno por el que avergonzarse.

Fueron y volvieron en torno al asunto. De modo reiterado negó la malversación y admitió las cuantiosas compras. Finalmente, Tessa miró a la agente especial Adams y asintió una vez. Nicole había estado esperando la señal. Agarró el teléfono y llamó a la sala de al lado.

Dos agentes aparecieron en el pasillo. Traían a Daniel Coakley, recogido quince minutos después que su mujer, entre ambos. Le hicieron pasar frente a la sala de interrogatorios justo cuando el agente mayor, Bill, abría la puerta, excusándose de modo ostensible para ir a buscar algo que beber.

Anita alzó la mirada. Descubrió a su frágil marido caminando por el pasillo y se quedó helada.

—¿Qué…, qué está haciendo aquí? ¡No me dijeron nada!

—Once millones robados —aclaró Mark crispado—. Una familia de tres miembros desaparecida. ¿De veras crcc que vamos a dejar alguna piedra sin levantar para ver qué hay debajo?

—¡Pero la salud de Dan…! No pueden interrogarle. Su corazón, se cansa enseguida, necesita descansar.

—Y nosotros necesitamos respuestas, Anita. Antes de las tres de la tarde de mañana. Vamos a seguir hasta que las encontremos.

En ese momento, mirando a través del falso espejo, Tessa se sintió mal por Anita Bennett. Llegó a sentirse culpable, ya que traer a Dan había sido idea suya. Pero si esperaba que la mujer cediera, que mágicamente lo confesara todo, estaba muy equivocada.

En lugar de eso, Anita Bennett simplemente negó con la cabeza.

—Pero no puedo darles las respuestas que buscan. Yo no robé a la compañía. Ni siquiera sabía que hubiera desaparecido ningún dinero perdido. Y no sé qué le ha pasado a Justin. Yo no hice esto. Justin es casi como de la familia. Y yo cuido a mi familia. Basta con mirar mis informes bancarios. Eso es lo que hago. Trabajar mucho y atender a la gente que quiero. No puede sacarle sangre a una piedra, agente. No puede por mucho que la exprima.

Miró a los dos agentes del FBI suplicante.

Y en ese instante, Tessa, que jamás confiaba en nadie, la creyó.

—Maldita sea —murmuró.

Wyatt, que estaba sentado junto a ella, secundó la moción.

Retuvieron a Anita Bennett hasta la medianoche. Entonces, cuando confirmaron que tanto ella como su marido jamás vacilaban en sus versiones, Nicole Adams los escoltó personalmente a ambos de vuelta a casa. El equipo de trabajo permaneció en la mesa de la sala pero nadie tenía nada que decir.

—Seguiremos excavando —ofreció finalmente el compañero de Nicole, el agente especial Hawkes—. Mandaremos a un agente a las Bahamas, a ver si puede conseguir una descripción de la persona que canceló todas las cuentas ocultas. Es una nueva pista, tan solo necesitamos un poco más de tiempo para seguirla.

Nadie dijo lo obvio: no tenían más tiempo.

—Vamos a hablar de la llamada de las tres de la tarde —sugirió Wyatt.

Hawkes tomó la palabra:

—Pienso que la llamada al teléfono de Justin Denbe se hará desde un número oculto, probablemente desde otro iPhone, dado que va a realizarse mediante FaceTime. Tenemos a la compañía de telefonía del número de Justin a la espera para ayudarnos a trazar el origen de la llamada mediante triangulación de los repetidores de señal. Eso requiere tiempo, en todo caso, por lo que necesitamos conseguir que la persona que llame se mantenga al aparato tanto como sea posible. Hacer preguntas, quizá inventar una confusión con el número de la cuenta para hacer la transferencia, pedir aclaraciones.

—Tenemos diez minutos como máximo —señaló Tessa—. Recordad las instrucciones: a las tres y once el dinero del rescate debe estar transferido, o el primer miembro de la familia Denbe...

—¿Estáis pensando en atender la llamada en la casa de los Denbe? —preguntó Wyatt a Hawkes.

—Ese es por ahora nuestro plan.

Wyatt se quedó callado un momento.

—¿Por qué?

Hawkes frunció el ceño.

—¿Por qué no?

—Estoy convencido de que la acción tendrá lugar en el norte. Me atrevería a acotarlo a la región central de New Hampshire. La necesidad de encontrar un lugar bien resguardado, teniendo en cuenta la logística de alojar a tanta gente a la vez y al mismo tiempo mantenerse fuera de la vista de la policía, de los vecinos, etcétera. Atendiendo la llamada aquí hay como mínimo tres horas hasta donde muy posiblemente va a ser la fiesta. Pero está la posibilidad de llevar el teléfono de Justin Denbe a mi oficina. Vamos a contestar la llamada, por supuesto, pero estaremos mucho más cerca del meollo del asunto.

Tessa se animó. No había pensado en eso, pero le gustaba la idea.

—Las instrucciones no aclaran dónde debemos estar nosotros o el teléfono —señaló—. Nada nos impide ir hacia el norte.

Nicole Adams había regresado, estaba de pie en la puerta.

—No querría que los espantásemos —dijo cautelosamente—. Es el único contacto que vamos a establecer. Si hacemos algo inesperado, aunque no vaya explícitamente contra sus indicaciones... —El resto de la advertencia no necesitaba ser aclarado.

—Nueve millones de dólares son un montón de razones para no espantarte tan fácilmente —comentó Wyatt.

—O hacemos lo mismo que han estado haciendo ellos —intervino Tessa con emoción creciente—. Nos han mandado un vídeo con el encuadre cerrado, sin apenas fondo, ¿no? Podemos hacer lo mismo. Nos llevamos algún cuadro de la casa de los Denbe, digamos… el grande con la flor roja que cuelga en el salón. Lo colocamos en una de las paredes de tu oficina —miró a Wyatt— y atendemos la llamada allí. Lo suficiente para que parezca un entorno conocido. Puede ser interesante, de hecho, que los secuestradores piensen que el equipo está replegado y seguro en Boston cuando, en realidad, estamos tres horas al norte.

—Hacer lo mismo que han hecho ellos —murmuró Wyatt—. Me gusta la idea.

—Salvo que sus peticiones pueden requerir algún tipo de acción aquí en Boston —advirtió Hawkes.

Wyatt se encogió de hombros.

—Tienes a todos los agentes del centro de mando móvil destacados a cinco minutos de la casa de los Denbe. ¿Qué no pueden solucionar ellos si fuera necesario?

—Bueno, visto de esa manera…

Se miraron todos entre sí.

—Me hace sentir que por fin estamos haciendo algo más que intentar no perder su ritmo —dijo Wyatt al cabo de un rato—. Hasta ahora los secuestradores han estado mandando en este asunto. Ellos dicen que corramos y nosotros preguntamos a qué velocidad. Es verdad que no sé cómo va a ayudarnos esto, pero… es algo. Me gusta pensar que finalmente estamos haciendo algo.

Todos estaban de acuerdo.

Al día siguiente a las ocho de la mañana volverían a reunirse en la casa de los Denbe. Recogerían los teléfonos, se llevarían prestada una de las pinturas y montarían su propio escenario para la videoconferencia en el departamento del sheriff de North Country.

A Tessa le gustaba la idea. Quedaban menos de quince horas ya. Luego el equipo podría caer sobre los secuestradores. Una familia entera en juego. Incluida la quinceañera Ashlyn Denbe, que había tenido que leer sus propias instrucciones de rescate, esa mirada en su rostro cuando leyó la parte de las ejecuciones...

Podían hacerlo. Transferir el dinero, recibir la localización de los Denbe y rescatar a la familia sana y salva.

Salvo que todo este asunto en realidad girara en torno a los once millones doscientos mil dólares malversados.

En tal caso, no volverían a ver a los Denbe con vida.

# 36

No vinieron a por nosotros a primera hora de la mañana. El cielo fue iluminándose a través de nuestra angosta ventana al exterior. Me desperté, me removí una y otra vez. Me dormí de nuevo pero solo pude soñar con cobras agresivas y frascos naranjas de pastillas. La segunda vez que me desperté me forcé a mí misma a sentarme, a enfrentarme a la realidad de hormigón de mi celda carcelaria. Podía oír a Ashlyn sobre mí, también con el sueño alterado, murmurando en voz baja y con la respiración agitada.

Justin no estaba en su litera, sino sentado en el suelo, con la espalda apoyada en la puerta de acero como si hiciera guardia. Me pregunté si había pasado la noche entera allí. Estaba ya despierto, la cabeza erguida, los brazos apoyados sobre las rodillas dobladas, parecía estar perdido en sus pensamientos, un dedo golpeteando abstraído en su otra mano, como si estuviera resolviendo un problema.

Me concentré en mi juego matutino de adivinar la hora. El día parecía ya bien entrado. ¿Ocho de la mañana, nueve, diez? Quizá si sobrevivíamos a lo de esta tarde me apuntaría a un curso de supervivencia. Me convertiría en la *girl scout* más vieja del planeta, aprendiendo a distinguir los puntos cardinales guiándome por el musgo que crece en los árboles, o la hora del día usando la sombra que el árbol proyecta en el suelo. Podría desarrollar nuevas habilidades. Desde luego, las antiguas no me estaban sirviendo de gran cosa.

Me acerqué al inodoro. Justin se giró para darme la espalda, lo más aproximado a la privacidad que podíamos permitirnos.

Después, mientras él seguía abstraído y Ashlyn continuaba agitándose en la litera superior, me lavé la cara, usando solo mis manos porque no teníamos ni jabón ni toallas. Luego, actuando por impulso, agarré nuestra jarra de plástico y me puse a llenarla con agua del lavabo. Incliné la cabeza sobre la pequeña pila, vertí la mitad del agua de la jarra sobre mi pelo, y luego me froté el cuero cabelludo furiosamente con las yemas de los dedos. Podía notar que estaba salpicando por todas partes, pero no me importó. Ya no soportaba ni un segundo más el asqueroso olor de mi pelo, el picor constante de la suciedad y la mugre sobre mi piel.

Restregué, restregué y restregué. Quizá estaba intentando deshacerme de mi propia piel, despojarme de mi desdichada existencia. O quizá, dentro de un año, esto podría convertirse en la prueba de ADN que se usara para encarcelar a Z y su equipo por todos los cargos. Las células desechadas de mi piel muerta, esparcidas sobre este pequeño lavabo en esta diminuta celda de esta prisión enorme.

Eché de menos el jabón, la suave sensación de la espuma, el reconfortante aroma a limpio. Pero seguí restregando, vertiendo la segunda mitad de la jarra lentamente sobre mi cabeza, haciendo que se deslizara por los finos mechones de mi larga melena hasta los hombros. Finalmente rocié más agua sobre el cuello, luego me subí las mangas del mono hasta los hombros y me froté los brazos. Cuando terminé estaba empapada, mi mono chorreando y la pared de hormigón completamente salpicada de agua. Me sentí mejor. Preparada para el día. Tan preparada como podía estarlo.

—¿Puedo hacer lo mismo? —Era Ashlyn, ya despierta y mirándome desde la litera superior.

Sin decir palabra, comencé a rellenar la jarra.

—¿Poniéndoos guapas para vuestros rescatadores? —dijo Justin desde el suelo con voz cansada.

—Somos mujeres. —Le tendí a mi hija la jarra de agua—. Ahora escúchanos rugir.

La mañana fue pasando lentamente, minando paulatina y firmemente nuestros nervios. Mi pelo se secó mientras deambulaba entre las literas. Mi mono, también. No podía decir que estaba limpia. Tan solo… menos sucia.

Justin le dio un lavado rápido a su cara hinchada y a su pelo corto. Luego, cuando la amplia zona común quedó en silencio, tan solo roto por el zumbido interminable de las luces fluorescentes, comenzó una serie ligera de flexiones de brazos, seguida de otra de abdominales y finalmente una de dominadas usando la litera superior.

Ashlyn nos contemplaba a ambos como si estuviéramos locos. Ella se había colocado en posición fetal, acurrucada en la esquina de la litera superior desde donde podía ver todo mientras permanecía cuidadosamente escondida. Me recordó a un felino. En absoluto relajada. Esperando tan solo la primera excusa para arañar o saltar sobre su presa.

La obligué a beber agua, dado que todavía se estaba recuperando del aborto sufrido el día anterior. Deseé haber tenido también comida para ella. Mi propio apetito había vuelto, por fin, y mi estómago realmente gruñía mientras daba vueltas por la estrecha celda. Resultaba muy oportuno que por fin estuviera lista para comer el día en que nuestros secuestradores habían dejado de alimentarnos.

¿Nos querían débiles, fatigados, inseguros? Todo formaba parte de la estrategia de guerra psicológica de Z. A medida que se acercaran las tres de la tarde haríamos cualquier cosa que quisiera con tal de que nos lanzara un mendrugo de pan.

¿O había sucedido algo más? ¿Nuestros captores se habían puesto enfermos o estaban impedidos por algún otro motivo? ¿No nos habían abandonado sencillamente, o sí? ¿Habían partido, desaparecido? Nadie sabría dónde estábamos. Literalmente, nos pudriríamos como olvidados animales encerrados en una jaula. El agua nos mantendría vivos la primera semana, seguro. Pero tras catorce o quince días sin comida…

Un nuevo sonido. Un chasquido, luego el parpadeo de las luces mientras cesaba el zumbido haciendo que desapareciera con él la iluminación del techo. Nuestra celda pasó del blanco excesivo a los grises matizados, alumbrada apenas por la ranura de la ventana, mientras que la zona común se quedaba en penumbra, un escenario súbitamente desprovisto de focos.

—Están desconectándolo todo —murmuró Justin.

Y lo entendí. Lo que nuestros captores estaban haciendo. Preparándose para dejar la prisión. Preparándose para el final del juego, organizando su escapada.

¿Qué hora sería? No podía descifrarlo basándome en el ángulo del sol.

Pero estaban llegando. Las tres de la tarde.

La hora de la verdad.

Paré de caminar, trepé a la litera superior y agarré la mano de mi hija.

Tras unos instantes, Justin se unió a nosotras. Nos sentamos juntos, pegados, y esperamos lo que quisiera que fuera a suceder.

Tessa se despertó a las cinco y media. Su dormitorio estaba todavía oscuro. Había dormido tres, cuatro horas como mucho, y no podía entender qué la había desvelado. Entonces reparó en la puerta abriéndose silenciosamente, y la pálida figura de Sophie apareciendo tras ella.

Su hija entró en la habitación, moviéndose tan silenciosamente que Tessa no estaba segura de si estaba despierta. Algunas veces Sophie se levantaba sonámbula. Algunas veces, también hablaba mientras dormía. O, más bien, gritaba durante el sueño.

Ahora Sophie se materializó en el borde de la cama de Tessa, ojos abiertos y expresión alerta.

—¿Mami?

—Sí.

—¿Ya encontraste a la familia?

—Todavía no. —Tessa apartó sus mantas. Sophie se metió en la cama.

—¿Miraste en los lugares fríos y oscuros?

—En algunos de ellos.

—¿Y en las montañas? ¿Probaste en las cabañas de las montañas?

—Mañana... Bueno, hoy... Voy a ir al norte. Vamos a mirar en más sitios.

—Lleva galletas.

—Por supuesto.

Sophie se apretó contra ella.

—Esa chica te necesita.

Tessa vaciló. Su hija se estaba identificando con la víctima y, dado cómo podían terminar las cosas… Debía controlar esas esperanzas, administrar mejor las expectativas de su hija. Aunque, en un caso como este, ¿era siquiera posible hacer algo así? Se encontró diciendo:

—Perderte fue lo peor que me ha pasado jamás, Sophie. Regresar a casa y descubrir que no estabas allí. Aquello me dolió mucho. Como si alguien me hubiera dado un puñetazo en el estómago.

—Yo no quería irme. Ellos me obligaron.

—Por supuesto. Sé que nunca me hubieras dejado por tu propia voluntad. Espero que sepas que yo nunca te habría dejado ir voluntariamente.

—Lo sabía, mami. Igual que sabía que estabas viniendo a por mí. Y que les harías pagar por ello.

Tessa envolvió sus brazos alrededor de los huesudos hombros de su hija.

—Fuimos afortunadas, Sophie. Puede sonar raro, pero nos tenemos otra vez la una a la otra. Eso nos hace afortunadas.

—Y la señora Ennis.

—Y la señora Ennis.

—Y Gertrude.

La muñeca de Sophie. Con el ojo que habían cosido cuidadosamente de nuevo.

—Yo quiero que esta familia sea afortunada también, Sophie. Voy a hacer todo lo que pueda para ayudarles. Hay todo un puñado de detectives, de hecho, que están trabajando muy duro para ayudarles. Pero, algunas veces, también hace falta un poco de suerte.

—Lugares fríos, oscuros.

—Lo pillo.

—Lleva galletas.

—Sí.

—Lleva tu arma.

—Sí.

—Luego, por favor, vuelve a casa. Te echo de menos, mami. Te echo mucho de menos.


Wyatt no durmió. Estuvo trabajando con su teléfono, borrando mensajes, poniéndose al día con el resto de su departamento. Sus ayudantes tenían algunas novedades: un asalto a una clínica de metadona en Littleton, en algún momento de la noche del sábado. Podía estar relacionado con su caso o, de nuevo, quizá no. Un empleado de una gasolinera había llamado tras atender a una furgoneta blanca la mañana del sábado. La conducían dos tipos duros. Le pusieron nervioso, dijo. Supuso que estaban relacionados con drogas, por la falta de cualquier distintivo en la furgoneta blanca, por la mirada asesina de sus ocupantes. Se dirigieron al norte siguiendo la 93, era todo lo que podía decirles. Uno tenía tres lágrimas tatuadas bajo su ojo izquierdo. Definitivamente, el tipo había pasado por la cárcel.

La gente de Pesca y Caza había encontrado otra furgoneta aparcada a un lado de la carretera en Crawford Notch. Un modelo viejo, pintada de azul oscuro. Parecía abandonada cuando la encontraron, la parte trasera estaba llena de basura y latas de cerveza, y apestaba a marihuana. Podría haber pertenecido a gente que andaba metida en asuntos turbios, pero probablemente no a profesionales entrenados en asuntos turbios.

Y toda una serie de asuntos similares. Una lista de aproximadamente una docena de lo que podrían ser testigos o hipotéticas pistas si hubiesen sabido qué tipo de testimonios o pistas estaban buscando.

A las dos de la mañana Wyatt terminó con las llamadas y comenzó a estudiar su mapa. Se quedó dormido con la cabeza caída sobre él, soñando con «X» y «O», y con Ashlyn Denbe diciéndole que se diera prisa, que no quedaba mucho tiempo.

A las seis de la mañana estaba en pie, duchado y con el uniforme del día anterior puesto. Se encontró con Kevin en el piso de abajo; ambos hicieron el *check-out* del alojamiento, cogieron un café y luego se dirigieron a la casa de los Denbe. Llegaron treinta minutos antes de la cita acordada y aun así fueron los últimos en llegar.

El agente especial Hawkes ya se había hecho con el teléfono móvil de la familia Denbe. Nicole ya tenía el cuadro.

Nada nuevo de lo que informar. Los agentes estaban aún repasando los detalles financieros, mientras un par de policías uniformados custodiaban ahora la puerta de la casa de los Bennett. Los federales estaban ya en las oficinas centrales de la compañía aseguradora, en Chicago. La compañía telefónica, a la espera de la orden de proceder con la llamada de las tres de la tarde hora oficial del este del país.

Sabían lo que sabían. Tenían lo que tenían. Eso era todo.

Se encaminaron hacia el norte y llegaron al departamento del sheriff del condado a las once de la mañana. Al mediodía el cuadro de los Denbe estaba colgado en la pared y habían repasado media docena de hipotéticos escenarios para el rescate. Nicole atendería la llamada mientras el resto daba apoyo.

A las doce y media pidieron la comida.

A la una en punto, Wyatt terminó de poner al corriente de los detalles tanto a las fuerzas del orden locales como a la policía estatal. Prepararon un canal de radio por el que compartir información en el instante en que se supiera cualquier cosa.

Una vez más revisó el mapa.

Una y media, dos en punto, dos y cuarto. Dos y media.

¿En qué no habían reparado, de qué no se habían dado cuenta? Siempre hay algo. Planeas todo, te preparas y, aun así, en el último momento, surge algo.

Wyatt volvió a estudiar su mapa.

Dos cuarenta. Dos cuarenta y ocho. Dos cincuenta y dos. Dos cincuenta y cinco.

¿Y si los sospechosos no llamaban jamás? ¿Y si fuera así como terminaba el caso, no con un acto heroico sino con el silencio absoluto? La familia ya estaba muerta, un malversador o malversadora había tapado sus huellas. No habría rescate alguno. Solo una triste, larguísima búsqueda que podría llevar días, semanas, meses, tal vez incluso años.

Tres de la tarde.

Tres cero uno.

Tres cero dos.

El teléfono de Justin Denbe comenzó a sonar.

# 37

Z se materializó tras la puerta de nuestra celda. Por primera vez desde que comenzara este calvario parecía tenso, y su inquieta actitud de alerta inmediatamente puso nuestro estado de nervios al límite. Sostenía una bolsa negra de basura que contenía nuestra ropa. Fue pasando cada prenda a través de la ranura de la puerta con la breve orden de que nos cambiásemos.

¿Nuestro primer paso de vuelta al mundo real, me pregunté, iba a ser volver a usar nuestra indumentaria de Boston? Pero no terminaba de creérmelo. Ashlyn y yo ya habíamos tenido que cambiarnos para la grabación con las exigencias del rescate; no porque Z quisiera que saliéramos lo mejor posible en nuestro vídeo, sino porque no quería facilitar información alguna de dónde estábamos, por ejemplo, con los monos de la prisión. Tenía la sensación de que esto seguía una lógica similar.

Si se satisfacían las condiciones del rescate la policía tendría pronto nuestra localización. Pero no era el estilo de Z dar ventaja alguna antes de que se viera obligado a hacerlo.

Una vez vestidos, llegó el momento de salir de la celda.

—Denbe primero —ladró la orden.

Z señaló a la ranura de la puerta. Justin acercó sus muñecas, que fueron inmediatamente amarradas con unas bridas de plástico. Yo fui la siguiente. Luego Ashlyn. Cuando estuvimos todos atados, Z hizo un giro con la mano y, con un chasquido y un zumbido, la puerta de acero se deslizó hasta abrirse.

Z mantuvo la mirada sobre Justin, que salió de la celda con la espalda recta y la barbilla levantada, con su cara magullada desafiante.

La tensión ascendió hasta un nuevo nivel de modo inmediato.

«No hagas ninguna estupidez», me encontré pensando. «Por favor, no hagas ninguna estupidez».

Salvo que ya no estaba segura de qué constituiría ahora una estupidez. Aquí estábamos, de nuevo atados e indefensos. El adjetivo «estúpido» ya solo era aplicable si nuestros captores de verdad iban a dejarnos libres. Tenían otras opciones, por supuesto. Por ejemplo, meternos una bala en la cabeza en el instante en que el dinero del rescate apareciera en su cuenta. Nosotros no podríamos detenerlos. Y la policía no estaría allí para ayudarnos en el momento en que el dinero fuera entregado.

De un modo u otro, seguíamos abandonados a nuestros propios medios, y yo podía sentir la tirante brida de plástico cortándome las muñecas.

Z agarró a Justin por el codo. Indicó que las mujeres camináramos delante. Una vez que Ashlyn y yo nos aventuramos inseguras hacia la sala común en penumbra, Justin y él echaron a andar tras nosotras. Claramente, Z había catalogado a Justin como la amenaza principal que debía ser vigilada en todo momento. Desearía haber podido estar en desacuerdo, reír para mis adentros con regocijo pensando que Z no tenía ni idea de a lo que se enfrentaba. Pero en vez de eso tuve una creciente sensación de histeria y me vi obligada a controlar la ridícula necesidad de tirarme del pelo recién lavado.

En la compuerta de salida tuvimos que detenernos. Me pregunté quién estaría en la sala de control. ¿Mick o Radar? Z hizo un gesto a la cámara de seguridad y el primer conjunto de puertas comenzó a abrirse. Entramos en la zona de espera. Otra pausa. El estruendo del acero golpeando detrás de nosotros nos introdujo en una profunda oscuridad, rota apenas por el tenue resplandor de las verdes luces de emergencia que iluminaban pequeños fragmentos del suelo. Pude sentir a Ashlyn estremecerse mientras se acercaba más a mí.

Entonces, más lentamente de lo que me habría gustado, el siguiente conjunto de pesadas puertas de acero comenzó a abrirse. Un ancho corredor apareció ante nosotros. También iluminado por luces de emergencia. Seguro que ya habíamos pasado por aquí antes, pero todo parecía distinto sin el deslumbrante resplandor de las lámparas del techo. La prisión había tomado el siniestro aspecto de una casa encantada, y, aunque yo sabía que fuera brillaba la luz del día, me sentí aislada, mis hombros se encorvaron, y doblé la barbilla contra el pecho como si el techo estuviera más bajo y los muros se estrecharan.

—Caminad —ordenó Z, y, de manera indecisa, Ashlyn y yo marchamos arrastrando los pies hacia delante.

Guiados por el débil resplandor verde de las luces de emergencia llegamos a otro conjunto de puertas. Resultó ser una segunda compuerta. Más estruendo de metales a medida que las puertas se cerraban detrás de nosotros. Un sonido que se metía dentro del cuerpo. Un sonido que no quería oír nunca más.

Al cerrarse las puertas nos vimos de nuevo arrojados a la oscuridad. Esperamos, Ashlyn rebotando sobre las puntas de los pies junto a mí, hasta que lentamente el conjunto de puertas frente a nosotros se deslizó para abrirse. ¿Me lo parecía solo a mí o esta compuerta se había abierto con mucha más lentitud que la anterior? Debía de ser Mick quien estaba en la sala de control. Pasándolo bien a nuestra costa.

Me obligué a mantener el rostro impasible. No quería darle la satisfacción de mostrar mi miedo.

Z nos instó a seguir adelante. Caminamos, perdiendo toda orientación en la penumbra verde del laberinto de corredores. De repente el pasillo se iluminó. Llegamos a un tramo con grandes ventanas exteriores inundado de la luz del día. Luego, al otro lado, una cámara cerrada revestida de ventanas que habían sido firmemente reforzadas con barras horizontales.

La sala de control. Debía de ser esa. Podía ver monitores y paneles y todo tipo de extraño equipamiento informático cuya función desconocía pero que mi marido posiblemente conocía a la perfección.

Iban a hacerlo. Intercambiarnos por un rescate. Podríamos ir a casa; ellos conseguirían nueve millones de dólares.

Podríamos volver a casa.

Miré a la habitación que estaba ahora vacía, con la puerta abierta, nuestro billete de ida a la seguridad.

Di un paso más y, desde atrás, Z agarró mi brazo y me atrajo hacia él.

—No tan rápido.

Y me estremecí, sintiendo cómo el corazón se detenía en mi pecho.


—La cosa va a ser así —continuó Z secamente—. Son las dos y cincuenta y cinco de la tarde. Voy a dejaros en la sala de control. Voy a daros un teléfono. Voy a quitaros las bridas de las muñecas.

Z dejó de mirarnos a Ashlyn y a mí, para centrarse en Justin.

—En ese momento vas a tener la posibilidad de cerrar esta prisión. Podrías incluso dejarme atrapado dentro. Pero deberías saber que tanto Radar como Mick están ya fuera. Van armados con todo un arsenal, y han sido excepcionalmente bien entrenados para usarlo. Sospecho que entre los dos pueden cepillarse sin despeinarse como mínimo a los primeros treinta y seis o cuarenta y ocho policías que aparezcan. Sé que es muy posible que todo eso no te importe —su mirada se tornó dura, su tatuaje con la cobra mostrando los colmillos se movía sin descanso mientras él fruncía el ceño—, pero voy a confiar en que las señoritas sean tu conciencia. —Su mirada saltó a nosotras—. Si usáis el sentido común todo el mundo regresará a casa sano y salvo. Intentad cualquier estupidez y habrá un montón de funerales el viernes. Incluido el vuestro. Yo no soy el tipo de hombre que perdona, Denbe. Y sé dónde encontrarte.

Justin no dijo nada.

Di un paso adelante, interponiéndome en el espacio entre ambos.

—Dinos qué quieres que hagamos.

Z trasladó su atención hacia mí.

—El resto es fácil. Llama al móvil de tu marido usando FaceTime. Saluda a la amable agente del FBI que planea construir su carrera en torno a vuestro seguro regreso. Reitera las instrucciones de la transferencia bancaria. Radar está vigilando la cuenta. En el momento en que tengamos la confirmación de que se han recibido los fondos desapareceremos. Si, por otro lado, a las tres y once minutos el dinero no ha llegado ponemos en marcha el plan B.

La mirada de Z volvió a Justin.

—¿Quieres saber la verdadera especialidad de Radar? Es un experto en demoliciones. Por supuesto, tu sala de control tiene cristales blindados. Pero, créeme, Radar puede eliminar un tanque acorazado. Tu pecera reforzada no supone un problema para él. Es casi mejor que esperes que el FBI siga las instrucciones. Mejor para vosotros que sean sensatos hoy y no intenten ninguna tontería.

Ni siquiera había pensado en eso, y ahora mi nerviosismo creció el doble.

—Espera, espera. Nosotros no tenemos control alguno sobre ellos, no tenemos modo de saber... ¿Qué pasa si ellos no transfieren el dinero? ¡No es culpa nuestra!

Z tan solo encogió sus enormes hombros y nos arrastró hacia la sala de control. Yo quise quedarme clavada sobre los talones. De pronto, esto no parecía una idea tan buena. Había estado preocupada por las posibles acciones precipitadas de mi marido. ¿Ahora también me tocaba preocuparme por todas las que pudieran cometer las fuerzas de seguridad?

—A las tres y once, si no tenemos el dinero, vais a oír una explosión enorme. Quizá queráis agacharos para cubriros. Ya sabéis, solo por daros una oportunidad.

Para entonces ya estábamos dentro de la sala de control y Z empuñaba un cuchillo. No había tiempo para sentir pánico, ni tampoco para gritar.

Un corte, otro y un tercero.

Nuestras muñecas estaban liberadas.

Puso un teléfono en las manos de Justin.

Y luego Z ya se había ido, la pesada puerta de la sala de control tronó al cerrarse a su paso.

Estábamos solos, desatados y, por primera vez, a los mandos de nuestra prisión.

Me quedé inmóvil, el primer sorbo de cuasi libertad me dejó completamente paralizada.

No a mi marido.

—De acuerdo —dijo Justin enérgicamente—. Esto es lo que vamos a hacer.


El iPhone continuó sonando. Tras una fracción de segundo, Nicole se puso rápidamente en acción. Agitó una mano, indicando a todos que ocuparan sus posiciones.

Entonces se situó delante del cuadro del salón de los Denbe, ahora colgado en la oficina del sheriff tres horas al norte, y respondió a la llamada activando FaceTime.

Hawkes había conectado el teléfono a una gran pantalla de televisión para que el resto pudiera contemplar el espectáculo.

La cara de Justin Denbe apareció: un desastre magullado con un ojo hinchado y la nariz deforme. Pero la determinación de su rostro no podía ser malinterpretada.

—Soy Justin Denbe. Estoy aquí con mi mujer, Libby, y mi hija Ashlyn.

Un rápido barrido de la cámara del teléfono. Libby Denbe apareció unos instantes, aparentemente congelada en el sitio, casi petrificada de miedo. En cambio, su hija de quince años, Ashlyn, estaba literalmente botando arriba y abajo por la agitación.

—Estamos sanos y salvos. Por favor, transfieran el dinero antes de las tres y once o nos harán volar por los aires.

Hawkes hizo un movimiento circular en el aire con el dedo para indicar que alargara la llamada. Nicole golpeó ligeramente con el pie una vez para señalar que lo había entendido.

—Soy Nicole Adams, agente especial del FBI. Nos alegramos de estar en contacto con usted, Justin, y de recibir confirmación de que usted y su familia se encuentran vivos y en buenas condiciones.

—Tienen ocho minutos —respondió Justin crispado.

—Lo comprendemos. Y el número de cuenta para la transferencia indicada es…

Nicole soltó la retahíla de números, repitiéndola dos veces. Frente al ordenador, Hawkes continuaba tecleando frenéticamente, cambiando mensajes con las oficinas del operador de telefonía de Denbe, donde estaban ahora tratando de localizar la llamada. Tessa permanecía junto al hombro de Hawkes; Wyatt estaba a su lado. Se dio cuenta de que él estaba aguantando la respiración.

—La compañía aseguradora nos ha dado instrucciones de transferir un millón de dólares como depósito en señal de buena fe —continuó Nicole—. No van a liberar los restantes ocho millones sin garantías adicionales de que ustedes se encuentran seguros.

—En seis minutos —respondió Justin bruscamente— si esa cuenta no recibe los nueve millones de dólares vamos a saltar por los aires.

—¿Están ellos ahí, Justin? —continuó Nicole sin alterarse—. ¿Puedo hablar con la persona al cargo?

—No.

—¿No? ¿No puedo hablar…?

—No, no están aquí. Estamos solos en la sala de control. Podemos mantenerlos fuera, lo que significa que estamos seguros respecto a un ataque físico inmediato. Pero, claro, los explosivos… —El tono de Justin pretendía sonar ligero. No parecía nervioso a ojos de Tessa. Solo… lúgubre. Un hombre que conocía la partitura.

Junto a ella, Wyatt articuló con los labios las palabras «sala de control». Wyatt la miró. Tessa se encogió de hombros.

—Libby y Ashlyn están con usted, pero ¿sus captores no? ¿Están solos? —continuó Nicole. Mientras su rostro permanecía impasible, una de sus piernas temblaba. Una partida de póquer de altos vuelos, con la vida de otras personas en juego.

—Cinco minutos —dijo Justin. Entonces, por vez primera, su tono se quebró—. Miren, sé que están intentando localizar la llamada. Ellos saben que van a intentar localizar la llamada. Les estoy diciendo que no tenemos tiempo para eso. Durante los próximos cinco minutos mi familia y yo estaremos a salvo. Eso es lo mejor que va a suceder. Ahora pongan el puto dinero en la jodida cuenta, o lo siguiente que van a ver por la pantalla será a mí, mi mujer y mi hija volando en mil pedazos.

—Lo entiendo. Su seguridad es nuestra preocupación prioritaria. Por supuesto, tenemos que hablar con la compañía aseguradora...

—Escúcheme. Esto no es una negociación. No estoy en contacto con nuestros captores, no están en la línea. Ellos están lejos de aquí sujetando un detonador. Están vigilando la cuenta. O el dinero está depositado allí a las tres y once minutos o accionan el pulsador. Esas son las opciones.

—Sala de control —murmuró de nuevo Wyatt junto a Tessa. Le daba suaves codazos, como si la palabra debiera significar algo para ella—. La pila de objetos personales sobre la encimera de la cocina: billetera, joyas...

—Justin —decía Nicole—, comprendo su preocupación. Confíe en mí, estamos de su lado. Pero si ellos han colocado explosivos en esa habitación, ¿cómo sabemos que no van a hacerlos detonar pase lo que pase?

—Porque los ricos tienen un incentivo para escapar. Los pobres no.

Entonces Tessa lo comprendió. Se giró hacia Wyatt, manteniendo la voz baja mientras sus ojos se agrandaban.

—Una prisión. Las prisiones tienen salas de control. Pero cómo puedes colar a una familia en una prisión a menos que…

Wyatt iba ya un paso por delante.

—Las nuevas instalaciones estatales —respondió con gravedad—. Terminadas el año pasado, nunca inauguradas. Los habitantes de la zona están todavía furiosos por los puestos de trabajo perdidos, el derroche de dinero de los contribuyentes. ¿Cuánto apuestas a que…?

—Fue un proyecto de Construcciones Denbe.

—Lo que significa que Justin sabe perfectamente dónde está. Y si todavía no nos ha dicho su localización…

—Es porque está asustado.

—Los sospechosos deben tener acceso real a explosivos. —Wyatt cogió un bloc de notas amarillo. Escribió con un rotulador gigante: TRANSFERIR EL DINERO YA. Y lo sostuvo frente a Nicole.

La agente especial ni siquiera parpadeó, sencillamente dijo al teléfono:

—Buenas noticias, Justin. La compañía aseguradora ha aprobado el pago completo. Los nueve millones están siendo transferidos mientras hablamos. Necesitamos un par de minutos, Justin. Entonces usted y su familia estarán a salvo.

Tessa y Wyatt no se quedaron a contemplar el final. Ya estaban saliendo de la sala, Wyatt hablando por la radio, solicitando refuerzos a través del canal de emergencia previamente reservado. Luego, en el aparcamiento, se subieron a su coche patrulla.

—Cincuenta kilómetros al norte —aclaró Wyatt—. Llegaremos en veinte minutos.

Encendió la sirena y el motor rugió al adentrarse en la carretera.

# 38

Justin estaba al teléfono. Hablando, hablando, hablando.

A su lado, Ashlyn se balanceaba arriba y abajo, pareciendo más ella misma, con su viejo pijama, y al mismo tiempo completamente cambiada, con sus rasgos rígidos y la ansiedad irradiando de cada línea tensa de su cuerpo.

Y yo... afrontando los posibles últimos diez minutos de mi vida, sin saber qué hacer. Deambulé por la sala, que era más amplia de lo que hubiera sospechado, con un ancho panel de control con forma de herradura ubicado en medio de un espacio más grande rodeado de una hilera de *walkie-talkies* cargándose en sus bases y varias puertas que supuse eran de armarios para el almacenaje de suministros. Encontré la tristemente famosa caja de seguridad para las llaves, un tubo de metal abierto donde, en caso de emergencia, un guardia de la cárcel podría tirar todas las llaves, haciéndolas así inaccesibles para los presidiarios amotinados, y asegurando de ese modo todos los armarios con las armas de fuego y la munición.

Luego desplacé mi atención al enorme panel de control, deslizando mis manos sobre el escritorio de formica blanca, los diversos monitores de pantalla plana encastrados con una inclinación elevada, y luego la media docena de micrófonos que brotaban como si fueran hierbajos. Los carceleros trabajan encerrados aquí dentro, pensé, aislados por su propio poder. Un miniequipo de magos de Oz, viéndolo todo, gobernándolo todo, pero siempre atrapados tras la cortina de barrotes.

Sobre mí, instalada en el techo, colgaba una línea de cuatro televisores de pantalla plana. Ahora estaban apagados, pero apostaría a que era a través de ellos como nuestros secuestradores nos habían estado vigilando, revisando las distintas imágenes de las docenas si no cientos de cámaras de seguridad. Nos habían visto llorar. Nos habían visto pelearnos. Nos habían visto descomponernos, lenta pero inexorablemente, en seres inferiores, la total deconstrucción de una familia.

Eso me puso furiosa de repente. Que hubieran violado nuestra privacidad de ese modo. Sentados aquí en su sala protegida, quizá incluso haciendo apuestas sobre nuestras miserias. Apuesto diez pavos a que la mujer llora antes, cinco a que la chica no puede orinar con gente delante.

Los odié. Intensamente. Virulentamente. Lo que, de modo perverso, me hizo querer contemplarlos a ellos. Cobrarnos la venganza. Habían tenido la posibilidad de estudiarnos como animales de un zoo; pues bien, ahora nosotros teníamos el control. Y no había nada en las condiciones de Z donde dijera que no podíamos vigilarlos.

Me incliné y, mientras mi marido maldecía a una agente del FBI por no haber hecho mágicamente lo que él le había dicho que hiciera en el momento exacto en que él le pidió que lo hiciera, comencé a encender las pantallas de control y explorar las opciones de vigilancia.

—¿Mamá? —Ashlyn apareció junto a mí.

—Solo estoy echando un vistazo, cariño. Dime, si quisiéramos ver lo que registran las cámaras del exterior de la prisión, ¿qué botones apretarías?

Ashlyn se inclinó junto a mí, tocó la pantalla de control donde un botón blanco indicaba que eran los mandos de seguridad y ambas estudiamos el menú que apareció a continuación.

La pantalla tenía un reloj en el ángulo inferior derecho. Podía leerse 3:09. Quedaban dos minutos para que nuestros captores se dieran por vencidos y contraatacaran. Posiblemente incluso nos volaran a todos, como Justin estaba argumentando.

No creía que Z fuera a hacer estallar la habitación. Me había dado la impresión de ser el tipo de hombre que se limitaría a volar limpiamente la puerta. De ese modo podría aparecer a través de los restos humeantes, sacar una Glock 10 y tratar de solucionar el resto del asunto de modo íntimo y personal. Desperdiciar menos munición.

En el monitor, una furgoneta blanca apareció de pronto a la vista. Fue aumentando de tamaño cada vez más hasta que casi llenó la pantalla. Me encontré mirando a Radar, sentado tras el volante. No estaba orientado hacia la cámara, que sin duda estaría montada sobre la puerta de entrada de la prisión, sino hacia el lado del pasajero, como si esperara a alguien.

Recogida. Estaba recogiendo a Z y Mick, sus compañeros en el secuestro.

Pero se suponía que él estaba en el tejado. Armado hasta los dientes y preparado para abrir fuego sobre los primeros que pudieran aparecer.

A menos que se hubiera realizado el pago. Transferido directamente a la cuenta. Justin estaba en lo cierto: los hombres ricos tienen nueve millones de razones más para elegir una fuga rápida que los hombres pobres.

El reloj de la parte inferior de la pantalla marcó 3:10.

Radar, sosteniendo su teléfono, decía algo que no podía oír a una persona que no podía ver.

Mi mirada sobrevoló la sala buscando la de Justin.

—¿Han pagado? ¿Está todo bien, ha pagado la compañía de seguros?

Justin, al teléfono:

—¿Han recibido el dinero? Son las tres y once; dígame, ¿el dinero ha sido ya depositado?

La agente del FBI, con su voz tajante y autoritaria como siempre:

—Justin, le doy mi palabra de que el dinero está siendo transferido en este mismo momento.

Radar, todavía contemplando su teléfono, tecleando algunos botones. Hablando con una persona que yo no podía ver.

—Justin, el dinero ha sido entregado. ¿Puede por favor informarnos de su localización? Tenemos a nuestros hombres esperando para garantizar un rescate seguro de su familia.

—¡Mamá! —Lloró Ashlyn, agarrándose a mi brazo, balanceándose aún más arriba y abajo al escuchar las noticias. Estábamos a salvo, el dinero había sido recibido, estábamos bien, la policía debía de estar en camino.

Justin, sonando repentinamente cansado, como si las buenas noticias le hubieran agotado más que nuestra muerte inminente:

—Estamos en la nueva prisión estatal. Situada…

¡Boom!

Me giré hacia la puerta de la sala de control, reteniendo el aliento. Esperaba ver a Z, caminando a través del humo y los escombros como el robot de *Terminator,* listo para acabar con todos los policías de la comisaría o, en nuestro caso, una familia indefensa atrapada en una sala de control.

La puerta cerrada estaba intacta, la hilera de ventanas con barrotes entera también. Z no estaba. Tampoco los escombros humeantes.

—¡Mamá! —Mi hija tiraba de mi brazo a la vez que gritaba histérica.

Me giré justo a tiempo para ver a Mick precipitándose desde una puerta de lo que yo había considerado armarios de suministros. Tenía una sonrisa de loco en la cara y, haciendo reales las palabras de Z, estaba armado hasta los dientes.

—¿Me habéis echado de menos? —gritó.

Entonces levantó su semiautomática y, mientras permanecíamos ahí de pie, sin posibilidad de escape, abrió fuego.


Mientras Wyatt conducía, Tessa atendía al teléfono. Tenía a Chris López en la línea; le exigía saber todo lo que pudiera decirle sobre la prisión estatal que Construcciones Denbe había levantado en las espesuras de New Hampshire.

Estaba rodeada por más de doscientas hectáreas de montañas, pantanos y vegetación. La población más cercana quedaba a más de treinta kilómetros de distancia. El departamento de policía más cercano quedaba aún más lejos. Unas instalaciones tan inaccesibles que se había dispuesto que tuvieran su propio equipo de seguridad, salvo que, como la prisión nunca fue inaugurada, esos barracones permanecían vacíos.

No había nadie cerca a quien pedir ayuda. Las mejores estimaciones indicaban una demora de quince o veinte minutos como mínimo desde los centros de respuesta más próximos.

Mientras, la radio de la policía crepitaba con nuevos informes. El sonido de disparos llegando desde el teléfono móvil de Justin Denbe. Voces femeninas gritando. La llamada se había cortado luego, y era imposible conectar de nuevo con la familia Denbe.

—Conduce más rápido —ordenó Tessa a Wyatt.

—Ahora verás por qué deberías salir con sheriffs. No solo sabemos cómo conducir más rápido, sino incluso cómo hacerlo de modo más inteligente.

Repentinamente, Wyatt dio un volantazo hacia la izquierda. Se precipitaron por un camino de tierra que Tessa habría jurado que era un sendero de ciervos. Ella se agarró al asa sobre la ventanilla en el momento en que él pisó el acelerador.

El coche patrulla salió disparado, luego se estabilizó en un galope que hacía crujir los huesos.

—En el estado de New Hampshire la distancia más corta entre dos puntos rara vez está pavimentada. Pero si sabes dónde mirar, casi siempre puedes encontrar un camino de tierra. Diez minutos —anunció—. En diez minutos tendremos la prisión a la vista.


—La puerta —Justin estaba gritando—. ¡La puerta, la puerta, la puerta!

Al principio no entendí a qué se refería. Justin había caído, el primer disparo del arma de Mick le había derribado como un árbol; una mancha roja se extendía por su hombro. Ashlyn había gritado; luego, instintivamente, se había ocultado detrás de mí, dejándome sola de pie, a un lado del enorme panel de control, con Mick, todavía sonriendo como un loco, al otro.

Giró su arma hacia mí. Me agaché, luego oí un gruñido y le vi echarse hacia un lado; Justin, abatido por el disparo pero no eliminado, le había dado una patada lateral en la rótula.

—¡La puerta! —gritó de nuevo mi marido.

Entonces lo entendí. Estábamos atrapados. En un espacio tan pequeño como este, Mick acabaría con nosotros en cuestión de segundos. Salir a la prisión, donde podríamos escapar o al menos desperdigarnos, era nuestra única posibilidad de sobrevivir.

Me alcé un poco, agachando la cabeza mientras frenéticamente daba golpes a la pantalla táctil, esperando tropezarme con los controles de la puerta. Habíamos entrado en el menú de seguridad. Había visto el comando de anular el bloqueo de puertas. Dónde, dónde, dónde...

Otro disparo. Dos, tres, cuatro. Mis hombros se encorvaron por acto reflejo y casi sentí el silbido de la última bala zumbando junto a mi oreja.

Entonces vi a mi hija súbitamente en pie, con una mirada salvaje y su largo pelo convertido en una maraña enredada, mientras levantaba una silla de escritorio con ruedas y la lanzaba hacia Mick con todas sus fuerzas.

—¡Te odio! —gritó—. Te odio, te odio, te odio, te odio, joder, cuánto te odio.

Una segunda silla de escritorio estaba ya volando y Mick se agachó para cubrirse, maldiciendo mientras tropezaba brevemente con las patas de unas sillas, caía e intentaba levantarse, para ser de nuevo alcanzado por Justin en la rótula y desplomarse otra vez secamente.

¡Ahí! Anular. Golpeé el botón rojo brillante. «¿Está seguro?», me graznó una pantallita de diálogo. «Anular libera todas las puertas internas y externas...».

¡Anular, anular, anular! ¡Sí, sí, si, sí, sí!

Ashlyn había encontrado los *walkie-talkies*. Había una docena dispuesta en una ordenada hilera de cargadores alrededor del perímetro externo. Ahora los convirtió en misiles, lanzándolos uno tras otro a la cabeza de Mick. Él maldijo otra vez y se puso a cubierto de su ataque implacable tras el panel de control.

La puerta de la sala de control se abrió justo cuando Ashlyn lanzaba el último *walkie-talkie*. No podía ver a Justin, pero oí su voz, ordenando claramente:

—¡Corre, maldita sea! ¡Sácala de aquí!

No necesité que me lo repitiera. Teníamos nuestro acuerdo, de padre a padre. Cualquiera de los dos era sacrificable. Ashlyn era quien importaba.

Agarré la mano de mi hija y la saqué de la sala de control.

Mientras, detrás de nosotros, Mick abría fuego de nuevo.


Wyatt coronó la cima de la colina sin detenerse. Durante un instante el coche patrulla se despegó de la carretera y, en ese momento, Tessa lo vislumbró. Un vasto recinto a unos quince kilómetros como mínimo, encaramado en una loma, dominado por un gran edificio, obviamente institucional, y rodeado por kilómetros de vallas con concertina en la parte superior.

El coche patrulla aterrizó. Ambos gruñeron cuando impactó contra el suelo. Wyatt entonces dio un volantazo para regresar desde el camino de tierra, saliendo de los bosques, hacia la calzada. Un giro cerrado a la derecha, y se encaminaron al norte, volando por una carretera impoluta entre árboles que se difuminaban para convertirse en un largo túnel verde a su alrededor.

—¡Es enorme! —exclamó Tessa—. ¿Cómo vamos a encontrarlos?

—Siguiendo el sonido de los disparos. ¿Llevas puesto el chaleco antibalas?

—Sí.

Todo el equipo se lo había puesto a las dos y media suponiendo que la llamada podría desembocar en una acción armada; aunque esperes que suceda lo mejor, un buen policía siempre está preparado para lo peor.

Tessa no podía dejar de pensar en Sophie, su hija, que ya había perdido a uno de sus padres. Y luego, la profecía de su propia hija: «Buscadlos en un lugar frío y oscuro». ¿Qué podría ser más frío y más oscuro que una prisión deshabitada?

Como Sophie había dicho, Ashlyn la necesitaba. La familia entera la necesitaba.

—Quiero la escopeta —dijo Tessa.

Wyatt pisó a fondo el acclerador y, de nuevo, salieron despedidos hacia adelante.


Salimos de la sala de control al pasillo principal.

—Papá —jadeó Ashlyn, con su mano todavía apretada en la mía.

—Fuera, fuera, tenemos que salir.

—¡Papá! —Mi hija clavada sobre sus talones, intentando detener nuestra marcha.

Me giré hacia ella, con una expresión tan salvaje, o quizá solo demente, que mi hija ahogó un grito.

—Olvídate de él, Ashlyn Denbe. Te olvidas de mí también si llega el caso. Tienes que salir de aquí. Es la orden final que te doy, lo que quiero que recuerdes. Tienes que sobrevivir. Tus padres te lo exigen.

—Mamá…

—Calla, hija. Viene a por nosotras. ¡Ahora, *corre!*

Obedeció, salió corriendo por la sala hacia las puertas exteriores. Me habría gustado pensar que lo hizo motivada por mi discurso, pero lo más probable es que estuviera aterrorizada por el rugido inhumano de Mick, que finalmente había conseguido salir de la sala de control tambaleándose para entrar en el pasillo y en ese momento estaba girando hacia nosotras.

Se me apareció una imagen. Un hombre convertido en un enorme e hinchado oso con sangre fluyendo por un lado de su cara donde los misiles de Ashlyn habían acertado su objetivo. Estaba vestido completamente de negro, cubierto con algún tipo de chaleco del que prácticamente brotaban armas y munición. Y un cuchillo. Atado en la cara externa de su muslo. Un enorme y refulgente machete de caza que podía intuir que estaba deseando usar para degollarme.

Levantó primero el arma. Me apuntó directamente mientras permanecía de pie, plantada en el sitio. Apretó el gatillo. Apenas trece metros de distancia, un disparo fácil para un hombre con su entrenamiento y puntería. Pero el arma solo emitió un clic. Había agotado la munición.

No pude evitarlo. Sonreí ante la ironía de la situación.

Entonces, Mick lanzó el arma a un lado y cargó contra mí.

Corrí, siguiendo la dirección de mi hija hacia la puerta exterior. Si lográbamos llegar afuera encontraríamos muchos lugares donde refugiarnos. Y la policía debía de saberlo ya. Habían estado al teléfono, tenían que haber visto algo, escuchado todo. Tenían que estar al caer.

Si pudiéramos tan solo llegar al exterior.

Ashlyn alcanzó las puertas acristaladas de doble hoja primero. Corría tan rápido que las puertas se abrieron como el agua cuando te sumerges en ella. Vislumbré una delgada línea de brillante luz diurna, luego ella ya había atravesado la puerta.

Los pasos de las pesadas botas de Mick sonaban cada vez más fuerte detrás de mí.

Intenté aumentar la velocidad, una mujer de cuarenta y cinco años, con síndrome de abstinencia, casi completamente destrozada, tratando de reclamar algo de su juventud perdida.

No iba a lograrlo. Mick estaba en forma y bien entrenado. Y yo era solo yo, una mujer de mediana edad cuyo corazón estaba ya palpitando demasiado deprisa en su pecho. Sentí mareo y náuseas simultáneamente, intentando dar con el mecanismo interior que me permitiera lograrlo y dándome cuenta de que no quedaba ya nada en mí. «Esto es lo que le pasa a tu cuerpo cuando te enganchas a las drogas», pensé neciamente. Al parecer, una dieta de cuatro meses de analgésicos no le sentaba bien a tu condición física.

Las puertas de cristal, tan cercanas, si pudiera tan solo atravesarlas…

De repente, la luz del día apareció mágicamente delante. Las puertas se abrieron por sí solas.

Z estaba directamente frente a mí, con el rostro impasible mientras yo corría hacia él. Tenía a Ashlyn agarrada fuertemente del brazo, retorciéndolo en su espalda hasta provocarle muecas de dolor. Tras él, Radar esperaba en la furgoneta con el motor al ralentí y la puerta lateral abierta.

Por supuesto, los había visto parados allí. Qué estúpida había sido. Habíamos corrido hacia ellos, directas a las manos de nuestros captores.

No pude evitarlo. Grité. Llena de rabia, frustración y cansancio.

Entonces, porque no tenía nada que perder ya, me lancé hacia Z, el hombre que retenía a mi hija, y fui a por sus ojos.

—¿Dónde está? ¿Dónde está?

Tessa quería saber. Ya habían pasado la primera señal advirtiendo a los conductores de no recoger a autoestopistas. Luego, otra señal notificando que estaban en propiedad estatal. Luego debería venir el vallado perimetral, coronado con espirales de concertina, y a continuación finalmente una garita de guardias señalando la entrada al recinto de más de doscientas hectáreas.

Pero hasta el momento, nada.

El cielo seguía en calma. Ni un solo indicio del helicóptero del FBI, que posiblemente había salido ya de Concord. Ni el más mínimo rugido de otras sirenas, aunque la policía local debía de estar también en camino, por no mencionar la activación del equipo estatal de operaciones especiales.

En ese momento aparecieron los primeros atisbos de la valla alambrada electrificada con doble muro de cinco metros de alto, rematada con concertinas.

—El rifle —ordenó Wyatt.

Ella se puso a la labor sacándolo del armero mientras él atravesaba la valla, haciendo un habilidoso giro hacia la derecha para entrar finalmente en el terreno de la prisión.


Z cayó. No estoy segura de qué estaba esperando. Posiblemente que me rindiera, que abandonase, que me derrumbara. Pero seguramente no que lo atacase.

Ashlyn tropezó hacia un lado, mientras yo estaba sobre él, arañándole por toda la cara con mis mugrientas uñas, intentando meter mis pulgares en el hueco de sus ojos. La cobra amenazante que rodeaba su ojo izquierdo me silbaba, pero la ignoré, persistiendo en mi objetivo. Mutilar. Herir. Hacerle sangrar.

Entonces fui arrancada sin ceremonias del cuerpo de Z. Mick me había agarrado con sus enormes brazos, levantándome. Oí cómo se rasgaba la delicada tela de mi blusa; ya era demasiado para las ropas de Boston. Luego, Mick me lanzó por el aire. Aterricé de un golpe sobre el camino de asfalto, jadeando casi sin aliento a causa del impacto.

Z se puso en pie de un salto, llevándose la mano a su ojo izquierdo, mientras Mick arrancaba su cuchillo de la muslera y se colocaba en posición de ataque hacia donde estábamos mi hija y yo.

Antes había estado en lo cierto. La hoja era enorme y serrada. Y Mick estaba deseando usarla. Muchísimo. Se limpió los restos de sangre de la herida de la frente y nos sonrió.

Mi hija estaba todavía en el suelo junto a mí. Hipó levemente y pude ver el miedo en su cara mientras luchaba torpemente por ponerse en pie.

Mick lanzó el cuchillo de su mano izquierda a la derecha, luego al revés. Montando un pequeño espectáculo.

Z, por otro lado, caminaba lentamente hacia la furgoneta aparcada, cubriéndose el ojo aún con la mano. Claramente pensaba que Mick se bastaba para encargarse de nosotras.

—Cuando te diga —murmuré a mi hija— quiero que regreses a la prisión. Desaparece. Escóndete donde puedas. La policía está en camino, tan solo necesitas ganar tiempo.

Ashlyn no dijo nada. Podía ver que había entendido mi decisión. Y quizá ella habría protestado o habría intentado no obedecerme, pero ese cuchillo, esa gigante hoja de acero inoxidable, pasando de una mano a otra...

Deseé que Mick no se hubiese quedado sin munición. Habría preferido enfrentarme a una bala. Pero un ataque con cuchillo era cercano y personal. Iba a tener que aproximarse, luego atacar, y la consiguiente lucha le daría tiempo a Ashlyn para escapar. Justin había cumplido su parte en la sala de control. Ahora me tocaba cumplir la mía.

Pero me pregunté, por un instante, si quizá Mick tenía otras armas escondidas en ese chaleco. Si tan solo encontrase un gatillo a mano. Un solo disparo, desde tan cerca…

Había apenas comenzado a hacerle un repaso visual cuando Mick cargó.

Esta vez no rugió.

Solo una imprevista y silenciosa estocada que me pilló atontada y sin haberme dado tiempo a prepararme. Vi el cuchillo arrancar, escuché el grito espantado de Ashlyn, y súbitamente mi campo de visión se llenó con una amenaza rugiente de cien kilos.

¿Estaba mi hija corriendo? Deseé que estuviera corriendo.

Hice lo único que pensé que podría servirme, recordé algo que había leído en un artículo de una página web, creo, o quizá era una historia que escuché en el club de tiro de Justin: cuando te enfrentas a un oponente más grande en un combate mano a mano lo mejor es acercarse a él. De hecho: hay que colocarse en la zona de peligro, donde tu contrincante no puede golpearte con toda la fuerza de sus movimientos.

En este caso, trastabillé hacia Mick. Se vio obligado a detenerse antes de tiempo, y el movimiento hacia delante y su salvaje acometida con el cuchillo en mano le desestabilizaron. En una fracción de segundo, yo estaba bajo su brazo, lo suficientemente cerca de su pecho. Debía de parecer que estaba estrechándolo como si abrazara a un amante, pero en realidad estaba recorriendo frenéticamente con las manos su chaleco, buscando algún arma que pudiera servirme.

Yo era una tiradora experimentada. Si podía poner mis manos en un arma de fuego, cualquier cosa a esta distancia de disparo…

Mick me agarró por los hombros y me apartó rápidamente. Tropecé, intenté contrarrestarlo con el peso de mi propio cuerpo, pero con apenas cincuenta kilos…

Me arrojó al otro lado de la calzada y sentí el ardor instantáneo de un centenar de pequeñas piedras levantando la piel de las palmas de mis manos. Estaba todavía intentando ponerme en pie cuando Mick una vez más retomó su posición de ataque con las piernas flexionadas y el cuchillo resplandeciendo mientras lo lanzaba como un experto a su mano derecha.

No me quedaban más ases en la manga. Simplemente levanté la cabeza y contemplé a la muerte venir a por mí.

Las puertas acristaladas de la prisión se abrieron de golpe.

Justin apareció dando tumbos, su camisa azul favorita empapada de roja sangre brillante, sus labios retraídos hasta mostrar una mueca inhumana. Girando a la derecha me vio a mí, girando a la izquierda se enfrentó a Mick.

Entonces se lanzó de cabeza contra la bestia armada con un cuchillo que había atacado a su familia.

—¡Noooo!

El grito de Justin. El mío propio. Dieciocho años de nuestras vidas entrelazadas, incluido este momento final.

Mick alzó su cuchillo, sorprendido y a la defensiva al mismo tiempo.

Justin siguió cargando. Y Mick apuñaló a mi marido directamente en el pecho.

Un jadeo. Un grito nuevo. Esta vez era Ashlyn, saliendo de las puertas de la prisión, por donde había reaparecido, una niña de quince años todavía convencida de que su padre podía matar a los monstruos.

Y entonces un nuevo sonido, débil, pero acercándose.

Sirenas. La caballería, llegando finalmente.

Muy tarde para Justin.

Pero quizá…

Miré hacia arriba. Lo vi claramente en los ojos de Z, acuclillado en el interior de la furgoneta. Arrepentimiento. No por matar a mi marido, eso seguro. Sino porque se había quedado sin tiempo para matarnos a nosotras también.

Justin se había desplomado sobre Mick, con un brazo enredado en el chaleco del otro hombre; su cuerpo era suficientemente grande como para impedirle moverse. Ahora Z saltó fuera de la furgoneta. Dado que se aproximaban las sirenas, parecía haber tomado algún tipo de decisión interior. Mejor que perder el tiempo en desenredar a Justin del chaleco de Mick, ayudó a este a levantar el pesado cadáver y a echarlo dentro del vehículo, y entonces Mick entró rodando tras él. Luego Z volvió a su posición.

La puerta de la furgoneta se cerró.

Radar arrancó el motor.

Y salieron de allí rugiendo. Así de sencillo. Nueve millones de dólares más ricos. Los asesinos a sangre fría de mi marido. Logrando escapar.

Mi hija ya no estaba gritando. Ni llorando.

Solo permanecía allí de pie, completamente conmocionada.

Tras unos instantes, me acerqué a ella y rodeé con mis brazos sus hombros temblorosos. Continuamos abrazadas, escuchando cómo se acercaban las sirenas, y preguntándonos si nos sentiríamos seguras de nuevo alguna vez.

# 39

Tessa fue la primera que descubrió a Libby y Ashlyn Denbe. Estaban de pie bajo el tejadillo de un aparcamiento junto a la entrada principal de la prisión. Las ropas de Libby parecían hechas jirones y manchadas de sangre. En comparación, Ashlyn tenía mejor aspecto, salvo por la ausencia de toda expresión en su rostro. Shock, trauma, estrés.

Wyatt frenó a unos tres metros de ellas, y ambos saltaron del coche con las armas en la mano.

—¿Libby y Ashlyn? —preguntó Wyatt, todavía resguardado tras la puerta abierta del coche patrulla.

La mujer respondió primero. Su voz sonaba ronca, pero sorprendentemente firme.

—Sí.

—¿Cuántos quedan dentro del recinto?

—Se han marchado. Solo quedamos nosotras. Todos los comandos... se han ido. Mi marido. *Ya no está...*

La voz de Libby se quebró. Rodeó con los brazos a su hija, todavía petrificada, pero no estaba claro si estaba dándole consuelo o buscándolo ella misma.

Wyatt y Tessa intercambiaron miradas. En un escenario de crisis la primera orden es asegurar el lugar, luego atender a las víctimas y por último perseguir a los sospechosos.

Se pusieron en marcha.

En los días de Tessa como agente estatal solía llevar suficientes suministros consigo como para equipar a un pequeño pueblo. Claramente Wyatt compartía la misma filosofía. De su maletero fue sacando mantas, agua y barritas energéticas. Sin decir una sola palabra, Tessa fue directa hacia las mujeres, mientras que Wyatt, arma en ristre, realizaba un rápido recorrido por el edificio.

—Mi nombre es Tessa Leoni —se presentó a medida que se acercaba, con la voz calma pero moviéndose enérgicamente—. Fui contratada por Construcciones Denbe para ayudar a encontrarles.

Libby y Ashlyn la miraron. Ya cerca de ellas, Tessa pudo comprobar que la chica estaba antinaturalmente pálida. Además había comenzado a temblar. Un ligero tiritar de momento, pero podía aumentar hasta convertirse en espasmos si no se intervenía rápidamente. Tessa cubrió los hombros de la chica con dos oscuras mantas de lana, le tendió una botella de agua y le ordenó que bebiera.

Libby Denbe ya estaba frotando los hombros de su hija. Tenía las manos magulladas y moratones alrededor de la cara y el cuello. Y aun así parecía estar en mejores condiciones que la chica.

—¿Ashlyn? —preguntó Tessa con más delicadeza—. Ashlyn, cariño, necesito que me mires. Estás entrando en shock. Si no hacemos algo al respecto vas a sentirte mucho peor en muy poco tiempo. Necesito que bebas un poco de agua, quizá puedas intentar comer algo...

La chica sencillamente se quedó mirándola mientras Libby frotaba y frotaba a su hija encogida.

Tessa hizo un segundo intento:

—Ashlyn, ¿puedes decirme qué edad tienes?

La chica parpadeó lentamente. Poco a poco, sus grandísimos ojos color avellana fueron enfocándose en ella, y se fue formando algo parecido a un ceño fruncido en su rostro.

—¿Quince? —murmuró finalmente, más como una pregunta que como una respuesta.

—Estoy con la policía, Ashlyn. ¿Ves a ese oficial uniformado allí? Es del departamento del sheriff del condado. Pronto vas a oír más sirenas. Estamos todos aquí por ti, Ashlyn. Por ti y tu familia. Estamos aquí para ponerte a salvo.

—Mi padre —susurró Ashlyn.

La chica miró abruptamente a su madre, y Tessa pudo ver las lágrimas deslizándose por el rostro de Libby.

—Él nos salvó —informó con voz ronca—. Mick estaba escondido dentro de la sala de control. Tenía una pistola, cuchillos, muchas armas. Disparó a Justin, apenas logramos salir... Nos persiguió con su enorme cuchillo. Y era mucho más grande que yo. Mucho más fuerte. Le dije a Ashlyn que corriera y se escondiera. No quería que viera cómo... Pero ella se encontró a Justin en el pasillo. Incluso con el tiro en el hombro... Él me había jurado que nos mantendría a salvo. Sin importar lo que pasara. Sin importar cómo. Él no nos fallaría.

—Mick lo apuñaló —estalló Ashlyn de repente—. Empuñó su cuchillo y... él... ¡Le odio! Le odio, le odio, le odio. Le dimos con el táser, le golpeamos, le atacamos. ¿Por qué un hombre así no puede sencillamente morirse?

La presa se rompió. Ashlyn estalló en lágrimas, derrumbándose dentro del abrazo de su madre. Libby estrechó a su hija con fuerza, y se aferraron la una a la otra, una familia de tres miembros desde hoy ya para siempre convertida en una de dos.

Tessa no dijo una palabra. Esa noche de nieve de hacía años Sophie y ella habían hecho lo mismo. En realidad, todavía lo hacían. Porque algunos tipos de dolor no desaparecen por arte de magia. Aunque saber que se tenían la una a la otra había permitido sobrellevar un poco mejor los peores días.

Wyatt regresó, y murmuró en su oído:

—Marcas de neumáticos, se dirigieron colina abajo. Ya deben de haber salido a alguna carretera.

Tessa captó el mensaje.

—¿Libby, Ashlyn? Sé que estáis heridas. Os prometo que estamos aquí para ayudar. Pero primero os necesitamos. Los hombres que hicieron esto se están escapando. ¿No querríais hacer algo al respecto?

Sus palabras captaron la atención de ambas. En cuestión de minutos las había instalado en el coche patrulla de Wyatt, con más mantas y más agua. Ashlyn se había lanzado sobre una de las barritas energéticas mientras Libby hablaba.

Una furgoneta blanca. Ninguna de las dos mujeres recordaba marca identificativa alguna. Tampoco es que la hubieran visto mucho desde el exterior, en todo caso. A sus captores, en cambio, sí que podían describirlos con mucho detalle. Tres hombres, uno de ellos enorme y con el tatuaje de una cobra; el segundo, un tipo grande con ojos azules de loco y el pelo como un tablero de ajedrez, y, finalmente, el empollón del grupo.

Libby y Ashlyn hablaban, Wyatt se encargaba de la radio, haciendo que la descripción circulara inmediatamente a todos los agentes de la ley disponibles.

Llegaban más vehículos, coches patrulla de la policía estatal, vehículos sin distintivos de los detectives, por no mencionar los de los federales, que venían lanzados sobre el largo y serpenteante camino de entrada a la prisión.

No quedaba mucho tiempo, Tessa lo sabía. Los federales tomarían el relevo y, con al menos dos miembros de la familia Denbe a salvo, su misión habría terminado; incluso Wyatt se vería relegado a una última tarea de «limpieza». Salvo que los secuestradores seguían ahí fuera. Hombres tan brutales que incluso tras recibir nueve millones de dólares habían estado dispuestos a sacrificar a una familia al completo.

El sedán negro de los federales estaba realizando el giro final de la subida.

Tessa contempló a Libby Denbe y tomó una decisión.

Se puso en cuclillas, estrechando las manos de Libby entre las suyas.

—Usted es fuerte. Su hija es fuerte. Confíe en mí cuando le digo que lo están haciendo muy bien. Ahora solo necesito un par de cosas. ¿Comprende, verdad, que quienquiera que les haya hecho esto es alguien que les conoce, que conoce a su familia?

Libby lo entendió inmediatamente.

—Un trabajo desde dentro —murmuró—. Anularon nuestro sistema de seguridad, lo sabían todo sobre nosotros, incluso mencionaron haber hecho una investigación previa.

—¿Cree que eran profesionales?

—Sí, antiguos militares. Justin pensaba lo mismo.

—¿Los conocían?

—No. Creo que eran mercenarios. Contratados para hacer el trabajo.

Tessa asintió, no sorprendida, pero sí preocupada. Porque si alguien había contratado a profesionales para quitar de en medio a los Denbe, ¿estaría esa persona feliz de verlos reaparecer en Boston?

—Lo sé —dijo Libby calmadamente, como si Tessa hubiera expresado sus pensamientos en voz alta—. Creo que por eso Mick intentó matarnos. Porque, aunque no querían privarse del dinero del rescate, persistía el hecho de que el encargo que habían recibido era matarnos.

Sentada junto a Libby, Ashlyn ni siquiera se estremeció. Lo que daba bastantes pistas sobre cómo habían sido sus tres últimos días.

Detrás de Tessa, el sedán se había detenido. El sonido de las puertas del coche al abrirse…

No quedaba tiempo para andarse con rodeos.

—¿Qué hay de su problema con las drogas?

Libby se sonrojó, pero respondió sin vacilar:

—El más joven, Radar, tenía experiencia sanitaria. Se encargó de mí, lo que incluyó conseguirme metadona.

Tessa frunció el ceño; algo sobre este tema seguía dando vueltas en un rincón de su cabeza.

Las puertas del coche se cerraron de golpe.

Su tono más bajo, más urgente:

—¿Engañaba a su marido? Necesito un nombre…

—¡No! ¿Cómo se atreve siquiera? Estábamos intentando arreglar nuestro matrimonio…

—Entonces, ¿quién está embarazada?

Los ojos de Libby se agrandaron. Miró a su hija de modo casi involuntario.

El turno de Tessa para sorprenderse. No era la madre, sino la hija, la hija quinceañera. Lo que significaba…

—Ashlyn…

—¿Libby Denbe, Ashlyn Denbe? Soy la agente especial Nicole Adams. Este es el agente especial Ed Hawkes, los dos del FBI. —Nicole había hecho acto de presencia y se había colocado muy rígida al lado de Tessa, su voz sonaba extremadamente dominante.

Tessa entendió que era la señal de que debía marcharse. Se levantó, dedicándoles a Libby y a Ashlyn una última sonrisa tranquilizadora. Y las dejó con Nicole Adams, que sin más preámbulos dio un paso al frente para hacerse cargo de la situación preguntándoles sobre sus necesidades inmediatas de tipo médico...

Tessa se metió dentro del coche con Wyatt, que estaba todavía atendiendo a la radio.

—¿Ha habido suerte? —le preguntó, refiriéndose a la captura de los secuestradores.

—Negativo. Pero las buenas noticias son que hay una única carretera de acceso tanto para venir como para salir de la prisión. Dado que tenemos policías llegando desde todas las direcciones, así como agentes motorizados que siguen esa ruta, una furgoneta blanca no debería ser complicada de localizar.

Tessa asintió, esperó un instante.

—¿Estás seguro de eso?

—No —contestó él categóricamente.

Vieron más coches de policía llegando al recinto y comenzando a subir por la colina, vehículos que, por definición, deberían haberse cruzado ya en el camino con todas y cada una de las furgonetas blancas que viajaban por la solitaria carretera de acceso.

—Conocían este lugar —murmuró Tessa—. Según Libby, los secuestradores eran profesionales. No solo lo sabían todo sobre la familia, sino que incluso mencionaron que se habían documentado. Lo que quiere decir que es más que probable que eligieran esta localización intencionadamente, tras haber dado con ella investigando sobre Justin Denbe...

—O tras haber sido informados de su disponibilidad por alguien desde dentro de Construcciones Denbe —añadió Wyatt—. Alguien que podía darles acceso, enseñarles cómo funcionaba el lugar, incluso identificar un viejo camino secundario, posiblemente usado durante la construcción para llevar la maquinaria pesada hasta la obra.

Tessa suspiró profundamente. No era necesario decirlo en voz alta para saber la verdad; no iban a encontrar la furgoneta blanca en un futuro próximo. Una vez más los secuestradores habían ido un paso por delante.

—¿Justin Denbe está muerto? —preguntó Wyatt, que solo había oído fragmentos inconexos de su conversación con Libby y Ashlyn.

—Murió protegiendo a su familia de uno de los tipos... ¿Mick?

—¿Su cuerpo?

—Se lo llevaron consigo. ¿Para encubrir el rastro quizá? No conozco todos los detalles todavía. Me quedé sin tiempo para hacer más preguntas.

Wyatt sonrió discretamente, entendía perfectamente a qué se refería. Luego su expresión se tornó más seria.

—La familia fue atacada incluso tras el pago del rescate.

—Libby cree que el encargo principal de los secuestradores era matarlos. El dinero era tan solo una agradable propina.

—¿Matarlos *a todos* —presionó Wyatt— o solo a Justin? Asumiendo que detrás de esto estuviera Anita Bennett queriendo hacerse con la compañía, sería suficiente con la muerte de Justin.

—O —Tessa siguió ese razonamiento— lo mismo sucedería con un misterioso malversador temeroso de que los esfuerzos de Justin por rastrearlo lo estuvieran llevando hacia él. —El pensamiento que le había estado rondando por la cabeza antes cobró sentido finalmente—. Uno de los secuestradores tenía formación médica. Estuvo atendiendo a Libby con la desintoxicación, incluso le facilitó metadona. Ahora bien, si los mercenarios planeaban matarla en cuestión de unos días, ¿de verdad iban a tomarse tantas molestias?

—Lo que significa que Justin era probablemente el objetivo planeado —completó Wyatt—. El secuestro era un modo idóneo de desviar la atención para que no fuera automáticamente relacionado con la compañía. Justin murió durante el pago de un rescate que salió mal, no en un «accidente» que llevaría a la policía a hacer preguntas indeseadas.

Tessa frunció el ceño, no terminaba de gustarle.

—Demasiado complicado.

—No más que malversar once millones de dólares durante casi dos décadas.

—Cierto. Así que estamos buscando a alguien paciente. Alguien que conoce desde dentro a la familia Denbe, las cuentas de la empresa y el proyecto de la prisión. Que podría también tener las conexiones necesarias para contratar a unos antiguos militares convertidos en mercenarios. Que pudiera dar instrucciones a esos mercenarios y decirles que estaba bien matar a Justin pero debían suministrar a Libby la atención médica que pudiera necesitar. —Tessa se detuvo—. ¿Me lo parece a mí o es demasiado obvio?

Wyatt parecía igualmente turbado.

—Ni siquiera estaba ahí cuando las malversaciones comenzaron —advirtió.

—¿Y aun así?

—Chris López —dijo Wyatt suspirando.

—Chris López —confirmó ella.


Lunes por la tarde, tres y veintidós minutos, una furgoneta blanca circulaba en dirección oeste. No en dirección a la entrada principal del recinto de la prisión, sino hacia un lateral de la propiedad, donde el terreno compactado mostraba signos de haber sido el acceso usado por la maquinaria durante la primera fase de la construcción del proyecto.

Antes, ese mismo día, tras haber cortado la electricidad, Mick había pasado un buen rato recortando el alambrado perimetral, hasta que pudo apartar a un lado una sección de anchura suficiente como para que pasara una furgoneta. Ahora, Radar conducía lentamente por la abertura, frenando un poco para que Mick pudiera saltar fuera del vehículo y desenrollar el alambrado hasta devolverlo aproximadamente a su posición anterior. Nada que no resultara evidente en una inspección meticulosa, por supuesto, pero ellos no se iban a preocupar por esa posibilidad. Lo que les preocupaba eran los siguientes treinta minutos. Eso era más o menos todo lo que necesitaban. Treinta minutos durante los que los policías interrogarían a la mujer y a la chica, compararían notas, activarían recursos adicionales y comenzarían a ponerse en marcha.

En ese momento era cuando se iniciaría de verdad la caza.

No es que importase mucho, porque para entonces los hombres habrían desaparecido.

Una furgoneta blanca pasando por el vallado perimetral, en dirección oeste en medio de la espesura del bosque. Las excavadoras habían usado una vez ese camino. Explanadoras que habían deshecho la cima de la colina hasta hacerla más plana y adecuada para levantar un enorme edificio. Luego los transportistas habían traído nuevas cargas de una tierra más apta para rellenar, cubrir el suelo, lo que fuera que los planos del proyecto requirieran.

El camino de acceso era ancho, el tipo de terreno compactado que no podía ceder ante un neumático, porque no quedaba ningún resto de la tierra anterior. La escasa vegetación que había logrado crecer durante los siguientes dos años se doblaba ante el peso de la relativamente ligera furgoneta, antes de volver de nuevo a su posición.

Su campamento base estaba a diez kilómetros, en la falda de la colina que Radar había estudiado durante semanas antes de decidir que sería la idónea. Una colina rocosa. No enorme, pero compuesta fundamentalmente de peñascos. A fin de cuentas, New Hampshire era el Estado del Granito.

Frenó un poco más adelante y luego, cuidadosamente, dio marcha atrás hasta colocarse entre dos salientes de roca, la versión de montaña de aparcar en batería. Una vez estuvo lo más cerca posible de su objetivo, rodeado por piedras en tres de sus lados, apagó el motor y comenzó la siguiente fase del plan.

Todo lo necesario ya estaba en la furgoneta. Z tenía todo un repertorio de artículos para disfrazarse. Mick tenía los suyos también. Radar contaba con un número más limitado, porque era el que tenía una descripción menos llamativa de los tres.

Z comenzó con su «tatuaje». Puso disolvente en una esponja, se frotó con ella el cráneo afeitado y, centímetro a centímetro, la cobra verde desapareció, eliminada a restregones como si nunca hubiera existido. Luego se quitó la ropa negra de comando y se puso unos vaqueros rotos, una amplia camiseta, una gran sudadera gris con capucha y el escudo de los Red Sox y un chaquetón de L.L. Bean aún más grande. Como su piel tenía aún restos del verde se colocó una gorra de los Red Sox para taparse. Finalmente unas botas de senderismo gastadas y podría haber sido cualquier tipo blanco de Nueva Inglaterra. Sencillamente un hombre dando un paseo por las montañas hasta que el avión adecuado lo llevase a un sitio mejor…, digamos, una playa de Brasil.

Para Mick la transformación fue incluso más sencilla. Un par de movimientos rápidos y las dos lentes de contacto azules habían desaparecido, mostrando en su lugar unos cálidos ojos castaños enmarcados por unas sorprendentemente densas pestañas. Un pequeño zumbido de la cortadora eléctrica y el pelo ajedrezado se había esfumado, dejando un suave y redondeado cráneo. Si Z había elegido el tipo montañero, Mick se decantó por un aspecto de elegancia europea. Vaqueros negros de pernera recta, un suéter de punto fino color arándano cubierto con una chaqueta deportiva oscura ligeramente arrugada. Un turista, posiblemente canadiense, lo que, siendo el francés su lengua materna, le cuadraba perfectamente. Se colgó del hombro un maletín de cuero negro, donde llevaba documentos de identidad nuevos, sin olvidar la documentación de su reciente cuenta bancaria, que ahora contaba con millón y medio de dólares. Su parte; Radar había recibido lo mismo, mientras que Z, por ser el cerebro de la operación, se había embolsado dos millones. Sobre los restantes cuatro millones…, había cerebros y luego estaban los que realmente movían los hilos. Estos, por lo visto, salían muy caros.

No es que Mick se quejara. Cualquier operación solo vale lo que el plan que hay tras ella y, dado lo suavemente que había discurrido esta, era posiblemente el millón y medio más sencillo que jamás había ganado Mick.

La última persona que se quitó su disfraz fue Radar. Se cambió la ropa. Eso era todo. De los vaqueros, la camisa de franela y la gorra de béisbol pasó a unos pantalones chinos, una camisa blanca formal y unas gafas de fina montura de metal. Tenía el aspecto de cualquier joven profesional de Boston. Quizá un recién graduado del MIT, ahora triunfando en una empresa de software. Una ocupación donde probablemente habría podido destacar si hubiera tenido la inclinación por hacer cosas como tener un trabajo real.

Radar dejó su ropa usada en la furgoneta. Lo mismo hicieron los otros. Una montaña de pruebas incriminatorias, por no mencionar el sanguinolento cuchillo, así como el resto de la casquería. Se alejaron unos pasos, poniendo distancia entre el vehículo y ellos.

Z no había mentido. La verdadera especialidad de Radar era la demolición.

Y dado que las técnicas forenses eran ya tan buenas que incluso haciendo saltar por los aires una furgoneta no podrían destruir completamente todas las pruebas, iban a ir un paso más allá. Iban a hacerla desaparecer. A enterrar el vehículo bajo una pequeña avalancha de rocas, como cualquiera de las que se producían continuamente de forma natural en el Estado del Granito, bastaba con preguntarle a cualquier lugareño. Con un poco de suerte, ni la furgoneta, ni los restos de su operación, así como todo rastro de prueba, podrían ser encontrados jamás.

Los tres se protegieron los ojos con material especializado, ya que incrustarse un fragmento de roca en la córnea a estas alturas de la operación habría sido simplemente estúpido.

Z dio la señal. Radar apretó el botón. Un pequeño estruendo. No tremendamente ruidoso. El manejo de explosivos tiene más que ver con la colocación que con la potencia, y Radar había trabajado duro para identificar las debilidades naturales de la colina de roca. Luego, con algo parecido a un gemido, la mitad superior del terreno rocoso cedió, y el fragmento desgajado se derrumbó pesadamente sobre la furgoneta blanca. El ruido del cristal al hacerse añicos, el chirrido del metal al estrujarse, y la furgoneta había desaparecido. Algunos peñascos siguieron cayendo al azar los siguientes minutos.

Los hombres esperaron pacientemente porque, de nuevo, acelerarse a estas alturas de la operación habría sido estúpido.

Cuando el polvo se asentó hicieron una inspección final. La furgoneta, cada centímetro cuadrado, había desaparecido, una nueva montaña de rocas formaba la sepultura perfecta.

Z dio la orden.

—Caballeros —dijo—, *vamos**.

Misión cumplida; cada uno se dirigió a uno de los *quads* que tenían preparados. No iban a atravesar los bosques todos juntos, se las arreglarían solos. Cada uno se encaminó a su propio vehículo, que estaba esperándole en un lugar elegido diez días atrás y del que no había hablado con ninguno de los demás. La vida iba a reanudarse bajo un nuevo nombre, que nadie más conocía y jamás compartirían. Estos hombres podían trabajar juntos, pero debían sobrevivir por separado.

Radar estaba todavía considerando la posibilidad de las playas tropicales y las mujeres de pechos grandes. No le podía importar menos lo que hicieran los otros.

Se alejó de allí el primero. Uno tras otro los demás lo imitaron.

Tarde del lunes, cuatro y cinco minutos, el quejido de los *quads* dispersándose hacia el norte y el noroeste. Alejados de los caminos principales y de los claros donde uno podría ser avistado por, digamos, un helicóptero de la policía que sobrevolase el terreno.

Norte, noroeste, como si se aproximasen a Vermont o incluso a Canadá.

Excepto uno de los conductores. Quien, treinta minutos después, llegaba a su vehículo y se dirigía enseguida hacia el sur.

De vuelta a Boston, y a algunos asuntos sin resolver allí.

---

* En español en el original. *[N. de los T.]*.

# 40

Los agentes del FBI se llevaron a Ashlyn de mi lado. Quise protestar. Quería agarrar su mano y mantener a mi hija cerca. Pero los técnicos de emergencias sanitarias necesitaban comprobar si estaba bien, dijeron, y como había sido yo quien había pedido la asistencia de un doctor tuve que dejarla ir. Por no mencionar que los últimos restos de adrenalina estaban abandonando mi sangre y podía sentir cómo me venía abajo.

Me costaba más y más encontrar cada palabra. Me llevaba más y más tiempo responder cada pregunta. Un túnel apareción en mi campo visual, con la luz muy alejada de mí.

Los técnicos de emergencias vinieron también en mi ayuda. Me sentaron en la parte trasera de una ambulancia, comprobando mis constantes vitales, preocupándose por mi presión arterial, por las abrasiones de las palmas de mis manos. Pero yo no estaba gravemente herida. Esa era la ironía del asunto. Estaba en proceso de desintoxicación, desconcertada y traumatizada, pero, en sentido estricto, no sufría ningún tipo de herida incapacitante.

La última mirada en la cara de mi marido. La macabra determinación deformando su boca cuando Justin se lanzó sobre Mick. El cuchillo, esa enorme hoja serrada, hundiéndose en su pecho. Había dicho que nos mantendría a Ashlyn y a mí a salvo y, de mil maneras diferentes, Justin siempre fue un hombre de palabra.

Mi moderno hombre de las cavernas. Incapaz de serme fiel. Y, sin embargo, capaz de morir por mí.

Los técnicos de emergencias me dieron el visto bueno con instrucciones de seguir con mi doctor un tratamiento para una desintoxicación completa. Uno de ellos parecía escéptico, como si se hubiera cruzado con muchos otros como yo y dudara de mis posibilidades de éxito.

Eché de menos a Radar. A él no tenía que darle explicaciones. Conocía mis más oscuros y profundos secretos y ninguno de ellos le había sorprendido.

Ashlyn finalmente salió de la parte trasera de la ambulancia. Un técnico le ofrecía su mano, pero ella bajó por sus propios medios. Contemplé a mi hija cruzando el aparcamiento hacia mí, quince años, con la barbilla alzada y la espalda bien tiesa. Sufría. Podía sentir el dolor que irradiaba. Pero seguía caminando, con paso resuelto, digna hija de su padre, y eso hizo que todo me doliera de nuevo.

Llegó a mi lado y los federales se pusieron en marcha. Nos acompañaron hasta la parte trasera de un sedán negro y, junto a una impresionante fila de coches de fuerzas de seguridad en caravana, nos pusimos en marcha.

Nuestro destino era la sala de conferencias del departamento del sheriff del condado, donde nos encontramos con un grupo completo de agentes del condado, estatales y federales que necesitaban hacernos preguntas. Porque nuestros secuestradores estaban todavía ahí afuera, nos explicó una agente rubia del FBI, y el tiempo era esencial, y seguramente queríamos ayudar a atrapar a esos hombres horribles, por no hablar de recuperar el cuerpo de nuestro ser querido.

El cuerpo de Justin. Me pregunté si en ese momento Z y Mick le estaban lanzando a una cuneta.

El detective del departamento del sheriff estaba allí, el que había llegado primero a la prisión y nos había dado las mantas. Me centré en él porque, si bien la agente rubia del FBI, ¿Adams?, parecía llevar la batuta con su charla chisporroteante, el oficial Wyatt tenía el comportamiento serio y estable que yo necesitaba en ese momento.

Me di cuenta de que la investigadora, Tessa Leoni, estaba junto a él, ambos con una expresión cuidadosamente neutra. Pensé que permanecía más cerca de él de lo estrictamente necesario. Y también pensé que ambos se mantenían ligeramente aparte del resto de los que había en aquella sala, como si quisieran que quedase claro desde el principio que eran solo parte del circo, no los que llevaban la voz cantante.

Ashlyn quería comida. Un ayudante desapareció, regresando en breve con un puñado de menús de platos para llevar. Ella negó con la cabeza, y preguntó si tenían una máquina expendedora. Dos barras de Snickers, dos bolsas de patatas fritas y una lata de Coca-Cola Light más tarde mi quinceañera era feliz.

Yo elegí café. Y agua. Y un viaje al baño, donde me lavé las manos y me enjuagué la cara una y otra vez.

Cuando me incorporé y me enfrenté a mi rostro en el espejo tuve que detenerme, tocar mi propio reflejo con una mano temblorosa, porque realmente la mujer que aparecía allí, tan demacrada, tan exhausta, tan *vieja*, no podía ser yo. Esos huecos debajo de mis mejillas. Los moratones bajo mis ojos. La fatiga absoluta grabada en cada línea de mi cara.

Yo le había fallado a esa mujer. No la había cuidado. Y por eso ahí estaba yo, quizá exactamente donde merecía estar.

Cuando abrí la puerta del baño Tessa estaba en el pasillo, obviamente esperándome. Sonrió débilmente, como si supiera exactamente lo que había estado haciendo, los pensamientos que habían recorrido mi cabeza.

—Irá a mejor —murmuró—. Aunque pueda no parecerlo ahora, con el tiempo se sentirá como algo más que la sombra de su anterior yo.

—¿Cómo lo sabe?

—Mi marido fue asesinado hace dos años. Casi pierdo a mi hija también. Su nombre es Sophie, y ella ha estado muy preocupada por su familia. Me dijo que les buscara en lugares fríos y oscuros, y que les llevara chocolate caliente y galletas de chocolate.

Sonreí débilmente.

—Me vendría bien un poco de chocolate caliente.

—¿Tiene Ashlyn un novio?

Negué con la cabeza, sin que ya pudiera sorprenderme pregunta alguna.

—No que Justin y yo supiéramos.

—¿El embarazo fue una sorpresa?

—Solo supimos de él cuando tuvo un aborto natural en la prisión. Mi familia…, no nos estaba yendo muy bien últimamente, incluso antes de que todo esto sucediera.

Tessa pareció aceptarlo.

—¿La persona que le proporcionó cuidados médicos se ocupó de ella?

—Sí.

—Le caía bien. Habla de él con respeto.

Me encogí de hombros, sintiendo irónicamente que estaba traicionando la confianza de Radar.

—Cuidó de nosotras cuando lo necesitamos. Respeto eso.

—¿Le gustaban también los otros dos?

Inmediatamente me estremecí. No cuando pensé en Z. Incluso con el tatuaje de la cobra, había algo imponente en él, una admirable cualidad de autocontrol extremo. Pero por otra parte:

—Mick, el del pelo a cuadros, no creo que esté cuerdo. Prometió hacerme daño, pero solo tras haberle hecho daño a Ashlyn.

—Entonces, si había estado en el ejército —Tessa pensaba en voz alta—, ¿quizá no fue licenciado con honores?

Asentí, entendiendo ahora hacia dónde estaba yendo con todo aquello.

—¿Y Chris López? —preguntó abruptamente.

Ahora era yo la sorprendida.

—¿Qué sucede con él?

—Usted le gusta.

Negué con la cabeza, desdeñando el asunto.

—Trabaja para mi marido. Es uno de sus hombres. Yo no... Son como una pandilla de chavales. Ni siquiera los veo individualmente. Son solo... Los compinches de Justin. Con mucho talento, todos y cada uno de ellos, pero no del todo cuerdos.

—¿Sabía que López es el tío de Kathryn Chapman?

—¿Qué?

—¿Y que fue él quien le mandó esos mensajes de texto hace seis meses?

La miré boquiabierta, no pude evitarlo. Como respuesta, la investigadora asintió ligeramente, como si eso fuera la mitad del asunto: contemplar mi reacción y calibrarla.

Al fondo del pasillo la puerta de la sala de conferencias se abrió, un recordatorio de que el resto del equipo de trabajo seguía esperando mi regreso.

Tessa sacó una tarjeta de visita. Me la tendió.

—Si recuerda cualquier cosa, por supuesto llámeme, por favor. Pero también… si alguna vez necesita hablar. Sencillamente eso. No puedo prometerle que vaya a entenderlo todo, pero pienso que dada mi propia experiencia, la situación de mi familia… Entenderé lo suficiente.

Me ofreció una última sonrisa alentadora y entonces me llevó hasta la sala de conferencias. Tomé asiento, y la rubia agente del FBI anunció que, siguiendo el protocolo, debían separarnos a Ashlyn y a mí. Por supuesto, si deseaba llamar a un abogado, a un miembro de la familia para servir de apoyo… Pero de nuevo el tiempo era esencial y realmente necesitaban comenzar ya con el asunto.

Miré a mi hija. Tenía una mancha de chocolate en la comisura de los labios y, absurdamente, eso me hizo acordarme de cuando Ashlyn tenía cuatro años y se embadurnó de masa de *brownie* toda la cara, incluso la punta de la nariz, hasta donde intentaba llegar con la lengua una y otra vez. Me reí hasta que se me saltaron las lágrimas mientras Justin agarraba la cámara; fuimos tan felices en ese momento… Lo juro, habíamos sido tan, tan felices…

Debí de emitir algún sonido. Quizá de angustia. Porque mi hija se inclinó sobre la mesa y me apretó la mano.

—Está bien, mamá. Hemos llegado hasta aquí, ¿no? Puedo hacer esto.

Se levantó y siguió a dos agentes fuera de la sala, mientras yo apretaba los puños sobre mi regazo para poder dejar marcharse a mi niña.

En el instante en que la puerta se cerró tras ella, la agente especial Adams puso manos a la obra.

Comenzó con los aspectos básicos. Cómo habíamos sido capturados, dónde nos habían llevado. ¿Cuánto sabían sobre nosotros nuestros secuestradores, cuánto habíamos logrado nosotros aprender sobre ellos?

Referí los conocimientos médicos de Radar, algunos de los comentarios que me llevaron a creer que era un militar retirado. La creencia inicial de Justin de que no querían hacernos daño ya que llevaban táseres y no armas de fuego. También que cuando Mick me atacó Z había disparado con el táser a su propio secuaz para neutralizarlo.

Solo que luego se habían llevado a Justin de la celda y le habían dado una paliza de muerte sin explicación alguna.

Los investigadores intercambiaron varias miradas al escuchar eso.

—¿Quiere decir —repitió la rubia, la agente especial Adams— que los secuestradores no comenzaron hablando de rescate?

—No. Eso fue idea nuestra. Tras la paliza a Justin se le ocurrió que podía hacer uso de la cláusula de riesgo de muerte inminente de la póliza de su seguro de vida, que nos adjudicaba un valor de nueve millones de dólares. Y esa cantidad de dinero podía ser lo que necesitábamos para que ellos nos dejaran vivir.

—En los días anteriores al secuestro, ¿sintió algún tipo de amenaza? ¿Por ejemplo alguien vigilándola? ¿Gente merodeando por su vecindario, quizá obreros en la acera de enfrente? ¿Tuvo alguna sensación de peligro?

Negué con la cabeza.

—¿Sabía algo de la aventura de Justin?

Di un respingo hacia atrás, preguntándome cómo podría ser eso relevante, pero de nuevo quizá…

—En realidad, Z parecía saber cosas sobre… las actividades extracurriculares de Justin. —Quise mantener la amargura lejos de mi tono. No lo conseguí.

—¿Cómo describiría el estado de su matrimonio?

Me encogí de hombros, ya cansada.

—Tenso. Incómodo. Pero lo estábamos intentando. Salidas nocturnas. Todo ese asunto… de las citas. —El sabor de las naranjas mezclándose con el champán en mis labios.

—¿Se puso en contacto alguna vez con un abogado matrimonialista tras descubrir que Justin la estaba engañando?

Negué con la cabeza.

—¿Por qué no?

La pregunta me dejó confundida.

—Tenemos una hija. Tenemos una vida. Quizá alguna gente tira eso por la borda tras… un error, pero yo no iba a hacerlo.

—¿Está al tanto de los términos de su acuerdo prematrimonial? —me preguntó el segundo agente del FBI. El agente especial Hawkes.

Asentí incómoda, sin entender todavía esta dirección del interrogatorio.

—Sí. Renuncié a toda pretensión sobre la compañía de Justin, a cambio del cincuenta por ciento de nuestros bienes personales. La compañía era del padre de Justin y antecedía a nuestro encuentro. La concesión parecía suficientemente justa.

La agente rubia me estudió.

—¿Está al tanto de que no tienen bienes personales? ¿De que, de hecho, Justin manejaba su vida entera, sus casas, sus coches, sus muebles, todo, a través de la compañía?

Negué con la cabeza, me sentía aturdida. La entrevista no estaba yendo en el modo en que había pensado que iría. Esperaba que se centrase en los hombres que acababan de matar a mi marido y asaltado a mi familia. No en… mí.

—Justin pagaba las facturas. Nunca pensé en cuestionar… Pero eso no habría importado. Yo no pedí el divorcio.

Además, en la prisión, Justin me ofreció romper el acuerdo prematrimonial, darme lo que le pidiera. Estaba arrepentido.

—Así que usted iba a divorciarse —el segundo agente del FBI de nuevo.

—No he dicho eso. Justin también aseguró que me había echado de menos. Que echaba de menos nuestra familia.

—Bueno, todo eso es ahora irrelevante —dijo la agente especial Adams. No sonaba áspera, simplemente hablaba como quien constata lo obvio.

—Juró que nos mantendría a salvo —susurré—. Justin sabía que no era el marido perfecto, el padre perfecto. Trabajaba demasiado, estaba ausente demasiado a menudo, y eso dejando a un lado todo el asunto de la fidelidad. Pero juró que nos mantendría a salvo. Éramos su familia y no nos fallaría. Y no lo hizo.

La miré directamente a los ojos. Desafié a esos investigadores a ensuciar el nombre de mi marido muerto. Les desafié a cuestionar un matrimonio y una vida que tanto me habían costado ya.

No lo hicieron.

En lugar de eso, otro investigador, con gafas de montura metálica, habló por primera vez:

—Así que, ¿qué puede decirnos sobre los once millones de dólares desaparecidos?

Lo miré sin comprender, y sentí que el suelo se abría bajo mis pies otra vez.


Cuando Ashlyn regresó a la sala yo estaba acabada. No podía responder ni a una pregunta más, no podía asimilar ni una sola «verdad» más sobre mí, mi marido y el negocio familiar. Alguien había malversado dinero de la empresa. Un montón de dinero. Durante mucho tiempo. Y aparentemente en las pasadas semanas Justin se había tropezado con el robo y tomado medidas al respecto.

Salvo que él jamás me contó nada. Quizá porque las últimas semanas él todavía dormía abajo en el sótano, un marido expulsado a patadas de su propio lecho conyugal.

El futuro financiero de la empresa era incierto. No era una situación insalvable, me dijeron, pero sí incierta. Y, dado que la empresa tenía la titularidad de mis casas, mi coche y mis muebles, eso era algo que probablemente debía preocuparme, si no por mi propio bien al menos por el de Ashlyn. Solo que yo no estaba segura de poder soportar un golpe más.

Mi marido estaba muerto. Alguien cercano a nosotros nos había estado robando desde hacía más de una década. Y lo más seguro es que esa misma persona hubiera contratado a Z y su equipo, probablemente no por el rescate, sino para eliminar a Justin de la escena antes de que descubriera el alcance completo de la trama de malversación.

Lo que debía de haber hecho que Z y su equipo se partieran de risa por dentro. Ahí estaban, ya pagados por secuestrarnos y atormentarnos, probablemente con instrucciones de ganar tiempo, quizá incluso de matar a Justin pero haciendo que pareciera un añadido al delito principal. Y entonces vamos y les ofrecemos nueve millones de dólares más. ¿Convencer a Z? ¿Manipularle para aceptar nuestra oferta? Por favor. A eso sí que se le podía llamar sacar doble tajada. Primero algún cliente en la sombra le paga por su trabajo, luego consigue incluso más dinero de sus propias víctimas.

Ese hombre era un genio del mal, y casi deseé regresar de algún modo a nuestra prisión solo para poder envenenarle esta vez. Mientras provocaba un incendio en la cocina que hiciera arder todo el condenado lugar alrededor de sus orejas.

Le odiaba. Cada vez que me había mirado con respeto. En el informe no se indicaba que tú pudieras ser un problema...

Él me había mentido.

Mi marido me había mentido.

Salvo que mi marido también había muerto por mí.

Mis pensamientos eran un torbellino bullicioso. Me dolía la cabeza y estaba cansada. Increíblemente cansada.

Los federales nos querían llevar a un hotel, a una casa segura, algo por el estilo. Nuestros secuestradores seguían sueltos. No había señales de la furgoneta blanca, solo un agujero en el vallado perimetral por donde habían huido. Hasta que tuvieran más información, la agente especial Adams consideraba que era mejor mantenernos a salvo.

Pero vi la expresión de la cara de mi hija. Sentí su lucha como propia.

Tras todo lo que habíamos pasado, los días, las noches. La mirada en el rostro de Justin, el cuchillo, el cuchillo, el cuchillo, el cuchillo clavándose en su pecho...

Queríamos ir a casa. Seguras o no, *necesitábamos* estar de nuevo en casa.

Más consultas. Una llamada telefónica con el departamento de policía de Boston, más discusiones.

Finalmente se llegó a un acuerdo. Los agentes nos permitirían generosamente regresar a nuestra propia residencia. Pero dado que Z y su equipo también sabían dónde vivíamos y podrían tener interés en terminar lo que habían comenzado era necesario tomar unas precauciones básicas. Yo debería cambiar las contraseñas de seguridad en el mismo instante en que pusiéramos un pie en la casa. Además, el departamento de policía de Boston asignaría un agente uniformado para vigilar desde la calle, y también reforzaría las patrullas en el área.

La agente especial Adams sugirió que no invitáramos inmediatamente a otros familiares o amigos. De hecho, si había alguien a quien quisiéramos ver nos recomendó que los encuentros se realizaran a plena luz del día en lugares públicos.

Porque, ya sabes, alguien en quien confiábamos nos había traicionado claramente. Y esa persona no se había escapado con los once millones de dólares todavía.

Está bien, dije. No solo queríamos volver a casa, queríamos estar solas. Sin más ojos vigilándonos. Sin más público juzgándonos.

Era el momento de sencillamente ser. Antes una familia de tres, ahora una de dos, golpeada, temblorosa, en pleno duelo, pero que seguía adelante.

Poco después de las diez los policías nos dejaron ir finalmente. Los federales facilitaron el vehículo, un sedán negro que nos llevaría en tres horas hasta Boston. Ashlyn se quedó dormida en la parte de atrás. Yo creo que me quedé traspuesta una o dos veces.

Finalmente llegamos. Nuestro hogar, que ya nunca volveríamos a sentir como nuestro hogar. El precinto policial, sutil pero presente en la puerta. Los cartelitos de las pruebas, todavía marcando puntos aleatorios en el vestíbulo.

Mi anillo de casada, enterrado en una pila de objetos sobre la isla de la cocina. Lo saqué de allí. Deslicé mi dedo dentro de él y sentí la primera ola del duelo golpearme como un muro.

Pero no sucumbiría. No todavía, no ahora.

Fui hacia el panel de control del sistema de seguridad. Repasé las instrucciones que Justin me había dado una y otra vez. Necesitaba un código, una serie de números que nadie pudiera saber pero que yo pudiera recordar fácilmente. Elegí una fecha: el día en que me mudé fuera del bloque de viviendas de protección oficial. El primer paso adelante para construir una vida mejor. Si hubiese sabido entonces lo que sé ahora...

Les dije a los agentes que estaba todo listo. Les acompañé amablemente a la puerta principal, y luego encendí el sistema de seguridad y oí varios pestillos activándose.

Ashlyn estaba todavía de pie en el vestíbulo, mirando hacia el lugar donde yo había vomitado. Hacía tan solo tres días, pero era ya como una vida entera.

—¿Puedo dormir en tu cuarto? —me preguntó mi hija de quince años.

—Sí.

—Quiero un arma.

—Yo también.

—La quiero cargada, bajo mi almohada.

—Todo lo que aprendimos que no debe hacerse para usar las armas con seguridad —apunté.

—Exactamente.

—El cargador lleno junto a la pistola descargada, en el cajón superior de la mesilla de noche —repliqué.

—Vale.

—Ashlyn... Estoy orgullosa de ti.

Mi hija no me miraba a mí, sino que contemplaba la mancha del vómito. Dijo:

—He estado acostándome con Chris López. Tú le gustas, siempre le gustaste. Pero no puede tenerte, así que se conformó conmigo. Y yo sabía que estaba mal, pero no me importaba. Tú y papá..., parecíais tan lejanos, y yo quería alguien que me hiciera sentir especial de nuevo.

Abrí la boca. Cerré la boca.

—Oh, cariño.

—Solo quiero que todo el asunto se olvide, ¿de acuerdo? No se lo digas a nadie. No hagas nada. Solo... hagamos que pase.

—¿Se lo dijiste a la policía?

—¡Por supuesto que no! Solo quiero dejar esto atrás. Por favor, ¿podemos dejarlo atrás? No puedo parar de ver su cara, mamá. Papá y la sangre, ¡y ese cuchillo! Murió por nosotras. ¡Murió por mi culpa!

Ashlyn se derrumbó. Doblada sobre el peldaño inferior, con los brazos sobre la cabeza, como si con eso pudiera bloquear las terribles imágenes. Y yo entendí a qué se refería, porque tenía las mismas visiones fijas en mi mente. Así como demasiadas revelaciones no buscadas. Chris López, el segundo en el mando que contaba con la total confianza de Justin, acostándose con nuestra hija adolescente. ¿Era por eso por lo que Tessa Leoni había preguntado por él específicamente? ¿Porque ella ya sospechaba de Chris por el secuestro de mi familia? Después de todo, ya se había entrometido en mi matrimonio, luego seducido a mi hija de tan solo quince años.

Ay, si Justin siguiera vivo...

Entonces, de repente, demasiadas cosas finalmente adquirieron sentido. Incluyendo por qué mi marido, mi hombre de las cavernas moderno, debía morir.

Me acerqué a mi hija.

—Está bien, Ashlyn. Hemos llegado hasta aquí. Vamos a superarlo. —Estaba repitiendo inconscientemente sus palabras en la oficina del sheriff. Le di un abrazo para transmitirle fuerzas. Luego busqué el teléfono y llamé a Tessa Leoni.

# 41

Chris López se despertó con el cañón de un arma clavado en su sien derecha.

—Yo en tu lugar no me movería —dijo Tessa.

Estaba sentada junto a él, en el borde del colchón. No se había molestado en encender ninguna luz, usando solo el resplandor de una pequeña linterna para abrir la ventana trasera haciendo palanca, y luego había entrado sigilosamente en la casa, subiendo por la escalera principal. Había encontrado al viejo labrador, Zeus, durmiendo en el pasillo. Él había levantado la cabeza una vez, había visto que era ella, y luego había vuelto a dormitar con un suspiro.

Tomando todo en consideración, se estaba sintiendo muy cómoda con su aventura nocturna. Lo que era bueno, ya que estaba muy, pero que muy cabreada.

Abrió directamente la conversación:

—¿Cuándo te dijo Ashlyn que estaba embarazada?

—¿Qué?

López intentó sentarse. Ella usó su puño izquierdo para golpearle pesadamente en mitad del esternón. Él se derrumbó de espaldas sobre el colchón, jadeando en busca de aliento.

—¿Una chica de quince años? ¿La hija de tu jefe? ¿Una chica que jurabas que era como tu propia hija? ¡Pervertido de mierda!

López, ahora gimiendo.

—Lo sé, lo sé. Soy un gilipollas. Aprieta ya el gatillo. Me lo merezco.

Su autocompasión la puso de peor humor. Le golpeó de nuevo.

—¡Oye, yo soy la que hago las amenazas aquí!

—No sé… Nunca tendría que haber… Sí, *soy* un pervertido. ¡En qué diablos estaba pensando! —López sonaba como si estuviera llorando. Por el amor de Dios. Tessa alargó la mano y encendió la lámpara de la mesilla.

Pues sí, López estaba hecho un mar de lágrimas.

—Comienza por el principio —le indicó con severidad—. Cuéntamelo todo. Quizá así no te dispare.

—No hay principio. Quiero decir, no es que yo lo planease. —López pareció poder controlarse. Intentó erguirse hasta quedar sentado; esta vez ella no trató de detenerlo. Al menos estaba parcialmente vestido con una desgastada camiseta blanca y unos calzoncillos grises.

El lío había despertado al perro de nuevo. Zeus entró sin hacer ruido, luego fue hasta situarse junto a Tessa y gimió suavemente. Ella le palmeó la cabeza y él se agachó, haciéndose un ovillo a sus pies.

—Mira, Ashlyn se enteró de lo de la aventura de Justin. No estoy seguro de cómo. Probablemente escuchó a escondidas alguna pelea de sus padres, no tengo ni idea. Pero también averiguó que la otra mujer era mi sobrina, Kate. Oí que incluso se había enfrentado a Kate en el vestíbulo de la oficina, y Anita tuvo que sacarla de allí. Todo lo que sé es que mi sobrina me llamó una noche para decirme que la chiflada estaba de vuelta, plantada delante de su casa, y que no quería marcharse. ¿Qué se suponía que debía hacer? Fui hacia allí para intentar manejar las cosas lo mejor que pude.

—¿Lo mejor que pudiste? —el tono de Tessa era seco.

López se sonrojó.

—Me llevé a Ashlyn a una cafetería cercana e intenté charlar con ella para que actuara con más sentido común. Le solté mi rollo entero: Katie era solo una chica estúpida, sabía con certeza que Justin había terminado con el asunto, y sus padres de verdad estaban intentando lograr que las cosas funcionaran. Ella debía tan solo darles a todos algo de espacio y tiempo. Ashlyn pareció calmarse al final. La llevé de vuelta a casa. Creí que ahí terminaría todo.

—¿Pero?

Él se encogió de hombros, de nuevo parecía cohibido.

—Comenzó a llamarme. Decía que necesitaba alguien con quien hablar. Sus padres estaban ambos encerrados en sí mismos, no era algo que sus amigos pudieran entender y, dado que yo ya sabía todo lo que había sucedido… No sé. Ella quería hablar. Yo escuchaba. Simplemente estaba tan… enfadada. Me refiero a que ella realmente idolatraba a sus padres. A ambos. Ver cómo hacían algo tan… humano… La confundía totalmente. Era como si al no ser sus padres perfectos, entonces el mundo entero no podía ser perfecto. La estaba volviendo loca.

Tessa simplemente lo miraba.

Él se sonrojó de nuevo.

—Bueno, eh…, sí. Ella vino un día, tras las clases. Había sido un mal día, había discutido con su mejor amiga. Comenzó a llorar. Así que, por supuesto, yo la rodeé con mis brazos. Cuando quise darme cuenta me estaba besando. Yo no…

Paró de hablar, y dejó caer su mirada a la colcha de la cama.

—Yo no la seduje, si es esto lo que estás pensando. No espero que me creas. Pero por extraño que suene, ella era quien me estaba utilizando. Estaba realmente enfadada con Justin, ¿recuerdas? ¿Y qué mejor manera de vengarse de su padre que se había acostado con una mujer joven que ser la hija que lo hace con un hombre mayor?

—¿Esto es lo que te cuentas a ti mismo? —dijo Tessa tajante—. ¿Es así como logras dormir por las noches?

La cabeza de López se levantó como por un resorte.

—He estado remodelando el baño, ¿recuerdas? ¿Quién coño dice que he estado durmiendo?

—Entonces, ¿cuándo te dijo que estaba embarazada?

—¿Qué embarazo? No estoy de broma. ¡No tengo ni puñetera idea de lo que me estás hablando!

—Ella lo perdió, ¿sabes? Mientras tus matones la tenían encerrada en la prisión. Lo que resulta interesante también, porque habría pensado que un *caballero* como tú habría pedido que no dañaran a las mujeres. Justin, por otra parte…

—¡Ni mis matones, ni mis instrucciones! ¿Y a qué te refieres con eso de que lo perdió mientras estaba en prisión? ¿Qué narices está pasando?

Tessa se detuvo. Lo miró pensativa. Wyatt había estado en lo cierto desde el comienzo; el equipo directivo de Construcciones Denbe estaba repleto de mentirosos. Anita Bennett, Chris López. Y, sin embargo, o eran además unos actores increíbles o realmente no sabían nada del asunto.

—El rescate —dijo ella.

—He oído que ha habido un intento de contacto. Nadie nos ha dicho nada más.

—La compañía aseguradora pagó el dinero —continuó observándole.

Él se sentó más erguido.

—¿Así que los han liberado? ¿Están en casa? Dios. —López se pasó una mano por el cabello. Parecía a la vez agitado y aliviado—. ¿Cómo está Libby?

—¿En serio? ¿Estás tirándote a la hija pero sigues enamorado de la madre?

—Ya te he dicho que soy un gilipollas.

Tessa jugó una última carta.

—Bien, pues más vale que seas un gilipollas con un pasaporte en regla porque Justin sabe que eres el que dejó a su niña preñada. Puede que ella lo haya perdido, pero eso no significa que él no te vaya a meter un tiro en la cabeza.

López palideció. Abruptamente, sus hombros cayeron, su barbilla se elevó.

—Iré a verle yo mismo. Será lo primero que haga por la mañana. Iré derecho allí. Es culpa mía. Yo cometí el crimen. Yo cumpliré el castigo.

—¡Maldita sea!

Tessa saltó de la cama. Se giró violentamente, despertando al perro durmiente y haciendo que López la mirase boquiabierto. Introdujo la pistola en la funda del hombro. Si antes estaba muy, pero que muy cabreada, ahora estaba extraordinariamente frustrada y furiosa.

—Justin Denbe está muerto.

—¿Qué?

—Los secuestradores planearon un engaño tras el pago del rescate. Él murió, salvando a Libby y a Ashlyn.

La mandíbula de López se había desplomado completamente ahora.

—Pero dijiste…

—Mentí. Fundamentalmente para comprobar si eras un embustero. Pero sinceramente no tienes ni idea de lo que pasó apenas pasadas las tres de la tarde de ayer, ¿verdad?

—Estoy completamente confundido, lo único que tengo es un dolor de cabeza. ¿Están Libby y Ashlyn bien?

—Relativamente bien, sí. Pero Ashlyn de verdad tuvo un aborto natural y Libby sabe que eras el padre.

Si la amenaza de la rabia de Justin lo había asustado, ahora, a juzgar por la cara de López, la idea del dolor de Libby lo avergonzó.

—Oh —dijo, y luego pareció perder toda capacidad de habla.

Tessa se sentó en una silla cercana. El viejo labrador lloriqueó nerviosamente de nuevo. Ella acarició una de sus orejas para calmarle mientras su mente daba vueltas y vueltas.

—No lo entiendo —dijo finalmente.

López seguía sin hablar.

—Quienquiera que hizo esto conocía a Justin, Libby y Ashlyn. Él o ella también tenía el tipo de contactos necesarios para contratar a tres mercenarios. Es más que probable que la misma persona haya estado malversando fondos de Construcciones Denbe durante los últimos quince o veinte años…

—Yo ni siquiera he estado trabajando allí todo ese tiempo —interrumpió López al tiempo que fruncía el ceño.

—Que es por lo que comenzamos sospechando de Anita Bennett.

—Ella no robaría a la compañía. Es su amor verdadero. Además, ella no le haría eso a Justin. Es casi como su cuarto hijo. El hecho de que el menor pueda ser hermanastro de Justin parece que la hace sentirse más cerca de la familia. No estoy diciendo que sea lógico, pero es como son las cosas.

—¿Entonces quién? Estamos hablando de un empleado que ha estado allí durante casi dos décadas, que conoce la casa de los Denbe de arriba abajo, que está familiarizado con las cuentas de la compañía y que al mismo tiempo sabe cómo funciona una prisión recientemente construida en New Hampshire. ¿Quién podría saber, tener ese tipo de acceso...?

La voz de Tessa se apagó. Y fue así como lo supo. Un sospechoso tan obvio que jamás lo habían considerado como tal. Y sin embargo...

López estaba aún mirándola con la mirada vacía.

Se puso en pie de un salto, deteniéndose solo lo justo para darle a Zeus un rápido beso en la cabeza. Definitivamente, ella y Sophie debían adoptar un perro. Pero por ahora...

—El código de entrada de las oficinas de Construcciones Denbe. Lo necesito. *Ahora.*

Wyatt quería irse a casa. Entendía a la perfección el instinto de Libby Denbe. Diablos, él solo había estado trabajando las últimas cuarenta y ocho horas, sin permanecer en cautividad contra su voluntad, y no quería nada más en el mundo que regresar al santuario de su espacio personal para darse una ducha caliente, comer un buen plato casero (está bien, uno precocinado y calentado en el microondas) y pasar una buena noche de sueño.

Pero esta era la parte de hacerse policía de la que nadie te hablaba hasta que era demasiado tarde: la acción constituía la parte más pequeña del trabajo. Escribir informes detallando lo que habías hecho en cambio...

Estaba cumplimentando el papeleo. Montañas de papeleo. También Kevin estaba en ello, pero Kevin en realidad disfrutaba con el papeleo. Tenía esa faceta irritante.

A las dos de la mañana su móvil sonó. Nicole Adams. No le sorprendió, y no solo porque Nicole fuera una agente del FBI con aspiraciones de ascenso, sino porque se preocupaba sinceramente por su trabajo. Si un caso no llegaba a una resolución —y a este desde luego le faltaban varias respuestas clave— ella se aplicaba tenazmente hasta lograr cerrarlo.

Motivado por el respeto profesional, por no mencionar el recuerdo de los viejos tiempos, atendió a la llamada.

—¿Encontraron la furgoneta blanca? —preguntó ella inmediatamente. El departamento de Wyatt se estaba encargando de la búsqueda del vehículo mediante la comunicación interna entre los distintos cuerpos de seguridad, sin olvidar tampoco el cadáver de Justin Denbe.

—Ni furgoneta, ni banda de forajidos, ni cadáver.

—¿En serio? ¿Con todos los oficiales destinados en el área?

—Comienzo a tener la impresión de que todos esos músculos contratados incluían un cerebro o dos.

Un profundo suspiro.

—Lo del cuerpo me molesta —murmuró Nicole—. No van a mantener algo tan incriminatorio, por no decir apestoso, en la parte de atrás de su vehículo.

—Oh, dudo que todavía sigan conduciendo la furgoneta. Yo apostaría a que, dado que desaparecieron completamente del radar, tenían otro vehículo esperando. Mañana por la mañana comenzaremos a enviar submarinistas a los lagos y estanques cercanos. Lo más probable es que encuentren la furgoneta totalmente sumergida con el cuerpo de Denbe en la parte trasera. Eso podría explicar todo este número de «ahora me ves, ahora no me ves». —Llegó su turno de hacer una pregunta—. ¿Algún rastro de los fondos desaparecidos?

—No, y me han dicho que los gurús financieros le han dado a la contabilidad personal de Anita Bennett vueltas del derecho y del revés. Es posible que tenga la pasta escondida bajo un alias en otra cuenta de un paraíso fiscal, por supuesto.

Pero en este momento básicamente estamos persiguiendo nuestra propia cola.

Wyatt gruñó, la frustración de Nicole sobre el asunto era un reflejo de la suya.

—¿Libby y Ashlyn? —preguntó él.

—Regresaron a su casa. —Donde por arte de magia podrían recoger las piezas de su vida. Nicole no dijo las palabras en voz alta, pero estaban implícitas.

—¿Vas a verla? —preguntó Nicole abruptamente.

—¿A quién?

—Tessa Leoni. Ella te aprecia, lo sabes. Con el resto del mundo mantiene su buen metro o metro y medio de distancia. Pero no contigo.

Wyatt pensó que posiblemente se estaba sonrojando. Se cubrió la cara con la mano, mientras contestaba cuidadosamente con evasivas.

—¿Por qué lo preguntas?

—Es tarde. Estoy cansada. Tengo curiosidad.

—Tessa es una mujer interesante.

—Vas a pedirle una cita. —Nicole no pronunció las palabras como una pregunta, sino como una afirmación. No sonaba enojada al respecto, en todo caso. Más bien satisfecha.

—¿Cómo se llama él? —preguntó Wyatt.

Era el turno de Nicole para sonrojarse, al menos eso fue lo que Wyatt se dijo a sí mismo.

—Bueno, ahora que lo mencionas...

Resultó que ella había conocido a un planificador financiero seis meses atrás. Eran muy felices juntos. Lo que hizo que Wyatt se sintiera sorprendentemente mejor sobre algunos asuntos. No es que se debieran nada el uno al otro, pero aun así... Siempre es agradable saber que la otra persona es feliz, y bien está lo que bien acaba.

—¿Me llamarás cuando encuentren la furgoneta? —pidió Nicole ahora—. O mejor aún, ¿cuando hayas localizado a nuestros tres sospechosos?

—Claro. ¿Igualmente?

—Igualmente.

—Ahora duerme un poco. Uno de los dos debe hacerlo.

Wyatt colgó el teléfono. Luego entrelazó los dedos tras su cabeza, se recostó en la silla y frunció el entrecejo. Dejando a un lado los detalles personales, la puesta al día de Nicole sobre los fondos malversados le molestaba. Una furgoneta con tres comandos y un cuerpo desvaneciéndose en la nada tenía cierto sentido. El estanque adecuado, un bosque pantanoso, una montaña de zarzas especialmente frondosas. Había un montón de lugares en la naturaleza de New Hampshire idóneos para hacer desaparecer un vehículo. Pero ¿el dinero malversado? ¿Once millones de dólares que habían estado dando vueltas por varias cuentas falsas durante los últimos quince años o así de repente se volatilizaban sin dejar rastro alguno?

—Kevin —llamó. Al otro lado de la sala de operaciones especiales, por donde se habían dispersado para hacer el papeleo, la cabeza de Kevin se levantó de un salto.

—¿Qué?

—Tú eres un tipo listo. Si tuvieras once millones de dólares, ¿qué harías con ellos?

—Rellenar mi colchón —respondió al instante el cerebrito del equipo—. Esconderlos en la cama no requiere papeleo alguno. Y una cosa mejor incluso, no pueden testificar contra ti ante un juez.

—Pero el dinero estaba en las Bahamas hace apenas una semana —respondió Wyatt—. En cuentas bancarias reales. Eso es lo que dijo Ruth Chan. Fue hasta allí a robar el dinero que les habían robado a ellos, por así decirlo, y descubrió que había más cuentas de las que ella sospechaba. —Lo que despertó un nuevo pensamiento—. ¿Qué es más complicado de creer, Kevin? ¿Que se pueda salir indemne de malversar dinero de una corporación enorme durante dieciséis años? ¿O robar ese dinero pero no tocar un solo penique durante todo ese tiempo?

Kevin estaba intrigado. Abandonó su propia pila de papeles y caminó hacia él.

—Implica que la persona no necesitaba el dinero todavía. No se trata ni de un drogadicto ni de un jugador que sisa para mantener un hábito. Parece más un empleado descontento construyendo una reserva para cuando lleguen los malos tiempos.

Kevin había sacado a relucir un punto interesante. La mayoría de los casos de malversación se solucionan dando pasos atrás hasta su origen: problemas de adicciones, facturas médicas impagadas, quizá una pensión alimenticia o el mantenimiento de los hijos que están exprimiendo los ahorros de la persona. Pero la malversación generalmente también es llevada a cabo por un empleado con un alto grado de conocimientos financieros y autoridad en la compañía. Eso significa que esas personas son inteligentes, respetadas y se confía en ellas. La mayoría no se pasa al lado oscuro sin tener alguna justificación subyacente.

—Así que aquí estamos hablando de una persona paciente. Sin problemas financieros que lo presionen de modo inmediato. Él o ella creó la primera compañía falsa hace aproximadamente dieciséis años —repasó Wyatt en voz alta—. Luego, quizá cuando vio que no se había desencadenado ninguna consecuencia, simplemente continuó con el asunto. De un año pasó a dos, luego cinco, diez, quince..., hurtando dinero, siempre pequeñas cantidades, nada que pudiera hacer saltar las alarmas. Muy disciplinado. Casi un estratega.

Wyatt probó a usar esa palabra y le gustó.

—Estamos hablando de alguien que, probablemente, llegado a un punto parece haber malversado por el placer de malversar. Un pequeño secreto personal que le permitía carcajearse por dentro durante todas las reuniones de la empresa. El clásico «si supierais…».

»Por supuesto, todo lo bueno se acaba. Y en este caso sucedió en agosto cuando, por puro accidente, Ruth Chan descubrió el primer proveedor falso. Excavó un poco más, fue atando cabos, y luego le desveló el fraude a Justin hace cuatro semanas.

Kevin lo miró con expresión ceñuda.

—Justin supo del dinero desaparecido durante cuatro semanas enteras.

—Sí y no —le corrigió Wyatt—. En aquel momento, Chan pensaba que la cantidad total sustraída era de tan solo cuatrocientos mil, una cifra más molesta que horrorosa para una compañía de cien millones de dólares. De hecho, Justin decidió que la cantidad era tan baja que, en lugar de involucrar a la policía, iba a idear una estrategia para robar su propio dinero y así recuperarlo. Envió a Ruth Chan a las Bahamas a cerrar la cuenta falsa, solo que el dinero había sido transferido el día anterior, literalmente.

—Así que ¿cuándo conoce Justin toda la magnitud del robo? —preguntó Kevin.

—Él… no lo supo —murmuró Wyatt, mientras las ideas iban surgiendo a toda velocidad.

—¿Eh?

—No lo supo. Chan lo llamó la tarde del viernes. Le dijo que la cuenta había sido cerrada ya pero no mencionó nada más. En lugar de eso le pidió más tiempo para investigar. Entonces…, tan solo unas horas más tarde, Justin y su familia fueron secuestrados en su propio hogar.

Kevin estaba mirándole fijamente.

—Para cubrir la malversación —dijo el cerebrito, como si aquello fuera obvio—. Así Justin jamás habría sabido de los once millones que habían sido robados de la empresa.

—Quizá.

Cuando repasó el orden de los acontecimientos en voz alta lo que Kevin había dicho tenía sentido. Ruth Chan descubrió que la malversación era en realidad veinte veces peor de lo que sospechaban y, en cuestión de horas, Justin había sido secuestrado. No existían las casualidades en el oficio de policía. Lo que quería decir que los dos sucesos debían de estar conectados. Y sin embargo, sin embargo…

—¡Ruth Chan! —declaró Kevin abruptamente—. Ella era la malversadora, y orquestó el secuestro de Justin para cubrir su propio crimen. Mejor incluso, ni siquiera estaba en el país, lo que significa que tiene la coartada perfecta.

Wyatt lo miró con gesto extrañado.

—Sin Ruth Chan no habríamos sabido siquiera que existieron dieciséis años de facturaciones falsas. ¿Desde cuándo el ladrón es quien informa del delito?

—¿Para esquivar las sospechas?

Wyatt hizo un gesto con los ojos, negó con la cabeza.

—¿Quién lo sabía? —preguntó bruscamente—. Esa es la pregunta que necesitamos responder. ¿Quién sabía que Ruth Chan había descubierto a los proveedores falsos? ¿Quién sabía que Ruth Chan estaría en las Bahamas el viernes por la mañana para cerrar la primera cuenta? ¿Quién tenía suficiente información interna para transferir todo el dinero un día antes, para atar sus propios cabos…?

Los ojos de Wyatt súbitamente se dilataron.

—Ruth Chan se lo dijo a alguien —estaba diciendo Kevin—, o Justin. A alguien en quien confiaban, aunque no deberían haberlo hecho, obviamente.

—O ella no se lo dijo a absolutamente nadie. Ni siquiera quería contárselo a Justin, ¿no? No hasta terminar de hacer sus deberes primero. Ruth Chan es ese tipo de persona: meticulosa, discreta. No entendimos eso. No pusimos atención a eso. Si alguien habló no fue Ruth Chan, fue Justin. ¡Mierda, tengo que hacer una llamada!

# 42

Ashlyn ni siquiera llegó al dormitorio. Tras pasar los últimos días anticipando desesperadamente el volver a dormir en su propia cama, apenas pudo darse una ducha antes de caer dormida con el pelo húmedo y una camiseta sobre el sofá de la sala de estar.

Yo estuve al teléfono mientras ella se duchaba. Hablando con Tessa Leoni, que fue más amable y delicada de lo que había esperado. Me aseguró que ella manejaría personalmente la situación con Chris. Con discreción, por supuesto. Y también haciendo un apropiado uso de la fuerza. Su tono me dijo lo suficiente y solo hizo que me cayera mejor.

Quería sentirme satisfecha. Reivindicada como madre horrorizada, como amiga traicionada. Todas esas veces que lo había invitado a mi casa. Y sí, de algún modo a lo largo de ese tiempo había visto claramente que él albergaba un enamoramiento adolescente hacia mí. Es cierto que, justo tras enterarme de la aventura de Justin, Chris comenzó a dejarse caer por casa más a menudo, deseando claramente convertirse en un hombre en el que llorar.

Pero no me apoyé en él. En su lugar, me volví hacia los analgésicos.

Intenté deshacerme de mi rabia en la ducha. Lavándome el pelo una y otra vez, y otra vez. Enjabonando y aclarando, volviendo a hacerlo, repitiéndolo, repitiéndolo. Era tarde, más de las dos de la madrugada. Debía terminar, irme a la cama. Me apliqué un acondicionador intensivo, luego me restregué la piel con la misma diligencia implacable que había empleado con mi cabello.

Quería pensar que habíamos dejado atrás lo peor de esta experiencia, pero el calvario que habíamos pasado esa noche ya me había hecho comprender que los largos interrogatorios por parte de varios cuerpos de seguridad habían apenas comenzado. Por la mañana estarían de vuelta. Más preguntas, posiblemente incluso la petición de una declaración formal sobre la relación de Ashlyn con Chris. Quizá solicitaran un examen médico. Quizá debía comenzar a pensar en contratar a un abogado.

¿Dónde estaban tus derechos cuando eres una víctima de secuestro y otros crímenes violentos? ¿Qué clase de letrado se necesita para procesar a un hombre adulto que se ha acostado con tu hija adolescente? ¿Y si Ashlyn no quería presentar cargos o responder preguntas? ¿Debería pedirle que lo hiciera o eso supondría traumatizarla aún más?

Entonces, en mitad de la ducha, mientras me aclaraba el acondicionador del pelo, la realidad me alcanzó.

Mi marido estaba muerto. Estaba sola. Por ahora, para siempre, no habría una pareja a la que hacerle este tipo de preguntas. El bienestar de Ashlyn recaía únicamente sobre mis hombros.

Mi marido estaba muerto.

Ahora era una madre soltera.

Justin..., el cuchillo sobresaliendo de su pecho ensangrentado.

Me vine abajo. Caí sobre mis manos y mis rodillas en el suelo de baldosas, con el agua golpeándome en la espalda mientras jadeaba, luchando por tomar aire.

Momentos de un matrimonio. Todas esas ocasiones en que sabía que veía a mi marido. Todas esas veces en que quería creer que él me veía a mí. La primera vez que hicimos el amor. El sacerdote, declarándonos marido y mujer. Él, sosteniendo en sus brazos a un bebé que lloraba. Y Justin, muriendo delante de mis ojos.

Me había mirado. Lo supo, quizá incluso sintió la hoja serrada deslizándose entre sus costillas. Supo que se estaba muriendo. Y no me miró con rabia o culpabilizándome, solo con remordimiento.

«Os echaría de menos», había dicho. Me habría dado el divorcio si lo hubiese querido, pero habría añorado nuestra familia.

¿Estaba llorando? Era complicado estar segura, con el agua de la ducha chorreando sobre la nuca y alrededor de la cara.

Tendría que preparar un funeral, pensé, pero ¿cómo preparas un funeral sin tener un cuerpo? Esperando a que la policía lo encuentre, supongo. Esperando a que el detective del departamento del sheriff y sus ayudantes me traigan de vuelta a mi marido. Y Ashlyn. Ella querría decir adiós a su padre. Iba a necesitar ese momento de cierre emocional, tal y como yo lo necesité hace treinta años.

Y ese pensamiento me aguijoneó de nuevo. La idea de que a pesar de toda mi planificación y sacrificio, al final no había conseguido librar a mi hija del más profundo dolor. Ella había perdido a su padre, tal y como yo perdí al mío. Ahora cumpliría el rol que desempeñó mi madre, intentaría mantenernos a flote. Lo que de momento significaba empezar a ponerme al día con nuestras finanzas, que parecían andar algo maltrechas.

¿Y si perdíamos la casa, y si nos teníamos que mudar a algún bloque de viviendas de protección oficial, y si Ashlyn nunca llegaba a ir a la universidad, y se convertía así en una víctima involuntaria de la mala planificación de su padre, como me había sucedido a mí?

No podía respirar. Estaba jadeando, y aun así no lograba sentir el aire entrando en mis pulmones. Había sobrevivido tres días en una prisión abandonada solo para sucumbir en mi propia ducha.

Entonces apareció en el fondo de mi mente… Hidrocodona. Mis pastillas en el frasco naranja. Quizá todavía estaban en la planta de abajo, dentro de mi bolso en la isla de la cocina. Y, si no, tenía otros escondites, una mujer sabe ocultar sus secretos. Media docena de pastillas en la parte trasera del cajón de los cubiertos, diez más en el joyero de viaje, cuatro o cinco en el fondo de un jarrón de cristal en la alacena de la porcelana. Casi dos docenas de pastillas para emergencias.

Me levanté. Tenía el sabor a naranjas en la boca pero no me importó. Iba a salir de aquella ducha. Iba a dirigirme a la planta de abajo para asaltar el primer escondite de suministros. Solo esta vez, por supuesto. Después de lo pasado estos días me lo merecía.

Me aclaré el pelo.

No debía hacerlo. Le prometí a Justin que sería fuerte por nuestra hija. Me presionó en la celda, probablemente sospechando ya que algo podría ir mal con el rescate, necesitaba asegurarse de que podía criar a nuestra hija sin él.

Solo dos pastillas, pensé. Lo suficiente como para calmar la ansiedad. Me dolía el cuerpo entero y necesitaba descansar. Sería mejor madre si lograba descansar algo.

Me pregunté si fue así como se debió sentir mi madre, el aspecto de su rostro cada vez que veía un paquete de cigarrillos.

Sabiendo que no debía. Pero sintiendo el peso del mundo sobre sus hombros, la carga de una maternidad solitaria. Trabajaba tanto. Se merecía al menos un pequeño capricho.

Justin había muerto por mí.

¿No debería ser yo capaz de dejar la Vicodina por él?

Cerré el agua.

Una pastilla. Solo… una. Para ayudarme a gestionar mi propio síndrome de abstinencia. Una decisión lógica.

Debería.

No debería.

Quería.

No quería.

Abrí la mampara, buscando una toalla.

Y en su lugar me encontré con un hombre de pie en mi baño.


Me llevó unos instantes. Quizá todo un minuto, mientras seguía parada dentro de la ducha, protegida por la mampara mientras el agua goteaba de mi cuerpo desnudo. Entonces me miró lascivamente, y eso me despertó. Los ojos eran del color equivocado: castaño oscuro en lugar de azul loco. Y el pelo ajedrezado había sido afeitado, reemplazado por una suave calva. Finalmente, sus ropas de negro comando ahora eran prendas europeas de alto nivel.

Pero su rostro, su malvado y despiadado rostro, no había cambiado un ápice, por no mencionar el moratón sobre el ojo izquierdo donde mi hija le había golpeado con un *walkie-talkie* solo unas horas antes.

Agarré la toalla y la sostuve frente a mí. Aunque eso no la convirtiera en una defensa suficientemente buena mientras estaba ahí de pie, atrapada en mi propio cuarto de baño por el hombre que había asesinado a mi marido.

—¿Me has echado de menos? —musitó Mick. Se apoyó contra el marco de la puerta, con sus enormes hombros bloqueando con eficacia la salida. Él sabía que no había lugar donde pudiera ir, nada que pudiera hacer. Parecía satisfecho saboreando el momento.

—¿Cómo…? —Tuve que lamerme los labios para poder emitir las palabras. Mi garganta estaba seca, los pensamientos se agolpaban en mi cabeza. Ashlyn, dormida en el sofá de la planta inferior. Por favor, que siga dormida.

Luego: ella me había pedido un arma. ¿Por qué no había ido antes al armero del sótano? ¿Por qué no había sacado las armas primero y me había metido en la ducha después?

—Pero cambié los códigos de seguridad…

—Tenemos nuestro propio código de anulación. Tienes que conocerlo para poder desprogramarlo, y tú no lo conoces. Manejo mejor información que tú. —Sonrió afectadamente por una broma que solo él entendió—. Se llama ironía, cariño.

—La policía está vigilando la casa —intenté.

—Sí. Dos patrullas, una al frente y otra detrás de la vivienda. Alternando a intervalos. Y no supone un problema ya que solo necesito sesenta segundos para introducir mi código de acceso, abrir la puerta trasera del garaje y luego cerrarla de nuevo. La policía regresa a una residencia con aspecto de ser perfectamente segura y todo el mundo está feliz.

—Te equivocas. Dos detectives están al caer en cualquier momento. Ya hay una novedad en el caso. Por eso me estaba duchando, para estar lista para responder a sus preguntas.

Se quedó rígido; ladeó la cabeza para estudiarme. Pasó un segundo, luego otro.

—Es un farol —declaró al fin—. Buen intento, en todo caso. Me gusta pensar que merezco el esfuerzo.

Entonces arremetió. Tan rápidamente que no me dio ni siquiera tiempo a respirar. Quise saltar atrás, volver a entrar dentro de la mampara de la ducha, pero eso solo me habría dejado más atrapada y no creí ni por un segundo que las duras baldosas de la ducha lo disuadieran de lo que fuera que tuviese planeado hacer luego.

Le golpeé con la toalla. Tuve la suerte de darle en un lado de la cara, donde tenía el moratón, y logré hacerle emitir un grito agudo. Sacudí la toalla como un látigo de nuevo, salvo que esta vez él la atrapó por la otra punta, tirando de mí.

La dejé ir, y la súbita pérdida de un contrapeso le hizo tambalearse hacia atrás. Salí corriendo en dirección a la puerta, abriéndome paso con los codos, intentando golpearle de nuevo en la cabeza a la vez que pasaba.

Él me agarró de la cintura, pero mi piel húmeda se le resbaló de los dedos. Era libre, pasé corriendo por el dormitorio principal, tirando cosas tras de mí.

No sabía adónde ir, qué hacer. El instinto me propulsó escaleras abajo hacia el vestíbulo. La policía estaba fuera. No me importaba estar completamente desnuda. Si tan solo pudiera llegar a la puerta principal, saltar a la calle…

Ashlyn, dormida en la sala de estar. No podía dejarla abandonada.

Oí el estruendo de unos pasos que retumbaban. Mi propio sollozo ahogado a medida que intentaba ganar velocidad, más rápido, más rápido, más rápido. ¿No había corrido ya esta carrera hoy? ¿No la había perdido ya?

Doblé la esquina hasta el descansillo inferior. Miré arriba. Durante un instante vislumbré la cara de Justin. Rígido. Severo. Decidido. Espera, no era Justin, sino Ashlyn. Mi hija, Ashlyn…

—Agáchate —dijo firmemente.

Lo hice, mientras hacía oscilar el palo de golf de su padre con ambos brazos directamente hacia el cuerpo de Mick.

Él rugió, girándose en el último segundo, y recibiendo el golpe en el hombro. Seguía berreando de dolor cuando arrancó el hierro de las manos temblorosas de mi hija y lo levantó sobre su propia cabeza.

Me lancé de nuevo hacia él, agarrándole alrededor de las rodillas cuando llegó al segundo escalón.

Desequilibrado, tropezó, soltando el palo de golf para aferrarse a la barandilla en su lugar.

Ashlyn y yo estábamos libres de nuevo. La puerta principal no iba a servir. Demasiadas cerraduras, no daría tiempo. Nos dirigimos a la cocina, llevadas por algún primitivo instinto hacia la habitación mejor provista de armas improvisadas.

Había leído en algún sitio que las mujeres nunca deberíamos empuñar cuchillos. Se nos supera fácilmente en fuerza y entonces el cuchillo es usado contra nosotras. Mejor la tradicional sartén de hierro fundido, que no requiere mucha habilidad para aplastar el cráneo de tu oponente.

Yo tenía la sartén de mi madre. Estaba ya lanzada a abrir el armarito inferior, para escarbar en su busca, cuando Ashlyn gritó.

Se había detenido en la isla central, agarrando mi bolso y lanzándolo hacia atrás. Pero Mick lo había esquivado sin esfuerzo y ahora tenía el dobladillo de la enorme camiseta de mi hija agarrado en su puño. Pero ella no iba a rendirse sin luchar. Lanzó hacia atrás los codos para golpearle, le pisoteó con sus pies desnudos, gritó con toda la fuerza de sus pulmones.

Y yo podía distinguir, a casi tres metros de ellos, que Mick estaba disfrutando cada segundo de todo aquello.

Dentro del armarito mi mano, que seguía tanteando, encontró su objetivo. Cerré los dedos en torno al mango de la pesada sartén y tiré de él, enderezándome lentamente y enfrentándome al hombre que odiaba.

Como respuesta, Mick dejó que su mirada rodara arriba y abajo por mi cuerpo aún desnudo.

Entonces, como quien tira una bolsa de basura a un contenedor, lanzó a mi hija contra la isla central y avanzó.

—¿Cómo lo has sabido? —musitó—. Siempre me ha gustado con un poco de resistencia.

Ashlyn cayó con fuerza sobre la isla, su cabeza se golpeó contra el granito. Ahora, por el rabillo del ojo, vi su cuerpo deslizarse como un saco de patatas hacia el suelo.

No mires. No te distraigas. Un oponente. Una oportunidad para hacer esto bien.

Mick cargó.

Demasiado pronto, demasiado rápido, pensé, y en lugar de sacudirle con la sartén, me desplacé a la derecha justo en el momento en que Mick amagaba a la izquierda. Salí corriendo de la cocina, alejándome de mi hija inconsciente, hacia la sala de estar. Si podía tirar una lámpara, hacer algún destrozo que se apreciara a través de las ventanas de la fachada, quizá el coche patrulla al pasar pudiera verlo. El agente se acercaría a comprobar qué pasaba.

Mick estaba moviéndose. Dando un paso lateral a la derecha, luego a la izquierda, más tarde agachándose, finalmente embistiendo. Todos esos deslizamientos y rápidos cambios de sentido me confundían. Arriba, abajo, derecha, izquierda. Mantenía mi sartén levantada preparada para lo que fuera, para todo, cuando repentinamente él se acercó por abajo, me agarró alrededor de la cintura y acabamos los dos en el suelo.

Caí de manera brusca, con los dedos aún aferrados al mango de la sartén. La llevé hacia su cabeza, golpeando, golpeando, golpeando. Salvo que Mick había usado mi propio truco contra mí. Estaba demasiado cerca, por lo que no podía lograr el suficiente impulso en el movimiento para hacerle daño de verdad. Su cara estaba enterrada entre mis pechos desnudos y ahora, mientras le atizaba sin fuerza, podía escucharle riéndose contra mi torso.

—¡Así me gusta, pelea, pelea, *pelea!*

Yo no iba a ganar. Él era demasiado fuerte, demasiado grande, demasiado bien entrenado. Yo me esforzaba a fondo y a él le parecía divertido.

De repente elevó un brazo, me agarró la muñeca derecha con puño de hierro. Grité. Mi sartén de hierro fundido cayó al suelo.

Ya no podía luchar.

Se puso en pie, agarrando mis hombros y tirando de mí para que me levantara. A esa distancia pude ver que sus ojos castaños parecían tan perturbados como lo habían sido los azules. Estaba disfrutando. Saboreando cada segundo con la cara iluminada ante sus posibilidades.

Detrás de él, la puerta del sótano se abrió de repente, unas fauces sombrías que revelaron a otro hombre impresionantemente grande, caminando silenciosamente por mi cocina, mientras presionaba sus labios con un único dedo. Z. Sin el tatuaje verde de la cobra ni la ropa negra de comando.

No me moví. No emití un solo sonido. Permanecí allí, totalmente desconcertada, con mi muñeca dolorida, mis hombros amoratados, mientras Z avanzaba suavemente, levantaba una pistola del calibre 22 y disparaba a Mick a quemarropa en un lateral de la cabeza.

Mick se derrumbó de lado.

Z permaneció de pie junto a su hombre y disparó dos veces más.

Entonces, por fin, mi casa se quedó tranquila.

Z me tendió el arma, colocando mi mano derecha alrededor de la empuñadura.

—Los vecinos llamarán avisando de un tiroteo —anunció secamente—. La policía llegará de un momento a otro.

Se colocó detrás de mí, agarrando una manta del sofá y echándola sobre mis hombros desnudos.

—Yo nunca estuve aquí. Tú peleaste con él. Bien hecho.

—Tú lo mataste.

—Había aceptado los términos del encargo: Ashlyn y tú estabais fuera de su alcance. Se saltó las normas dos veces. En nuestro negocio los errores tienen consecuencias.

—Tú… ¿Sabías que vendría de nuevo?

—Lo sospechaba.

—No lo entiendo. ¿Está bien matar a Justin pero no a Ashlyn o a mí?

—Los términos del encargo —repitió Z. Tenía un trozo de papel arrugado. Lo depositó en mi mano—. Radar me pidió que te diera esto. No es bueno que lo compartas con nadie más. Y probablemente solo servirá durante las próximas doce horas.

Se giró, dirigiéndose a la puerta del sótano.

—Espera.

No se detuvo.

—Necesito saber el código de anulación —exclamé—. ¡El que estáis usando todos para entrar en mi casa!

Siguió sin detenerse.

Se largaba. Así de simple. Llegar, ver, vencer. Mi frustración empezaba a entrar en ebullición. Así como mi aversión a sentirme siempre tan indefensa. En el último momento, recordé que ya no estaba en la prisión, y que estaba muy lejos de estar indefensa.

Levanté la pistola del 22 que el mismo Z me había entregado, y la coloqué en su coronilla.

—Espera. ¡He dicho que esperes!

Z finalmente se detuvo, girándose levemente.

—Tu hija posiblemente necesite atención médica —comentó.

—¡Estoy cansada de ser una marioneta!

Su voz, tan tranquila como siempre.

—Entonces aprieta el gatillo.

Mis brazos temblaban. Mi cuerpo entero, ahora que me daba cuenta. Y de repente ya no me sentía exhausta. Estaba furiosa. Con este hombre, por violar mi hogar y a mi familia. Conmigo misma, porque, que Dios me ayudara, había estado a punto de tomarme esa primera pastilla. Pero también, sobre todo, perversamente, con Justin, porque había conseguido que lo matasen, y yo todavía lo quería y todavía lo odiaba, y ¿qué narices iba a hacer yo con todas esas emociones en conflicto? ¿Cómo iba a encontrar jamás un cierre para esto?

Z me miró pacientemente, casi poniéndome a prueba con su expresión. Yo no era la que podía causar problemas. Eso decía su informe.

Apreté el gatillo.

El chasquido resonó en la cámara vacía. Por supuesto, Z el omnipotente, siempre un paso por delante. Había cargado la pistola con exactamente tres balas, disparó las tres en la cabeza de Mick y luego me dio un arma inútil. Esperé que sonriera burlonamente.

En lugar de eso, dijo sencillamente:

—Bien por ti. Bienvenida al primer paso para retomar tu vida.

Luego se largó.

Comprobé primero el estado de mi hija, que estaba recuperando la consciencia lentamente. Luego encontré el teléfono, llamé al número de emergencias y pedí una ambulancia además de alertar a la policía. Finalmente, fui escaleras arriba a buscar un albornoz, todavía aferrando el arma con mi mano derecha mientras deslizaba el papel de Radar bajo mi almohada y me preparaba para lo que quisiera que fuese a suceder a continuación.

# 43

Wyatt necesitó tres intentonas para localizar a Tessa Leoni. Cuando lo consiguió eran las cuatro de la mañana, pero eso apenas importaba. Reactivado por la adrenalina y el conocimiento del quién, qué, cuándo, dónde, por qué y cómo, se encontraba ya en su coche patrulla, cruzando las fronteras estatales de camino a Boston.

—Chris López no lo hizo —declaró sin más preámbulos, cuando Tessa finalmente respondió a su llamada.

—Ya lo creo que no. Le puse una pistola en la cabeza a ese tipo…, espera, nunca me has oído contar esto, y todavía se declaraba inocente.

—No he oído nada, y él no lo hizo.

—Estaba acostándose con Ashlyn —informó Tessa—. Aunque quiere que quede claro que *ella* le estaba usando a él…

—¿Es esta la parte en la que tú no me has contado que le has pegado un tiro?

—Por favor, las balas son demasiado caras para desperdiciarlas en tipos como él.

—Buen argumento.

LISA GARDNER

—En todo caso, tuvimos una interesante conversación sobre quién podía tener tanto *acceso* a Justin Denbe como, para conspirar contra él y su familia.

—Es curioso, Kevin y yo tuvimos exactamente la misma conversación.

—Para que conste, mientras Kevin y tú y López y yo estábamos todos conversando, alguien estaba actuando. Uno de los secuestradores regresó, allanó la vivienda de los Denbe y atacó a Libby y Ashlyn, con la aparente intención de finalizar algunos asuntos inacabados.

Wyatt estaba en ese momento tomando la salida a la 93 en dirección sur. Giró bruscamente el volante a la derecha.

—¿Qué?

—Como lo oyes. Libby lo identificó como Mick; la policía de Boston está analizando sus huellas para saber su identidad real. Aparentemente, había desarrollado un especial interés por ella durante la encarcelación, pero el jefe del equipo, Z, lo mantuvo a raya. Bien, finalizado el encargo, sin Z de por medio, Mick decidió cumplir algunas promesas anteriores. Usó un código especial de anulación para acceder a la casa, tras haber controlado los intervalos de los coches patrulla de la policía de Boston, para tu información, y luego sorprendió a Libby en el baño principal. Ella intentó evadirse, Ashlyn entró en la refriega y las dos mujeres protagonizaron una buena persecución por toda la casa hasta que Libby finalmente se hizo con una 22 cargada que había dejado al lado del sofá...

—¿Tenía un arma cargada en la sala de estar? —Wyatt no estaba seguro de si debía estar sorprendido o impresionado. Recordaba los informes de las proezas con las armas de los Denbe. Aun así, dejar un arma cargada en la casa familiar era un acto bastante agresivo.

491

—Considerando por lo que han pasado —opinó Tessa—, por no mencionar los múltiples sermones de la agente especial Adams sobre cómo los tres hombres seguían ahí fuera...

—Suena razonable.

—Libby disparó a Mick hasta matarlo. Tres veces, en la sien izquierda, a quemarropa y como algo personal. Un trabajo de nivel profesional.

La manera en la que Tessa lo dijo dejó a Wyatt extrañado.

—¿Qué quieres decir?

—Quiero decir que sus huellas dactilares están por toda el arma, pero curiosamente no hay restos de pólvora o residuos en sus dedos.

—¿Disparó un arma tres veces sin que le quedara residuo alguno de un disparo en las manos?

—Ella dice que se las lavó antes de llamar a la policía.

—No puedes borrar *todos* los rastros tan fácilmente.

—¿Me lo dices o me lo cuentas? Pero ella no se ha retractado de su historia.

—¿Han comprobado las manos de Ashlyn? Quizá está encubriendo a su hija.

—A su hija la lanzaron contra una encimera de granito y está todavía recuperándose de una conmoción cerebral. Pero sí, la policía de Boston analizó las manos de Ashlyn. Nada.

—¿Solamente estaban las dos mujeres en la casa? —preguntó Wyatt.

—Esa es la pregunta.

El tono de la voz de Tessa lo dijo todo. Lo más probable era que Libby no hubiera disparado al comando Mick. Pero sentía la necesidad de encubrir a quien lo hubiera hecho. Lo que, en el caso de no ser su hija...

Wyatt tomó aliento profundamente y declaró:

—Creo que Justin Denbe podría haber estado malversando el dinero de su propia compañía. Para crear un fondo «En caso de divorcio». Y, dieciséis años después, comenzó a hablar sobre él. Creo que se lo contó a su amante, Kathryn Chapman, quien vio el itinerario de viaje de Ruth Chan. Ella dio los pasos necesarios para transferir el dinero antes de que Chan ni siquiera aterrizase en las Bahamas. Luego ordenó secuestrar a Justin y su familia con la intención de quedarse los once millones para ella.

—Creo que estás en lo cierto, pero solo a medias —dijo Tessa Leoni—. Estoy de acuerdo en que Justin Denbe definitivamente malversó en su propia compañía. Pero además creo que está muy vivo.

—¿Quién más tenía suficiente acceso? —preguntó Tessa secamente—. Estamos buscando a alguien que trabajó en Construcciones Denbe durante al menos dieciséis años, que conocía detalles íntimos de la vida doméstica de los Denbe, incluyendo el código de seguridad, el diseño de la casa, los horarios de la familia. Una persona que pudiera conocer a antiguos miembros de las fuerzas especiales reconvertidos en mercenarios, que hemos establecido que son parte habitual del negocio de la construcción. Por no mencionar a alguien lo bastante inteligente como para planear esta trama, y con las pelotas suficientes como para llevarla a cabo con éxito. Justin Denbe, Justin Denbe, Justin Denbe.

Wyatt no le estaba discutiendo nada. Escucharla en voz alta estaba ayudando a encajarlo todo con la bombilla que ya se estaba encendiendo en su cabeza.

—Se suponía que los secuestradores no debían hacer daño a Libby ni a Ashlyn —murmuró por el teléfono—. De ahí que dispararan a Mick con el táser por atacar a Libby. Lo más probable es que fueran instrucciones del propio Justin. No tenía nada en contra de traumatizar a su mujer y a su hija, tan solo quería evitar que resultaran heridas.

—Pero las *necesitaba* —replicó Tessa—. Si solo hubiera fingido su propio secuestro, su propia muerte, habría resultado sospechoso. De ahí que, para su plan de embarcarse en una nueva vida, necesitase que los secuestraran a todos en su hogar y los retuvieran contra su voluntad. Libby y Ashlyn se convirtieron en sus testigos, dos personas que podían declarar bajo juramento que lo vieron morir ante sus propios ojos.

—Una puñalada en el pecho. Algo no muy complicado de fingir con una bolsa de sangre. Y todavía no hemos encontrado el cadáver.

—Exacto.

—Yo creo que él la engañaba —dijo Wyatt repentinamente—. Puras conjeturas, pero el dinero comenzó a desaparecer hace dieciséis años. Creo que el detonante fue la primera vez que Justin le fue infiel a Libby. Ella debía de estar embarazada de Ashlyn en esa época. Un momento de estrés en cualquier matrimonio. Él se desvió por el mal camino, siguió los pasos de su padre o lo que fuera. Pero en aquel momento, Justin se dio cuenta de que iba a cumplir con lo de «de tal palo tal astilla»: la fidelidad no era lo suyo. Y comenzó a preocuparse, porque Libby no era necesariamente como su madre, el tipo de mujer que haría la vista gorda. Si ella le dejaba, o se divorciaba…

—El cincuenta por ciento de todos los bienes personales —apuntó Tessa.

—Así que dejó de coger dinero del negocio, puso la casa a nombre de la compañía. Y eso significaba que él realmente no disponía de efectivo. De modo que creó un fondo ilegal en un paraíso fiscal. ¿Por qué no? Desde su perspectiva, seguía siendo su dinero después de todo. Pero como cualquier empresa está sujeta a auditorías, por supuesto él no podía disponer del contable para que le firmase un cheque. Tenía que crear un falso proveedor, facturar a su propia empresa, y luego embolsarse el dinero. Cantidades lo suficientemente pequeñas como para que no se reparase en ellas, lo suficientemente grandes para darle paz de espíritu. Ingenioso, la verdad.

—Salvo que Libby no lo descubrió —retomó Tessa—. Salió indemne de aquel *affaire,* ella dio a luz. Quizá iban a vivir felices para siempre después de todo, pero entonces él conoció a otra chica…

—Que le llevó a otro ciclo de facturaciones falsas…

—Y continuó con esa loca vida doble como amante esposo/marido infiel, gran jefe/patrón malversador.

—Esas cosas suceden —dijo Wyatt.

Lo que era cierto. Cuando se trata del crimen la gente inocente duda y vacila todo el tiempo, cómo pudo hacer eso él, cómo pudo hacer eso ella, por qué nunca sospeché nada. Eso es porque la gente inocente tiene conciencia. Y la gente culpable, como Justin Denbe, no.

—Dieciséis años —murmuró Tessa—. Luego, finalmente, la mierda salió a relucir y lo manchó todo. Libby descubrió lo de la última mujer, y Justin comenzó a idear un plan de salida. Irónico, realmente, dado que Libby aún no estaba planeando dejarle.

—No creo que eso importase —dijo Wyatt secamente—. ¿Dónde estás?

—En la sede de Construcciones Denbe, buscando a Justin.

—Él no está ahí.

—Dado que estoy aquí, caminando por la oficina, ya lo sé. Así que la pregunta es: ¿cómo tú, al otro lado del teléfono, también lo sabes?

—Porque Libby no iba a dejar a Justin. Tú la oíste: estaban trabajando en lo de su matrimonio. Lo que significa...
—Hizo una pausa. Tessa finalmente entendió el resto de la historia.

—Él la quería dejar a ella.

—¿Y por qué deja un marido a su familia tras dieciocho años? —preguntó Wyatt.

—Mierda. Cree que está enamorado de Kathryn Chapman.

—Lo que quiere decir...

—Que se está ocultando en la casa de Kathryn Chapman. Seguramente poniendo todo en orden antes de subirse los dos a un avión hacia algún lugar exótico a primera hora de la mañana.

—El último en llegar allí paga la cena —dijo Wyatt.

—Por favor, yo ya estoy en la ciudad.

—Sí, pero a estas alturas yo también.


Kathryn Chapman vivía en Mattapan. En la casa de su madre, una vivienda de tres plantas pintada de blanco. Tessa tenía la dirección, porque se la había sacado a Chris López. Wyatt, por otro lado, tenía la centralita de radio de la policía y un sistema informático en el vehículo, por no mencionar el GPS, lo que explica cómo consiguió llegar unos segundos antes que ella. Tessa literalmente lo rodeó mientras él aparcaba en batería a cuatro manzanas de la dirección, donde su coche patrulla del departamento del sheriff no alertaría a Kathryn Chapman o Justin Denbe.

La saludó jovialmente con la mano. Tessa puso los ojos en blanco y condujo una manzana más para encontrar otra plaza de aparcamiento. Algo siempre divertido en Boston.

Finalmente encontró un lugar a dos calles y corrió hasta llegar al vehículo de Wyatt, donde él estaba apoyado, esperándola. Ella pensó que estaba especialmente guapo con su uniforme marrón oscuro de sheriff, y eso le gustó.

—Cena —comentó él—. Tú pagas.

—¿Puedo elegir el restaurante?

—Es lo justo.

—Quiero llevar tacones. Quizá una falda.

—Diablos, estoy dispuesto a pagar por eso.

—No, pago yo. Pero espero que te pongas una chaqueta. Quizá incluso una corbata.

—¿Y tú irás con tacones? —presionó él.

—Sí.

—Trato hecho.

Volvieron su atención hacia el sombrío dúplex de Kathryn, un par de manzanas más abajo. Las cinco de la madrugada. El sol saldría pronto. Ya comenzaban a encenderse las luces de las casas de algunos madrugadores a los que les esperaba un largo viaje hasta el trabajo. No era el mejor momento del día para obrar con sigilo.

—¿Cómo quieres hacerlo? —preguntó ella.

—No tenemos una orden.

Tessa se encogió de hombros.

—Eso es más un problema tuyo que mío. Y tú ni siquiera tienes jurisdicción en Massachusetts.

—Es verdad, deberíamos pedir refuerzos.

Ella le miró de arriba abajo.

—O —continuó Wyatt— yo podría cerrar los ojos y si la puerta principal se abre sola, dándome un motivo para preocuparme por la seguridad de las personas que se encuentren dentro de la residencia...

—Entonces, como un concienzudo representante de las fuerzas de seguridad, naturalmente deberías entrar a comprobar.

—Naturalmente.

—Tres minutos —dijo Tessa y se fue caminando.

Podía sentir sus ojos clavados en su espalda mientras se alejaba. Y no era algo malo. Más bien una cálida, frívola sensación que prometía buenos momentos en el futuro.

Tessa estudió la casa. La puerta principal tenía cerrojo y cadena. Llevaría demasiado tiempo abrirla. Dirigió su atención a la puerta trasera del jardín. Más vieja, tan solo una cerradura simple, que cinco minutos más tarde cedía gracias a su constante perfeccionamiento en la capacidad de hacer saltar cerraduras.

Dio el primer paso dentro de la cocina que daba a la parte trasera, ya respirando fuerte. El cielo iba iluminándose. Las sombras desaparecían. La plena luz del día estaba peligrosamente cerca.

Llegó al distribuidor atravesando el pelado suelo de vinilo.

Luego oyó el crujido de la tarima sobre su cabeza.

Si ese era el dormitorio de Kate Chapman, con certeza ella no estaba todavía dormida. Muy posiblemente tampoco lo estuviera Justin. Un hombre con experiencia en armas de fuego, y con al menos once millones de dólares en juego...

Moviéndose cuidadosamente ahora, sintiendo cada desgastado y crujiente tablón de madera del suelo..., llegó hasta la puerta de entrada, frente a la escalera principal. Desde arriba llegaba el sonido de una cisterna de váter. Pasos cruzando el pasillo.

No bajéis, no bajéis, no bajéis...

Aflojó la cadena. Volteó cuidadosamente el cerrojo. Luego, el giro final del picaporte...

La puerta principal crujió al abrirse. De modo perceptible, audible. Luego, sobre su cabeza, silencio. Silencio absoluto.

Y no del bueno. El tipo de silencio que delata un estado de alerta. Justin, Kathryn o cualquiera que estuviera arriba, sabía que alguien había llegado.

Wyatt apareció en la entrada. Se movía cautelosamente, girando su cuerpo a ambos lados, aproximándose en ángulo para no ofrecer un buen blanco. Tessa se llevó un dedo a los labios, luego señaló al techo. Él pareció entender el gesto, y entró cuidadosamente por la puerta para unirse a ella a los pies de la escalera.

—Creo que lo saben —murmuró—. ¿Otras salidas?

—La de incendios —contestó susurrando Wyatt—. Primera y segunda plantas. Quizá he engrasado los peldaños. Pero yo no te he contado nada.

Tessa estaba impresionada. Buen truco para el futuro.

—Tenemos que movernos rápido —murmuró.

—¿No está Chris López vivo por tu capacidad de contención?

Ella asintió.

—Entonces te debe una. Kathryn es su sobrina después de todo.

Tessa captó el mensaje. Claro que López le debía una. Hizo la llamada y, sesenta segundos más tarde, estaba sosteniendo su teléfono en la base de las escaleras, mientras López tronaba a través del altavoz:

—Kate. Sé que estás despierta. Así que deja de hacer el gilipollas y baja el culo hasta aquí. Acabo de enterarme de lo que le ha pasado a Justin. La policía va a llegar en cualquier momento y tenemos que coordinar nuestras versiones. Vamos, ya he estado esperando…

Silencio absoluto.

—¡Kate! No estoy de broma. O hablas conmigo o hasta aquí hemos llegado. Me lavo las manos con el asunto. Cuando venga la policía les cuento todo. Sí, mi sobrina estaba acostándose con mi jefe. Sí, ella quería que su familia desapareciera. De hecho, la oí decir en varias ocasiones: si tan solo aparecieran muertos...

La voz de una mujer, de repente, desde la parte de arriba de la escalera.

—¿Tío Chris?

—Claro.

—Suenas raro.

—Estoy gritándole a una escalera. Ponte algo de ropa y baja.

Tessa podía escuchar ahora pisadas en la tarima, así como un soterrado, indistinguible murmullo. Se dio cuenta de que estaba aguantando la respiración. Lentamente, se forzó a soltar aire, a sostener de un modo más ligero el arma.

Entonces, el primer crujido de la tarima.

—¿Tío Chris?

Tessa movió su teléfono ligeramente, dando una señal a López.

—En la cocina —dijo por el altavoz.

Otro gruñido de la escalera. Tessa y Wyatt se desplazaron a la zona sombría del rellano.

Kathryn Chapman apareció instantes después. No estaba en pijama, sino ya enfundada en unos vaqueros y un top entallado azul marino. El tipo de ropa, pensó Tessa, que podrías vestir para subirte a un avión.

Kate giró hacia la cocina y, justo entonces, Wyatt dio un paso adelante, tapando su boca con la palma y tirando de ella hacia atrás.

La cara de Kathryn palideció, sus ojos se abrieron como platos. Descubrió a Tessa y, lejos de sentirse segura, luchó todavía más. Lo que le indicó a Tessa un par de cosas: que Kathryn la veía claramente como el enemigo y que, por eso, en su primera conversación, con probabilidad solo le había contado una sarta de mentiras.

—Él está ahí arriba, ¿no? —murmuró ahora Tessa.

Kathryn intentó sacudir su cabeza, pero el recio brazo de Wyatt la mantuvo en su lugar.

—Te dijo que te llevaría lejos. Que tenía el dinero preparado.

Kathryn no intentó responder, solo se puso roja.

—Olvida por un instante que el tipo ha traicionado a su propia mujer. También ha traicionado a su única hija. ¿Es ese el hombre con el que quieres huir?

La mirada de Kathryn tomó un aire rebelde, lo que Tessa entendió como una afirmación.

Claramente no iban a obtener ayuda de esta mujer. Así que Tessa pasó al plan B. Abrió la boca y gritó a todo pulmón:

—No, Mick. No me hagas daño. No sé dónde está. ¡Mick! ¡No, no, no! ¡Mick!

Pasos, recios y rápidos. Justin Denbe respondía ante el nombre del malvado mercenario y se ponía en acción de inmediato. Bajó las escaleras pesadamente. Entró corriendo en el vestíbulo, pistola en mano, agazapándose al encontrar la puerta abierta.

Tessa vio cómo su mirada saltaba de la puerta abierta a la figura retenida de Kathryn, para pasar luego a ella, que tenía el arma preparada apuntando a la altura de su cabeza.

—Justin Denbe —declaró—. Tire su arma. Está detenido.

Justin no soltó el arma inmediatamente. Era algo de esperar en un hombre como él. Permaneció agachado, evaluando la situación, mirando fijamente a la puerta abierta.

—Sabemos lo que hizo —dijo Tessa, su arma perfectamente apuntada al objetivo. Desde tan cerca tenía todo el
tiempo del mundo. Continuó con el tono apacible—. Y no me
estaba inventando eso. Mick de verdad regresó anoche. Atacó
a su mujer y a su hija.

Justin se enderezó, dedicándole al fin toda su atención.

—¿Qué? ¿Está Ashlyn bien? ¿Y Libby? Les dejé claros
los términos del acuerdo...

—Nada de hacer daño a su mujer y su hija —completó
Tessa. A su lado, Wyatt estaba moviéndose, esposando los
brazos de Kathryn a su espalda—. Ese era el trato, ¿no? Usted
contrataba a los hombres con las instrucciones explícitas de
no herir ni a su mujer ni a su hija. Pero podían hacerlo con
usted. Debían hacerlo por los nueve millones del rescate. Así
era como iba a pagarles, ¿no? Ellos recibían al menos parte del
dinero del rescate, como les prometió. De ese modo no tenía
que compartir sus once millones.

Justin Denbe, vestido con jeans elegantes, camisa, zapatos de cuero, ropa también idónea para un avión:

—¿Están Ashlyn y Libby realmente bien?

—¿Aparte de aterrorizadas? ¿Traumatizadas? Quiero decir, ya en serio, ¿por qué narices está tan preocupado por ellas
ahora? ¿Después de todo a lo que las ha sometido?

—Se suponía que no debían sufrir daño alguno —repitió tercamente.

Wyatt empujó a Kathryn ya esposada a un lado.

—Dieciséis años —dijo—. Malversó de su propia compañía durante dieciséis años.

—No sea ridículo. —Pero ya no les miraba a ellos, de
nuevo echaba vistazos rápidos a la puerta abierta—. No puedes robarte a ti mismo.

—Oh, sí se puede —corrigió Tessa, apretando con más fuerza su arma—. Porque se arriesgaba a que cualquier cosa que pusiera en cuentas personales pasara a ser propiedad de su mujer, que tarde o temprano iba a averiguar lo de sus aventuras y pedir el divorcio. O podía transferir dinero a fondos ilícitos que nadie conocía. Hasta que pasan dieciséis años y se encuentra con once millones de dólares, un negocio moribundo y una mujer que lo rechaza. No debió de ser complicado tomar una decisión en ese momento. El momento de largarse mientras uno todavía está ganando.

Justin seguía sin decir nada. Ni siquiera estaba estableciendo contacto visual con Kathryn Chapman. En lugar de eso, con nerviosismo, continuaba inclinándose hacia la puerta abierta.

—¿A qué hora es su vuelo? —preguntó Tessa.

Él se estremeció.

—Tenemos a su novia. ¿Va a viajar sin ella?

Demasiado tarde, miró a Kathryn. Wyatt no tenía ya la mano sobre su boca. Ella emitió un gemido involuntario.

—Sí, este es tu novio —le dijo Tessa—. Un hombre que contrató a sus propios secuestradores, fingió su propia muerte y abandonó a su propia familia. Pero, eh, es todo tuyo.

Al lado de ella, Wyatt dijo:

—Mick está muerto. Su mujer le disparó.

Los ojos de Justin se agrandaron. Parecía sorprendido.

—Pero su hija tiene una conmoción cerebral seria —presionó Tessa—. Le necesita. De hecho, su milagroso retorno desde la tumba podría ser exactamente lo que le permitiría recuperarse rápidamente.

Era interesante, la verdad, contemplar la expresión agonizante en el rostro de Justin Denbe. La lucha interna se hizo evidente. Quedarse allí por la hija a la que adoraba, y también regresar a la vida de la responsabilidad. O irse, simplemente irse. Sin compromisos, sin obligaciones, un hombre libre con once millones de dólares en el bolsillo.

Miró a Tessa.

Miró a Kathryn, que no hablaba siquiera, solo emitía sonidos suplicantes desde la base de su garganta.

Y entonces...

Corrió hacia la puerta. Saltó a través de ella. Llegó hasta el porche. Tessa gritó su nombre, levantó su arma, pero se resistió a abrir fuego porque no se sentía capaz de disparar a un hombre por la espalda. Wyatt empujó a Kathryn a un lado, preparándose para perseguirle.

En la distancia se oyó el chasquido de un rifle. Tessa se dio cuenta del sonido y se lanzó instintivamente al suelo. Wyatt hizo lo mismo, y los dos contemplaron juntos cómo la cabeza de Justin Denbe explotaba sobre el porche delantero.

Ahora lo ves, ahora no.

El cuerpo de Justin se derrumbó.

Kathryn comenzó a gritar.

No hubo un segundo disparo. Ni un tercero. Con el primero el trabajo estaba hecho.

Después de una eternidad, Tessa se irguió agitada. Wyatt se alzó junto a ella. Se quedaron mirando el cuerpo sin vida de Justin.

Wyatt dijo:

—Ya dije que esos músculos a sueldo incluían un cerebro o dos.


Llamaron a la agente especial Adams. Dejaron que fuera ella quien hiciera su exhibición de poder ya que ninguno de los dos tenía jurisdicción legal. Además, eso significaba que también heredaría el papeleo. Se llevaron a Kathryn, todavía gritando. Lo más probable era que la llevaran a una unidad de urgencias cercana y la trataran por el shock.

Entre tanto, algunos policías uniformados comenzaron a patrullar el vecindario. En una azotea situada en la acera de enfrente de la misma calle, dos casas más abajo, encontraron un rifle y un único cartucho. El número de serie había sido borrado del rifle. Las huellas dactilares habían sido convenientemente limpiadas del cartucho.

—Un trabajo de profesionales —dijo Nicole, expresando lo obvio.

—Un hombre muerto no habla —sentenció Wyatt.

—¿Uno de los secuestradores?

—Te llevas a Justin detenido y es cuestión de tiempo que hable —añadió Tessa encogiéndose de hombros—. La mayoría de los encargos profesionales incluyen acuerdos de confidencialidad firmados. Digamos que Justin parecía estar a punto de violar esa parte del contrato.

—¿Visteis algo? —preguntó Nicole.

—No —respondieron honestamente.

La agente suspiró, regresó a su vehículo para actualizar la orden de busca y captura. Ya que nadie los necesitaba para nada más, Wyatt y Tessa partieron finalmente. Wyatt la acompañó hasta su coche.

—¿Crees que Libby y Ashlyn están ahora seguras?

—Bueno, piensa en esto. Si Justin estaba aquí cuando Mick atacó a su familia...

Wyatt asintió.

—Estaba pensando en lo mismo. Uno de los mercenarios, quizá el líder, se encargó de su propio hombre.

—Interesante profesión. Reglas de contratación muy estrictas. Pero el tipo en cuestión también dejó a Libby y Ashlyn en paz tras aquello. Así que, sí, ojalá el polvo se asiente y ellas puedan comenzar a reconstruir sus vidas.

—¿Es eso lo que estás haciendo tú? —preguntó él.

Ella le respondió de la forma más sincera que pudo:

—Algunos días se me da mejor que otros.

Llegaron al Lexus de ella.

—Y bien —dijo él.

—Y bien —respondió ella.

—Esta es la parte incómoda. Porque técnicamente tú vas a pagar la cena y aun así yo me estoy muriendo de ganas de pedirte una cita.

—No puedes conocer a mi hija —advirtió seria—. No durante un tiempo.

—No esperaba hacerlo.

—Necesito mi espacio.

—Ya lo había notado. Yo tengo una obsesión por la madera. Simplemente, algunas veces tengo que construir cosas.

Ella asintió.

—Estoy estupenda con tacones —dijo finalmente.

—¿De veras? Porque a mí me han dicho que estoy condenadamente sexi con chaqueta y corbata.

—Sin corbata. Solo la chaqueta.

La mirada de Wyatt se tornó más cálida.

—Pero ¿vas a seguir llevando los tacones?

—Los seguiré llevando.

—¿Este viernes por la noche?

—El de la semana siguiente. Necesito pasar un poco de tiempo con Sophie.

—Me parece justo.

Wyatt se inclinó hacia delante. La pilló desprevenida y le susurró al oído:

—Y suéltate el pelo.

Luego él se giró, paseando relajadamente calle abajo. Tessa permaneció allí un poco más, con una sonrisa extendiéndose lentamente por su cara. Pensó en las familias, viejas y nuevas, y en supervivientes, los de entonces y los de ahora.

Luego, se metió en su Lexus y condujo a casa para encontrarse con su hija.

# 44

Esto es lo que sé:

Mi marido comenzó a desfalcar dinero de su propia compañía hace dieciséis años. No era solo un fondo ilícito, sino todo un fondo de Salida en Caso de Emergencia. Los expertos en finanzas del FBI creen que acumuló más de trece millones de dólares inventando docenas de falsos proveedores en los libros de contabilidad de su propia empresa y certificando luego su autenticidad.

De acuerdo con los correos electrónicos recuperados de su ordenador, comenzó a hacer sus planes de huida en junio, aproximadamente cinco días después de que yo descubriese su aventura. Cuando Ruth Chan se dio cuenta de la malversación en agosto ya apenas importaba. La estrategia de huida de Justin estaba montada. No hay duda de que él la mandó a las Bahamas simplemente para mantenerla fuera de la ciudad mientras sucedía todo. Ya había comprado un pasaporte falso, que más tarde encontraron en su cuerpo, bajo el nombre de Tristan Johnson. También usó el mismo nombre para comprar un billete de avión a la República Dominicana, así como para abrir una nueva cuenta bancaria, a donde posiblemente planeaba transferir el grueso de sus ganancias ilícitas.

Todavía están intentando seguir el rastro de ese dinero, quizá esté aún en otro banco bajo un alias diferente; los forenses contables están trabajando en ello.

Finalmente, la Gran Evasión: mi marido contrató a tres profesionales para secuestrar a su propia familia. Les dio un código de seguridad para entrar en nuestro hogar (la fecha en que descubrí los mensajes de texto de Kathryn Chapman en el teléfono móvil de Justin; Paulie, el gurú de alta seguridad de Justin, lo descubrió cuando inspeccionó el sistema). También proporcionó a los hombres toda la información que pudieran necesitar para tendernos con éxito una emboscada en nuestra propia casa, a la vez que les facilitaba un emplazamiento seguro para nuestro encierro.

Les suministró unas directrices: no debían hacer daño ni a su hija ni a su mujer. Y, aparentemente, les dio permiso para dispararle a él con un táser y golpearlo tanto como quisieran. Después de todo, necesitaba que el secuestro aparentara ser auténtico con el objetivo de que su muerte también pareciera auténtica, por no mencionar que requería que la compañía aseguradora soltase nueve millones de dólares por el rescate. Construcciones Denbe carecía de esa cantidad de dinero y claramente Justin no tenía la más mínima intención de echar mano de sus propias reservas de efectivo.

Z y su equipo hicieron su trabajo admirablemente. Pero creo, considerándolo ahora, que Z se fue sintiendo cada vez más incómodo con la idea de trabajar para un hombre cuyo plan genial incluía, en último término, aterrorizar a sus inocentes mujer e hija. De ahí las expresiones de genuino odio que capté tantas veces en su cara.

¿Fue por eso por lo que Z y/o Radar asesinaron a mi marido? Lo dudo. Creo que si Z verdaderamente quería a Justin muerto se habría encargado de ello de manera íntima y personal en aquellos últimos momentos en la prisión. Además, Z siempre me dio la impresión de ser un verdadero profesional; la clase de tipo que hace el trabajo tanto si aprueba a su cliente como si no. Creo que Radar tenía probablemente asignada la labor de seguir los pasos de Justin, para asegurarse de que abandonaba la ciudad de modo seguro, del mismo modo que Z se tomó el trabajo de rastrear a Mick. Una manera de atar cabos sueltos, por así decirlo. Cuando Mick me atacó, Z dio los pasos necesarios para eliminar a un cómplice en quien no se podía confiar. Y cuando la policía empezó a pisar los talones a Justin, Radar dio los pasos necesarios para eliminar a un cliente en quien no se podía confiar. Como había dicho Justin, tenían nueve millones de razones para querer una fuga limpia, y lo lograron.

Las huellas dactilares de Mick lo han identificado como Michael Beardsley, un antiguo marine, que fue licenciado sin honores hace cinco años, y que tenía fama de trabajar para el «sector privado». Durante un tiempo, el FBI nos visitó a Ashlyn y a mí casi a diario con fotos de cómplices conocidos de Mick, esperando que pudiéramos reconocer a Z o a Radar en la colección de imágenes. Hasta ahora no hemos podido identificar a ninguno de ellos en las fotografías. Y hasta ahora la policía no ha sido capaz de encontrar rastro alguno de correos electrónicos u otros medios de contacto entre Justin y Z.

No hay duda de que Z tomó muchas precauciones en ese sentido. Dado que, al final, me salvó la vida, tampoco me he esforzado mucho en facilitar información que pueda llevar a su captura. Ashlyn sabe qué sucedió aquella noche y comparte mi opinión. Así que nosotras nos ocupamos de nuestros asuntos y dejamos que los policías hagan su trabajo. Dudo que lleguen a atrapar a Z o a Radar. Pero también dudo de que ellos nos vuelvan a molestar jamás. Hacer el trabajo y pasar a otra cosa. Quizá, algún día, nosotras podamos hacerlo también.

Echo de menos a mi marido. Quizá eso parezca un poco perverso. Pero no amas a un hombre durante casi veinte años sin que te pese su ausencia. Sí, yo firmé un acuerdo prematrimonial donde perdía el derecho a toda reclamación sobre Construcciones Denbe, a cambio de la mitad de nuestros bienes personales. Y sí, Justin gestionó todas nuestras posesiones personales a través de la empresa, por lo que de haberme divorciado de él no habría tenido derecho a nada.

Me engañó. Física, emocional e incluso económicamente. Y, además, ni siquiera puedo sentirme especial en ese aspecto porque resulta que engañó a todo el mundo. Robó a su propia compañía, negó bienes a sus propios empleados. A su modo particular, intentó compensarlo dando generosas primas de beneficios en los años de auge económico, pero aun así… Extrajo treinta millones de dólares de las arcas de la compañía, les negó incluso a sus más cercanos y leales empleados la oportunidad de participar en la empresa, todo mientras se presentaba a sí mismo como un gran tipo y un jefe considerado.

A fin de cuentas, creo que existieron dos Justin. El Justin al que adoraba como esposo. El que Ashlyn amó como padre. El que su gente respetaba como líder.

Y luego estaba el que nos robó a todos, mientras construía una elaborada estratagema para abandonarnos para siempre. Porque treinta millones de dólares aparentemente le importaban más que el amor de su familia y la admiración en su empresa.

No entiendo a ese Justin. No puedo imaginar qué hace que alguien que gozaba de tanto éxito decida poner el dinero por encima de su familia y tus amigos. Todo lo que puedo suponer es que realmente quería su libertad. No más responsabilidad, no más decisiones, no más obligaciones. Aunque, irónicamente, lo podríamos haber ayudado con eso también. Él podría haber vendido la empresa al equipo directivo. Podría haber huido a Bora-Bora con Ashlyn y conmigo. Podríamos haber desaparecido. Lo amábamos tanto como para eso. O pensábamos que era así.

Esa es la parte que más nos está costando tanto a Ashlyn como a mí. El Justin que conocíamos tenía valores sólidos, expectativas, tanto para consigo mismo como para los demás, que defendía con firmeza. Mientras que el tipo de hombre que traiciona a su familia, y llega hasta el extremo de secuestrar y aterrorizar a su mujer y a su hija para poder emprender una fuga sin trabas...

¿Habría mirado alguna vez atrás? ¿Nos habría echado de menos? ¿Se habría afligido por nosotras?

Porque nosotras lo hemos llorado. No podemos evitarlo. Lloramos la muerte del hombre que creíamos conocer, del padre que enseñó a Ashlyn a usar un taladro inalámbrico, del hombre que acostumbraba a abrazarme cada noche. El hombre que pensamos que habíamos contemplado morir por nosotras.

Porque creíamos en ese hombre. Y lo seguimos echando de menos todavía.

El fiscal del distrito presentó cargos contra Chris López. Se declaró culpable de todos ellos, ahorrándole a mi hija el trauma de un juicio. Me pregunto si eso le hace sentirse noble. Si piensa que sedujo a una vulnerable chica de quince años, pero de algún modo este gesto lo hace menos turbio.

No he hablado con él. Francamente, no tengo nada que decirle.

He estado centrada en mí estos días. Tanto si mi marido era un embustero como si no, estoy intentando cumplir la promesa que le hice: desengancharme de los analgésicos y estar ahí para mi hija. Estoy visitando a un especialista en desintoxicaciones; he pasado primero de la hidrocodona a la metadona, y ahora estoy abandonando la metadona. Le pedí a Ashlyn que me acompañara por toda la casa. Le enseñé todos mis escondrijos y, uno por uno, fuimos vaciándolos de pastillas, para dárselas a mi doctor.

No puedo decir que haya sido fácil. Sueño con naranjas todo el tiempo. Me levanto con el sabor de una tarta de cumpleaños en la boca y siento una sensación de culpa abrumadora. Yo quería salvar a mi familia. Incluso tras descubrir la aventura de Justin, incluso tras tomar la primera pastilla, todavía pensaba que de algún modo podría lograrlo. Haríamos las cosas juntos: perdonar, olvidar, continuar. Justin, Ashlyn y yo contra el mundo.

Ahora estoy visitando a un excelente terapeuta, a quien le gusta hacerme preguntas. Por ejemplo, ¿por qué? ¿Por qué nuestra familia debería haber sobrevivido intacta? ¿Porque éramos muy felices? ¿Muy cariñosos? ¿Totalmente enriquecedores los unos para los otros?

Justin no era el único con problemas. Yo me convertí en una adicta y mi hija de quince años estaba acostándose con un hombre de cuarenta. Quizá, tan solo quizá, ninguno de los tres lo estaba haciendo especialmente bien.

Ashlyn y yo volvemos a hablar, a compartir nuestro dolor, pero también nuestras esperanzas más ingenuas y nuestros sueños. Mi hija es oficialmente una jovencita adinerada. Manteniendo la tradición de su padre, Justin dejó la compañía entera a su nombre. Lo que significa que posee una de las mayores empresas constructoras del país, por no mencionar dos casas y una bonita colección de automóviles.

Ella no quiere eso. Estamos trabajando con Anita Bennett y Ruth Chan para armar un acuerdo con los empleados de Construcciones Denbe para que compren el cincuenta y un por ciento de la empresa. Y en lo que respecta a nuestra mansión de Boston, Ashlyn querría largarse de allí también.

Las dos estamos de acuerdo en que es demasiado grande y está llena de demasiado remordimiento.

Nos gusta la idea de dejar Boston, quizá irnos al oeste, a Seattle o Portland. Compraremos un encantador bungaló de estilo clásico, quizá algo con un garaje separado que podamos convertir en un estudio artístico. Yo podría trabajar en mis joyas. A Ashlyn le gustaría iniciarse en la cerámica.

Podemos descansar en nuestro nido durante un tiempo. Tener menos. Hacer menos.

Encontrar más.

Me gusta la idea y, siendo una mujer madura adinerada, me puedo permitir por primera vez en mi vida hacer lo que me plazca. ¿Ese papel que me dio Z en nombre de Radar? Tenía el número de una cuenta bancaria en un paraíso fiscal a nombre de Justin. La tenía protegida con una contraseña con solo tres posibles intentos. En este caso necesité dos para dar con la correcta. En ese momento transferí electrónicamente los doce millones ochocientos mil dólares a un nuevo fondo bajo un nombre corporativo que inventé en ese momento. Unas cuantas transferencias más aquí y allí y el fondo de Justin de Salida en Caso de Emergencia pasó a ser mi fondo de Esposa Sobreviviendo Sola.

Imaginad, tras todo el esfuerzo que empleó Justin para asegurarse de que yo nunca tuviera derecho a un solo céntimo de su dinero, me quedé con todo.

Me pregunto si se estará revolviendo en su tumba.

Y confieso que ese pensamiento me hace sonreír algunas veces.

Esto es lo que sé:

El dolor tiene un sabor.

Pero la esperanza, también.

# Nota de la autora y agradecimientos

Siempre quise secuestrar a mi familia. Es una de esas ideas que han pasado años agitándose en el fondo de mi mente. Entonces, un día, tuve la oportunidad de visitar una prisión recientemente construida, y mi cerebro de escritora inmediatamente se enamoró.

Inagotables bobinas de concertina. Sólidas barras de acero a prueba de sierras. Estrechas ranuras de cristal blindado. Todo combinado para ayudar a formar una estructura vasta y carente de alma donde los pasos generaban ecos a kilómetros y el estruendo de las pesadas puertas al cerrarse me estremecía hasta la médula.

Sí, fue amor a primera vista.

Lo que significa en primer lugar y ante todo que le debo gratitud infinita a Michael Duffy por facilitarme ese *tour* por las instalaciones que su compañía había construido. Él también me instruyó sobre el número de penitenciarías preparadas para funcionar y jamás inauguradas a lo largo del país, ya que las crisis presupuestarias han congelado los fondos necesarios para abrir y/o operar las instalaciones.

En este caso particular, la prisión ya está en funcionamiento. Además, el edificio que describo en esta novela es una ficción. Habiendo visitado una prisión y leído sobre tantas otras, me entretuve eligiendo caprichosamente los detalles concretos que más me gustaban. Es bueno ser escritora, porque puedo construir lo que sea que desee usando sencillamente las palabras.

Siguiendo esas mismas reflexiones, cualquier error que pueda existir es mío y solo mío.

Para la elaboración de esta novela decidí también que era el momento de crear un nuevo personaje, un policía de New Hampshire que fuera la personificación de la honestidad. No había valorado del todo cómo son de singulares los departamentos de sheriffs de condado en New Hampshire hasta que disfruté unas horas en compañía del teniente Mike Santuccio. Su lucidez, por no mencionar su paciencia, con mis inagotables preguntas, me salvó definitivamente en varias ocasiones. Gracias, teniente, por facilitarme una visión fascinante de la labor de la policía en el mundo rural, que me regaló un nuevo respeto por los hombres y mujeres que deben patrullar esas locas montañas que tanto adoro. Una vez más, todos los errores son míos y solo míos.

Sarah Luke me ayudó con gran parte de la información sobre drogadicciones. Mientras, como colega escritor de novelas de suspense y uno de mis autores favoritos, Joseph Finder me puso al tanto del funcionamiento interno de Back Bay en Boston. ¡Gracias, Joe!

Mis felicitaciones a Michael Beardsley, nominado a morir por su amante esposa, Catherine, que ganó el sorteo anual «Mata a un amigo, Mutila a un colega» en mi web LisaGardner.com. También a Stuart Blair, ganador de la edición internacional del sorteo, que nominó a su reciente esposa Lindsay

Edmiston para realizar un giro estelar en la trama. Como ninguna mujer resultaba muerta durante la novela (¡la primera vez para mí!), Lindsay graciosamente aceptó el papel de la mejor amiga de Ashlyn.

Hablando de amor, Kim Beals hizo la puja ganadora en la subasta anual de la Alianza Animal de Rozzie May. Su generosa donación a Rozzie May, donde se ayuda con esterilizaciones y castraciones de bajo coste a perros y gatos, fue en honor de su padrastro, Daniel J. Coakley. Su solicitud: que fuera un tipo decente en la novela, al igual que es un gran tipo en la vida real. ¡Espero que ambos lo disfrutéis!

Siendo una amante de los animales, también doné una oportunidad para la inmortalidad de una mascota en una subasta del centro local de acogida para animales, la Liga de Rescate Animal de New Hampshire Norte. Los ganadores de este año, Michael Kline y Sal Martignetti, me pidieron conmemorar a su querido labrador negro, Zeus, que falleció durante la escritura de este libro. Zeus fue uno de esos perros extraordinarios que parecían más humanos que caninos. En palabras de sus dueños, mientras la mayoría de los labradores podrían ser perros que detectan cadáveres, Zeus podría haber llegado a detective.

Finalmente, mi más profundo y sentido agradecimiento a mis editores, Ben Sevier de Dutton y Vicki Mellor de Headline. Como sucede a veces en el proceso de escritura, me fui sintiendo un poco frustrada con este libro. Quemarlo o hacerlo trizas, o hacerlo trizas y luego quemarlo, comenzaban a sonar como grandes ideas. Pero mis editores insistieron en ofrecer inteligentes comentarios que mejoraron de forma espectacular la novela. Bueno. Recordad: lo que sucedía en el primer borrador se queda en el primer borrador…

Claramente, escribir una novela es un solitario, no siempre saludable, pasatiempo. Yo soy muy afortunada por tener una familia verdaderamente increíble, que me apoya y me soporta incluso cuando mi conversación de sobremesa consiste en murmurar para mí misma y luego quedarme mirando al vacío. Luego están las mejores amigas que una chica puede pedir, Genn, Sarah, Michelle y Kerry, quienes saben cuándo hacerme reír y cuándo, sencillamente, ponerme otra copa de vino.

Finalmente, mi más sentida adoración por mi enormemente talentosa, increíblemente amable, persona favorita en el mundo: mi agente Meg Ruley. Sí, ella es así de buena y estoy feliz de tenerla a mi lado.

Ah, sí, y por si acaso alguien piensa que no me he dado cuenta, gracias a mis increíbles lectores, que hacen que todo este dolor merezca la pena.

Este libro
se publicó en España
en el mes de septiembre de 2017